창랑지수 3
滄浪之水

창랑지수 3
沧浪之水

옌 쩐(閻 眞) 지음
박혜원·공빛내리 옮김

滄浪之水淸兮, 可以濯吾纓;
창 랑 지 수 청 혜, 가 이 탁 오 영,

滄浪之水濁兮, 可以濯吾足.
창 랑 지 수 탁 혜, 가 이 탁 오 족.

(창랑의 물 맑으면 내 갓끈 씻으면 되고,
창랑의 물 흐리면 내 발 씻으면 되지.)

비봉출판사

창랑지수 3

초판인쇄 | 2003년 7월 25일
초판발행 | 2003년 7월 31일

저　자 | 옌쩐(閻眞)
역　자 | 박혜원 · 공빛내리
펴낸곳 | **비봉출판사**
주　소 | 서울 마포구 합정동 419-13 합정하이빌 102호
전　화 | (02)3142-6551~5
팩　스 | (02)3142-6556
E-mail | beebooks@hitel.net / bbongbooks@hanmail.net
등록번호 | 2-301(1980년 5월 23일)
ISBN | 89-376-0311-X　03820

값 9,500원

ⓒ 이 책의 한국어판 판권은 본사에 있습니다.
　본사의 허락없이 이 책의 복사, 일부 무단전제, 전자책 제작 · 유통 등 저작권 침해 행위는
　금지됩니다. (파본이나 결함 있는 책은 우송해 주시면 교환해 드립니다.)

창랑지수 3
滄浪之水 3

차례

제 3편 이어서...

66. 맹효민孟曉敏 / 7
67. 대묘량戴妙良의 장례식 / 27
68. 청산에 살면서 땔감을 걱정하랴 / 45
69. 남자男와 여자女 / 55
70. 마 청장의 입원 / 64
71. 홍수와의 전쟁 / 77
72. 능약운陵若雲 / 87
73. 익명의 투서 / 102
74. 시장市場이 공자孔子를 죽였다 / 116

제 4편

75. 개구리밥풀 끝에서 큰 바람이 일어난다 / 126
76. 심장 보조장치 / 134
77. 위생청 역사진열관 / 144
78. 안태제약의 주식상장 / 156
79. 정靜으로 동動을 제압한다 / 168
80. 위생청장이 되다 / 178
81. 특수한 일은 특수하게 처리해야 / 190
82. 마 청장의 귀국 / 204
83. 부동산이 굴러야 돈도 구른다 / 213

滄浪之水 3

차례

84. 행정공개行政公開 / 225
85. 절망의 나무에 희망을 걸어둘 수는 없다 / 237
86. 위에는 정책政策, 아래에는 대책對策 / 251
87. 바람 안 통하는 벽은 없다 / 263
88. 배역의 대사와 진실은 무관하다 / 274
89. 오르는 산이 다르면 부르는 노래도 달라진다 / 283
90. 인수합병 / 296
91. 주가 조작 / 311
92. 힘센 자가 많이 갖는 것은 당연하다 / 322
93. 향기로운 풀이라도 길을 막으면 뽑아낼 수밖에 / 333
94. 아버지의 무덤 앞에서(실패한 승리자인가, 승리한 실패자인가) / 342

(이상 제3권. END)

창랑지수 처세훈 / 353

| 제3편 이어서_

 66. 맹효민孟曉敏

위생청에서는 내가 온천 요양원으로 가서 반달 정도 쉬도록 주선해 주었다. 사무실의 황黃 주임이 내게 소개장을 써주면서 말했다.
"요 몇 달간 정말 고생 많이 하셨습니다."
내가 허리를 두드리며 말했다
"뼈가 다 부은 것 같아요."
나는 마 청장님의 세심한 배려에 다시 한 번 감사드렸다. 나를 요양원 가서 며칠 쉬게 하는 것도 그 어른에게야 말 한 마디로 끝나는 일이지만, 그 말 한 마디가 바로 내게 떨어졌다는 것, 그게 어디 쉬운 일인가?
휴가 가기 하루 전에 서 기사한테서 전화가 와서, 내일 아침 일찍 차를 몰고 나를 데리러 오겠다고 했다. 이튿날 차를 몰고 곧장 도시를 벗어나는 것을 발견하고 나는 깜짝 놀라 물었다.
"버스 터미널이 자리를 옮겼습니까?"
"온천까지 모셔다 드리겠습니다."
"삼사백 리나 되는 길을 어떻게 데려다 주려고 그러십니까?"
"지 처장님, 아니 그럼 다른 방법이라도 있습니까?"
정말 너무 사치스럽게 여겨졌다. 돈이 있어도 이렇게 써서는 안 되지.

내가 말했다.

"버스 터미널까지만 데려다 주세요."

"사람들을 다 이렇게 모셔다 드렸는데 지 처장님만 안 모셔다드리면, 그럼 다른 사람들은 어떻게 됩니까? 그리고 돌아가서 황 주임한테 뭐라고 말씀드립니까?"

나는 갑자기 나 자신이 다른 사람의 접대 대상이 된 것을 발견하고 순간적으로 적응이 안 됐다. 내가 말했다.

"위생청이 돈이 많다고는 해도 이럴 정도는 아닙니다. 한 사람을 데려다주려고 차로 몇 백 리 길을 왔다 갔다 한다니, 그 비용이 도대체…, 계산도 잘 안 되네."

그가 웃으면서 말했다.

"나는 하늘 아래 무서운 게 하나도 없는데, 지 처장님 비용 계산하고 나오는 건 정말 무섭습디다."

나도 웃으면서 말했다.

"너무 걱정하실 필요 없어요."

그가 말했다.

"비용이 버스의 수십 배가 된다고 해도, 어쨌든 아무나 다 모셔다 드리는 건 아니거든요. 이 김에 편히 쉬십시오."

위생청 회의에서 재무를 관리하는 풍馮 부청장은 노상 재정이 쪼들린다고 하면서 모두들 사무용품 좀 아껴 쓰라고 잔소리를 해댔는데, 보아하니 쪼들리고 안 쪼들리고는 다 누가 쓰는 돈인가에 따라 다른 모양이다. 어떤 인간들은 영원히 쪼들리고, 또 어떤 인간들은 영원히 풍족한 것이다.

생각을 바꿔보니 이게 바로 격格이고, 일종의 대우待遇, 일종의 정신적 향유享有이다. 이 또한 아무나 누릴 수 있는 건 아니다. 버스를 타는 것도 뭐 힘들어 봤자지만 심리적인 느낌이 다르다. 그럼, 완전히 다르고말고! 향유에 대해서 말하자면, 이야말로 진정한 향유이다. 기껏해야 방 세 칸짜리 집에서 밥 두 그릇 먹고 침대 하나에 몸을 누이고 살겠지만, 정신적인 향유의 비용은 이런 집이나 밥과 비교조차 할 수 없는 것이다.

온천에 도착하자 서 기사는 모든 것을 준비해주었다. 이곳의 상황에 매우 익숙한 듯했다. 그는 나를 맡게 된 간호사에게 말했다.

"미스 맹孟! 지 처장님은 자네가 책임지게."

그 맹효민孟曉敏이라는 간호사가 웃으니 양 볼에 두 개의 작은 보조개가 드러났다. 그녀는 침대 시트를 깔면서 말했다.

"이분을 떨어뜨려 깨거나 분실하면 제가 변상해 드릴게요."

서 기사가 말했다.

"너 이 어르신이 어떤 분인 줄 알기나 하냐? 변상해 준다고?"

서 기사가 떠날 때 말했다.

"지 처장님, 돌아오실 때 저한테 반드시 전화 주십시오. 모시러 오겠습니다."

내가 됐다고 말하는데도 그는 재차 분부하듯이 말했다.

"제가 여기까지 오는 데는 아무 문제 없다니까요. 바람 쐬는 셈 치고 나오면 됩니다. 못 오게 하시는 게 오히려 저를 난처하게 하시는 겁니다."

나는 알겠다고 했다.

그가 간 후 나는 갑자기, 그가 오는 동안 줄곧 나를 지 처장, 지 처장, 하고 부른 것을 깨달았다. 나도 알아차리지 못했다. 이전에는 지 형, 지 형, 하고 잘도 부르더니, 갑자기 호칭을 바꾼 것이다. 다음에 만나면 그냥 지 형으로 부르라 해야지, 지 처장이라니, 너무 어색하지 않은가! 그런데 다시 생각해 보니, 그것도 안 될 것이, 그에게야 아무 상관없겠지만 다른 사람들이 들으면 어떻게 되지? 신분과 존엄은 또 어떻게 되고? 게임의 규칙은 친구 사이라고 버릴 수는 없는 것이다. 그는 이미 나를 고려해서 한 겹 거리를 두기로 한 것이다.

　온천에서 이틀 정도는 느낌이 좋았다. 온천물에 몸도 담그고, 책도 보고, 낚시도 하고, 미스 맹과 시시껄렁한 이야기도 몇 마디 나누고…. 신선이 따로 없다 싶었다. 사흘째가 되자 느낌이 약간 이상해지면서 뭔가를 잃어버린 듯했다. 아들이 보고 싶어서 그런가 싶어서 아들에게 전화를 걸었지만, 아들과 통화한 후에도 역시 그런 무료한 느낌에서 벗어날 수가 없었다. 신선 같이 산다는 것도 알고 보니 별로 재미있는 일이 아니었군. 신선은 무엇으로 이 무료함을 벗어날까? 이 문제가 해결되지 않으면 아무리 잘 먹고 잘 입더라도 행복하진 못할 것 같았다.
　나흘째 오전에 나는 연못가에 파라솔을 펴고 앉아서 낚시를 했다. 마음은 휑하니 공허했다. 눈은 부표를 뚫어져라 바라보고 있었으나 그것은 마치 나와는 상관없는 물건인 듯 아무런 느낌도 없었다. 점심을 먹고 난 다음에는 정말로 안절부절못하면서 하루를 보낼 수가 없었다. 아무도 보고하러 오는 사람도 없고, 일과 관련해서 의논하러 오는 인간도 없고, 회의에 참가해서 결정할 것도 없고…. 사람이 이렇게 살면 안 되지! 이전에는 전화가 와도 짜증이 났었는데, 전화가 안 오는 것이 더 짜증스런 일일 줄은 생각도 못했다. 황야에 버려진 것 같은 게, 만약 지금 갑자기 위생청 긴급회의에 참가하라는 전화라도 한 통 걸려오면, 그 전화야말로 심연에서 나를 구해주는 전화일 텐데…. 갑자기 이런 생각을 하고 있는 나 자신을 발견하고는 깜짝 놀랐다. 내가 무슨 마약에 중독되듯 일에라도 중독 됐나? 중독이 돼서 끊을 수 없게 된 건가? 전에는 다른 사람들이 마약중독보다 더 심각한 일 중독, 관官 중독에 걸린 것을 보면서 말도 안 된다고 생각했었는데, 오늘에야 그들을 이해할 수 있게 되었다. 시施 청장이 퇴직하면서 건강이 그렇게 빨리 무너져 내린 것도 다 그럴 만한 이유가 있었던 것이다. 하루 종일 마음이 이렇게 공허한데, 낚시를 하고 바둑을 둬도 그 무료함을 메울 수가 없는데, 몸이 안 무너지고 배겨? 무료함은 배부른 인간들이나 걸리는 병이지만, 그게 또 생명도 위협할 수 있을 뿐더러 마땅히 치료할 약도 없다. 약리학 박사인 나도 뾰족한 처방 한 장 끊지 못하고 있다. 만약 치료할 수 있으면 나부터 치료해야겠다. 이년도 안 되는 기간 동안 나의 정신상태가 이렇게 급격하게 바뀌었군, 어떡하지?

이때서야 나는 뼈저리게 느낄 수 있었다. 일단 이 길로 들어선 이상 어떤 새로운 본능이 생겨서 절대로 뒤로 물러설 수 없게 된다는 것을. 화살이 일단 활을 떠난 다음인 것이다. 나는 절대로 그런 지위에서 누릴 수 있는 혜택들에 연연해하는 것은 아니었다. 그런 혜택들도 중요하긴 하지만, 더욱 중요한 것은 스스로가 중요하다는 느낌, 의미 있는 존재라는 느낌이었다.

내가 천하 우주를 내려놓고 조작操作의 인간으로 들어섰을 때는 원래는 그저 그 콩고물을 노린 것이었는데, 일단 들어서자 예상 밖으로 이런 '의미 있는' 느낌을 찾게 된 것이다. 이 느낌은 입안에 든 달콤한 것도 아니고, 몸에 입혀진 따뜻한 것도, 손바닥에 놓인 부드러운 것도 아니었다. 그것은 물질적인 감각을 넘어선 체험이었다. 사실 한 발자국 물러나서 생각해 보면 그 정도의 '의미 있다'는 느낌도 몹시 가련하고, 살아가는 과정에서 생기기도 하고 사라지기도 하는 것이라고 생각되지만, 그러나 내게 있어서 그런 느낌은 매우 중요하다.

결국 인간의 한평생이란 것도 하나의 과정일 따름이다. 그러므로 나는 전진, 전진, 전진해야 한다! 인생의 목표가 이것 말고 다른 뭐가 있겠는가? 현재의 나에겐 전진만이 인간사의 제일가는 기쁨이다. 이것은 겪어보지 않은 사람은 알 수 없다. 결국 인간이 목표를 필요로 하고 우상숭배를 필요로 하는 것도 이런 이유가 없다면 마땅히 설명하기가 힘들고, 의미 있게 존재한다는 느낌 또한 찾기 힘들기 때문이다.

옥황상제가 인간을 위해 무료함을 만드시고, 또한 그로부터 피할 방식도 만드셨으니, 그것이 바로 돈과 권력이다. 인생의 가장 큰 사명은 그 중에서 목표를 선택하여 그것을 신성시하고, 그것으로써 공허함을 벗어나는 것, 무료함을 벗어나는 것, 의미의 진공상태로부터 벗어나는 것이니, 그 의미의 진공상태야말로 인생의 최대 비극이라 할 것이다.

  나는 평소에 마음속으로 돈과 권력이라는 속물을 욕했지만, 이제 비로소 그 두 속물의 오묘함을 느낄 수 있었다. 그것은 다른 어떤 사물로도 대체될 수 없는 무한한 목표가 될 수 있는 것이다. 목표란 것은 허구이지만, 그것을 성취했을 때 느끼게 되는 충실함은 진실이다. 따라서 허구의 진실이 진실한 진실보다 더 진실한 것이다. 이전에는 나는 억만장자들을 어리석기 짝이 없는 자들이라고 생각했었다. 돈이 많아서 쓸 수도 없을 정도이면서도, 그렇게 하루 종일 돈 벌려고 뛰어다니는 인간들. 인간이 억만 년을 사냐? 그러나 지금 생각해 보니 그 인간들을 바보 같다고 생각하는 인간들이야말로 바보들이다. 나는 마음속으로 <홍색 낭자군 연가>紅色娘子軍連歌를 흥얼거리기 시작했다.

  "앞으로, 앞으로, 전사의 책임이 무겁다…."

  나는 이미 온천에서는 마음을 다스릴 수가 없었고, 마음속에는 점점 더 강렬한 근심이 뭉쳐지기 시작했다. 이 근심을 해결할 유일한 방식은 앞으로 전진, 또 전진, 영원히 끝도 없이 전진하는 것뿐이다. 인간은 충족될수록 만족감을 느끼지 못하고 오히려 근심만 늘어나니, 이것이야말로 돈과 권력이 지닌 매력인 것이다. 비록 나는 이미 매 번의 성공과 매 번의 해방이 그런 근심의 출발점이 되며, 그 과정은 끝없이 계속된다는 것을 깨달았지만, 이미 귀신에 씌고 말았다. 내겐 평생 이 한 뿌리 구명초救命草를 단단히 붙잡는 수밖에 달리 선택의 여지가 없다고 믿었다. 이제야 나는 일부 거물급 인사들이 왜 더 이상 오를 수 없는 높은 자리에 올라서도 다시 한 번 더 오르기 위해 몸을 던지는지 그 이유를 알 수 있었다. 그들이 바보였기 때문은 아니다.

저녁 식사를 하면서 나는 가능한 한 빨리 돌아가야겠다고 결심했다. 그러나 다시 생각해 보니, 이런 상황에서 돌아가는 것도 쉬운 일은 아니었다. 앞당겨 돌아가면 다른 사람들은 또 뭐라고 말할 것인가? 핑계를 찾아야 했다. 나는 저녁에 동류에게 전화를 걸어, 의정처에 가서 온천의 전화번호를 물어보면서, 장모님이 편찮으셔서 빨리 돌아와야 한다고 말하도록 시켜야겠다고 생각했다. 생각을 정하고 나자 마음이 가벼워지면서 휘파람이 저절로 나왔다.

저녁을 먹고 대문에서 미스 맹을 만났다.

내가 말했다.

"내일이나 모레쯤 돌아갑니다."

그녀는 놀란 듯 말했다.

"어머, 대화가 좀 재미있어지나 했더니…. 아직 할 얘기가 많은데."

나의 준비된 핑계가 그녀의 표정을 대하는 순간 사라지고 멋대로 지껄이기 시작했다.

"낚시를 해도 물고기도 안 잡히고, 책을 보려고 해도 재미있는 책도 없고 말입니다. 그리고 온천욕도 한 두 번이지."

그녀가 말했다.

"새로운 영역을 개척하시는 거예요. 저녁에 춤추러 가는데 같이 안 가실래요?"

내가 말했다.

"그럼 저 좀 가르쳐주겠어요?"

잠시 후에 맹효민이 내 방으로 들어왔다. 그녀의 화장한 모습이 나를 놀라게 했다. 같은 사람인데 그새 어떻게 이렇게 예뻐졌는지! 평소에는 묶고 있던 머리를 풀고, 옅은 남색 비로도 천에 구슬을 박은 작은 가방이 그녀의 배를 가릴 듯 말 듯하고, 망사 외투를 통해 어깨의 윤곽이 드러났다. 옅은 노란색의 긴 치마는 발목까지 내려와 있었다. 나는 두 눈을 창밖으로 돌리면서 아무렇지도 않은 듯 말했다.

"오늘 패션은 특별하네요."

그녀가 말했다.

"춤추러 가는 거잖아요."

그녀가 몸을 돌리자 나는 U자 형으로 패인 그녀의 등 윗부분을 볼 수 있었다. 날씬한 허리는 뼈의 형태까지 느껴졌다.

내가 말했다.

"이렇게 외진 동네에 이렇게 앞서가는 패션이 있을 줄은 몰랐는데…."

그녀가 말했다.

"뭐 잘못된 거라도 있나요?"

내가 허둥지둥 말했다.

"아니, 좋아요. 잘못되었다고 하는 사람 있으면 나와 보라 그래요. 그런 인간은 무시해버려야지 뭐. 개혁개방이 된 지 벌써 십년도 넘었는데, 안 그래요?"

춤을 출 때 그녀의 눈과 얼굴이 반짝반짝 투명하게 빛이 났다. 나의 마음이 흔들리기 시작했다. 다른 사람이 건너와서 그녀에게 춤을 청했을 때, 그녀가 말했다.

"좀 쉬었다가요."

그녀의 이런 행동은 나를 은근히 우쭐하게 만들었다.

"온천에서 제일 예쁜 아가씨를 오늘 내가 전세 냈군."

"제가 그렇게 예뻐요?"

"나는 실사구시實事求是 밖에 못하는 사람이오. 꿀 같이 단 소리는 하라고 해도 못하니까. 어느 노래에선가 아가씨가 꽃과 같다고 하더니, 당신을 두고 한 말 같아."

그녀가 고개를 숙이고 말했다.

"꽃처럼 깊은 산 속에 피어 있지요. 이야기할 사람 하나 없는…."

"말이 통하는 대상은 많을 필요도 없이 한 명이면 족하지. 남자 친구가 있어서 낮에 마치지 못한 말들을 저녁에라도 같이 할 수 있으면 좋고…."

그녀는 애교 부리듯이 손을 흔들면서 말했다.

"지 처장님, 이곳에 무슨 남자가 있다고 그러세요? 가끔은 아예 눈을 뽑아버리고 싶다니까요. 이럴 바에야 그냥 혼자 살고 말지."

이때 디스코 음악이 끝나서 다시 느린 사박자의 노래에 맞춰 춤을 추러 나갔다. 무대에 들어서자마자 조명이 점점 어두워지기 시작하더니 손을 뻗쳐도 손가락이 보이지 않을 정도가 되었다. 그녀 얼굴의 펄 가루만 칠흑 같은 어둠 속에서 반짝여서 꿈같기도 하고, 환상 같기도 하고, 나를 향해 손짓하는 것 같기도 했다. 곡이 저 먼 하늘가에서 날아오는 듯 유유히 울려 퍼졌다. 몸을 돌릴 때마다 내 팔이 그녀의 팔에 닿았고, 매번 그 닿는 부위에 불이 타오르는 듯했다. 오랫동안 이런 느낌을 느껴본 적이 없었다. 이것은 동류로부터는 얻을 수 없는 느낌이었다.

어둠 속에서 내가 말했다.

"오늘 춤은 뭔가 특별한 느낌이 드는군. 이미 아주 낯설어진 느낌이 다시 깨어난 것 같아."

"무슨 느낌인데요?"

"느낌은 그냥 느낌이지. 자세히 설명할 수는 없어요."

"그래도 뭐 다 상상이 가네요."

그녀의 말에 그녀가 나를 꿰뚫어보고 있다는 느낌이 들었다. 그녀가 천천히 말했다.

"그 동네에도 간호사들 많잖아요. 모두들 지 처장님과 춤 한 곡 추고 싶어할 텐데 낯설 리가 있어요?"

"그런 일 없어요."

그리고는 어지러운 마음을 얼른 수습했다. 침묵 속에서 한 곡을 마치고 자리로 돌아와서 그녀가 말했다.

"지 처장님, 왜 갑자기 아무 말씀도 안 하세요, 화나셨어요?"

"누가 감히 맹효민 앞에서 화를 내? 화내는 놈 있으면 나와 보라 그래. 내가 가서 한 방에 눕혀버리게."

그녀가 헤헤 웃으면서 말했다.

"지 처장님은 말을 참 재미있게 하세요. 저는 유머감각 있는 남자랑 얘기하는 게 좋더라."

나는 그녀가 나 들으라고 하는 소리인지, 아니면 진심인지를 생각했다. 어찌 되었건 듣기 좋았고, 듣기 좋은 말은 굳이 진짜인지 가짜인지 따질 필요가 없다. 이 바닥에서 이렇게 오래 있다 보니 사람을 볼 때 본능적으로 의심하는 태도를 취하게 된 것이다. 하지만 다른 사람이 듣기 좋은 소리를 할 때, 그 끝에 물음표를 붙이는 것은 아무래도 쉬운 일이 아니다. 나도 몇 번이나 모르는 새 다른 사람이 이미 설계해 놓은 올가미 안으로 한 발자국 한 발자국 걸어 들어가다가 최후의 순간에야 상대방의 진짜 의도를 발견하곤 했다. 다행히 나와 그녀의 관계는 돈이나 권력과는 상관없는 것이니, 그녀도 다른 방면에서 나를 이용할 수는 없겠지. 남자라서 좋은 게 다른 게 아니라니까. 이런 식으로 나는 마음을 놓고 그녀와 이야기하기 시작했다.

무도회가 끝나고 방으로 돌아와서, 나는 내 마음이 평소와는 조금 다른 것을 발견했다. 내가 무슨 유혹에라도 빠진 걸까? 말도 안 돼! 내가 그녀보다 열여섯 살이나 많다는 것은 차치하고, 강산이 이렇게 가로막고 있고, 내가 다음에는 어느 해 어느 달에 오게 될지도 모르는데. 그러나 그거야 어찌되었건, 맹효민은 분명히 상상의 여지가 있는 아가씨였다. 나는 오늘에야 이 점을 알게 되었다. 상상의 여지가 있는 여자만이 매력을 갖고, 남자의 탐색하고 싶은 욕망을 일으킬 수 있다. 그렇지 않고 한 번 훑어보기만 해도 뻔한 그런 여자는 며칠이면 그만 지겨워지는 것이다. 이때 누군가가 문을 두드렸다. 맹효민이었다. 그녀가 문을 열고 들어오면서 말했다.

"낮에 보니까 무슨 소설책을 읽고 계시던데, 저 좀 빌려주시면 안 될까요? 저녁에는 책이나 보면서 세월을 보내거든요."

나는 「닥터 지바고」를 주면서 말했다.

"나이는 어린데, 간은 크군."

"지 처장님이 절 삼킬까봐 겁이라도 낼 줄 아세요?"

"내가 그쪽을 삼키면 어디 가서 보상받으려고."

"동물도 아니면서…."

그리고 이어서 말했다.

"반갑지 않으신가 봐요."

"누가 맹효민 동지를 환영 안 한대? 그런 사람 있으면 나와 보라 그래. 우리 그놈의 손발을 잘라버리자고."

"사실 책 빌리러 왔다는 건 핑계구요, 이야기를 다 나누지 못한 것 같아서 여기까지 쫓아온 거예요. 몇 달을 기다려도 말 통하는 사람 한 명 오기 힘들거든요."

그녀의 옷차림에서는 약간의 사기邪氣마저 느껴졌지만, 그녀의 태도에는 전혀 야한 기운이 느껴지지 않았다. 그녀는 막 얼굴의 화장을 씻어내고 발랄한 청춘을 드러냈다. 나는 갑자기 그녀의 몸에서 풍부한 여성적인 면들을 느낄 수 있었다. 얼굴의 피부는 매끄럽고 탱탱했으며, 곡선은 부드럽고, 입가는 약간 위로 올라간 것이 장난기가 느껴졌다. 검고 풍성한 머리카락은 불빛 아래에서 까마귀 날개 같은 빛을 발했으며, 신체의 곡선은 나오고 들어감이 분명했다. 특히나 허리가 약간 교묘하게 들어간 것이, 움직일 때마다 일종의 리듬감이 느껴졌다.

그녀는 내가 자기를 살피는 것을 보고는 머리를 한쪽으로 기울이며 말했다.

"왜요?"

고개를 돌려 자기 몸에 뭐 이상한 점이라도 있는지 살피기 시작했다. 그녀는 두 팔을 벌리고 고개를 돌려 아주 자연스럽게 춤의 한 동작을 해보였다. 나는 전신이 마비되는 듯, 감전이라도 된 듯한 느낌이 들었다. 아주 오랫동안 이런 느낌을 가져본 적이 없었다.

"착한 애기군, 착한 애기."

나는 이 몇 마디를 반복해서 몇 번 말하고는, 다시 나이 차이를 깨닫고는 이미 느껴지는 그녀의 여성적인 매력을 스스로에게 덮어버리기로 했다.

"착한 애기요?"

그녀가 하하 웃었다.

"착한 아이? 우리 아버지 친구분들이 저를 볼 때는 저보고 착한 애기라고 하시지요. 말 잘 듣는 딸애. 그럴 때 저는 마음속으로 웃어요. 아직도 제가 일곱 여덟도 구분 못하는 아이인 줄 아시나 보다고."

"그럼, 뭘 아는데?"

"뭐든지 다 알아요."

"뭐든지 다 안다는 게 무슨 뜻이야?"

그녀가 곧장 반박했다.

"뭘 아느냐고 물으셨을 때 그 '무엇'의 뜻이랑 제가 뭐든 다 안다고 했을 때의 그 '무엇'은 같은 뜻이에요."

"교묘하네, 교묘해! 맹효민이 나를 꼼짝 못하게 할 줄은 생각지도 못했는데. 난 또 맹효민이 일곱 여덟도 구분할 줄 모르는 줄 알았더니, 생각 잘못했군!"

우리는 얘기를 나누었다. 영화배우에서부터 시작해서 세상사는 이야기까지. 예상 밖에 그녀는 무엇에 관해서든 안정된 나름의 시각을 갖고 있었다. 어떻게 된 일인지, 며칠 안 되어 그녀와 나 사이의 거리가 사라졌다. 하루는 내가 말했다.

"남자와 여자 아이가 함께 있을 때는 어떤 위험한 일이 생길 수도 있는데, 알아?"

그녀는 아주 진지하게 나를 바라보면서 말했다.

"몰라요."

"모르면 그만 두고…. 알면, 뭐 알아도 그만 둬야지."

"말해줘요."

내가 고개를 가로저으며 말했다.

"못해, 못해. 자라나는 청소년한테 무슨…."

그녀가 홍, 소리를 내면서 말했다.

"내가 당신 남자들을 모를까봐? 이래 뵈도 간호학교 졸업생입니다!"

나는 마음속에서 뜨끔해서 말했다.

"맹효민은 예상 외로 참 성숙하군. 전에는 간호학교 갓 졸업한 간호사 아가씨들을 바보로만 알았는데, 잘못 생각했는걸."

"시대가 바뀌었답니다. 환경 탓이든 어쨌든 사회가 강요하는데 어떻게 그렇게 천진하게만 살아요?"

"나도 원래는 무슨 탈선 한 번 해보려고 했었지. 그쪽 손해 보게 하더라도 뭐 어디 가서 보상받을 데도 없잖아. 게다가 이렇게 늦은 시간에 제 발로 나한테 찾아온 것이니…."

그녀는 나를 가늠하려는 듯이 고개를 끄덕이면서 말했다.

"내가 며칠 관찰했는데, 그렇게 나쁜 사람도 아니던데…."

"이번엔 사람 잘못 봤어."

내가 일어나서 두 손을 벌리고는 잡아먹으려는 포즈를 취했다.

그녀가 하나도 놀라지 않고 하하 웃으면서 말했다.

"그러니까 꼭 동물 같아요."

늦은 시간까지 이야기를 하다가 그녀는 물러갔다. 그녀가 가고 나서야 나는 동류에게 전화를 안 했다는 사실이 생각났다. 전화를 걸기 위해 프런트 앞까지 간 나는, 그러나, 다시 돌아왔다. 전화야 뭐 그렇게 급한 일도 아닌 것 같고….

며칠 계속해서 맹효민은 이야기를 하러 내 방에 왔다. 그녀가 조금이라도 늦는 날에는 마음이 영 불편하기까지 했다. 그날은 이야기를 나누다가 두 사람 모두 약간 흥분이 되자 그녀가 고개를 치켜들고는 기분이 좋아 날아갈 듯한 모양을 취했다. 기분이 상당히 고조되어 그녀가 말했다.

"다음부터는 호칭을, 그러니까 지 처장이라고 부르지 않을래요. 처장, 처장, 여기가 무슨 사무실도 아니고, 분위기만 나빠지게."

"무슨 분위기?"

"분위기가 분위기지, 무슨 분위기인지는 묻지 마세요."

"물으면 왜 안 되는데?"

"뭔지는 본인에게 물어보면 되잖아요."

"못 알아듣겠는데?"

이어서 말했다.

"내가 자네 아버지와 몇 살 차이가 안 나거든, 그러니까 알아서 불러."

그녀가 가볍게 말했다.

"나 우습게 보지 말아요!"

"우리 이런 이야기 그만하지."

"반드시 짚고 넘어가야지요. 어이, 오빠! 와! 정말로 불렀다!"

고개를 가로젓더니 말했다.

"그래도 대위 씨라고 부르는 게 더 부드럽겠네요."

이어서 말했다.

"대위 씨, 부탁 하나 하고 싶은데, 난처하게 하는 거라면 그만두고요. 도와주기 싫으면 그만둬도 괜찮아요. 나를 좀 시내로 전근시켜 줄 수 있어요? 이 동네 좀 보세요, 어디 계속 있겠어요?"

"산 좋고 물 맑고, 도시에 어디 이렇게 좋은 공기가 있어?"

"도와주기 싫으면 말구요."

이어서 말했다.

"난처하게 했지요? 쉬운 일도 아닌데. 아무나 다 할 수 있는 일도 아니고."

그녀가 나를 난처하게 했다. 나는 내가 또 올가미에 걸려들었구나 싶었다. 내가 그녀를 가리키면서 말했다.

"여우의 꼬리가 드러났지?"

"그런 식으로 말씀하시면 다시는 말 안 할래요. 나도 아무한테나 이런 부탁하는 거 아니에요. 부탁한다고 해도 내가 얼마나 또 고르는 줄 아세요?"

"여우 꼬리도 좋고 단도직입적으로 이야기하는 것도 좋은데, 그러나 너무 돌려 이야기하면 마음이 별로 안 내키지."

"나 아무 말도 안 했어요. 내가 무슨 말 했어요?"

왠지 어색한 분위기가 흘렀고, 그녀는 금방 자리를 떴다.

밤새도록 내 마음은 마치 공중을 떠다니는 듯했다. 집에서 오랜 시간을 보낸 남자가 밖의 풍경에 대해 마비되어 있다가, 어쨌든 저 풍경은 나와는 아무 상관이 없는 것이라고 생각하고 있다가, 갑자기 창문을 열자 풍경이 바로 지척간의 거리에 놓여 있는 것을 보고는, 그제야 그 풍경에 대한 자신의 갈망이 원래는 이렇게 강렬한 것이었구나 하고 깨닫는 것과 같았다. 맹효민은 내 마음속에 있던 어떤 정서, 어떤 필요, 나 자신조차도 의식하지 못하고 있던 수요需要를 불러일으켰다. 그녀는 상상의 여지를 갖춘 여자였던 것이다.

이튿날 그녀는 시간에 맞춰 오지 않았다. 나는 참지 못하고 댄스홀로 갔다. 역시 그곳에 있었다.

"오실 줄 알았어요."

그녀는 스스로의 매력에 대해 매우 자신 있어 했다.

"여기 있을 줄 알았어."

분위기 있는 노래에 맞춰 춤을 추면서 나는 순간 그녀를 꼭 껴안고 싶은 강렬한 충동을 느꼈지만, 그래도 참기로 했다. 이곳에 짧은 감정을 남긴다는 것이 무슨 의미가 있겠는가?

어둠 속에서 그녀가 말했다.

"대위 씨, 저 어떤 것 같아요?"

나는 피하듯 말했다.

"어디가?"

"내가 뭘 묻는지 아시잖아요."

"좋아."

"그 말 한 마디로 나를 쫓아버리려고요?"

"그 말 한 마디가 지니는 무게를 생각해봐. 던져서 지나가던 개가 맞으면 즉사할걸? 아무한테나 쉽게 할 수 있는 말이 아니라고."

그녀가 천천히 말했다.

"한참을 기다려서 말 한 마디 들었으니. 그럼 어디가 좋아요? 말해 보세요."

"어디가 좋으냐고? 음, 일하는 태도도 좋고, 사람도 친절하게 대하고, 내가 보스였으면 우수상이라도 줄 텐데…."

"그런 말 듣고 싶지 않아요. 그런 말은 여기 보고서에 써놓고 가시든가."

"해야 할 말을 나는 감히 못하겠어. 정말로 말하면 들을 용기는 있어?"

"제가 겁쟁이인 줄 아세요?"

"너는 아니지. 내가 그래, 내가."

그녀는 더 이상 아무 말도 하지 않았다. 맹효민 때문에 나는 온천에서 반달을 꼬박 머물렀다. 그녀도 다시는 전근 같은 이야기는 꺼내지 않았다.

가기 전날 밤 그녀가 나를 찾아왔다. 방에 들어서자마자 그녀는 문을 몸으로 가리고 문고리를 잠갔다. 그때 그녀는 기침 소리를 내서 그 "찰칵"하는 소리를 감추려고 했지만, 그러나 나는 분명하게 그 소리를 들었다. 가슴이 철렁했다.

"정말 내일 가시는 거예요?"

탁자 근처까지 오더니 소설을 탁자 위에 내려놓았다.

"책 돌려 드릴게요."

아무렇게나 커튼을 열어젖혔다. 내가 미소를 지었고, 그녀도 웃었다. 방안에는 아주 특별한 분위기가 돌았다.

나는 이런 분위기를 알아차리지 못한 체하고 말했다.

"송별해 주러 온 건가?"

그녀는 의자에 앉아서 턱을 의자 등에 기대고는 나를 바라보며 아무 말도 하지 않았다. 나는 몇 마디 종잡을 수 없는 말을 해댔지만 매우 부적절했고 분위기와도 맞지 않았다.

내가 말했다.

"누가 맹효민한테 벙어리 되는 약이라도 먹였나?"

그녀는 나를 바라보면서 웃었지만 여전히 아무 말도 하지 않았다. 그녀의 웃음은 방금 내가 한 그 말들이 얼마나 어색한 것인지 다시 한번 느끼게 했다. 나도 아예 직접적으로 나갔다.

"오늘 왜 아무 말도 없지?"

"제가 무슨 말을 해요? 무슨 말을 더하면 다 군더더기가 될 거예요."

나는 그녀의 말에 아무런 응대도 하지 못하고 알겠다는 의미로 웃고는 고개를 끄덕였다. 그 웃음이 마음속의 최후의 얇은 막을 벗겨내어, 나도 용기가 생겨 살며시 보일 듯 말 듯한 손짓을 했다. 그녀가 내 신호를 이해하고 내게 손을 줄지 궁금했다. 과연 그녀는 내 손을 잡고 내가 생각도 못한 틈에 한 달음에 튀어 올라 내 품으로 고개를 파묻고는 말했다.

"전 귀신한테 홀린 것 같아요."

우리는 키스를 했다. 한 번의 긴 키스가 반시간 동안 계속되었다. 입술과 혀 사이로 이렇게 풍부하고 섬세하며 다양한 수위의 감정들이 전달될 수 있을 줄은 생각도 못했었다. 몸을 떼고서 그녀가 숨을 가쁘게 몰아쉬면서 말했다.
　"나를 빨아 삼키는 줄 알았어요."
　"이것으로 기네스북에 오를지도 모르겠네."
　"이게 제 첫 키스예요, 정말로. 내가 어쩌자고 첫 키스를 당신이랑 했는지, 정말이지 귀신한테 홀렸나 봐요."
　"내가 잘못했군, 작은 잘못을. 그런데 이 작은 잘못을 한번 크게 만들어보고 싶은데…."
　그녀가 내 품안에서 말했다.
　"당신 뜻대로 하세요. 그 마지막 선만 넘지 말아 주세요. 다 귀신 한테 홀린 내 잘못이니까. 괜찮겠어요?"
　"그 선을 넘지 않으면 상상의 여지도 남게 되니, 그것도 좋지."
　이렇게 해서 나는 그녀의 피부가 얼마나 부드럽고 매끈한지를 알게 되었다. 아주 낯선 느낌이었다.
　"내가 맹효민이면 좋겠다. 매일같이 자기를 만질 수도 있고, 안을 수도 있고…."
　그녀는 고개를 내 가슴속에 묻고 가만히 있었다.
　"고개를 돌려봐. 술 한 잔 해야지."
　그녀가 고개를 돌리자, 나는 그녀의 볼우물에 깊게 깊게 몇 번 입을 맞췄다.
　그녀가 말했다.
　"대위 씨, 정말로 나를 어떻게 생각해요?"
　"예쁘고, 아름답고, 상상의 여지가 있고…."
　그녀가 애교 부리듯이 말했다.
　"듣기 좋은 소리로 날 속이려고… 나를 애 취급해. 진심으로 말이에요."

내가 웃으면서 말했다.

"네가 예쁘다는 말도 진심이고, 네가 애라는 것도 진심이고…."

나는 원래 고속버스를 타고 돌아갈 예정이었으나, 그러나 맹효민 앞에서 폼 한 번 재어보고 싶은 마음에 서 기사에게 전화를 걸었다.

나와 맹효민은 헤어지며 앞으로 어떻게 하자거나 하는 말은 하지 않았다. 하지만 도시로 돌아온 지 며칠 지나 나는 초조한 마음에 그녀를 보고 싶은 생각이 들어 전화를 걸어서, 그녀에게 도시로 나오라고 했다. 그녀를 만나자 초조한 마음이 사라지고 느긋해졌다. 그 후로 그녀는 이 주일에 한 번씩 도시로 나왔고, 우리는 유풍차루裕豊茶樓의 룸을 잡아서 거기서 만남을 가졌다. 그녀는 전근 이야기를 다시는 꺼내지 않았지만, 몇 달 후에 나는 제약회사의 구瞿 사장에게 전화해서 그녀를 그 회사의 의무실로 전근시켰다. 구 사장은 별로 묻지도 않고 그저 의미심장하게 웃었다. 나도 별달리 설명을 하지 않았다. 맹효민이 나를 이용할 생각이었다면 그녀는 이미 목표를 달성했으니 손 털고 떠날 것이라고 생각했다. 그러나 누가 알았겠는가? 그녀는 그 후로 더욱 깊게 내게 빠져서, 걸핏하면 다음과 같은 문제를 꺼내곤 했다.

"우리 앞으로 어떻게 해요?"

나는 우리에게 "앞으로"는 없다는 것을 알고 있었지만, 말을 할 수가 없었다. 나는 아주 신경을 써서 그녀를 내 생활 안으로 끌어들였다. 동시에 나의 발전은 더 많은 가능성을 가져다 줄 수 있다고 느꼈다. 이전에 성의 어떤 높은 어른이 방송국 생활채널의 어떤 엠시와 그렇고 그런 사이라는 이야기를 들었을 때는 별로 믿을 만한 얘기가 아니라고 생각했었는데, 이제는 믿을 수 있을 것 같았다. 성공한 남자라면 그런 갈망을 가질 것이고, 또 매우 쉽게 그것을 해소할 방식을 찾을 수가 있는 것이다.

한번은 그녀가 나더러 아내와 이혼할 수 없겠느냐고 묻기에, 내가 말했다.

"농담하지 마! 내가 너보다 몇 살이나 많은데…."

"누가 농담을 한다고 그래요? 나이가 무슨 문제가 된다고…. 나는 나보다 나이 많은 남자랑 같이 있는 게 좋더라. 당신이라면 지금보다 몇 살 더 많다고 해도 문제가 안 된다고요."

그녀는 자기 일생을 나에게 배팅하려는 것 같았다. 이런 의외의 행동에 나는 한편으로는 감동스러웠지만 한편으로는 두려움을 느꼈다. 내가 말했다.

"너한텐 문제가 아닐지 모르지만 나한테는 문제야. 난 그렇게 낭만적으로 될 순 없어."

그녀는 앙탈부리듯 말했다.

"나를 못 믿는 거죠? 당신 말 한 마디면 나는 나의 전부를 당신한테 드릴 수 있는데…. 나를 사랑하겠다고, 가정을 주겠다고 한 마디만 하면…."

"승낙하고, 너를 다 갖고, 그리고 난 후 일이 안 되면 어떻게 할 텐데?"

"그럼 내가 나 자신을 처벌해야지요. 죽어서 당신에게 보여드릴 게요."

나는 깜짝 놀라서 말했다.

"너를 갖지 못해도 좋아. 키스나 해 줘. 그걸로 대 만족이야."

67. 대묘량戴妙良의 장례식

온천에서 돌아온 후 나는 약정처藥政處 처장으로 발령이 나서 정소괴의 보스가 되었다. 이 사실이 그를 매우 불편하게 했는데, 그의 웃는 얼굴도 그 불편함을 감춰주지는 못했다. 나는 내가 처장이 됨으로써 일이 순리대로 되었다고 생각했다. 정소괴 네가 약리학 논문 한 편이라도 써봤어? 지식화 시대에 업무도 똑 소리 나게 못하면서 누구한테 기어오르려고 해? 처장 자리에 앉고 나서 기분이 날아갈 듯해지는 것은 어쩔 수가 없었다. 그러나 그저 집에서 동류 앞에서나 폼을 잡을 뿐, 밖에 나와서는 절대로 좋아하는 티를 내지 않았다. 처장이 뭐 별거냐? 만리장정萬里長征에 이제 겨우 삼리, 오리 왔다!

그날 서무실에서 황 주임이 전화를 걸어서 말했다.
"대묘량戴妙良이 세상을 떴습니다. 갑자기 심장병이 발작해서."
대묘량은 원래 약정처 처장이었는데 십년 전에 부청장 자리를 두고 마 청장과 한번 제대로 붙었다가 후에 시施 청장이 그를 차버렸다. 마 청장은 부임 후에 그를 한직으로 보내서, 한 번 가더니 삼년을 썩고 있었다. 1987년이었던가, 그는 더 이상 참을 수가 없어서 쉰 살의 나이에 퇴임하였다. 딸은 외국으로 나가고 아내마저 세상을 떠나자, 그는 홀연히 만산홍萬山紅 농장으로 들어갔다. 그곳은 문화혁명 중에 그가 육년 동안 머물렀던 곳으로, 이번에도 벌써 육년이 되었다. 그는 가끔 돌아오긴 했지만 며칠 안 지나 다시 돌아가곤 했다.

들자하니 대묘랑은 그 농장에서 훌륭한 일들을 많이 해서 농장에서 몇 번이나 그를 모범으로 삼고자 했으나 모두 위생청 때문에 좌절되었다고 했다. 그도 별로 신경 쓰지 않고 말했다.

"내 인생은 퇴임 후에 겨우 제자리를 찾았어."

그러나 아무도 그 말을 진심이라고는 생각하지 않고 그저 실패자의 자기 관용이라고만 생각했다. 중의협회에 있을 때 그와 몇 번 말을 해봤으나 지난 이년간은 그저 경이원지敬而遠之했을 뿐이었는데, 방금 농장에서 전화가 와서 오늘 아침 그가 심장병으로 죽었다는 것이다.

위생청에서는 차를 보내어 시체를 모셔 와서 화장하기로 했다. 나는 대묘랑의 과거를 생각해서, 그 일에 끼어들지 않으려고 황 주임에게 말했다.

"그쪽 사무실에서 알아서 처리하라 하고 그만 치웁시다."

황 주임이 말했다.

"그분은 약정처 사람 아닙니까? 아무래도 약정처에서 나서서 책임을 져야지요."

"퇴직하신 분이잖습니까. 그쪽에서 이런 일도 처리 안 하면 그럼 그쪽에선 도대체 무슨 일을 한다는 겁니까?"

"농장에서는 위생청에서 높은 어른이 한 분 와 달라고 하는데요. 대묘랑이 거기서는 인간관계를 아주 잘 꾸렸나 봅니다."

황 주임이 "그쪽"이란 말을 강조함으로써 우리로 하여금 "이쪽" 생각을 더 하게 했다.

내가 말했다.

"어떻게 하지요? 우리 집에도 마침 병자가 있어서…."

그가 말했다.

"그이가 그 동네에서 인기가 너무 좋아서요…. 너무 허술하게 대했다가는 민중들의 반감을 살까봐 걱정이 되는데요."

나는 난처해져서 말했다.

"기왕 이렇게 된 거, 우리 둘이 다녀옵시다."

그러나 그가 말했다.

"저는 오후에 마 청장님과 함께 성 정부 회의에 가봐야 합니다. 제 집사람 몸도 별로 안 좋고…. 그게, 지 처장 정도 되면 이미 충분히 위생청의 간판급 아닙니까?"

약정처로 돌아와서 사정을 설명했다. 정소괴가 얼른 말꼬리를 달았다.

"평소 같으면 제가 갔을 텐데, 저희 집 강강強强이 하필이면 오늘 병이 나서요."

내가 말했다.

"정말 우연의 일치로군. 황 주임 집사람도 아프다고 하던데."

정소괴는 억지웃음을 지으면서 말했다.

"대묘량 말입니다, 저와는 이전에 껄끄러운 일이 좀 있어서요. 작년에 농장 소개장을 갖고 약정처로 와서는 약을 도매가격에 좀 사가게 도와달라고 하는 걸, 제가 무슨 수로 그런 일을 도와줄 수 있습니까? 라고 했더니 책상을 내리치고는 가버린 적이 있어요."

네가 산 사람과 껄끄럽지 죽은 송장과 뭐가 또 그리 껄끄럽냐! 다른 사람들이 모두 겁에 질려 도망가는 것을 보고, 나는 마 청장님께 전화를 걸어 말씀드렸다.

"죽은 대묘량 데려오는 일을 모두 서로 꺼려서요. 퇴직 반에서는 서무실로 떠밀고, 서무실에서는 또 약정처로 떠밀고…. 만약 요 며칠 위생청에 별일 없다면 제가 다녀오려고 합니다만…."

그가 말했다.

"자네가 가서 모셔 오게. 직접 장례식장殯儀館으로 옮기게. 길조심하고."

나는 퇴직반의 채蔡 군과 승합차를 타고 장례식장으로 가서 쇠로 만든 관을 세 내어서 길을 떠났다.

오후 세 시경에 만산홍 농장의 사무실에 도착했을 때, 오吳 농장장이 말했다.

"대戴 의사님이야말로 정말 훌륭하신 분이셨습니다."

그는 엄지손가락을 치켜들면서 말했다.

"우리 농장에 팔천 명이 넘게 있는데, 거의 모든 사람들이 다 그 분한테 치료를 받아봤지요. 역시 성省에서 오신 분이라 수준이 다르더라고요. 낮에 아프다 하면 낮에 달려오시고, 저녁에 아프다 하면 저녁에 달려오시고…. 정말 좋은 분이셨는데…."

나는 공적인 일은 공적으로 처리한다는 태도로 말했다.

"날이 이렇게 더워서 오래 두면 안 되겠습니다. 오늘 밤에라도 당장 모시고 돌아가야겠습니다."

오 농장장이 말했다.

"저희가 고별의식을 준비했습니다. 대 선생님을 그냥 이렇게 보내드릴 수는 없습니다. 그건 저희 마음이 용납지 않습니다."

그리고는 곧장 방송담당자에게 고별의식이 잠시 후에 시작된다고 알리라고 지시했다. 오 농장장은 나를 대묘량이 살던 곳으로 안내했다. 마침 고향이 이 농장인 〈광명일보光明日報〉의 엄嚴 기자가 휴가차 집에 왔다가 우리와 함께 갔다.

대묘량의 집 앞에는 이미 이백 명이 넘는 사람들이 모여 있었다. 그들은 우리를 보더니 스스로 물러나 길을 만들어 주었다. 집안에 들어가 보니 실내는 예상외로 매우 간소했다. 책상 하나와 침대에다 책꽂이가 다였다. 대묘랑은 얼굴에 천을 덮고 침대에 누워 있었다. 나는 마음속이 쿵, 하고 흔들리며 차가운 기운이 온몸을 지나갔다. 이런 곳에서 육년이나 살았다는 것만 봐도 그는 좋은 사람임에 틀림없었다. 얼굴을 덮은 것은 질감이 거친 재래식 천이었다. 당시 아버님도 흙 속에 들어가시기 전에 저런 천을 얼굴에 덮고 계시다가, 마지막 순간에 그 천을 열어 내게 마지막으로 한 번 얼굴을 보여주셨다. 그때 진사모秦四毛 영감이 나의 무릎을 꿇리고는 아버지 위로 엎어지지 않도록 있는 힘을 다해 나를 부축했었지. "관례대로 합시다!" 그때 진 영감의 그 말을 나는 아직도 기억하고 있다. 흰 천의 결 무늬를 눈으로 쫓다가 아버님의 마지막 모습이 마음속에 갑자기 떠올랐다. 나는 흰 천을 들고 보았다. 채 군이 뒤로 숨었다.

오 농장장이 말했다.

"아쉽습니다. 아쉬워요! 우리 농장으로서는 커다란 손실입니다. 그분에게 좋은 거처를 마련해드리려 했는데, 끝내 필요 없다고 하시더니…."

나는 농민 두 명에게 차에서 철 관을 들고 오라고 했다. 시신을 들 때에는 두 명이 더 거들어서 조심스럽게 옮겼다. 문 밖으로 나오자 밖에는 이미 천 명에 달하는 사람들이 모여 있었다. 임시로 마련한 추모회장도 이미 준비가 끝났고, 농민 네 명이 철 관을 어깨에 메고 한 걸음 한 걸음 현수막 아래로 걸어왔다. 한 사람이 공산당 기旗를 가져와서 관 위에다 덮었다.

엄 기자가 내 귓가에 대고 말했다.

"정말 감동적입니다."

먼저 한 마디 하던 오 농장장은 연설 도중 감정이 북받쳐서 몇 번이나 목이 메어 차마 말을 잇지 못했다. 나도 원래는 한 마디 하려고 했으나 분위기를 보자 망설여졌다. 공적인 일을 공적으로 처리한다는 식으로 냉철하게 나가자니 여기 사람들이 가만히 있지 않을 것 같고, 그렇

67. 대묘랑의 장례식

다고 감정적으로 나가자니 만약 위생청에까지 소식이 전해지면 입장이 곤란해질 것이기 때문이었다. 채 군더러 올라가서 연설을 하라고 했더니 올라가서 몇 분 떠드는데, 무미건조하기 그지없어 농장장의 연설과 너무 비교가 되었다. 이어 몇 사람이 올라가서 발언을 했다. 모두 본인의 경험을 이야기하는데, 한 명은 울음을 터뜨려 말을 잇지 못하고 뒤로 물러나 눈물만 닦았다.

엄 기자가 내게 말했다.

"지 처장님도 올라가서 한 마디 하시죠."

나는 대묘량이 위생청에서 몇 십 년 동안 쌓은 공적에 대해서는 아는 것이 전혀 없었고, 아는 사실은 또 말할 수가 없는 것들이었다. 그래서 오늘 느낀 점을 이야기하다가 갑자기 정소괴가 아침에 했던 말이 떠올랐다. 그가 농장을 위해 약을 싸게 사기 위해 시내까지 와서 도매로 약을 사간 이야기를 했다. 이어서 엄 기자가 한 마디 하고, 모두들 애도를 하고 허리 숙여 절하고는 추모회를 마쳤다. 채 군이 농민 몇 명을 지휘해서 철 관을 차로 옮기는데, 몇 명이 둘러싸면서 말했다.

"대 의사님께서 이렇게 가시다니, 밤 새워 곡을 해드리려 했는데…."

내가 말했다.

"날씨가 이렇게 더운데 여기는 식힐 얼음도 하나 없고 해서…. 내일까지 기다리는 것은 무리일 듯싶습니다."

오 농장장은 사람들을 도시로 따라 보내려고 했다. 난처하기 그지없었다. 농장에서 사람들이 와서 장례를 성대하게 치르겠다는 생각인데, 그게 어디 가당키나 한 소린가? 위생청은 또 얼마나 난처해지겠는가? 나는 온 힘을 다해 오 농장장을 설득하면서 장례를 반드시 제대로 치를 것을 재차 약속했다. 그러나 오 농장장은 끝까지 고집을 부리면서 말했다.

"사람들도 이미 성해 누었는걸요. 민閔 부 농장장이 갈 겁니다."

어떤 일이 있어도 절대로 승낙할 수 없는 일이었다. 위생청에다가는 뭐라고 얘기할 것인가? 물론 원칙대로라면 대묘량은 좋은 사람이고, 성대하게 장례를 치른다고 해도 하나도 지나칠 것은 없겠지만, 그러나 이 바닥의 원칙은 또 완전히 다른 논리를 갖고 있는데다가, 또 그게 감정적으로 일을 처리한다고 해서 될 수 있는 일이 아니었다. 나는 날이 덥다, 길이 험하다, 농장 일을 그르친다, 등등 댈 수 있는 근거는 전부 다 대 보았지만, 오 농장장은 끝까지 양보하려 하지 않았다. 정말 별 수가 없어서 나는 엄 기자가 자리를 뜬 틈을 이용해서 태도를 바꾸어 강하고 뻣뻣한 말투로 그를 거절했고, 그도 그제서야 할 수 없이 물러섰다.

차에 시동이 걸리자 폭죽 소리가 터져 나왔다. 폭죽 연기 속에서 나는 길가에 몇 명이 무릎을 꿇고 있는 것을 보았다.
나는 등鄧 기사에게 말했다.
"차 좀 천천히 몰게."
차가 천천히 사람들 무리 속을 뚫고 나오는 동안 사람들이 하나 둘 무릎을 꿇고 통곡을 했다. 나는 나도 모르게 손을 뻗어 눈가의 눈물을 닦았다. 채 군은 전혀 동요하는 기색 없이 자기와 상관없다는 표정으로 내 옆에 앉아 있었다. 나는 마음속으로 욕을 했다.
"피도 눈물도 없는 녀석 같으니라고…. 무섭다, 무서워!"
사람들의 무리 속으로 난 길을 지나 기사가 막 속도를 내려고 할 때, 엄 기자가 뒤에서 쫓아오면서 나를 향해 손을 흔들었다. 일군의 사람들도 함께 뛰어왔다.
엄 기자가 말했다.
"지 처장님! 오늘의 모습이 너무나 감동적이었습니다. 신문에 특집 기사를 써서 발표하고 싶은데, 여기서 며칠 더 취재하고 시내에 가서 지 처장님을 다시 찾아뵙겠습니다. 휴가차 왔던 건데 도저히 쉬고 있을 수가 없네요."
만산홍 농장을 벗어나자 내 마음은 다시 무거워지기 시작했다. 저놈의 엄 기자는 자기 취재 소재를 찾는 데만 급급해서 남이야 불 위에서 구워지건 말건…. 나만 위생청에 골칫거리를 갖고 돌아가는 셈이 되고 말았다. 만약 저 인간이 내가 한 말들을 글로 적으면 그땐 또 어떻게 한다? 대묘량이야 워낙 좋은 사람이니까 선전 한 번 해줄 수도 있지만, 그렇지만 원칙대로라면 또 다른 논리를 따라야 한단 말이다! 오늘 저놈의 기자를 만나다니, 정말 재수 더럽게 없군!

도시로 돌아오니 이미 새벽 한시였다. 차를 장례식장으로 몰아서 문을 한참 두드리자 당직하는 노인이 머리를 내밀고는 말했다.
"내일 오시오, 날이 밝거든. 출근하거든 오시라고요!"
내가 듣기 좋은 말을 수십 번 하자 그가 말했다.
"이 시간에 나더러 어디다 두라는 거요? 내 침대 아래에라도 놓을까? 냉동고도 이미 다 잠갔단 말이요."
끌고 돌아오는 수밖에 없었다. 차는 시내를 가로질러 가끔 택시만이 출몰하는 고요한 거리를 달렸다. 나는 발 아래 있는 철 관을 보면서 속으로 생각했다.
"이것이 한 사람과 세계와의 관계로군. 한 생명이 끝나도 세계는 돌아가던 대로 계속 돌아가는군. 흥하건 망하건 인간한테는 이 한평생이 전부지. 훗날에 거는 기대는 모두 공허한 거야. 시간 속의 어떤 거부할 수 없는 요소들은 눈 하나 깜빡 않고 모든 것을 변화시키지. 대묘량은 분명히 좋은 사람이다. 그래, 그래서 어떻다는 거지?"

아침 일곱 시가 좀 안 되어 나는 전화벨 소리에 잠을 깼다. 기사가 장례식장으로 함께 가자는 전화인 줄 알고, 중요한 회의가 있으니 혼자 옮기라고 얘기하고 치워야지, 하고 생각하면서 전화를 받았다. 그런데 엄 기자로부터 걸려온 전화였다. 그가 말했다.
"어제 밤새도록 초보적인 취재를 마쳤습니다. 대 의사는 정말 영웅입니다. 소재도 현실적이고…. 저는 이분을 대대적으로 알리려고 합니다. 아마 전국적인 영웅까지도 될 수 있을 겁니다. 어제 오후의 장면은 너무나 감동적이었습니다. 기자가 몇 년을 밖에서 뛰어다녀도 한 번 만날 수 있을까 말까한 장면을 제가 우연히 포착했으니, 한 번 깊게 파보렵니다."

나는 찬물을 뒤집어쓴 듯이 말했다.

"그렇게 가치가 있습니까?"

그가 말했다.

"그럼요!"

그는 위생청에서 추도회를 열 때 그 영웅적인 소재들도 사용해 달라고 부탁했다. 전화를 끊고 나는 마음이 썰렁해졌다. 운도 지지리도 없군! 화를 자초한 게 아닌가? 그의 업적이 신문에 떡, 하니 실리면 위생청의 입장이 얼마나 난처해지겠는가? 대묘량이 앞당겨 퇴임하고 노여워하며 만산홍으로 갔던 것인데, 위생청으로 와서 뭘 취재하겠다는 건지…. 상황을 취재하면 우리는 또 어떻게 하란 말인가? 대묘량이 전국적인 영웅으로 밀어도 충분할 정도로 좋은 사람이라 치더라도, 그래도 그렇지, 우리한테 그렇게 막대한 대가를 치르게 할 순 없는 것 아닌가! 나는 어제 너무 약하게 나갔던 것을 후회했다. 끝까지 우겨서 정소괴를 보냈더라면 그 인간이 안 가고 배겼겠어? 이렇게 문제 있는 인간들은 근처에도 얼씬하지 말아야지, 얼씬하는 날엔 그냥 문제들이 덤벼든단 말이다. 이 바닥에선 마음이 너무 약해선 버틸 수가 없단 말이다!

생각할수록 마음이 조급해져서 아무래도 마음의 준비라도 하시라고 마 청장님께 전화를 드리기로 했다. 안 그랬다가 만약 일이 너무 갑작스럽게 터지면 분명히 화를 내실 것이다. 전화기를 들고 잠시 머뭇거리다가 피하려 해도 피할 수가 없다는 생각이 들어 버튼을 눌러 상황을 보고드리고 변명도 몇 마디 덧붙이는 것을 잊지 않았다. 그런데 누가 알았으랴! 그는 전혀 화를 내는 기색 없이 말했다.

"아무도 출근하기 전에 사무실 건물 앞에 붙인 부고와 장례준비위원회의 명단을 뜯어버리고 출근하자마자 내 사무실로 오게."

나는 얼른 달려가서 그 두 장의 종이를 뜯어 둘둘 말아서 집으로 들고 돌아왔다. 오던 중에 갑자기 생각이라도 난 듯 장례준비위원회의 명단을 한번 훑어보았다. 어떤 일들은 이런 데서 또 힌트를 얻을 수 있기 때문이다. 펼쳐보니 손지화가 주임, 내가 부주임, 정소괴는 위원이었다. 이전에는 누가 장례준비위원회의 서열이 중요하다고 하면 우습게 생각했겠지만, 지금 생각하면 그걸 우습게 생각하는 게 오히려 우스운 일이다. 무슨 일이든 다 위아래가 있고, 그 위아래는 어디서든 드러나게 마련이니, 결코 농담으로 치부할 일이 아닌 것이다.

출근하자마자 나는 마 청장을 찾아갔다. 문을 들어서자마자 그는 책상을 치면서 말했다.

"지군, 자네 이번 일 참 잘 했네!"

나는 가슴이 쿵, 하고 내려앉아 숨도 제대로 못 쉴 지경이었다, 끝이다! 그러나 마 청장의 표정에는 화난 기색은 전혀 없는 정도가 아니라 오히려 희색이 도는 듯했다. 나는 습관적으로 자리에 앉아서 아무 말도 하지 않았다. 먼저 마 청장의 진의를 파악한 다음에 입을 열어야지…. 그가 말했다.

"자네 이번에 잘 다녀왔네. 업적을 갖고 돌아왔어. 이제부터 우리는 전력을 다해서 이번 일을 추진해 보세! 우리 위생청에서 영웅이 나오다니, 게다가 전국적인 영웅이…. 이야말로 엄청난 정신적 자원 아닌가! 〈광명일보〉, 그거 아무나 실어 주는 게 아니거든. 아무나 쟁취할 수 있는 게 아니라고. 기자가 이번 사건을 만난 것도 인연이지만, 우리가 그 기자를 만난 것 역시 인연일세. 정신문명, 인도주의, 이런 것은 추상적이어선 안 되고 반드시 인격화되어야 해. 대묘량 동지야말로 우리 성 위생계통의 정신문명이 인격화된 것이지. 위생청에서 그로 하여금 만산홍 농장에 가게 한 것, 그것은 인도주의의 구체적인 체현(體現)이며, 우리 성 위생계통의 정신문명 건설의 구체적인 성과인 게야."

역시 마 청장이었다. 순식간에 사건의 본질을 포착하고 조작의 틀을 이미 정했던 것이다. 이때 정소괴한테서 전화가 왔다. 엄 기자한테서 방금 약정처로 나를 찾는 전화가 왔었는데, 전화번호를 남기면서 가능한 빨리 전화를 해달라는 메시지를 남겼다는 것이다. 마 청장은 전화기를 가리키면서 말했다.

"당장에 전화를 걸어 그 기자 동지를 데리고 오게. 추도회는 내일로 하루 미루고…. 내가 직접 진행하겠네."

내가 전화를 하자 엄 기자가 말했다.

"이미 신문사 쪽에 보고 드렸습니다. 신문사의 윗분들도 큰 관심을 보이고 있습니다. 그리고 내일 오후 북경에서 사람을 몇 명 보내려고 하는데, 공항으로 누가 마중 좀 나가줄 수 있습니까?"

내가 말했다.

"저희 위생청의 어르신들도 지대한 관심을 갖고 계십니다. 마 청장님도 직접 장례준비위원회 위원장 자격으로 추도회를 본인이 진행하실 예정입니다. 일단은 내일 오전으로 정해져 있습니다. 마중 나가는 거야 뭐 아무 문제도 안 되고요. 저희 쪽에서 엄 기자님도 모시러 가겠습니다."

그가 말했다.

"저는 오전에 자료 정리를 다시 좀 하고 개요를 정한 다음 농장 차를 타고 내일 올라가겠습니다. 우 농장장님과 어제 말 잘 하던 사람으로 두 명 더 데리고 갈 생각입니다."

내가 말했다.

"위생청에선 엄 기자님이 추도회 시간에 맞춰서 오셨으면 합니다만…. 내일이면 늦지 않겠습니까?"

나는 마 청장께 추도회를 오후에 거행하자고 말씀드렸다. 마 청장이

67. 대묘량의 장례식

말했다.

"요 며칠간 다른 일은 일단 제쳐두고 이 핵심적인 사무에만 전념해주게."

그리고는 손 부청장과 노조의 육陸 주석 등을 부르더니, 장례준비위원회의 명단을 새로 짜기 시작했다. 육 주석은 사람을 모아 만련挽聯을 쓰고, 황 주임은 추도사追悼辭를 쓰는 책임을 맡았다. 원래 준비했던 추도사는 폐기하고 고인에 대해 새로 자리매김하기로 했다. 나는 영정으로 쓸 사진을 현상해 오도록 시키는 등 각 분야의 사무를 조율하는 일을 맡았다. 오후까지 정신없이 일들을 처리하고 만산홍 농장으로 사람들을 데리러 다시 가려고 했다. 등 기사에게 전화를 걸었더니, 그가 말했다.

"관이 아직도 차 안에 있는데, 상하지나 않았는지 모르겠네요."

나는 깜짝 놀랐다. 바쁘게 왔다 갔다 하느라 정작 그 일을 까먹고 있었던 것이다.

내가 말했다.

"우리 당장 출발하세. 먼저 장례식장으로 갔다가 만산홍으로 가는 거야."

"방금 만산홍에서 돌아오지 않았습니까?"

"누구는 방금 돌아오지 않았나? 마 청장님이 가라고 하시면 가야지, 마 청장님께 못가겠다고 말씀드릴 텐가?"

"갑니다. 가겠습니다."

전화를 끊고 생각했다. 역시 사람은 위로 올라가야 해. 그 자리에 오르지 못하니 말에 힘도 안 실리고, 아직도 다른 사람의 이름을 빌려야 하다니!

위생청 사람들이 거의 다 추도회에 참석했다. 반년 전 시施 청장의 추도회보다 훨씬 성대했다. 원래 예약했던 작은 홀을 취소하고 큰 홀로 자리를 옮겼다. 사실은 큰 홀도 이미 예약되어 있었는데, 마 청장님이 몸소 장례식장의 서기에게 전화를 걸고, 서기가 또 그쪽의 가족 친지들에게 정부 부분에서 임시로 중요한 의식이 있어서 큰 홀을 사용해야겠다고 말했다. 나도 달려가서 듣기 좋은 소리로 한참 떠들었지만 그쪽에서는 절대 양보 못하겠다고 했다.

상주가 말했다.

"이미 모두에게 알렸는데, 이런 망신살이 어디 있단 말이요!"

나는 즉석에서 위생청이 이천 위안을 배상해 주겠다고 결정을 내렸고, 그제야 문제를 해결할 수 있었다. 추도회장은 사람들을 데리고 와서 내가 직접 배치했다. 양 옆에는 노끈을 두 줄 걸고, 스무 개 남짓한 리본을 매달았다. 양 옆의 조화弔花들은 모두 기성품으로, 보증금을 내고 빌려와서 앞에 썼던 사람의 리본만 떼어 우리 것으로 바꾸었다. 영정 양 옆에는 마 청장이 손수 쓴 만련挽聯을 걸었다.

"사상자를 구해주신 어진 마음 뛰어난 의술
베푸신 은덕 밝은 달처럼 오래도록 이 세상 비추네
온몸 바쳐 벗들 위하신 이 시대의 양의良醫시여
저희는 산천과 더불어 영령 앞에 곡哭 하나이다"

(救死扶傷, 仁心妙手, 德如浩月, 長懸塵世
鞠躬盡瘁, 諍友良醫, 我與萬山, 同哭英靈)

내가 적은 만련은 이러했다.

"명리名利야 연기구름 같고 물처럼 묽어도
역사에 남을 사업은 태산보다 무겁다네."
(名利烟雲淡如水, 事業千秋重於山)

만련을 걸고 나니 모두들 만련을 평가하고 나섰다. 선전부의 곽郭 부장이 말했다.

"지 처장! 그 만련은 누구한테 부탁해서 만든 거요? 명리가 연기구름 같다고 한 뒤에 어떻게 다시 묽은 물로 이었지요?"

내가 말했다.

"거 너무 꼬치꼬치 캐묻지 마십시오! 저도 차 안에서 몇 시간 동안 머리 짜내서 겨우 생각해 낸 겁니다."

그가 얼른 말했다.

"지 처장의 대련 짓는 실력이 이렇게 높은 줄은 미처 몰랐습니다."

모두들 웃음을 터뜨렸다.

몇몇 청장과 두 명의 기자, 그리고 오 농장장이 버스를 타고 도착하자 마 청장의 얼굴이 침통한 표정으로 바뀌었고, 모두들 따라서 침통한 표정을 지었다. 분위기가 제대로 잡혀오기 시작했다. 조문 인사가 끝난 후, 마 청장이 추도사를 읽기 시작했다.

"침통한 심정으로 친애하는 대묘랑 동지를 추도하며."

첫 구절을 읽는데 벌써 마 청장의 목소리가 메여왔다.

"이렇게 갑자기 맞이한 당신의 죽음을 우리는 마음으로 받아들이기 어렵습니다…."

여기까지 읽고 나서는 손수건을 꺼내 눈물을 닦기 시작했다. 나는 마 청장을 보면서 마음속에 의혹이 뭉게뭉게 피어났다. 이전에 마 청장이 추도사를 읽을 때는 늘 공적인 일은 공적으로 처리한다는 식의 태도였는데, 오늘은 어째서 저리도 감정적이 되시는지…. 분위기가 극에 다다르자 몇몇 여성 동지들이 흐느끼기 시작했다. 북경에서 온 기자들은 이런 장면을 모두 촬영했고, 이어서 엄 기자가 그저께 송별 당시의 상황을 소개했다. 시신과의 고별을 마친 후 장례식장의 직원들이 시신을 화장터로 옮겨 불 속으로 밀어 넣었다. 마 청장은 그 뒤를 끝까지 따르다가 최후에 사람들에 의해 저지당하고서야 발을 멈추었다.

위생청으로 돌아와서 엄 기자는 좌담회를 열어달라고 요청했고, 마 청장은 즉시 승낙했다. 엄 기자는 내일 다시 만산홍 농장으로 가서 다시 취재를 하려고 저녁에 좌담회를 열고 싶어했지만, 마 청장이 말했다.
"내일 합시다. 내일 아침에 엽시다. 만산홍까지 차를 준비해 드릴 테니."
그리고는 곧장 좌담회 개최 준비회의가 소집되어 나도 참가하게 되었다. 손 부청장이 말했다.
"내일 좌담회는 매우 중요한 회의이니 모두들 모여서 누가 참가하는 것이 적합할지, 누구누구가 핵심적인 발언을 할지 등을 얘기해 봅시다."
토론을 통해 발언자 명단을 작성했는데, 누군가가 나서서, 길사림吉士林은 대묘량과 여러 해 함께 일을 하기는 했지만 말을 너무 멋대로 지껄이는 경향이 있는데다가 성미가 불같으니 발언자 명단에서 빼는 것이 어떻겠느냐고 제의를 했다. 나는 뭔가를 바라는 눈빛으로 마 청장을 바라보았지만, 마 청장은 좋다거나 싫다는 어떤 의견도 표명하지 않았다. 내가 나섰다.
"그 사람은 건드리지 맙시다."

저녁에 이튿날 회의에 참가시킬 사람들을 모두 불러 모았다. 마 청장이 말했다.
"대묘량 동지는 우리 위생청의 자랑이고 영예입니다. 내일 좌담회에서 문제가 생기면 그것은 곧 대묘량 동지의 이름에 먹칠을 하고 본 성의 전 위생 시스템과 나아가 여기 앉아 계신 여러분들의 이름에 먹칠을 하는 결과를 가져올 것입니다. 대묘량 동지의 출현은 곧 저희 성 위생

시스템의 다년간에 걸친 정신문명 건설 노력이 가져온 중대한 성적의 표지입니다. 의사의 책임은 죽은 자를 살리고 다친 이의 어깨를 부축하는 것, 혁명의 인도주의를 실현하는 데 있습니다. 위생청이 그를 만산홍 농장으로 보낸 것 역시 이런 목적에서였습니다. 힘들고 고된 환경에서만 그 사람의 진가를 제대로 평가할 수 있기 때문입니다. 그는 그 시험을 통과함으로써 고상한 사람, 순수한 사람, 도덕적인 사람, 저급한 취미를 벗어버린 사람, 인민에게 유익한 사람이 되었던 것입니다."

그리고는 모두들 발언을 했는데, 각자가 발표하려는 내용의 대강을 말하고, 손 부청장과 곽 부장이 그 중에서 부적절한 부분을 지적해준 후에 회의를 마쳤다.

한달이 조금 더 지난 후에 <광명일보>에 장편의 기사가 실렸다. 기사 제목은 바로 내가 쓴 만련, "명리연운담여수, 사업천추중어태산"(名利烟 雲淡如水, 事業千秋重於山)이었다. 이 기사가 나가자 곧바로 성省과 시市의 각종 신문 잡지 및 방송국 기자들이 위생청으로 취재하러 몰려들었다. 위생청에서 이런 인물을 길러냈다는 사실에 대해서 문文 부성장조차 놀라면서 전화로 상황을 물어오셨다. 시市 위원회 선전부가 주관해서 대형 좌담회를 열었고, 문 부성장님까지 참석하셨다. 위성방송에서는 카메라를 세 대나 돌려가면서 녹화하는 가운데, 마 청장에 이어서 문 부성장도 발언하셨다.

"시장경제의 조건하에서 어떻게 정신문명을 일상적인 업무에 반영시킬 것인가 하는 문제야말로 우리가 오랫동안 쉬지 않고 붙들고 있던 문제입니다. 구체적으로 의료부문 종사자들에게 있어서는 직업적 도덕심과 인도주의가 현실에서 실현되어야 합니다. 대묘량 동지의 삶이야말로 우리가 추구하는 것을 구체화시킨 것이라 하겠습니다."

정소괴가 말했다.

"저는 홍콩에서 방금 돌아왔는데요, 홍콩 사회의 하나같이 자신만을 생각하는 개인주의와 대묘량 동지가 추구한 것은 정말로 강렬한 대조를 이루는 것 같습니다."

그는 감정이 격해져서 얼굴이 다 붉어지고 몸까지 흔들어대면서 계속 말했다.

"우리 위생 시스템의 지도자들께서 정신문명의 건설을 위해 쉬지 않고 노력한 결과 결국은 한 무리의 선진적인 인간들이 쏟아져 나왔습니다. 대묘량 동지는 바로 그 대표격이라 하겠습니다. 그의 업적은 시장경제의 흐름 속에서 방향을 잃고 헤매는 사람들의 영혼에 세례를 베풀고 정화작용을 했습니다."

나는 만산홍 농장에서 본 상황을 다시 한 번 설명하였다. 비록 이미 열 번도 더 얘기했지만, 그러나 문 부성장님께 조금이라도 인상을 남기려다보니 말하는 데 아무래도 좀 감정적이 되었다. 말을 하면 할수록 감정이 격해져서 나중에는 나 자신도 이 격한 감정이 도대체 어떤 이유에서 생긴 것인지 알 수가 없었다.

이틀 후에 위생청에서는 전 성 위생 시스템 산하 각 단위와 조직에 전화를 걸어 모두 위성방송의 좌담회 프로그램을 시청하도록 하라는 전화를 걸었다. 저녁에 나도 동류를 불러 같이 텔레비전을 보며 말했다.

"자, 나의 빛나는 모습을 한번 보시지."

이어서 말했다.

"정소괴가 연기하는 것도 좀 보고. 그 인간 나한테 바로 얼마 전까진 홍콩에는 마실 물 부족한 것 빼고는 없는 게 없더라고 떠들어 놓고는, 좌담회에선 또 그런 식으로 홍콩을 까다니. 남한테 방향을 잃지 말라는 충고까지 하고 말이야. 하긴 그 인간이야 언제고 방향을 잃어 본 적 있었겠어? 어느 방향으로 향할지 워낙 잘 알고 있는 인간이니. 모르는 사람들이 보면, 텔레비전으로 보면, 그 인간이 어떤 인간인지 영원히 알 길이 없지. 무슨 고상한 인물쯤으로 착각할지도 모르지. 정소괴야말로 아주 일찍이 음양의 도를 깨쳤으니, 태극권의 고수高手라고 불러도 되지 않겠어?"

동류가 말했다.

"그러면 그런 상황에서 무슨 말을 해요? 뭐라고 할 수 있겠느냐고요? 어쩔 수 없는 거지. 정말 그렇게 할 수밖에 없었던 거 아네요? 너무 핀잔 주지 말아요."

나는 웃으면서 말했다.

"가만히 생각해 보니 정말 그 인간 탓만 할 수도 없군. 그 인간도 뭐 별 수 없으니까 그저 그런 역할을 맡아 연기하고 있었을 뿐인데…. 그렇지 않다면 인생은 연극이다人生如戱란 말이 괜히 나왔겠어?"

# 68. 청산에 살면서 땔감을 걱정하랴

한 가지 문제가 해결되면 모든 문제가 해결된다는 말이야말로 생활의 오묘한 진리이다. 앞으로 나아가는 것이야말로 분명히 무궁한 매력을 갖고 있는 것으로, 그야말로 매력 무궁이었다.

새해 전에 나는 다시 방 세 개에 거실이 딸린 서른 평이 조금 못되는 집을 배정받았다. 시施 청장이 돌아가신 후에 남긴 집으로 많은 사람들이 침을 흘리고 있었는데, 그 방이 내게 돌아온 것이다. 정소괴도 처음에는 신청하려고 했으나 나중에 내가 신청했다는 것을 알고는 포기했다고 한다. 어차피 신청해도 안 될 텐데 굳이 체면 깎일 필요가 없다고 생각했던 모양이다. 그 인간도 바보는 아닌지라 나를 보면 꼬박 꼬박 "지 처장"이라고 부르기는 했지만, 내 생각에는, 그 인간의 속이 편치 않을 것임이 분명했다. 그 역시 사람 아닌가. 열쇠를 받아서 나와 동류는 어떻게 실내장식을 꾸밀지 의논했다. 내가 말했다.

"작년에 신申 과장 말을 듣고 이 방 두 개짜리 집에 별 장식이나 수리를 안 했기에 망정이지, 만약 실내장식을 했다가 붕 떴으면 어쩔 뻔했어? 뒤에 이사 오는 사람한테 돈을 받을 수도 없는 노릇이고 말이야."

나는 이번엔 새로 배정받은 집을 제대로 장식해야겠다고 생각하고 있는데, 동류에게서 생각지도 못했던 반응이 나왔다.

"남이 살던 집인데, 여기다가 돈을 갖다 바르자고요? 일년도 안 돼서 또 붕 떠버릴 텐데…."

지난 한 해 좋은 일도 많이 겪고 돈도 많이 만져보더니 동류도 시야가 대폭 넓어져서 나보다도 앞서 나가는 듯했다. 내가 말했다.

"나야 아무렇게나 살아도 상관없으니 당신이 설계만 해. 나야 심부름만 하면 되지 뭐."

동류는 며칠간 궁리를 하더니 나를 데리고 몇 집 돌아다니면서 보고 난 후 예산 삼만 위안짜리 안을 내놓았다. 내가 말했다.

"아무 것도 안 한다더니 삼만 위안이나? 정말로 꾸미려고 마음먹으면 아주 가산을 탕진하고 말겠네."

그녀가 말했다.

"삼만 위안 들였다고 어디 가서 얘기도 꺼내지 말아요. 많이 쓰는 집은 십만 위안도 들인다고요."

집사람이 인테리어에 흥미가 있다는데, 쏟을 열정이 생겼다는데, 나도 기쁜 마음으로 내버려두었다.

이때 구苟 의사가 찾아왔다. 모毛의사도 뒤에서 차 기름茶油 두 통을 들고 따라 들어왔다. 내가 말했다.

"작년 것도 아직 좀 남았는데…."

모 의사가 말했다.

"이것도 좋은 물건입니다. 다른 사람한테 선물하기도 좋고요."

동류가 말했다.

"이런 물건 들고 오다가 다른 사람들의 눈에 띄면 괜한 소문만 납니다."

위생청에는 정말 전문적으로 남이 뭘 하고 사는지만 관찰하는 인간들이 있었다. 구 의사가 말했다.

"그 점을 미처 생각 못했습니다. 이래선 안 되는 일이었는데…."

그러면서 손으로 자기 머리를 때렸다. 모 의사가 먼저 내려가고 구 의사가 왼 주먹을 오른 손으로 감싸 쥐면서 말했다.

"듣자하니 지 처장님 승진하셨다면서요? 정말 기뻐할 일입니다."

동류가 그에게 차를 따르자, 그가 얼른 자리에서 일어나서 말했다.

"이런 황송할 데가…. 감사합니다, 형수님!"

다시 앉아서 말했다.

"저는 새해인사를 앞당겨 온 것입니다. 지 처장님과 형수님 덕분에 저희도 지난 한 해 작으나마 수확이 좀 있었습니다."

내가 말했다.

"요즘 돈 벌기 힘들 텐데…. 정말 축하할 일입니다."

그가 말했다.

"어렵다면 분명히 어려운 일이지만, 쉽다고 하면 또 쉬운 일 아니겠습니까. 누가 받쳐주는 사람이 있으면 말입니다. 저희야말로 지 처장님의 도움에 힘입어 이렇게 일어설 수 있었던 셈이지요."

내가 말했다.

"제가 자리를 옮기지 않았습니까. 이젠 도와드릴 수 없을 겁니다."

그는 웃으면서 가슴 속에서 봉투를 하나 꺼내며 말했다.

"지 처장님 작년에 저희 주주가 되지 않으셨습니까? 계약서를 작성하거나 하지는 않았지만 저희 모두 분명히 기억하고 있습니다. 연말이라 이익금 배당도 있고, 저희도 그 김에 새해인사라도 드리려고 온 겁니다."

내가 말했다.

"제가 언제 주주가 되었습니까. 농담도! 그 일백 위안은 차비로 쓰시라고 드린 겁니다."

내가 봉투를 앞으로 밀어내자 그가 말했다.

"지 처장님, 기억 안 나세요?"

내가 말했다.

"그거야 농담이었지요."

그가 아주 진지하게 말했다.

"지 처장님이야 농담으로 하신 말씀인지 몰라도, 저희는 그때 마음속에 새겨두었습니다. 만약 이번에 제가 이대로 돌아가면 모두들 욕하느라 튀긴 침에 제가 빠져죽을 지경일 겁니다. 저를 배은망덕한 놈으로 만들지 말아 주십시오."

동류가 말했다.

"저희 이이가 생각이 좀 보수적이라서…. 사람 난처하게 하지 말아 주세요."

그가 몸을 세우며 놀랐다는 듯이 말했다.

"형수님 어떻게 그런 말씀을 하십니까? 지 처장님이 주식을 사시면서 저한테 돈까지 주셨습니다. 제가 비록 영수증을 끊어드리거나 하진 않았지만 그래도 마음속으로는 다 기억하고 있습니다. 저희도 허튼 소리 하는 사람 아닙니다. 사람이 실사구시를 해야지요."

정말 이렇게 이문이 후한 장사가 있나 싶었다. 평소에 일원 놓고 만원 먹는다는 식의 이야기는 다 과장이라고 했었는데, 하늘 아래 정말 이런 일이 있을 줄 누가 알았겠는가! 나는 테이블 위의 종이봉투를 힐끗 보았다. 일백 위안 놓고 일만 위안도 아니고 이만 위안은 먹는 것 같았다. 내가 말했다.

"이윤이 너무 높은 걸요."

그가 말했다.

"상품경제에서 이윤을 추구하는 것은 매우 정당한 행위이고, 이윤 최대화를 추구하는 것 또한 이치에 맞는 일입니다. 당 중앙이 추진하는 사상해방은 바로 여기서부터 시작하는 것이지요. 이윤을 추구하지 않는다면 그게 어떻게 시장경제가 됩니까? 그래서 드리는 말씀입니다만, 이게 정당하고 도리에 맞는 겁니다."

나는 속으로 우습다고 생각했다. 그렇게 정당하고 도리에 맞는 것이

어째서 몇 년 전의 나한테는 고물 하나 안 떨어졌단 말인가! 어쨌든 그의 세 치 혀가 사정을 이렇게 합리적이라고 말하는데 내가 이것을 안 받는 것도 사람으로서의 도리가 아닌 듯싶었다. 이 돈 좀 봐라! 사람들이 사업한다고 뛰어드는 데는 다 이유가 있다니까.

내가 말했다.
"천금이 되었든 만금이 되었든, 이것은 제가 받을 수 없습니다. 저 이 자리에 조금이라도 더 앉아 있게 도와주십시오."
그가 놀란 듯이 바라보더니 말했다.
"아, 그것도 좋습니다."
그는 종이봉투를 집어 들어 양복 안주머니에 쑤셔 넣으면서 말했다.
"오늘 제가 찾아온 이유가 하나 더 있습니다. 듣자하니 지 처장님 새 집을 배정받으셨다고요? 축하드립니다. 제 사촌 동생이 이 근처에서 인테리어 사업을 하고 있는데요, 그 녀석 장사 좀 시켜줄까 해서요. 지 처장님 댁 인테리어를 제 동생에게 맡겨주실 수 있으신지요?"
동류는 지대한 흥미를 보이며 말했다.
"수준이 어느 정도인가요? 저희한테 농담하시는 건 아니시죠?"
구 의사가 말했다.
"그저 그런 수준이라면 제가 감히 여기서 말을 꺼내겠습니까? 여기가 어디라고…. 내일 형수님 시간 있으시면, 제가 몇 집 보여드릴 테니 그 수준을 직접 한 번 보시지요."
내가 말했다.
"우리가 직접 찾으면 됩니다. 장식할 사람들은 찾을 수 있습니다."
그가 말했다.
"밖에서 주먹구구로 일하는 사람들을 어떻게 믿습니까? 게다가 품질은 누가 책임지고요?"
동류가 내게 말했다.

"만약 정말 괜찮다면…. 사실 안 괜찮을 것도 없지요."

동류가 그에게 새 집의 구조를 그려 보이면서 어디에는 어떤 자재를 쓰고 가장자리는 무엇으로 처리할지 등등을 하나하나 설명했다. 구 의사가 말했다.

"이번 일은 제게 맡겨주십시오. 내일 제가 형수님을 모시고 몇 군데 돌아다닐 테니, 만약 보시고 일을 거칠게 한다 싶으면 제 동생이야 제가 발로 차버리면 그만입니다."

나는 끝까지 꺼려했지만, 동류가 말했다.

"먼저 본 다음에 이야기하죠. 한번 보는 거야 법에 저촉될 것도 없잖아요?"

그리고는 시간약속을 정해버렸다.

며칠 후에 동류가 말했다.

"구 선생네 동생 솜씨가 이만 저만 아니던데요."

나는 신경 쓰기가 싫어서 동류 맘대로 하도록 내버려두었다. 나중에 수리하는 동안 몇 번 가보았는데, 정말로 내가 상상했던 것보다 훨씬 낫기에 그저 손을 놓고 있었다. 한 달 후에 수리가 끝나고 동류에게 얼마를 지불했냐고 물어보았다. 그녀가 말했다.

"당신은 사소한 일엔 신경 쓰지 마세요."

듣는 순간 말투가 영 이상했다. 워낙 계획했던 것은 이보다 훨씬 못한 수준이었는데도 삼만 위안이 든다고 했는데, 설마 돈이 남았을라고? 내가 말했다.

"사실대로 말해봐. 얼마나 들었어? 그 사람들이 당신한테 좋은 것 갖다 바치면 그게 공짜인 줄 알아? 그쪽이 남는 장사하는 거라고. 사실대로 말 안 하면, 나중에 그 인간이 날 찾아와서 무슨 부탁을 해도 난 모르는 일이야."

동류는 머뭇머뭇 흥흥, 대더니 한참 있다가 입을 열었다.

"만 위안요."

내가 말했다.

"무슨 국제 농담을 하고 있어? 당신까지 아주 내 발판을 무너뜨리려고 작정을 했어?"

이어서 말했다.

"남들이 몇 만 위안 되는 돈을 허투루 쓸 것 같아? 그 인간이 무슨 뢰봉(雷鋒: 남을 위해 자기 자신을 희생한 중국의 노동영웅—역자)동류가 말했다.

"그 사촌 동생이 말하기를, 친한 사람을 통해서 자재를 들여오는 거라서 싸다고 했어요."

나는 냉소를 지으면서 말했다.

"그 인간 당신한테 무슨 이야기 했지, 그렇지? 얼른 말하지 못해?"

그녀가 말했다.

"그 사람들 그렇고 그런 병 고치는 무슨 한약성분 약을 만든대요. 그 사람 말로는 효과가 아주 기가 막히는 약인데, 일단 테스트 좀 해보고 당신한테 허가를 받고 싶다고…."

나는 정신이 번쩍 들었다. 어쩐지 그 인간이 나와 어떻게든 접촉하려고 안간힘을 쓰더라니…. 뒤에 뭐가 있을 줄 알았다. 그 인간은 나의 상황을 빤히 다 알고 문을 들어선 것이었다. 첫 번째 수가 안 통하면 두 번째 수가 있다더니, 과연 올가미를 뒤집어썼군. 나는 탁자를 내리치면서 말했다.

"아주 잘 한다! 나중에 그 인간이 무슨 약을 들고 오건 무조건 허가를 내줘야 하잖아. 이런 식으로 얽매이면 내가 허가를 안 내 줄 수 있겠어?"

동류가 울상을 하고 말했다.

"관리가 되더니 상까지 막 내리치네. 나중엔 사람도 치겠어!"

내가 손을 다시 거둬들이자 그녀가 말했다.

"누가 법을 어기랬어요? 약이면 허가 내어주고, 약이 아니면 허가 안 내주면 그만이잖아요!"

　요즘은 무슨 일을 하거나 뒤에서 조작을 해야만 하다 보니 불법행위를 해도 조작을 하고, 합법행위를 해도 조작을 한다. 덕분에 우리만 사람들이 떠받드는 신선팔자가 되었다. 사실 실내장식 정도야 종지에 담긴 장아찌 수준인지라 이번 일은 어쩔 수 없이 그냥 넘어가기로 했다. 누가 나를 어떻게 하겠어?

　그 일은 그냥 넘어갔고 집도 이사를 했다.

　새 집은 살기에 매우 안락했지만 마음은 오히려 불안했다. 구 의사가 내 상황을 알고 있다는 것은 위생청 안에 분명히 내통하는 사람이 있다는 말인데, 그것은 내 약점이 다른 사람의 손에 잡혀 있다는 뜻이다. 게다가 그 사촌동생이라는 인물도 분명히 날조한 것일 텐데, 그가 도처에 떠들고 다니지 않을 것이라고 보장할 수 있겠는가? 생각할수록 불안했다. 지금 볼 때야 이번 일이 별 것 아니고 다른 사람이 알더라도 허튼소리 않겠지만, 그러나 언제 정말로 누구랑 맞붙게 되면, 외나무다리에서 만나게 되면, 그때엔 이게 하늘보다 커질지도 모르는 일이다.

　이번 일은 내려놓으면 몇 그램 안 되지만 들어올리자면 천 근의 무게를 갖는 것이다. 내가 앞으로 나아갈 생각이 없다면 모르지만, 앞으로 나아갈 생각이 있다면 언젠가는 분명히 외나무다리에서 만날 날이 있을 텐데, 작은 것을 탐내다가 큰 것을 잃어서야 되겠는가? 동류에게 만 위안을 내어놓으라고 해서 운양시雲陽市로 부쳐버렸다.

　동류는 인민의원에서 간호사 일을 한 지 이년 남짓 되자 허파에 바람이 들어서 자기가 간호사라는 것이 무슨 하늘 아래 제일 억울한 일인 것처럼 하고한 날 나에게 불평을 해댔다. 내가 말했다.

　"당신도 옛날 고생하던 때를 생각하면서 만족하고 살라고…. 과거를 잊는 것은 배반을 뜻하는 거야."

　그녀가 말했다.

제 3 편

"당신만 앞으로 나아가고 싶은 줄 알아요? 나도 앞으로 나아가고 싶다고요. 간호사라고 사람들이 부르는 대로 이리저리 불려만 다니고, 기분 좋은 일은 아니에요."

생각해보니, 내가 맹효민의 일도 해결을 해줬는데 하물며 마누라 일쯤이야…. 그러나 나는 말했다.

"처장 부인이 뭐 별거라고 사람들이 부르는 게 기분 나쁘다는 거야?"

말은 그렇게 했지만 기회를 마련해서 경耿 원장에게 사정을 이야기하고 동류가 연수라도 받을 수 있도록 추천해 달라는 부탁을 했다. 경 원장은 시원스레 승낙하고 말했다.

"지 처장님이 제게 어려운 숙제를 내셨습니다. 병원에 간호사가 일백명도 넘는데 왜 하필이면 동류를 연수 보내느냐고 사람들이 생각하지 않겠습니까?"

"요즘에야 다 그렇고 그런 거지요. 사람들도 이해할 겁니다. 다른 생각 하고 싶으면 하라지요. 시간 지나면 다 잊혀질 겁니다."

"그렇게 하는 수밖에 없지요. 그리고 그게 우리 쪽에서 이만 위안을 내야 하거든요."

"그쪽에서 아깝다면 제가 동류더러 갖다 드리도록 하겠습니다."

"제가 어찌 감히 이런 일로 지 처장님께 돈을 받을 수 있나요. 어쨌든 언젠가는 저도 지 처장님께 어려운 숙제를 내드릴 겁니다. 하하하!"

"한 마디만 하십시오. 위법 행위만 아니라면 말 한 마디면 됩니다."

나는 다시 의학원에 연락해서 티오를 확보한 후, 동류에게 재직 중에 이년간 공부해서 마취전공의 학사학위를 받도록 했다. 연락을 해놓고 동류에게 말했다.

"청산에 살면 땔감은 언제든지 구할 수 있다는 격이군. 다음부터는 기름방울 떨어지는 일에는 절대로 간여하지 마! 몇 만 위안이 뭐 별 건가? 전략적인 안목이 있어야지. 큰 것도 작게 보고 작은 것도 크게 볼 줄 아는 사람이야말로 전략가라 할 수 있는 거야. 그깟 돈 몇 푼에 모자

벗을 일 생기면 집수리는 어떻게 할 거야? 당신 연수를 보내줄 수 있겠어? 집은 어떻게 배정받고? 한 가지 문제가 해결되면 나머지는 다 해결되게끔 되어 있어. 그러니까 정치가는 그런 지엽적인 문제로 고민하지 않는 거야. 그물의 벼리를 들어올리면 그물눈은 자연히 펼쳐지게 마련이야綱擧目張! 그런데 만약 이 물건이 사라지는 날엔…."

나는 한 손을 들어 모자를 벗는 시늉을 하면서 말했다.

"모든 문제를 해결할 길이 없어지는 거야. 당신한테 무슨 물건 보내줄 사람 있을 줄 알아? 방귀 하나 보내줄 사람 없어! 이 원리 이해하지?"

그녀는 연속해서 고개를 끄덕이면서 말했다.

"이해해요, 이해하고 말구요. 생생하게 살아 있는 사실인데 내가 왜 모르겠어요?"

69. 남자男와 여자女

　한 번은 건계시建溪市에 감사를 나갔다. 시 정부의 고顧 비서실장이 식사를 대접하는 자리에서 술을 몇 잔 마시자 분위기가 살아나기 시작했다. 이전에는 술이라고는 한 방울도 안 했었던 나였지만 이 몇 년간 접대를 하다보니 어느 정도 단련이 되었다. 제일 많이 마실 때에는 하루 저녁에 장소를 바꿔가면서 사차까지 갔다. 술은 사람과 사람 사이의 어색함을 메워주고, 사람과 사람 사이의 거리를 좁혀준다. 동류는 내 앞길이 건강을 담보로 한 것이라고 얘기했지만, 사실 나는 술자리에서 극도로 냉정했다. 앞에 무슨 중요한 어르신이라도 앉아 계시지 않는 한 늘 알맞은 수준에서 딱 멈췄고, 정말 중요한 순간에만 비로소 위와 장을 좀 고달프게 했다. 그날 분위기가 활발해지면서 고 비서실장이 말했다.
　"술이라는 게 마시게 되면 노소는 물론이고 남녀도 구별이 안 되거든요."
　시市 약재회사의 여자 과장인 필畢 과장은 식사에만 열중해서 젓가락으로 고기요리를 집어다가 자기 앞에 갖다 놓았다.
　내가 말했다.
　"필 과장도 한 잔 마시세요. 남녀 구분 말고 마시라고 고 비서실장이 지시하셨잖아요."

그녀가 말했다.

"여러분이 저한테 술을 들어부을까봐 먼저 요리로 뱃속을 좀 채워 넣으려고요."

고 비서실장이 말했다.

"필 과장은 고기도 아예 접시째로 먹는데, 그렇게 먹고서도 어떻게 그런 훌륭한 몸매가 유지되지요?"

그녀는 전혀 당황하지 않고 말했다.

"다른 사람은 몰라도, 약재회사에 다니는 제가 무서울 게 뭐 있어요? 집에다가 약주를 한 병 담가 두고 아침저녁으로 저희 그이한테 마시게 하거든요. 처방은 지금 기억이 안 나는데, 다음번에 적어 드릴게요. 어쨌든 구기자랑 우신牛腎, 녹편(鹿鞭: 숫사슴 생식기의 심줄. 양기를 돋우는 데 씀—역자)이 들어가요."

고 비서실장이 웃으면서 말했다.

"내가 졌소, 졌어. 내가 항복했소."

옆에서 누가 말했다.

"약주도 안 마시고 필 과장을 건드렸으니 이길 수가 있습니까?"

고 비서실장이 말했다.

"우리 오늘 이 문제를 한번 토론해 봅시다. 남자와 여자의 가장 큰 차이가 뭡니까? 그것을 한자성어로 표현하면?"

모두들 한참 생각했지만 아무도 맞추는 사람이 없자 고 비서실장이 손가락으로 위를 가리키다가 아래를 가리키면서 말했다.

"위를 비교하면 부족하지만, 아래를 비교하면 남는 것이래(比上不足, 比下有餘)!"

그러면서 필 과장을 바라봤다.

그녀는 두 손을 가슴 앞에서 팔짱을 꼈고, 모두가 그녀를 바라보다가는 웃기 시작했다.

"절묘합니다! 절묘해요!"

고 비서실장이 말했다.

"내가 다시 두 글자를 써볼 테니 누가 알아 맞추나 봅시다."

젓가락으로 술을 찍어 테이블 위에다가 '太' 태 자와 '呑' 탄 자를 썼다. 모두들 고개를 뻗어 바라보았다. 내가 대답했다.

"하나는 남자고 하나는 여자인 것 같은데, 남자는 뭐 그저 그런데, 여자를 나타내는 글자가 신기합니다. 머리카락도 막 휘날리는데요."

고 비서실장이 말했다.

"위에서 머리카락 날리는 거야 뭐 별로 중요하지 않고…, 중요한 것은 위쪽이 아니지요."

모두들 와, 하고 웃더니 다시 필 과장을 보았다. 그녀가 말했다.

"돌아가서 집사람들 한번 보세요. 자세히 살펴봐요, 닮았는지 안 닮았는지."

한 사람이 말했다.

"제가 고 비서실장님 말을 이어서 문제 하나 내겠습니다. 남자가 가장 듣기 좋아하는 두 글자는 무엇이고, 또 가장 무서워하는 세 글자는 무엇인지 아세요?"

모두들 한참 생각했지만 답을 맞추지 못하자, 그가 말했다.

"해 줘我要와 또 해 줘我還要!"

모두들 또 와, 하고 웃었다.

또 한 사람이 말했다.

"그럼 저도 이어서 얘기 하나 하겠습니다. 어떤 비구니가 병에 걸렸는데, 아무리 검사를 해도 병의 원인을 못 찾아서 의사가 소변검사를 시켰답니다. 그런데 비구니가 소변을 들고 화학실험실로 가는 도중에 어떤 임산부와 부딪쳐서 그걸 쏟아버렸어요. 비구니는 의사한테 야단맞을까봐 겁이 나서 막 울면서 그 임산부더러 물어내라고 했답니다. 조금 있다가 그 임산부가 물어준 소변으로 화학검사를 한 결과가 나왔는데, 임신이더래요. 비구니가 그 결과를 받아보고는 한참 동안 한숨만 쉬다가 말했답니다. '세상에 못 믿을 놈은 중놈뿐인 줄 알았더니, 거 당근이란 놈도 믿을 게 못 되네.' 라고."

테이블에 앉아 있던 사람들이 웃느라고 몸을 앞뒤로 흔들어댔고, 고 비서실장은 웃다가 그만 입에 머금고 있던 술까지 뿜어냈다.

"그, 그만합시다! 오늘 저녁에 또 남녀활동들을 치러야 할 텐데."

내가 말했다.

"비서실장님은 참 솔직하십니다."

그가 웃으면서 말했다.

"혁명가는 가슴이 넓고 호탕해야 하고, 개인의 사생활도 숨기는 게 없어야 합니다."

나는 갈수록 남자와 여자 사이에는 정말로 커다란 차이가 있음을 느끼게 되었다. 맹효민만 보더라도 내가 그녀보다 열여섯 살이나 많은데 끝끝내 상관없다면서 나와 결혼할 생각만 하고 있다. 만약 나보다 열여섯 살이나 많은 여자가 있다면, 나는 정말로 얼굴도 똑바로 못 쳐다볼 것 같은데 말이다. 동류도 연수를 받는데 이 기회를 아껴서 제대로 활용할 생각은 않고 때로는 집에 멍하니 앉아 있으면서도 수업을 빼먹곤 했다. 그녀가 말했다.

"마취주사를 누가 못 놓아요. 내가 분명히 유명대학 나온 마취사보다 더 잘 놓을 거예요."

"나중에 시험 떨어져서 학위 못 받으면 내가 경 원장을 무슨 낯으로 보나?"

"그런 일 없을 거예요. 들어가는 것도 들어갔는데 설마 못나오겠어요?"

그녀는 요즘 내가 무슨 대단한 인물이라도 되는 듯 생각하고 자기 일을 완전히 나한테 일임하곤 했다.

"그때 가선 나는 상관 안 할 거야."
"그럼 이혼이에요."

사실 그녀도 집에서 노는 것이 아니었다. 영원히 끝이 안 나는 일들이 있었다. 예를 들어 거실의 라디에이터가 드러난 것이 미관상 안 좋다면서 사람을 시켜 좋은 목재로 난간을 만들고, 유리 선반을 단 다음, 안쪽에 작은 전구까지 달아서 거실을 아주 그럴듯하게 꾸몄다. 위에다가는 신문까지 놓을 수 있으니 실용적인 가치까지 갖춰진 셈이었다. 그녀는 이런 사소한 일에 열흘 가까이 시간을 썼다. 소파 사는 것만 해도, 이 물건은 재질이 마음에 안 든다, 저 물건은 모양이 마음에 안 든다고 하다가, 어렵사리 재질도 디자인도 모두 마음에 드는 것을 찾았나 했더니 다시 허리 부분을 받쳐주지 않고 비어 있어서 앉을 때 느낌이 별로라면서 사지 않았다. 소파 하나 사는 데만도 열흘 넘는 시간을 썼다. 일파—波한테 여름 옷 한 벌 사주는 것도 아이를 끌고 가게를 열 곳, 스무 곳을 돌아다니고, 그것으로도 끝내지 않고 돌아와서는 또 얼마나 자기가 세운 공功을 자랑하는지, 내가 들어주지 않으면 난리가 났다. 집에서의 세세한 부분 하나하나를 위해 무수한 신경을 꿋꿋하게 끝도 없이 동원하는 것이었다.

내가 말했다.
"당신도 좀 큰 문제를 생각하는 게 좋지 않겠어?"
"제일 중요한 일은 어떻게 사느냐가 아닌가요? 나는 누가 세계를 변화시킬 수 있는지 모르겠어요. 세계를 변화시키지 못할 바에야 자기의 생활이라도 개선하는 것, 그게 가장 실제적이지 않겠어요?"

이어서 말했다.
"여자와 남자는 머리 속으로 생각하는 것이 달라요. 당신도 저를 좀 이해해 주세요."

내가 말했다.

"몸이 다르게 생겼는데 머리 속으로 생각하는 것이 어떻게 똑같겠어?"

쉬는 시간에 동류는 전화로 수다 떠는 것을 좋아했다. 여자 동료들과 세세하기 짝이 없는 일 갖고도 한두 시간을 떠들 수 있었다. 내가 귀찮아서 말했다.

"집에 모기 몇 마리 있고 바퀴 벌레 몇 마리 있는지까지 다 물어보지 그래!"

그녀는 수화기를 손으로 막고 말했다.

"당신 돈 없애주지 않으면 속이 쓰려서 그래요!"

그녀의 또 다른 취미는 텔레비전 연속극이었다. 처음에는 경요(瓊瑤: 대만의 연애소설 작가—역자)가 쓴 멜로물을 주로 보더니 나중에는 또 수사극에 빠져들었다. 내가 말했다.

"저것 다 완전히 거짓말이야! 당신의 감정을 속인다고까진 할 수 없지만 당신 시간을 죽이고 있잖아. 저것 봐! 왕지문王志文은 교회에 매복이 있는 걸 뻔히 알면서 왜 한밤중에 아무런 이유도 없이 혼자 저길 들어 가냐고…. 저게 형사 본색本色이야? 정신병이지!"

"나의 유일한 낙인데, 당신이 기분을 망쳐놓았어요."

"어렵게 기회가 주어졌으면 이년 동안 열심히 뛰어야지!"

"한 집에 한 명만 뛰면 되지. 내가 안 뛰면 당신이 날 버리기라도 할까봐? 만약 당신이 나를 차는 날엔 당신은 우리 일파 건드릴 생각은 아예 말아요."

그녀의 단골메뉴가 또 나왔다. 내가 말했다.

"또 그 말이야? 먹다 남은 밥 세 번 볶으면 개도 냄새를 안 맡는다더라. 좀 신선한 말 할 수는 없어? 남자와 여자는 정말 다르다니까! 남자들은 각자 이름이 있지만, 여자는 한 가지 이름, '여자'라는 이름 밖에 없다더라."

"남자와 여자는 틀려요. 나는 일찌감치 알았어요. 여자가 필요로 하는 건 '이 남자' 這個男子이고, 남자가 필요로 하는 건 '한 여자' 一個女子지요."

동류는 나의 승진에 대해 지대한 관심을 가졌다. 그녀는 경험상으로 그 한 걸음 한 걸음의 진보가 비할 수 없이 중요하다는 것을 깨달았다. 생활이 완전히 변했다는 것, 이것이야말로 그녀가 보기에 가장 중요한 것이었다. 두 번째로는 사람들이 그녀에게 매우 예의바르게 듣기 좋은 말만 한다는 것이었다. 그녀는 그런 말들을 마치 스펀지가 물을 빨아들이듯 전부 흡수했는데, 과거에 손해 본 것까지 만회라도 하려는 것 같았다. 과거의 그녀는 무슨 억울한 일을 당할 때마다 말했었다.

"당신이 만약 무슨 반쪽짜리 직위만 갖고 있었더라도 다른 사람들이 나한테 감히 그런 말을 할 수 있겠어요?"

그러나 지금은 그녀를 통해 나와 친해지려는 사람들이 많아져서, 그녀는 그로부터 자존심을 획득하였다. 가만히 생각해 보면 세계는 이렇게도 현실적인데 누군들 별 수 있겠는가? 유일한 방법은 자기를 '인물' 人物로 만드는 길뿐이다. 그게 아니면 아무리 원망해도 아무 의미가 없다. 그러므로 그런 사람을 나쁘게 볼 것도 없다. 세상이 다 그런 것이다. 나는 그녀가 득의양양해 할 때 찬물을 끼얹는 식으로 말했다.

"그건 자존심이 아니라 허영심이야!"

그녀는 단호하게 반대하면서 말했다.

"자기는 뭐 안 그런가? 당신은 다른 사람이 당신 욕하는 게 좋아요, 아니면 칭찬하는 게 좋아요?"

생각해 보니 정말 양자간의 경계를 찾을 수가 없었다. 그녀가 말했다.

"사실 당신 자신도 달콤한 소리 듣는 걸 좋아하잖아요."

생각해 보니 정말로 그랬다. 모든 것을 꿰뚫어보았다고 해서 뛰어넘을 수 있는 것은 아니다. 그래서 듣기 좋은 말은 영원히 유효하다(好聽

的話永遠有效). 사람이 아닌가! 말로 설명할 수 없는 게 사람이다.

　나의 승진에 관해서 나는 동류와 매우 다르게 이해하고 있었다. 나도 물론 존엄이 지켜지는 느낌을 중요시했지만, 그러나 나는 그 존엄감은 권력에 기대어 쌓아 올려진 것이지 다른 사람들이 정말로 나를 우러러 보는 것이 아니라는 사실을 매우 분명하게 알고 있었다. 그들이 우러러 보는 것은 권력, 모든 문제를 해결할 수 있는 권력이지 어떤 개인이 아니었다. 따라서 누가 그 자리에 앉건 간에 같은 효과가 발생하는 것이다. 권력이 사라지면 존엄도 순식간에 사라진다. 시 청장이 내게 그 점을 분명히 깨닫게 해주었다. 따라서 나는 그것에 관해서는 어떤 환상도 품고 있지 않았다.
　내가 더욱 중요시한 것은 참여參與의 느낌, 유의의有意義한 느낌, 무엇인가를 책임責任지고 있다는 느낌이었다. 나는 이런 느낌에 대해 동류에게 한 번 말해 보았지만, 그녀는 아예 이해조차 하지 못했다. 그녀에겐 그런 허虛한 것은 중요하지 않았다. 옛날에 그녀가 "별을 보는 게 무슨 소용이야."고 했던 것처럼, 그녀에게 "소용 있는 것"은 든든하게 손에 쥘 수 있는 것뿐이었다. 후에 나는 맹효민한테도 이런 느낌에 대해 이야기한 적이 있엇다. 그녀 역시 이해하지 못했다.
　"시대가 어떤 시대인데, 그런 허虛한 소리 말아요!"
　남자와 여자는 역시 다르다. 이러니 여자 철학자가 없는 것도 무리는 아니지. 여자 정치가도 극소수 아닌가.

　맹효민이 도시로 나온 지도 벌써 반년이 넘었다. 나는 그녀에게 호출기를 사주어 보고 싶을 때 그녀를 호출했다. 그녀에게 사무실이나 집으로 전화를 걸지 말라고 주의를 주었음에도 불구하고 그녀는 몇 번 참지 못하고 내게 전화를 걸었다.
　"사무실에 있는 사람은 다 인간의 모습을 한 귀신이야. 요즘 동류의 경계심도 높아지고 있고…. 별일 없으니까 아주 나를 일거리로 삼는단 말이야."

"너무 불공평하잖아요. 당신은 보고 싶으면 호출하고, 나는 보고 싶어도 그냥 참으라고요?"

말이 꽉 막혀 할 말이 없었다. 하루는 정오에 연속해서 두 번이나 전화를 걸어서는 동류가 전화를 받자 끊어버렸다. 동류는 나한테 어떻게 된 일이냐고 물었다.

"누가 알아? 전화 잘못 걸었나보지."

"어쩐지 전에 전화 받곤 소곤소곤 거리더라니…. 여자였던 거야!"

이어서 말했다.

"어쩐지 전에 당신이 나더러 다리미로 내 눈가의 주름을 펴야만 나를 데리고 외출하겠다고 하더니, 흥, 마음 변하려면 마음대로 변하라지. 어쨌든 일파 건드릴 생각은 꿈에도 하지 말아요."

며칠 동안 시끄럽게 굴더니, 다시 집안의 돈 관리를 자기가 맡겠다고 선언했다. 그녀가 하자는 대로 따르기로 하고서야 모든 것이 잠잠해졌다.

 **70. 마 청장의 입원**

　노동절五─節 연휴가 끝나고 출근하자 마 청장님이 나를 불러서 말했다.
　"지군, 요즘 어때? 여력餘力이 있으면 위생청으로 와서 일을 하나 겸임으로 맡아 나를 좀 도와주었으면 좋겠는데. 올 연초부터 영 몸이 좋지 않아서 그래. 그리고 자네 스스로를 단련시킬 수 있는 기회도 될 테고, 시야도 좀 넓힐 수 있고…."
　마 청장의 보좌를 겸임하라는 것이었다. 나는 아무리 바빠도 이번 기회를 놓칠 수는 없었다. 전체 국면을 종적縱的으로 개관해보는 경험이야말로 장래를 위한 이유이자 또 조건인 것이다. 나는 마 청장이 위생청 사무회의에서 이 문제를 정식으로 제기하고 그 문서가 내려오기를 기다렸다. 그러나 이 말이 어떻게 퍼져나갔는지는 몰라도 손 부청장은 나만 보면 얼굴색이 이상해졌고, 하하 하고 웃는 웃음소리도 약간 과장되었다. 이 바닥 사람이 아니고는 알기 어려운 미묘한 차이가 느껴졌다. 이어서 의정처의 원진해도 나를 대하는 태도에서 말로 표현하기 어려운 어떤 낌새가 느껴졌다. 물론 한 마디 암시도 없었고, 어떤 표정으로 드러내지도 않았지만, 그러나 나는 이 바닥에서 훈련된 육감에 의지해서 그런 기미를 느낄 수 있었다. 나는 이것이 무엇을 의미하는지 알 수 있었지만, 모르는 척했다. 모두들 마음속으로는 빤히 알고 있었다. 그 의미는 사람들의 마음을 싸늘하게 하는 것이었지만 그렇다고 딱히 무엇이라고 설명할 수도 없었다. 이런 사소하고 설명할 수 없는 차이야말로 실질적인 의미를 갖는 것이다.

저녁에 나는 안 선생님을 찾아갔다. 문을 들어서자마자 그가 말했다.
"지 처장! 오랜만에 왔어?"
나는 자리에 앉으려는 안 선생님을 얼른 두 손으로 부축하면서 몸을 굽히고 말했다.
"선생님께서 저를 그렇게 부르시니 정말 몸 둘 바를 모르겠습니다."
안 선생님은 나더러 앉으라는 손짓을 하면서 말했다.
"사실이 그렇지 않은가?"
나는 여전히 서서 말했다.
"여기 이렇게 선생님을 뵈러 오지 않았습니까."
그는 내 옷소매를 잡아 나를 자리에 앉히면서 말했다.
"무슨 일이 있는가, 말해보게."
나는 사정 이야기를 감히 꺼내지 못하고 말했다.
"오늘은 다만 선생님을 뵈려고 왔습니다. 요즘 몸은 괜찮으세요?"
"말하게, 말해봐!"
"요즘 안색은 괜찮으신 것 같은데요."
"괜찮아, 괜찮아. 말하게, 말해봐. 우리 둘이 어떤 사이인가!"
내가 말을 돌릴 틈도 주지 않았다. 나는 잠시 머뭇거리다가 요즘의 느낌을 말했다. 그가 말했다.
"자네 요 이삼 년 너무 세게 몰아붙였어. 연속 세 번 승진에다 박사학위, 게다가 국가 프로젝트까지. 집은 또 두 번이나 이사를 했으니 남들이 어떻게 생각할지 한번 생각해 보게."
내가 말했다.

"중의학회에서 사오년 정체되어 있는 동안 제가 무슨 생각을 하고 살았는지에 대해선 왜 아무도 관심을 안 가져줍니까? 그 세월을 합쳐 생각하면, 지금 무슨 비행기 타고 있는 것도 아닌데요. 아니 이건 거의 우마차, 늙은 소가 끄는 고물차를 타고 있는 거나 마찬가지 아닙니까."

"그건 자네 계산이고 남들은 그렇게 계산하지 않지. 얼마 전까지는 눈에 들어오지도 않던 인간이 순식간에 자기와 동등한 자리로 뛰어올라 왔으니 그걸 누구인들 받아들이기 쉽겠나? 마수장馬垂章은 금년에 쉰다섯이고, 손지화孫之華가 쉰하나일세. 손지화도 다 생각해둔 게 있을 텐데 자네가 끼어들게 내버려두겠나? 자네가 각종 조건을 갖추어갈수록 사람들은 더더욱 자네를 받아들이기 어려워할 걸세. 마수장의 임기가 내년이면 끝나는데 자네가 그 자리를 이어받을 수 있을 것 같은가? 불가능한 일이야. 그리고 만약 다른 사람이 그 자리에 오르게 되면 자네 그 청장보좌라는 직책은 그야말로 애물단지가 되는 거지. 그 다른 사람도 자네 도움을 필요로 하겠나? 마음속엔 이미 다른 사람을 점찍어 두었을 텐데."

안 선생님의 말을 듣자 생각들이 순식간에 정리되었다. 무슨 일이 있어도 마 청장님이 연임하셔야 되는구나.

그가 말했다.

"자네 너무 늦게 출발했어. 게다가 돌이킬 공간도 부족하고."

내가 말했다.

"생각만 해도 마음이 싸늘해집니다. 제가 석사학위 취득한 순간부터 경력을 쳐줘야 하는 것 아닙니까?"

"이 바닥에선 그렇게 계산하지 않네."

이 바닥에서의 일년은 그게 다 중요한 경력으로 쌓이고, 중의학회에서 보낸 그 몇 년의 세월은 다 허송세월이었단 말인가? 마음이 너무 아팠다. 나는 심통이 나서 말했다.

"한 걸음 거리인데 내딛지 못한다는 게 말이 됩니까? 이 한 발자국을 내디디면 그럼 내년에는 그 자리에서 쫓겨나게 될까요?"
 그가 말했다.
 "그것보다 더 견디기 어려운 것은 자네를 그냥 그 자리에 걸어두고 바람이나 쐬도록 하는 것이지. 이름만 걸어 두고 일은 하나도 자네 앞에 안 떨어지는, 그 느낌이 어떨지 한번 상상해 보게. 그렇게 되면 다른 인간들은 또 얼마나 자네를 괴롭히려고 덤벼들지 몰라. 묵은 장부 새 장부 다 한꺼번에 꺼내놓고 계산하자고 덤벼들걸?"
 생각할수록 맞는 말이었다. 아직 나의 때가 이르지 않았으니 참지 않으면 안 된다. 참아야 한다. 마음이 아프더라도 참아야 한다. 참는 자는 물을 밟아도 흔적이 남지 않고忍者履水無迹, 참는 자에겐 적이 없다忍者無敵고 했다. 이 바닥의 일들은 다 그렇다. 네가 거기 서 있다는 것만으로도 저절로 적수가 되니, 아무리 친한 친구였다고 해도 용납이 안 될 것이다. 게다가 이 바닥이 심통이나 부릴 바닥이냐? 당년에 시 청장이 자리에서 내려오면서 차가 필요하다고 해도 붙여주지 않자, 기사 휴게실 앞에 서서 큰 소리로 욕을 해댔던 일을 사람들은 아직도 농담처럼 똥오줌 못 가리는 시 청장의 전설로 이야기하지 않던가! 심통을 부린들 무슨 소용이 있겠는가?
 안 선생님이 말했다.
 "너무 지나치면 손해를 보게 되어 있는 거야. 잘 되던 일 망쳐지는 거 많이 봤네."
 나는 고개를 저으면서 말했다.
 "한 걸음 거리인데 내딛지 못하고 참으려니 마음이 아픕니다."
 그가 웃으면서 말했다.
 "그러게 누가 그 바닥에 들어가래? 그 바닥에 일단 들어간 이상 마음 아프지 않은 인간 없네. 누군들 마음 아파본 적이 없겠나? 자네의 유일한 희망은 마 청장이 한 임기 더 자리보전하는 것이야. 아니면 다 텄네."

이 말을 듣는 순간 눈앞이 캄캄해졌으나 이를 악물고 겨우 견뎌냈다. 안 선생님의 말이 옳다. 안 선생님의 말 한 마디 한 마디는 아무리 눌러도 으깨지지 않는 쇠로 만들어진 완두콩 같아서 받아들이지 않을 수가 없었다.

이튿날 오전에 위생청의 업무회의 시간이었다. 아침에 게시판 앞에서 기다리다가 마 청장의 차가 들어오는 것을 보고 얼른 뛰어가서 내 생각을 마 청장님께 말씀드렸다. 그는 의외라는 듯이 말했다.

"지 군! 자네 무슨 걸리는 거라도 있나?"

내가 말했다.

"지금 약정처의 일도 맡아야 하고 박사학위 논문도 써야 하므로 시간이 좀 부족합니다."

그가 이렇게 말할 줄 누가 알았겠나.

"그러면 천천히 하세. 자네가 팔월에 박사학위 받고 나면 아무도 군소리 않겠지. 무슨 근거로? 아니면 그 인간들도 박사학위 따서 나한테 보여주든가…"

나는 그가 모든 사정들을 이렇게 철저하게 꿰뚫어보고 있을 줄은 생각도 못했다. 그는 나의 처지를 완벽하게 이해하고 있었던 것이다. 나도 별다른 이유를 덧붙이지 않고 재차 말했다.

"청장님께선 정말로 저를 알아주십니다."

그러나 며칠 후에 마청장의 건강에 정말로 문제가 생겼다. 일요일 새벽 청장 사모님께서 전화를 하여 당장에 동류를 데리고 인민병원 고위간부 병실로 달려오라는 것이었다. 당장 뛰어간 우리는 마 청장이 한 시간 전에 갑자기 심장근육 경색으로 쓰러져서 인사불성이 되신 것을 알게 되었다. 사모님이 말했다.

"자네한테 말한 그대로일세."

긴장 속에 고개를 끄덕이던 내가 말했다.

"그러나 이 일이 절대로 밖으로 알려져서는 안 됩니다. 딴 생각하는 소수의 인간들한테 이용당할 수 있으니 절대 조심해야 합니다."

막 달려온 경 원장에게 사모님이 똑같이 조심해 줄 것을 당부했다. 동류가 마 청장에게 주사바늘을 찔렀을 때 마 청장의 몸이 살짝 움직였고, 나는 겨우 한 숨을 돌렸다. 산소호흡기에 물방울이 계속 보글거리는 것을 보면서 생각했다.

"마 청장님, 마 청장님, 절대로 쓰러지시면 안 됩니다!"

나는 일파가 물에 데었을 때만큼이나 조급했지만 왠지 힘을 쓸 수가 없었다. 사람들이 놀라지 않도록 하기 위해서 나와 경 원장은 의사 사무실에 앉아 있었다. 오전 내내 앉아 있어도 사람 하나 오지 않는 것을 보고 나서야 안도가 되었다. 이번 초특급 비밀에 참가한 나야말로 마 청장이 가장 신뢰하는 인물이었던 것이다. 사모님이 와서 말했다.

"의사가 위험한 일은 없다고 했네."

나는 한숨 돌렸다.

이어서 사모님이 말했다.

"오늘 아침 내가 옆에서 지키고 있지 않았으면 아마 아무도 모르게 그냥 지금까지 바닥에 누워 있었을 거야. 앞으로 이 인간을 옆에서 지키는 게 내 임무일세."

정오에 마 청장님이 깨어나자 사모님이 나더러 들어오라고 했다. 나는 한숨 돌릴 수 있었다. 나와 경 원장이 총총걸음으로 들어가자 마 청장님이 말했다.

"갑자기 머리가 좀 어지럽더라고…."

내가 말했다.

"가벼운 현기증입니다. 잠깐 누워 계시면 좋아지실 겁니다."

몇 마디만 하고는 물러나왔다. 경 원장이 사람을 시켜서 사무실로 식사를 가져왔고, 그제야 나와 동류는 여태 아침 식사도 못했다는 사실을 깨달았다.

오후에 마 청장의 정밀 신체검사 결과 세 명의 주임급 의사가 마 청장에게 심장 보조장치를 달아야 한다는 일치된 결정을 내렸다. 사모님은 나를 구석으로 불러 말했다.

"조금 있다가 자네가 저이를 좀 설득해 보게. 무슨 영향이라도 받을까봐 여태 미뤄왔지 뭔가. 이번에는 무슨 일이 있어도 달아야지. 혹시 다음번에 또 비슷한 일 생기면 그땐 누가 보장할 거야?"

나는 잠시 생각한 끝에 마 청장에게 건너가 말씀을 드렸다.

"사실 이건 간단한 수술입니다."

그가 말했다.

"그런 건 달아서 뭣 하나?"

나는 차마 몸을 갖고 장난치지 마시란 말은 못하겠어서, 이렇게 말했다.

"병이라는 게 언제 닥칠지 아무도 모르잖습니까! 못 오게 하면 얼마나 좋겠습니까만, 일단 발병하면 몸에 무리가 생기고, 그게 또 다시 위생청의 업무에 영향을 미치게 되지 않습니까. 마 청장님께서 병원에 입원하신 것만으로도 위생청의 업무는 기둥이 없어진 거나 마찬가지인데, 이건 절대로 개인적인 문제가 아닙니다. 업무를 위해서도 필요합니다."

그가 피식 웃었다. 내가 말했다.

"망설일 것 없이 속전속결로, 제가 내일 재정처에 가서 아무도 몰래 돈을 가져오겠습니다. 사모님께서는 위생청에 전화를 걸어서 마 청장님 몸이 편찮으셔서 며칠 누워 있어야겠다고만 말씀하시고, 집 전화는 뽑아버리세요. 그러면 동지들이 마 청장님 문병 왔을 땐 수술은 이미 다 끝난 뒤일 겁니다. 그저 몸이 편찮아서 병원에 며칠 누워 있는 것으로 하면 그뿐입니다."

그가 웃으면서 말했다.

"자네와 의사들이 서로 짠 것 아니야? 그렇다면 자네들만 믿겠네. 사실 이런 방면에선 중의가 서방의학을 당할 수가 없지."

이어서 말했다.

"수술은 경 원장한테 부탁하지. 수술비는 일단 위생청에 알리지 말게. 때가 되면 내가 알아서 재정처에 말할 테니."

생각도 못했는데, 어떻게 병중에도 마 청장님은 저렇게 치밀하실까? 내가 재정처에 가서 몇 만 위안을 들고 갔다는 말이 밖에 퍼지면 다른 사람들이 어떻게 생각하겠나? 몸이 편찮아서 병원에 누워 며칠 쉰다고?

의사들은 며칠 지나서 수술을 하자고 했지만, 마 청장이 말했다.

"수술할 거면 내일 당장 하세. 그렇지 않으면 하지 말고."

의사들은 그 속에 담긴 뜻을 이해할 수 없었지만, 말을 들는 수밖에 없었다.

목요일에 사무실의 황 주임한테서 전화가 왔다.

"마 청장님께서 편찮으시다네. 손 부청장이 오후에 다 같이 가보자고 하는데…."

나는 하마터면, "어쩐지 요 며칠 안 보이시더라니…." 하고 말할 뻔했다. 말이 입에서 맴돌았지만, 아마도 저 인간들은 상황을 빤히 알고 있으면서도 알아서는 안 되는 일이다 싶어서 모르는 척하고 있는 것인지도 모르는데, 내가 너무 오버해서는 안 되지.

내가 애매하게 말했다.

"가 봐야지요. 가 봐야죠."

오후에 손 부청장이 우리 열 몇 명을 데리고 병원으로 문병 갔을 때, 마 청장은 이미 앉아서 이야기를 할 수 있을 정도였다. 모두들 침대를 둘러싸고 마 청장의 상황을 물었으나, 거의 다 사모님이 대답을 했다.

70. 마 청장의 입원

나는 한 쪽에 서서 아무 말도 하지 않았다. 정소괴만 앞으로 끼어들어 허리를 굽혀 마 청장을 바라보면서 가슴이 아파서 목이 멘 것처럼 굴었다. 정말로 정소괴는 이 바닥에서 몇 년을 굴러먹었으면서도 아직도 그 오묘한 진리를 모르고 있는 것일까? 너 혼자 그런 얼굴을 하고 있으면 손 부청장과 다른 사람들은 뭐가 되냐? 손 부청장은 과연 이 바닥에서 갈 때까지 간 인간답게 입가에 움직임 하나 없이 입을 꼭 다물고 목기침만 몇 번 했다. 정소괴도 그제야 뭔가 느껴지는 게 있는지 몸을 펴고 뒤쪽으로 물러섰다.

손 부청장이 말했다.

"청장님! 오늘 오전에 성에서 통지가 왔는데요. 문 부성장님이 다음 주 화요일에 위생청에 업무감사를 오신답니다. 방역防疫 사업을 주로 살피신답니다. 기상 부문에서 올해엔 어쩌면 큰 홍수가 있을지도 모른다고 한 보고 때문에 성 차원에서 매우 긴장하고 있습니다. 물난리에 전염병이라면 저희가 또 매우 중요한 역할을 맡고 있지 않습니까."

마 청장이 말했다.

"난 못 갈 것 같네. 자네들이 준비해 주게."

말에 기운이 하나도 없는 것을 보고 나는 식은땀을 한 줌은 닦아냈다. 이렇게 많은 사람들이 둘러싸고 있으면서도 아무도 이 어르신이 막 수술을 마친 후라는 것을 모르고 있는 것 같았다. 긴급한 상황 속에서 나는 사모님을 향해 조용히 눈짓을 보냈고, 사모님이 말했다.

"당신 이제 누워서 이야기하시죠."

손 부청장이 말했다.

"그럼 제가 사람들을 조직해서 보고 자료를 작성하겠습니다."

마 청장은 고개를 끄덕였고, 우리는 자리를 떠났다.

월요일 저녁을 먹고 동류, 일파와 함께 산책을 나섰다가 사무실의 공龔군을 만났다. 나는 아무런 생각 없이 물었다.

"지금 퇴근하는가?"

"아직 퇴근 못해요. 오늘 저녁에도 자료준비 해야 하니까요. 뭐 좀 먹으러가는 길인데, 사람들은 아직도 위에 있어요."

"어제 다 마치지 않았나? 뭘 또 수정하려고?"

"아직 모르십니까? 오후에 통지가 왔는데, 내일 성 위원회의 매梅 서기께서 직접 오신다고 해서 손 부청장님이 우리더러 자료를 더 충실하게 만들라고 하셨거든요."

"아, 그건 나도 들었어. 나도 들었어. 그래도 자료까지 다시 수정해야 한다는 건 몰랐어."

단지 밖으로 나오자마자 나는 동류에게 말했다.

"병원에 좀 다녀와야겠네."

"같이 가요."

얼른 택시를 잡아타고 함께 병원으로 갔다. 나는 이게 얼마나 중요한 소식인지 알고 있었다. 손지화가 다른 꿍꿍이가 있다니! 마 청장은 뭐 아무 생각도 없는 줄 아나? 마 청장이 마음만 먹으면 손지화 너 이번 기회는 다 물 건너간 줄 알아라! 사실 성 위원회 서기와의 접촉이 보기에는 별 것 아닌 것 같아도 결정적인 순간에는 지대한 작용을 하는 것이다. 청장이라고 해도 평생에 몇 번 올까 말까한 얻기 어려운 기회인 것이다.

나는 방금 알게 된 소식을 마 청장에게 말씀드렸다. 과연 아무 것도 모르고 계셨으나 짚히는 것이 있다는 듯이 고개만 끄덕이셨다.

"위생청에선 연극 속의 연극들을 하고 노는구먼! 자네 서 기사한테 연락해서 내일 아침 여덟시까지 나한테 오라고 하게."

이어서 말했다.

"오늘 저녁에 집사람이 안 오기로 했으니, 동류 자네가 내일 아침 일곱 시 반까지 와서 내 머리 손질 좀 해줘."

동류는 얼른 대답했다. 우리는 나오다가 병원 입구에서 황 주임을 만났다. 바쁘게 뛰어가느라 옆을 지나치면서도 우리를 보지 못한 것 같았다. 내가 말했다.

"황 주임은 분명히 그 일 때문에 가는 걸 거야. 손지화가 마 청장 요양하는 데 방해되지 않게 아무 말 하지 말라고 했겠지만, 아무 말 안 할 수가 있나? 자기가 전화 받았을 텐데…. 얼마나 난처하겠어. 정신없이 달려가는 꼴 좀 보라고."

나와 동류는 상점에 가서 헤어스프레이, 파운데이션, 파우더 등 내일 마 청장님을 화장시켜 드릴 도구를 준비했다.

내가 말했다.

"동류, 이건 정치적인 임무인데, 자신 있어? 자신 없으면 아예 지금 실력 있는 미용실에 가서 전문가를 불러오든지…."

그녀가 말했다.

"엷은 화장이라면 잘할 자신 있어요."

돌아와서 그녀는 나더러 얼굴을 씻으라고 하고는 나를 실험대상으로 삼아 화장을 시작했다. 먼저 작은 붓으로 내 얼굴을 한 번 문지르더니 무슨 로션 같은 것을 바르고, 파운데이션을 바른 다음, 가볍게 파우더를 발랐다. 머리에는 헤어스프레이를 뿌려 모양을 다듬고, 다시 작은 붓으로 빗어 내렸다. 반시간 정도 걸렸는데, 거울을 보니 정말 효과가 있었다.

이튿날 아침 여덟 시가 넘자 손 부청장은 우리 몇과 함께 입구에서 성에서 오실 어른들을 기다리고 있었다. 어딘지 정신 못 차리는 모습을 보면서 나는, 상황을 완벽하게 꿰뚫어 보고 있는 사람만이 저 인간의 지금 심정을 알 거라고 생각했다. 성 위원회 서기의 방문이라는 것은 정말 몇 년에 한 번 올까 말까한 큰 사건이다. 그런데 마침 마 청장이 병에 걸려서 자기에게 주인공 역을 맡을 기회가 주어졌으니, 안 그래도 다른 속셈을 품고 있던 인간한테 이보다 더 좋은 기회가 어디 있겠는가? 그러니까 그 충동이 너무나 강해서 새로운 상황을 마 청장께 보고조차 하지 않았던 것이다. 손지화가 마 청장을 모르는 것도 아니고…. 만약 마 청장에게 보고하면 주인공 역을 못 맡게 될 테고, 전체 보고는 말할 것도 없고 한 마디 끼어들 기회조차 얻기 힘들 것이 뻔하다 싶었겠지. 그러나 보고를 안 하자니 이게 또 얼마나 많은 금기를 범하는 행위인가? 마 청장이 인사불성의 상태도 아닌데 무슨 근거로 보고를 안 한단 말인가? 보아 하니 이 인간도 아주 큰 도박을 하고 있는 셈이군!

바로 그때 마 청장의 차가 들어왔다. 나는 멀리서도 알아볼 수 있었다.
손지화가 말했다.
"온다! 오신다!"
그의 표정으로부터 나는 인성人性의 약점을 분명히 볼 수 있었다. 사람은 욕망이 너무 강렬하면 제멋에 겨워서 판단력을 상실하고, 자기의 환상을 현실처럼 착각하게 되는 것이다. 가까이 온 차가 마 청장의 차라는 것을 발견한 그는 그제야 속내를 감추고서 말했다.
"오셨다, 오셨다, 마 청장님이 돌아오셨다. 아, 이제 살았다. 돌아오셨다. 어쨌든 돌아오셨다."
마 청장이 차에서 내리자 손 부청장이 얼른 다가가 말했다.
"마 청장님 몸이 회복되셨군요! 빨리 회복되셔서, 빠르네요. 다행입니다. 딱 시간에 맞춰 돌아오셔서 정말 다행입니다. 안 그래도 보고하려다가 문제가 생길까봐 걱정하고 있었습니다."
그리고는 가방에서 보고 자료를 꺼내 마 청장에게 건네주었다. 마 청장이 말했다.
"오늘은 컨디션이 좋아져서, 한번 보러 왔지."
마 청장의 안색을 보니 전혀 병자라는 사실을 알아차릴 수 없을 정도였고, 심지어 평소보다 훨씬 기운이 있어 보이기까지 했다. 동류가 또 공을 세웠군!

손 부청장이 말했다.

"어제 갑자기 통지가 와서 성의 매梅 서기께서 오신다지 뭡니까. 원래는 마 청장님이 돌아오셔서 좀 커버해 주셨으면 했는데, 건강상태도 안 좋은데 무리가 될까봐, 생각 끝에 보고 안 드렸던 것입니다. 만약 이렇게 빨리 좋아지실 줄 알았다면 어제 그냥 말씀드릴 걸…."

마 청장이 말했다.

"매 서기가 오신다고? 일이 정말 교묘하게 되었군!"

옆에서 그들의 대화를 들으면서 이 바닥에서의 조작 방식에 대해 더 깊은 이해가 생기는 것 같았다. 마 청장이 무슨 병을 앓고 있는지에서부터 어떻게 때맞춰 출현할 수 있었는지, 마 청장이 무슨 생각으로 어떻게 하셨는지 손지화도 어쩌면 알고 있을 것이다. 마 청장이야 물론 손지화의 생각을 알고 계실 것이다. 그러나 아는 것은 아는 것이고, 말은 또 그렇게 할 수 없지. 다 까발려서 뭐 하려고? 까발려서 말하지 않아도 마음속에 응어리는 이미 다 잡혔으니, 말하지 않아도 다 알고, 또 그러면서도 태연자약한 모습들을 하고 있는 것이다. 이런 생각을 하면서 나는 다시 한 번 "인생은 연극과 같다"人生如戲란 말이 세상만사를 얼마나 통철하게 꿰뚫고 있는 말인지 절감했다. 옛 어른들은 정말로 바보가 아니었다. 잠시 후에 매 서기가 탄 차가 왔고, 모두들 나가서 마중을 했다.

# 71. 홍수와의 전쟁

　기상청에서 홍수가 올 거라고 예보하더니 정말로 왔다. 성 내의 몇 줄기 강의 수위가 전체적으로 경계수준을 넘어설 때쯤, 마 청장은 퇴원했다. 매일같이 들려오는 긴급속보에 수만 명의 군인들이 이미 홍수 방어전선으로 투입되었다. 마 청장은 집에도 안 들어가고 밤에도 사무실에서 주무셨다. 마 청장이 소파 위에서 하루 저녁 주무시고 그 다음날 정소괴가 집에서 일인용 침대를 날라 왔다. 나도 마 청장의 건강이 매우 걱정되어서 사모님에게 전화를 걸어 사모님도 아예 여기서 마 청장님을 돌보시라고 했다. 기존의 방식대로 네 명으로 구성된 열여덟 조의 의료 소분대가 호수 지역으로 보내졌다.
　마 청장의 사무실엔 임시로 핫라인 전화가 세 대 설치되었고, 텔레비전도 옮겨와서 매 시간 방송되는 홍수 뉴스에 모두가 가슴을 졸였다. 양자강 물이 밀어닥치는 바람에 화원현의 행복 댐에 구멍이 뚫렸다. 순간 가련한 농민들 생각이 나면서 눈앞이 캄캄해졌다. 나는 마 청장께 당장 위생대를 데리고 행복 댐으로 출동할 것을 요청했고, 마 청장도 동의했다.
　"만약 올해 전염병이 유행한다면 분명히 그 지역에서 시작될 걸세. 물에 몇 명 빠져죽는 걸로는 부족해서 병으로 사람들이 다 죽어가는 결과를 가져와서는 안 되지. 만약 그렇게 되면 성省이며 부部에는 또 뭐라고 보고한단 말인가!"

나는 맹세하듯 말했다.

"마 청장님, 마음 놓으십시오! 제가 죽는 한이 있더라도 그런 일은 발생하지 않게 하겠습니다."

나는 소분대 셋을 이끌고 성 홍수방지 본부의 창고에서 생수를 한 트럭 싣고 호수 지역으로 향했다.

저녁 일곱 시에 행복 댐에 도착하자 제방의 무너진 부분을 아직 막지 못하고 수백 명의 전사戰士들이 부근에 몰려 있었다. 이미 모래 운반선을 네 척이나 가라앉혀 댐의 구멍을 막으려 했지만 모두 물에 휩쓸려서 댐 안쪽으로 들어가 버렸다. 제방 위에는 이만 명도 넘는 사람들이 간이 텐트도 치지 않고 그냥 그렇게 앉아 있었다. 어떤 사람은 물에다 똥을 누고 오줌을 싸는데, 또 어떤 사람은 호수 물을 손으로 퍼마시고 있었다.

내가 갖고 간 한 트럭의 생수가 처음으로 도착하여 나는 당장 현장의 지휘본부로 가서 모든 사람들에게 호수 물을 마시는 행위를 즉시 중지하라는 긴급방송을 하고는 얼른 생수를 배급하기 시작했다. 그러나 나는 감히 이런 행위들이 바로 흡혈충 병의 발병원인이라고 말할 수가 없었다. 그런 말을 들으면 저 물 속에 있는 전사들은 어떻게 생각하겠는가? 그들이 예방주사를 맞았는지 안 맞았는지도 모르는데…. 나는 지휘본부를 향해 제방을 따라 일백 개의 임시 화장실을 만들 것을 제안했다. 지휘본부장은 당면과제는 위급상황을 벗어나는 것이니 화장실 문제는 나중에 이야기하자고 했다. 나는 그와 이야기해봤자 소용없다는 것을 알고 얼른 촛불 아래에서 보고서를 작성해서 그에게 서명하도록 했다. 그는 보더니, 감히 책임질 일이 생길까봐 서명을 하고 동의했다. 내가 그에게 지금 당장 실행에 옮기도록 요구하자, 그가 말했다.

"사람들 머리에 덮을 천 조각도 하나 없는데 화장실부터 지으라니…."

그러나 어쩔 수 없이 각 마을의 책임자들에게 통지하여 일에 착수했다. 나는 그제야 한숨 돌리고 핸드폰으로 마 청장님께 전화 보고를 올렸다.

의료대원들은 봉고차 안에서 잠을 잤다. 고생스러운 것은 말할 수도 없었지만, 어쨌든 수재민이나 홍수와 싸우는 전사들보다는 훨씬 편한 셈이었다. 이튿날 오후에 사람들이 속속 더위를 먹고 쓰러지기 시작했다. 우리 열 몇 명은 십 리 길이의 제방 위로 흩어져서 두 명씩이 하나의 의료센터를 꾸리기 시작했다. 오후에 문 부성장이 와서 즉석에서 보고회가 열렸고, 나도 참가했다. 보고회에서 나는 식수 공급이 제대로 되지 않을까 걱정되어서 문 부성장께 건의했고, 그는 즉시 측근에 있던 사람들에게 지시했다.

이미 서른 시간도 넘게 잠을 못 잤지만 정력은 도리어 왕성했다. 나는 나 자신이 매우 중요한 인물이라는 느낌과, 정말로 무슨 중요한 일을 수행하고 있다는 느낌, 의미 있는 일을 하고 있다는 느낌에 도취되었다. 그것은 발언권을 가지고 있는 사람들만이 그 느낌 속에 들어 있는 기쁨을 경험할 수 있는 그런 것이었다. 이런 체험을 위해서라면 나는 고생하는 것도, 지치는 것도, 어떠한 희생도 두렵지 않았다. 다른 사람이라고 이런 일을 못하는 것은 아니겠지만, 그러나 반드시 내가, 내가 맡아서 해야 한다.

한밤중에 마 청장님이 열여섯 명의 의사들을 데리고 왔는데, 원진해도 같이 왔다. 내가 속으로 약간 유감스럽게 생각한 것은, 이제부터는 무슨 말이나 지시든지 마 청장님의 이름으로 해야만 한다는 것이었다.

그날 저녁 또 강원구江源口 농장에서 긴급상황을 알리는 소식이 전해졌다. 마 청장은 즉석에서 일을 나누어 배분했다. 만약 무슨 일이 생기면 당신도 세 분대를 이끌고 달려가시기로 했다. 이튿날 정오 무렵 마 청장은 더 이상 견딜 수가 없었다. 만에 하나 지금도 아슬아슬한 제방에 구멍이라도 뚫리면 차도 못 건너가게 되는 것이다. 그래서 원진해 처장과 새로 온 네 분대를 남기고 나와 마 청장님은 차를 타고 강원구 농장으로 향했다.

강원구 농장에 도착했을 때 우리는 매梅 서기가 탄 헬리콥터가 방금 안순완安順皖으로 떠났는데, 그쪽 상황이 더 위급하다는 것을 알았다. 마 청장님은 가볍게 이맛살을 찌푸렸다. 나는 몇 마디 하고 싶었지만 참았다. 둑의 여러 관에서 물이 솟아나왔지만 제방이 무너지진 않았다. 저녁이 되자 제방 위에 설치된 등에 불이 들어왔고, 제방 아래에선 손전등으로 관들을 검사하고 있었다. 한밤중이 되어서 우리는 제방 위에서 돌아왔다. 교喬 농장장은 나더러 임시 초대소에서 묵으라고 했다. 임시 초대소는 농장 본부 이층을 비워서 마련한 방 몇 개로 새 침대, 새 탁자에 에어컨까지 달려 있었다.
우리를 마중 나온 농장 본부의 타이피스트가 말했다.
"이 침대 아직 아무도 사용한 적 없습니다."
원래는 어제 매 서기가 온다는 통보를 받고 농장에서 혹시라도 여기서 매 서기가 묵게 될까봐 도시로 차를 보내서 몇 만 위안을 들여 에어컨, 침대, 탁자를 사오도록 시켰던 것이다. 그러나 매 서기의 헬리콥터가 농장 초등학교 운동장에 내려앉자마자 농장 본부에는 들어가지도 않고 교실 하나를 열어서 현장 사무회의를 열더니 그대로 제방으로 향했고, 제방에서 돌아와서도 곧장 안순완으로 떠났다는 것이다. 이쪽에서는 에어컨까지 다 준비해 놓았는데 막상 그 사람은 그냥 가버렸던 것이다.
마 청장은 사정 이야기를 듣고는 그곳에서 자지 않겠다고 했다. 기자들이 도처에 깔려 있는데 행여나 그들한테 걸려서 기사라도 나가면 뭐라고 이야기한단 말인가? 타이피스트는 마 청장이 거기서 묵지 않겠다고 하자 울상이 되어 말했다.

"안 묵으시면 헛돈 쓴 게 되잖아요, 헛돈 쓴 게…."

이런 이야기까지 듣게 되자 마 청장님은 더더욱 묵을 수가 없었다. 밖에 평평한 곳에다가 임시 침대를 설치하고 모기향을 하나 피우자 모든 준비가 끝났다.

소분대 하나만 제방 위에 남고 모두들 잠이 든 늦은 시각이었다. 귀 기울여 들어보니 마 청장님은 아직도 잠들지 못하고 있음을 알 수 있었다. 나는 마 청장님이 무슨 생각을 하나 머리를 마구 굴려 댔다. 어르신 옆에는 상황 파악 잘하는 사람이 꼭 붙어 있어야 하는 것이다.

나는 마음을 다잡고 건너가 말했다.

"마 청장님, 아직 안 주무십니까? 아직 본인이 환자라는 사실을 잊으시면 안 됩니다."

"모기가 물어 대서…."

나는 모기향을 그쪽으로 밀어드리면서 말했다.

"저희 위생부문에서 이렇게 많은 것을 쏟아 붓는데도 충분한 보답을 얻지 못하는 것 같습니다. 불공평합니다."

"카메라의 초점이 제방 위의 사람들에게 맞춰지는 거야 뭐 자연스러운 일 아닌가? 사실 자네들 행복 댐에서의 상황은 텔레비전에도 다 나왔더군."

"그깟 방송 한 번…. 제 생각엔 저희도 저희 업무를 매 서기에게 보고 드리고 건의라도 드리는 것이 좋지 않겠습니까? 그래야 최소한 약품, 기계라도 좀 더 지원받을 수 있지 않을까요?"

"그럼 우리 내일 아침 일찍 안순완으로 갈까? 좀 그렇지 않을까?"

내가 아예 까놓고 말했다.

71. 홍수와의 전쟁

"매 서기의 다음 행보를 알면 좋으련만…. 저희가 먼저 그곳으로 가 있으면 뭐 그럴 것도 없지요."

마 청장님은 아무 말도 안 했다. 이야말로 암묵적인 인가認可라는 것을 알아차렸다.

내가 말했다.

"지금 몇 백 명이 제방 위에서 뛰어다니고 있는데, 모두들 고생하는 만큼 마땅히 드러낼 기회를 얻어야 하는 것 아닙니까? 이야말로 모두에 대한 책임이라고 생각합니다."

"그럼 자네가 내일 아침 조직부의 종천우鐘天佑에게 연락해 보게. 내가 시켜서 전화 거는 거라고 하고, 그에게 주朱 비서에게 연락 좀 해보라고 하게."

주朱 비서는 매 서기의 비서로 종 처장의 친구였다. 다음날 아침 일찍 내가 종 처장에게 전화를 걸었다. 십분 후에, 매 서기가 오늘 오후에 만산홍 농장으로 향한다고 알려주었다. 아침을 먹고 우리는 강원구 농장에 네 명을 남겨두고, 여덟 명을 데리고 만산홍 농장으로 향했다.

만산홍 농장에 도착하니 오 농장장은 이미 제방 위에 올라가 있었다. 마 청장은 내게 몇 마디 하더니 그도 또한 사람들을 데리고 제방 위로 올라갔다. 나는 농장 본부의 당직 반원에게 종이와 먹을 달라고 해서 표어를 몇 개 적기 시작했다.

"대규모 재난의 해에는 대규모 방역을(大災之年防大疫)!"

"대묘량 동지의 정신을 발휘하여 죽음과 병에서 사람을 구해내고 혁명의 인도주의를 실천하자!"

"병은 입으로 들어온다. 식생활 위생에 주의하자!"

등의 표어들을 막 붙이자마자 성 위성방송국의 기자들이 들이닥쳐서 오후에 매 서기를 취재할 준비를 시작했다. 그들은 나를 취재했고, 나는 전반적 상황을 소개했다. 소개가 끝나고 나서 그들은 또 그 표어들을 찍기 시작하더니 제방으로 자리를 옮길 준비를 했다. 내가 말했다.

"저희 마 청장님, 마수장 동지가 지금 제방 위에 있습니다. 마 청장님은 병원 침대에서 일어나시자마자 제 일선으로 직접 뛰어드신 겁니다. 가서 한 번 만나보세요."

기자 두 명이 역시 홍미를 느끼기에 내가 아예 그들을 따라나섰다. 제방 위에서 오 농장장을 취재하고, 또 마 청장을 취재하고, 의료대원들이 일하는 상황을 찍더니 또 총총걸음으로 헬리콥터가 내리는 장면을 찍으러 농장본부로 돌아왔다.

오후에 매 서기는 농장본부의 이층에서 현장회의를 열었다. 마 청장도 참석해서 위생부문의 수해방지 참여 상황에 대해 소개했다. 마 청장이 내놓은 세 개의 건의가 즉석에서 매 서기의 인가를 받았다. 회의 후에 모두들 매 서기를 둘러싸고 제방 위로 올라갔다. 매 서기는 마이크를 잡고 강개하여 격앙된 어조로 연설을 시작했다. 흰 와이셔츠와 흰 바지, 흰 구두를 신은 매 서기가 온 몸에 진흙투성이인 사람들과 악수를 나누자 사람들이 감동해서 눈물까지 흘리려 했다.

초저녁에 나는 제방 위에서 헬리콥터가 이륙하는 모습을 바라보고 있었다. 계속 회전하면서 위로 오르는 모습을 보면서 나는 갑자기, 예상치도 못했는데, 심장이 쿵쿵, 뛰기 시작했다. 석양 속으로 헬리콥터가 점점 멀리 사라지는 것을 보면서, 작고 검은 점으로 변할 때까지 보면서, 그 헬리콥터는 하늘 위에서 날고 있는 것이 아니라 오랜 세월 이전부터 이미 내 대뇌의 어떤 고랑 가운데 머물고 있었다는 느낌이 들었다. 이미 옛날에 그것을 잊어버렸는데 이 순간에 그 기억이 되살아난 것이다. 일종의 질식할 것 같은 충동이 나를 덮치더니 순간적으로 숨도 쉴 수 없고 마치 죽음이 바로 근처까지 온 듯했다. 이것은 일종의 새로운 체험이었다. 절정에 처했을 때나 느낄 수 있는 신비한 체험이었다. 이 체험과 비교하면, 다른 모든 행복은 낡은 걸레조각에 지나지 않았다.
　그날 저녁 우리는 농장 본부의 텔레비전으로 오후의 회의상황을 보았다. 마 청장님의 발언이 무려 이십초 간이나 방영되었다. 이어서 표어들, 의료대원들이 일하는 모습, 그리고 마 청장님의 인터뷰…. 모두 매우 흥분된 상태에서 마 청장이 말했다.
　"오늘에야 성 차원에서 방역 업무의 중요성을 제대로 인식하게 되었군! 우리가 오길 아주 잘했어!"

　홍수가 물러가고 방역 업무도 일주일 정도 계속되다가 대강 마무리되었다. 집으로 돌아왔을 때 나는 거의 아프리카 사람처럼 되어 있었다. 며칠 후에 마 청장이 나에게, 재정부에서 일천 위안을 받아 시간을 내서 종鐘 처장과 주朱 비서에게 식사 대접을 하라고 했다. 그가 말했다.
　"어떻게든 사례를 해야지. 난 안 갈 테니 자네가 해야 할 말 적절하게 잘해 주게."
　나는 종 처장에게 전화를 걸어서, 어렵게 시간을 잡아 주 비서와 함께 수원호텔로 모셨다. 이야기를 나누다가 두 사람 모두 악산현岳山縣 사람이라는 것을 알게 되었다.
　셋이서 표준말을 버리고 고향말로 얘기하다 보니 감정적인 거리가 순식간에 줄어들었다. 그냥 일반 서민일 때에는 못 느끼지만 일단 높은 자리에 오르면 고향 사람이 얼마나 큰 자원인지! 이 바닥에서 사람들이 무슨 기준으로 모여서 서로를 돌보겠는가? 어느 지역 출신이냐 하는 문제야말로 가장 중요한 근거가 되는 것이다. 우리는 현재 이 바닥의 얘기는 꺼내지 않았다. 말이 같은 처장이지, 그들이 노는 바닥은 내가 노는 바닥보다 훨씬 높았기 때문에, 그런 이야기를 꺼내봤자 나만 촌놈이 되고 말기 때문이었다. 우리는 고향 이야기를 화제로 삼았다. 나는 또 고전적인 야한 농담 몇 개로 그들을 웃겼다.
　헤어질 때 주 비서가 말했다.

"연초에 우리 고향사람들끼리의 모임이 있는데, 지 처장도 오시오."

"귀엽게 봐주시고 전화만 걸어주십시오. 제가 물주 노릇 하겠습니다."

"물주는 그쪽까지 차례도 안 돌아갈 거요."

"그럼 뭐 얻어먹지요. 얻어먹는데 나중에 가서 저 때문에 파산했다거나 뭐 그런 원망 하시면 안 됩니다."

생각지도 못했는데, 오늘 이런 의외의 소득이 있을 줄이야!

한 달 후에 성 차원에서 홍수, 재난과의 싸움에서 전면적으로 승리한 것을 경축하기 위한 문예의 밤 행사를 성대하게 거행했다. 북경에서 팽려원彭麗媛, 송조영宋祖英, 유환劉歡 등 연예인들이 초청되었고, 성의 몇몇 위성방송국에서 연합 방영까지 했다. 위생청에도 표가 몇 장 돌아와서 나도 갈 수 있었다. 몇 명 성악가는 감정을 실어 노래를 부르다가 눈물까지 흘렸고, 노래를 부르면서 무대 아래로 내려와 열사烈士의 부모들과 악수를 나누었다. 공연이 끝나자 매 서기와 문 부성장 등이 무대로 올라가 출연자들과 인사를 나누자 모두 기립하여 큰 소리로 〈조국을 노래하세歌唱祖國!〉를 불렀다.

매 서기와 문 부성장 및 유명 성악가들이 그렇게 함께 서 있는 모습을 보고 있자니 나의 심장이 또 다시 쿵쿵 뛰기 시작하면서 질식할 것 같은 충동이 나를 덮쳐 왔다. 바로 그 순간 숨도 쉴 수가 없었고 마치 죽음이 바로 근처까지 온 듯했다. 나의 눈빛은 계속 무대 위에 고정되어 있었다. 저 예술가들이 정오에 뜬 태양마냥 잘 나가도 저들의 운명 역시 다른 사람에 의해 결정되는군! 어쨌든 지금 전 성省에 최소한 이천만 명이 저 무대를 보고 있겠지? 이천만 명이나! 나는 스스로가 중요 인물이 된 듯한 느낌, 모든 것을 주선하고 모든 것을 장악하고 있는 듯한 느낌을 체험했다.

이런 절정의 체험을 통해 나는 더욱 잘 인간을 이해하고 인생을 이해할 수 있게 되었으며, 이런 충동을 통해 역사를 더욱 잘 이해할 수 있게 되었다. 역사는 전혀 황당한 게 아니다. 알렉산더 대왕은 뭣 때문에 마케도니아에서 인도까지 쳐 나갔고, 칭기즈칸은 또 뭣 때문에 몽고에서 유럽까지 쳐 나갔겠는가? 그들이 정신병 환자였기 때문에 그랬을까? 천만에! 그 사람들을 미쳤다고 생각하는 사람들이야말로 정신병 환자들인 것이다.

72. 능약운 陵若雲

　호일병이 전화를 걸어서 유약진의 가정에 풍파가 일어났다면서, 시간을 내서 그의 마음도 풀어줄 겸 이야기를 좀 하자고 했다. 유약진은 지난 이년 동안 한편으로는 논문을 써서 전국적인 토론에 참가하고, 또 한편으로는 대가의 말투를 흉내내어 세계를 논하고 인생을 논하는 수필을 쓰는 등 제법 잘나갔는데, 그 인간한테 무슨 문제가 생겼다는 것이지? 대중의 정신적 지도자로서 군림하는 그 인간이 우리 같은 속물한테 고민을 풀어달라고 부탁하다니…. 저녁을 먹고 금천金天호텔에 도착하니, 조금 있다가 호일병이 자기 차로 유약진을 데리고 왔다. 엘리베이터를 타고 7층의 다방에 올라가서 호일병이 룸을 하나 달라고 주문했다. 유약진이 말했다.
　"차야 아무데서나 마시면 되지 뭣 하러 이렇게 비싼 곳을 찾아?"
　호일병이 말했다.
　"이렇게 꾸며 놓은 건 다 사람들에게 이용하라는 것 아니겠어?"
　예전 같으면 다른 사람이 이런 식으로 나를 접대하려고 하면 나도 너무 사치스럽다고 생각했겠지만, 요즘은 익숙해져서, 이런 장소가 아니면 아예 갈 수조차 없다는 생각이 들었다. 길가에 있는 아무 다방으로나 들어가자고 하면 접대를 받는 나는 뭐가 되느냐 말이다. 비록 허례虛

禮일지라도 지켜야 할 것은 지켜야 하고, 그것을 사양하는 것은 스스로의 품격을 낮추고 스스로 세상물정 모른다는 것을 알리는 것밖에 되지 않는다. 보아하니 유약진은 아직 이런 이치를 모르고 있는 것 같았다. 유약진의 물음에 호일병도 괜한 허풍은 떨지 않았다. 이놈은 아주 멋진 친구다. 사실 요 몇 년간, 떳떳치 못한 돈 몇 푼 벌었다고 옛 친구도 못 알아보는 인간들도 많이 보았다.

아가씨가 차를 따른 후에 주전자를 들고 문 옆에서 분부를 기다리고 서 있자 호일병이 아가씨를 내보냈다. 차를 마시면서 비로소 유약진에게 무슨 일이 생겼는지 알게 되었다. 그는 마음이 고결하고 자존심이 강한 놈인데, 이년 전에야 능약운凌若雲이라는 아가씨와 결혼을 했다. 그보다 아홉 살이나 연하인 그녀는 도시로 시집온 후에 학교 도서관에서 자료정리나 하는 일에는 전혀 만족하지 못했다. 그래서 그의 반대를 무릅쓰고 홍콩 자본인 금엽金葉부동산 회사에 지원했는데, 결국 채용이 되었고, 반년 후에는 홍보책임자로 승진해서 월급도 그의 여덟, 아홉 배나 받았다. 이러한 사실을 감정상 받아들일 수 없었던 그는 그녀에게 학교로 돌아오라고 했지만, 그게 어디 가당키나 한 소리여야지. 오히려 반대로 그녀가 유약진에게 권했다.

"매일같이 책상 위에 엎드려서 글이나 쓰는데, 그래 봐야 무슨 소용 있어요?"

"가는 길이 다르면 서로 상의조차 하지 말라"(道不同不相爲謀)고 했듯이, 부부 사이에 서로 상의조차 할 수 없게 되자 자연히 위기가 닥쳤다. 후에 가서는 그녀가 매일 토요타 차를 몰고 귀가하자 그는 화가 머리끝까지 났다. 그리고는 그녀와 그 홍콩의 여쇼 사장 사이를 의심하기 시작했다. 그렇지 않고서야 어떻게 이렇게 좋은 일이 그녀에게 생길 수 있단 말인가? 여기서부터 가정 내의 불화가 끊임없이 계속되었지만, 그는 이런 사실을 친구들에게는 말하고 싶어하지 않았다. 지도교수로서의 이미지에 행여 나쁜 영향을 미치게 될까봐 두려워서 그랬던 것 같았다. 자기 부인도 자기를 따르지 않는데 어떻게 천하의 사람들이 자기를 따르겠는가?

며칠 전에 다툼이 있은 후 그녀는 집을 나가 며칠째 돌아오지 않았다고 했다. 어제는 그가 금엽부동산 회사로 그녀를 찾아갔다가, 여余 사장이 모든 직원들이 보는 앞에서 그녀 뒤에 서서 허리를 굽히고 거의 몸을 붙이다시피 한 채 한 손으로 컴퓨터를 가리키면서 무언가를 이야기하는 장면을 목격하고 말았다. 직원 몇 명이 유약진을 보더니 눈빛이 이상해지면서 웃는 듯 마는 듯한 표정을 지었다. 그는 아무 말도 못하고 창피해서 물러나왔지만, 도저히 참을 수가 없어서 그제서야 호일병에게 전화를 걸었던 것이다.

그의 고충을 듣고 나서 호일병이 말했다.

"우리 철鐵 형제 맞지? 그래! 철 형제가 모이면 팔 톤짜리 망치로 내려쳐도 떼어놓을 수가 없지. 우리 철 형제끼리 얘기하면서 말 빙빙 돌릴 필요 없잖아? 내 생각을 말하라면, 사람들이 새로운 시각으로 세상을 보지 않으면 안 된다고 생각해. 사람이 대세를 보고 대세를 따르게 되면 물을 끓이다가도 자동차를 만들게 되지만, 대세를 따르지 못하면 물을 마셔도 이빨에 끼고, 물을 끓여도 냄비 바닥에 눌러 붙게 마련이야. 조만간 문제가 생기게 되어 있어.

내가 보아하니 네 마누라에게도 장점이 있어. 대세를 볼 줄 알고 조류를 따를 줄 알아. 그 대세나 조류라는 것은 개개인의 감정을 살펴주지는 않거든. 사람들을 개미마냥 휩쓸어 가버린다고. 역사의 조류는 항거할 수 없다고 한 모택동 주석의 말씀을 나는 체험을 통해 각골명심刻骨銘心하고 있어. 지금이 어떤 시대인가? 관官이면 올라가야 하고, 재물이면 벌어야 하는 거야升官發財. 그럴듯한 인물 치고 이 노선을 따르지 않았던 사람 어디 있는지 한번 손가락으로 세어 봐라. 없잖아!"

이어서 호일병은 자신이 얼마 전에 겪었던 일 한 가지에 대해 이야기했다. 성省에서는 지금 지난 번 홍수 때 홍수와 싸우고 수재민을 구제한 활동상황에 대한 대형 전시회를 열고 있는데, 그 예산이 자그마치 사백만 위안이나 된다고 했다. 그도 입찰에 참여했고, 별의 별 방법을 다 동원했으나 결국에는 문 부성장의 아들인 문좌량文左良에게 낙찰되었다고 했다.

내가 말했다.

"어쩐지 네가 몹시 화를 내고 있다고 생각했더니, 돈 벌 길이 막혔었구나."

호일병이 말했다.

"문좌량 그 자식은 일에 대해선 아무것도 모르는데, 그 자식의 회사는 무슨 일이든 다 한단 말이야. 게다가 언제나 큰 돈을 다 긁어모은다니까. 그 자식에겐 이런 전시회쯤이야 뭐 장아찌 한 종지 정도밖에 안 돼. 권력이 뒤에서 조종하지 않는 공공사업이 어디 있는 줄 알아? 그 인간들은 돈을 안 벌려고 해도 돈 안 벌기가 하늘에 오르기보다 더 어려울 거야. 여태껏은 제 아버지 말 한 마디면 모든 게 해결되었고, 이후부터는 그 인간의 말 한마디면 다 될 거야. 권력과 돈을 가진 자가 말해도 안 되는 일이 인문人文 정신을 중시하는 사람이 말한다고 될 줄 아냐?"

내가 말했다.

"문좌량 그 인간의 할아버지는 회해淮海 전투에서 전사했고, 그 증조부는 마일馬日 사변 때 피살당했어. 그러니 너 호일병과 그 인간이 어떻게 비교가 되겠어?"

유약진이 말했다.

"호일병! 너 지난 일이년간 속물로 변했구나."

내가 말했다.

"그건 다 호일병이 누구를 만나느냐에 달려 있어. 고상한 사람을 만나면 그가 속물이 되는 거고, 속물을 만나면 저 인간이 고상한 사람이 되는 거야."

호일병은 웃으면서 말했다.

"대위 형님과 마찬가지지. 관리를 만나면 학자가 되고, 학자를 만나면 관리가 되는 거지."

이어서 말했다.

"유약진! 본론으로 돌아가서, 아예 우리 회사로 와서 부사장 맡는 게 어때? 다른 사람은 믿을 수가 없어서 그래. 대위한테도 전에 권한 적 있었지만, 이제 저 친구는 궤도에 올랐으니 나도 더 이상 말하지 않겠어. 요즘은 저 인간이 도리어 나를 무시한다니까…. 요즘은 권력과 돈만 힘을 쓰는 것 같아. 유약진 너는 이 둘 중에 아무 것도 없는데다, 자네 그 꽃 같고 옥 같은 안사람이 자네보다 돈을 열 배나 더 많이 버는데 문제가 안 생길 수 있겠니? 문제가 안 생긴다면 그건 내가 인성人性을 오해한 것이고, 인간이 사실은 내가 생각한 것보다 좀 더 낫기 때문일 테지. 나 정말로 하는 말인데, 그냥 나한테 오지 그래? 우리가 회사만 좀 더 키우면 그땐 몇 천 위안, 몇 만 위안은 문제도 안 되고, 몇 백만 위안도 장아찌 종지 같은 것에 불과할 거야. 그때는 너도 능약운을 집안에 붙들어 놓을 수가 있어."

유약진이 고개를 가로저으면서 말했다.

"별로인데…."

내가 말했다.

"유약진은 학생들 가르치는 일을 좋아하니 교편 잡도록 가만 놓아두게. 벼슬하고 돈 버는 일은 이 친구에겐 고통스런 일이야. 이 친구는 그런 세속적인 것은 하찮게 보잖아. 이 친구가 오히려 자네한테 물을 걸? 그런 많은 돈이 무슨 소용 있냐고…."

호일병이 말했다.

"그런 많은 돈이 무슨 소용 있냐고? 그게 바로 선생들이 하는 소리지. 선생들의 말씀은 책을 열고 보면 구구절절 훌륭하지만, 책을 덮고 나면 무슨 말을 했는지 전혀 모를 소리들뿐이지. 일에 닥쳐서 다시 책을 펴고 그것을 현실에 적용해보려고 하면 그게 절대 안 들어맞는다는 것만 발견하게 돼. 세상은 권력과 금전이라는 움직일 수 없는 두 가지 원칙만 따지고 다른 것은 아무 것도 안 따지거든. 세상이 그렇게 속되다네. 많은 돈이 무슨 소용이냐고? 그 문제라면 빌 게이츠한테 가서 물어봐! 나는 아직 대답할 수 없으니까."

유약진이 말했다.

"나는 돈을 그다지 중시하지 않아. 정말이야. 그 많은 돈이 다 무슨 소용 있나?"

내가 말했다.

"호일병이야 상업에 종사하고 있으니 말도 장사꾼처럼 하고, 현실의 시장市場만 중시하지. 나는 관에 몸을 담고 있으니 말도 관의 말을 하고, 현실의 그 바닥만 중시하지. 유약진 너는 교수로 있으니 천하天下와 천추千秋를 말하고 천당에도 자기 자리를 마련해 두고 있는 거야. 우리는 각자 자기 자리에 있는 거지. 유사 이래 총명한 사람들은 모두 천당을 백성들에게 양보했다네."

유약진이 말했다.

"호일병은 일찌감치 경제동물이 되어버렸고, 대위 자네도 금방 정치동물이 되어버릴 거고…. 나는 그래도 역시 사람으로 살고 싶네."

호일병이 웃으면서 말했다.

"유약진 네가 우리보다 한 급級 위군!"

유약진이 말했다.

"급의 차이가 아니라 질質의 차이이지."

내가 말했다.

"유약진! 네가 우리의 말에 찬성하지 못 하더라도 그래도 최소한 우리를 이해해 줄 수는 있잖아?"

그가 얼른 말했다.

"너희들을 이해하고 말고. 내가 좀도둑들을 이해할 수 있듯이…."

호일병이 말했다.

"난해한 이야기 하지 말고 까놓고 얘기해 보자. 말로 하니까 현실이 비현실적인 것보다 더 난해해지는군. 머리 위에 닥친 사건은 누가 뭐래도 현실이고, 현실은 아무래도 속물들이 해결할 수밖에 없는 것 아닌가? 그 많은 돈이 무슨 소용이냐고? 말귀 참 못 알아듣는군! 최소한 자네 마누라는 붙들어 앉힐 수 있을 것 아냐! 이렇게 현실적인 세계를 마주 대하고서 그 누구도 혼자서 감상적이 될 수는 없는 거야. 세속에 반항한다는 것은 조류에 반항한다는 것이고, 역사의 합리적인 추세에 반항한다는 것이야. 이것은 역사의 비극이 아니라 반항자의 비극일세. 시대의 조류를 관찰하는 가장 간단한 방법이 뭔지 아나? 미인이 누구의 품안에 가서 안기는지 보면 돼(看美人們倒進誰的懷里去)."

유약진의 안색이 변했다. 호일병은 못 본 체하고 잔인하게 말을 계속했다.

"미인은 행복을 추구하려는 자기의 본능에 따라 예민하게 방향을 선택하는 뛰어난 재주를 지녔지. 그녀들을 어리석다고 생각지 말게. 사실 전혀 어리석지 않아. 자네가 문좌량의 그 자리에 앉게 되면 한 떼의 미인들이 자네를 둘러싸고 앙탈하고 질투를 해댈 텐데, 그게 어떤 느낌인지 이해하겠나? 어떤 경지일 것 같은가? 생각을 좀 해보게!"

유약진은 고개를 마구 가로저으면서 말했다.

"다른 사람들이 나를 둘러싸면 뭐하나, 그녀들을 받아줄 정력도 없네. 이 세계가 사람들을 향해 드러내 보이는 행복은 모두 가짜야. 장사꾼들이 모든 사람들을 잘못된 방향으로 이끌고 있어. 진정한 행복은 지혜를 사랑하는 것이고, 진정한 가치는 성찰하며 살아가는 인생이야."

호일병이 말했다.

"유약진 자네가 하는 말은 역시 선생님 말씀 같아. 그렇지만 왜 모두들 장사꾼을 따르고 선생님은 따르지 않는 걸까?"

유약진이 말했다.

"그들은 자신의 물질적 욕망에 굴복하고 만 거야."

호일병이 말했다.

"아무도 따르는 사람이 없는 교사를 교사라고 할 수 있겠나? 안타깝지만 지금은 교사를 필요로 하는 시대가 아닐세. 모든 사람들이 자기가 무엇을 추구해야 하는지 이미 다 잘 알고 있어. 산다는 것은 곧 생존을 의미하고, 생존을 위해서는 각종 문제가 해결되어야지. 그러면 문제는 무엇으로 해결하지? 권력과 돈이라는 두 개자식일세! 아무리 높이 떠다녀도 언젠가는 평범하고 속된 현실의 지표면에 내려와야 해. 공중에 떠다니는 언어는 공허하고 또 점점 말도 계속 이어가지 못하게 될 걸세. 이게 교사의 비애이지. 어쩌면 이 시대는 순교자를 필요로 하는지도 몰라. 그러나 그 순교자는 또 어디에 있지? 선생들은 모두 너무 똑똑해서 원칙을 설명하고 다른 사람들에게 그것을 실천하도록 요구하지만, 자기 자신은 언제나 가장 중요한 시점에서 결석을 해버려. 그리고는 귀머거리, 장님, 벙어리 행세를 하지. 행세 안 할 수가 있어?"

나는 그가 몇 년 전 내가 화원현華源縣에 흡혈충병 예방조사를 나갔던 일을 이야기하는 게 아닌가 하고 의심을 했다. 아니면, 혹시 내가 작년에 인사평가위원을 맡았던 일을 암시하고 있는 것인가? 그 일들은 모두 뒤돌아보면 부끄럽고 양심에 가책을 느끼는 일들이었다. 하지만 그렇다고 내가 앞으로 나설 수 있는가? 나는 순교자가 될 수는 없었다. 나는 호일병의 표정을 살펴보았으나 특별히 나를 가리키는 것 같지는 않았다. 내가 괜한 걱정을 했나 보다….

호일병이 말했다.

"매 왕조의 지식인들은 그 사회 최후의 도덕의 제방堤防이었지. 그러나 오늘날 그 제방은 이미 무너져버렸어. 그들조차도 이윤 극대화의 방식에 따라 인생을 조작하는 조작주의자들이 되어버렸어. 날은 추운데 무명 저고리 한 벌만 입고 있다가 눈앞에 얼어 죽어가고 있는 사람을 만난 격이지. 그래서 보리수 아래로 뛰어가서는 두 눈을 감고 우주의 문제를 조용히 생각하는 거야. 중생을 구제할 방법은 고민하면서도 그에게 자기 저고리 벗어줄 생각은 안 한단 말일세. 자신이 얼어 죽을 생각은 안 한다고! 그게 선생이야. 다른 사람더러 그를 따르라고? 나를 위해 변호하지는 않겠네. 난 타락했어. 희생이든 책임감이든 나하고는 상관없는 일이야. 대위, 자네는, 자네도 여기서 가식적으로 굴지 말라고. 우리 철 형제끼리는…."

내가 말했다.

"그럼 나도 자네 진영에 들어가지."

유약진이 말했다.

"자네들은 시대의 조류를 바짝 따르려고 하는데, 그러고도 타락 하지 않고 배기겠어?"

호일병이 말했다

"우리만 그런 게 아니야! 인격 수양을 전공한다는 그런 인간들도 다 내가 보니까 뭐 그만그만한 인격들이던데…. 그 사람들 욕하려는 것이 아니라, 누구에게든 역사에 반항하라고 요구할 수는 없다는 거야. 역사는 항거할 수 없는 거야."

유약진이 말했다

"그것은 선택의 문제야. 연약하고 무기력한 사람만이 책임을 역사에게 떠넘기지."

호일병이 말했다.

"선생님과 변론할 생각은 없네. 우리 현실로 돌아와서, 정말로 우리 회사에 올 텐가, 안 올 텐가?"

유약진이 고집스레 말했다.

"안 가!"

호일병이 말했다.

"그럼 관둬! 싫다는 너를 강제로 끌고 갈 수는 없는 거니까."

이어서 말했다.

"안 오는 것도 괜찮아. 사실 나처럼 이 배에 타게 되면, 가끔은 앞에 앉아 있는 놈이 개새끼인 줄 뻔히 알면서도 그놈과 식사도 같이 하고 그래야 하거든. 사람과 개가 한 상에서 같이 밥을 먹을 수 있어? 나야 계속 참다 보니 이젠 익숙해졌어. 돈이 걸린 문제에선 절대로 스스로를 사람이라고 생각해서는 안 되거든! 유약진은 온다고 해도 아마 못 참아 낼 거야."

유약진은 눈앞의 찻잔을, 그 안에 무슨 신비한 물건이라도 있는 것처럼 뚫어져라 응시하고 있었다. 내가 말했다.

"우리 이제 지면으로 내려가서, 어떻게 하면 능약운을 돌아오게 할 수 있을지 생각해 보자. 대화가 아무리 붕 떠다니다가도 언젠가는 지면으로 내려와야지."

유약진이 말했다.

"돌아오게 하면 뭐하나! 가고 싶은 데로 가라고 해! 아예 날 찾아와서 괴롭히지만 않았으면 좋겠어, 마음이나 안정되게."

호일병이 말했다.

"자네 화나서 하는 소린가 아니면 진심인가? 진심이라면 우리도 그만두겠네."

유약진은 아무 말도 않고 눈에 힘을 주고 찻잔만 바라보고 있었다.

내가 말했다.

"호일병 자네가 경험이 있으니까 여자를 가장 잘 이해할 게 아닌가? 자네가 가서 한번 설득해 봐."

호일병이 말했다.

"입 하나만 달랑 들고 어떻게 설득을 하나? 입 하나만 달랑 들고 히틀러에게 사람 죽이지 말라고 권할 수 있어?"

그러면서도 유약진에게 능약운의 휴대폰 번호를 알려 달라고 하더니, 자기 휴대폰을 꺼내어 번호를 눌렀다. 전화가 연결되자 내게 휴대폰을 건네주었다. 나는 휴대폰을 받아서 말했다

"제수씨, 저 지대위입니다. 우리 호 사장이 제수씨를 찾아뵙고 드릴 말씀이 있다고 하는데요…."

능약운이 말했다

"어떤 호 사장 말인가요?"

호일병을 팔아도 별로 신통한 반응이 없으므로 나는 얼른 일어나서 문 밖으로 나가서 전화로 말했다.

"호일병이 제수씨를 만나서 드릴 이야기가 있다고…."

그녀가 말했다.

"만약 저를 대상으로 무슨 사상이나 정치교육 같은 걸 시키려는 거라면 먼저 그 인간부터 교육 좀 시키세요. 그렇게 예민해서야 어떤 사람인들 견뎌 내겠어요? 그 사람 사상교육이나 제대로 해주시면, 저는 아무 문제없어요."

내가 한참 동안 설득하고 나서야 결국 그녀도 만나보겠다고 승낙했다. 내가 말했다.

"저와 호일병이 차를 갖고 가겠습니다. 지금 어디 계십니까?"

그녀가 말했다.

"제가 갈게요."

이십분 후에 금천호텔 입구에서 만나기로 약속했다. 내가 자리에 돌아와 앉자 호일병이 말했다.

"그 여자 앞에선 나를 호 사장이라고 부르지 마. 제수씨네 사장이 나보다는 더 잘 나가잖아. 그렇게 불러도 아무 의미 없어."

내가 말했다.

"호일병 자네 허영심이 왜 이렇게 강해졌어? 그런 얘기를 다 하다니…. 사실 따지고 보면 그쪽도 미장이 출신 아닌가. 무서울 게 또 뭐 있나."

그가 허겁지겁 말했다.

"아, 따져야지, 따지지 않을 수 있어? 먹혀들지 않는 카드는 흔들지도 말아야지. 자네 바닥에서 서열 분명하게 따지는 것과 마찬가지야. 누가 처장 카드 갖고 청장 앞에서 흔들겠어? 재산이 많아야 숨도 맘껏 쉰다고, 그게 우리 쪽의 게임 규칙이야. 안 그렇다면 왜 사람들이 그렇게 끝도 없이 돈을 벌려 하겠나?"

유약진이 말했다.

"능약운이 뭐 별거라고…."

내가 말했다.

"별거인지 아닌지는 우리와 상관없지만, 어쨌든 자네 마누라이니 우리도 인정해야지."

나와 호일병은 아래층으로 내려가 기다렸다. 토요타 차가 나타날 때마다 살펴봤다. 약속한 시간이 거의 다 되었을 때 링컨콘티넨털 한 대가 우리 옆을 지나치는 것을 보고 호일병이 말했다.

"저 차 정말 좋은 차야!"

내가 고개를 들고 차를 바라보는데, 능약운이 바로 그 차에서 내리는 것이었다. 내가 막 그녀를 부르려는데 호일병이 갑자기 나를 확 끌어당겼다. 능약운은 계단 위에 잠시 서 있더니 문 안으로 들어갔다. 검은색 바바리코트에 머리를 어깨까지 드리운 모습 하며 몸을 돌려 걸어갈 때의 그 유유한 모습에서 특별한 기품이 느껴졌다.

호일병이 말했다.

"몇 달 못 본 새에 능약운도 정말 많이 변했네. 아주 전형적인 귀부인 분위기가 느껴져."

내가 말했다.

"원래 배우였잖아! 저렇게 포장까지 해놨으니 오늘의 그녀와 어제의 그녀가 달라 보이는 것도 당연하지."

그가 말했다.

"그만 두자! 난 오늘 능약운과 만날 줄은 생각도 못했거든. 머리끝부터 발끝까지 옷을 너무 캐주얼하게 입고 왔어. 이렇게 입고 다른 사람한테 무슨 말을 꺼내겠나?"

이어서 말했다.

"나는 토요타를 몰고 다니는 줄 알았는데, 세상에, 링컨 콘티넨털을 몰고 다니다니! 나까지 기가 다 죽네."

사실 나도 기가 죽기는 했지만 말했다.

"호 사장, 자네 허영심이 이 정도일 줄은 몰랐네. 내가 가서 이야기해 보겠네. 안 돼도 그만이지."

그가 말했다.

"사실 딱히 할 말도 없어. 저 여자의 저 기세 좀 봐. 어디 유약진이 누릴 수 있는 여자야? 저 정도 클래스의 여자는 백만장자는 돼야 소화할 수 있는 거야. 유약진? 쳇! 나도 볼 만큼은 봤는데, 세상에는 기적이란 없는 거야. 자기 마누라까지 장사꾼과 눈이 맞아 도망을 치는 판에 그래도 이 악물고 뭐, 지혜를 사랑한다고? 그놈의 지혜가 얼마나 지혜로운지는 모르지만, 유약진 그 녀석 지난 이삼년 여자 복 그만큼 누렸으면 됐어. 만족할 줄을 알아야지."

내가 한사코 말했다.

"그래도 한 번 가보자고. 안 그러면 친구한테 미안하잖아."

그가 말했다.

"너는 이런 말 못 들어봤나? 하늘 아래엔 가난한 사람들이 떳떳해 할 일은 하나도 없다는 말? 갈 테면 네 혼자 가봐!"

그때 능약운이 로비에서 나오더니 사방을 둘러보기 시작했다. 호일병은 몸을 돌려서 걷기 시작했다. 나를 끌고 거리까지 나와서 말했다.
"왜 사서 망신을 당하려고 해?"
그러더니 능약운의 휴대폰으로 전화를 걸어 급한 일이 갑자기 생겨 못 가게 되었다고, 나중에 다시 날을 잡아 이야기하자고 했다. 나는 나무숲 사이로 능약운이 전화를 끊고 가뿐하게 차 옆으로 다가가 차를 몰고 사라지는 모습을 훔쳐보았다.

호일병이 말했다.
"유약진 녀석도 앞으로 살기 힘들겠다. 큰 바다를 구경해본 사람에겐 웬만한 물은 물로 여겨지지도 않는다(曾經滄海難爲水)고 했어. 저런 미인하고 살아봤으니 앞으로 어떤 여자가 눈에 차겠어?"
위층으로 올라가면서 내가 말했다.
"호일병, 자네 허영심이 너무 심한 것 아냐?"
호일병이 말했다.
"돈 가진 사람은 자기보다 돈을 더 많이 가진 사람을 무서워하고, 권력을 가진 사람은 자기보다 더 큰 권력을 가진 사람을 무서워하지. 그녀가 링컨콘티넨털을 몰고 와서 내 앞에 딱 서는데, 따귀 한 대 맞은 것보다 더 참을 수가 없더라고. 그게 아니라면 사람들이 왜 끝도 없이 돈을 벌려고 하겠나? 돈은 하찮은 것이라는 말은 억만 장자는 되어야 감히 할 수 있는 말이지 백만장자 정도로는 그런 말할 자격도 없는 거야."

다방에 들어서니 유약진이 묻는 듯한 표정으로 우리를 바라보았다. 나는 속으로 뜨끔했다. 호일병이 말했다.
"이렇게 오래 기다렸는데 안 오네. 십 분이나 지났는데도 안 오고, 왜 안 올까?"
내가 말했다.
"전화를 다시 한 번 걸어볼까?"

유약진이 말했다.

"그만 두게, 그만 둬."

호일병이 말했다.

"다음에 다시 불러서 잘 말해 볼게."

유약진은 기가 약간 죽은 듯이 보였다. 호일병이 나를 보면서 말했다.

"세상 모든 일엔 다 연분이란 게 있어서 억지 부린다고 되는 건 아니야. 만약 대위 자네한테 관운이 안 따라줬으면 목숨 걸고 덤볐어도 감투 하나 안 떨어지는 거야! 다 인연이야. 자네 앞에 떨어지지 않는 것, 자네 앞에 떨어졌다가 떠나는 것, 그게 다 연분이 안 닿아서 그래. 연분이 안 닿는 것은 자네 것이 아닌데 뭘 어떻게 하겠어?"

내가 고개를 끄덕끄덕 했다.

유약진이 말했다.

"자네 능약운 만나 보았지?"

내가 얼른 대답했다.

"못 봤다니까. 얼굴도 못 봤고, 말도 한 마디 못 해봤고….''

유약진이 한숨을 내쉬면서 말했다.

"정말 어떻게 해야 할지 모르겠어."

나는 그가 조금은 가여웠지만, 그러나 아무 말도 하지 못했다.

호일병이 말했다.

"사내대장부가 하늘을 머리에 이고 땅 위에 우뚝 서 있는데 무슨 비바람이 무섭겠어? 무서울 것 하나 없어!"

73. 익명의 투서

　나는 홍수와의 전쟁을 마치고 돌아온 후 얼마 되지 않아 박사논문 심사를 통과했다. 그리고 그와 거의 동시에 전례 없이 빨리 연구원으로 승진까지 하였다. 이어서 마 청장님의 이름으로 신청한 위생청의 박사양성과정 개설 허가를 받아내고, 나도 덩달아 박사 지도교수가 되었다. 뜻밖이었던 것은 나의 몇몇 동창들 역시 순조롭게 논문심사를 통과했다는 것이다. 비록 동창同窓이라고는 하지만, 그 서기와 주임 두 사람은 삼년 동안 코빼기도 한 번 보지 못했다. 그들이 언제 와서 수업을 들었는지 알 수 없는 일이었다. 그러나 때가 되자 두 사람 다 번듯한 박사논문들을 들고 나타났다. 심지어 임지강까지 투덜거리면서 말했다.
　"저 두 사람은 '세 번 박사'예요. 입학 수속 밟으러 한 번 오고, 선물 바치러 한 번 오고, 심사 받고 학위 받으러 한 번 오고…."
　그들은 이미 마음이 원하는 대로 일이 이루어지는 그런 경지에 오른 사람들이다. 세상은 그들을 중심으로 설계되어 있고, 심지어 원칙까지도 그 사람들의 필요에 따라 결정되는, 그런 경지에 오른 사람들이었던 것이다. 원칙까지 조작 과정에서 백지화되어 버리는 이런 일은 새삼스레 그럴듯하게 꾸며서 얘기할 필요조차 없어졌다. 바꾸어 말해서, 설계자에게 게임 규칙을 정할 때 본인의 필요를 고려하지 말아달라고 요구하는 것 자체가 인성人性에 어긋나는 일인 것이다. 권력이 유일하게 도달하지 못하는 곳은 바로 더 높은 권력뿐이다. 나는 더 노력해서 더 높은 경지로 전진해야겠다고 생각했다. 사실 계산해 보면 한 걸음밖에 남지 않았다.

과연 기회가 왔다. 연말이 거의 다 되어 마 청장님이 위생청 업무회의에서 내가 청장 보좌역까지 겸임할 것을 제의하셨다. 들리는 소식으로는, 당시에 아무도 이견을 내지 않았다고 했다. 이 소식을 들은 나는 취임준비를 하고 문건이 내려올 때만 기다리고 있었다. 이렇게 되면 나도 다음부터는 업무회의에 참가할 자격이 생기고, 위생청의 핵심 멤버에 들어간 셈이 되니, 작으나마 한 걸음 더 앞으로 내디뎠다고 할 수 있다.

그러나 이튿날 기율검사회의의 노盧 서기가 조용히 내게 알려 주었다. 내 사생활에 문제가 있다고 고발하는 익명의 편지가 도착했다는 것이다. 이 말을 듣는 순간 마치 심장이 멈추는 것만 같았다. 맹효민의 일이 들통난 것인가?

나는 숨을 고르고 말했다.

"내 사생활에 문제가 있다고요? 제가요?"

나는 약재회사의 구瞿 사장이 혹시 누구한테 무슨 말이라도 흘렸나, 아니면 혹시 누가 나를 미행이라도 했단 말인가 하고 생각했다. 안 그러면 어떻게 이럴 수가 있지?

노 서기가 말했다.

"흥분하지 마십시오. 그저 소문에 불과합니다. 아직 조사도 안 했는 걸요."

조사하겠다는 말을 듣는 순간 마음이 켕겼다. 일단 조사를 하는 날엔 나는 끝장이다. 결국 작은 것을 탐하다가 큰 것을 놓치는구나! 작은 것을 탐하다가 큰 것을 놓쳐!

나는 얼굴에 철판을 딱 깔고 말했다.

"조직 차원에서 가능한 한 빠른 시일 내에 조사를 해주십시오."

오후에 나는 밖으로 꽤 멀리 나가서 휴대폰으로 맹효민을 호출하여 그녀에게 무슨 이상異常한 상황이 일어난 게 없는지 물었다. 그녀는 없다고 하면서, 끈질기게 우리가 늘 만나는 그 장소에서 만나자고 졸라댔다.

"지금 위생청에서 누군가가 나를 음해하려고 우리 사이의 일을 폭로하려고 하는 것 같아. 당분간 절대로 나한테 연락하지 마!"

그녀는 그래도 만나자고 졸라댔다.

내가 말했다.

"지금이 어떤 때인데…."

그녀는 매우 억울해했지만, 그래도 자기의 요구사항을 포기하지 않으려고 했다.

내가 말했다.

"어떻게 큰 문제 작은 문제도 못 가리나!"

그리고는 전화를 끊었다.

저녁에 나는 아무래도 잠을 이룰 수가 없었다. 도대체 누가 나를 음해하려는 거지? 동류 옆에 누워서 엎치락뒤치락하는 것만이 능사는 아니라고 생각하고는, 동류에겐 문서를 작성할 일이 있다고 말하고 일어나서 거실 소파에 앉았다. 탁자 위에 종이를 펴고 손에는 펜을 잡고 몇 줄 적는 척하고 있었다. 틀림없이 그 편지는 마 청장님의 이번 제의에 대항하는 것이다. 우회전술을 통해 정치적 목표를 실현할 수 있으니 말이다. 오랫동안 누군가가 나를 주시하고 분석하고 있다는 것은 나도 이미 알고 있는 사실이다. 뭐, 나는 다른 사람을 분석 안 하나? 언제나 위로 오르고 싶어하는 사람이 자리 수보다 많은 법. 너한테 자리가 떨어진다는 것은 곧 나한테 떨어질 자리가 없어진다는 뜻인지라, 조건이 비숫할수록 서로 원수지간이 되는 것이다. 이것은 어쩔 수 없는 현실이다.

그렇지만 경쟁을 하려면 모두들 정정당당하게 할 것이지…. 너도 홍수와의 전쟁에 뛰어들고, 너도 논문을 발표하고, 너도 박사학위라도 따오란 말이다! 그러지 않고 이런 데서 발을 걸다니…. 에이, 소인배 놈! 이것이 남자의 취약한 부분이라는 것을 알고 있었지만, 내가 이런 데서 넘어질 줄이야…. 만전을 다해 계책을 세워야 한다. 이번에 지게 되면 날카롭던 기세가 둔해지고 평생에 다시는 기회가 없을지도 모른다. 인생에 '다음'이라는 것이 몇 번이나 있겠는가? 나는 또 일시적인 충동 때문에 맹효민과 사귀지 말았어야 했다고, 그녀를 도시로 데려오지 말았어야 했다고 후회했다. 만약 모든 것이 밝혀지면, 동류한테는 또 뭐라고 한단 말인가?

나는 속으로 가능성이 있는 인간들을 하나하나 생각해 보았다. 손지화? 원진해? 정소괴? 아니면 황 주임? 아니면 그 중의 누군가가 어떤 소인배한테 시켜서 한 짓인가? 본래 첫 번째 회합에선 대장군은 출마하지 않는 법이다. 이튿날 위생청에 가니 몇몇은 나를 보는 눈빛이 조금 이상했다. "지 처장님!" 하고 부르는 목소리도 조금 특별했다. 다년간에 걸친 훈련을 통해 나는 다른 사람의 표정에서부터 그들 자신조차 느끼지 못하는 그런 차이점을 관찰할 수 있게 되었다. 정소괴가 왔다. 나는 약간 변한 듯한 목소리로 외쳤다.

"정!"

그는 깜짝 놀라기라도 한 듯했다.

나는 내 검사방법이 효과가 있군, 하고 생각하면서 얼른 이어서 말했다.

"좋은 아침이야!"

그는 고개를 연신 끄덕이면서 말했다.

"지 처장님도 안녕하십니까?"

나는 얼굴에는 미소를 띠고 두 눈으로 그를 바라보았다. 그는 약간 어지러운 눈빛을 하고 자기 사무실에 도착할 때까지 고개를 끄덕였다. 나는 그 편지는 정소괴가 쓴 것이라고 거의 확신했다. 그러나 내가 그 자리에 못 올라간다고 해도 어차피 자기한테까지 돌아가지 않을 텐데, 저 인간은 뭣 하러 나섰을까? 순전히 질투심에서? 그럴 리가 없었다. 이때 정소괴가 들어와서 나한테 의논할 일이 있다고 했다. 나는 그가 분명히 방금 전의 그 실수를 감추기 위해서 온 것이라고 생각했다.

이야기를 마치고 그가 말했다.

"누군가가 저희 약정처를 질투하고 있습니다. 저희 약정처가 업무도 매끈하게 잘 처리하고 일도 순조롭게 풀리는 것을 두려워하는 것 같습니다."

내가 물었다.

"그게 누군가?"

그가 말했다.

"어디서 불기 시작한 바람인지는 모르겠습니다. 어쨌든 부서가 워낙 많으니까요."

점심 때 집에 돌아왔을 때, 동류가 밥도 안 하고 소파에 기대어 텔레비전을 보고 있었다.

내가 말했다.

"지금이 몇 시인데…."

동류가 말했다.

"밥은 먹어 뭣해?"

그녀의 말투를 듣는 순간 나는 당황하여 얼른 주방으로 들어가 밥을 짓기 시작했다. 동류가 뛰어 들어오더니 쌀을 이는 냄비를 빼앗아 땅바닥에 엎으면서 말했다.

"밖에서 아주 잘 하고 다니셔!"

말투가 매우 사나웠지만 소리는 절대 높이지 않았다. 나는 냄비를 줍기 위해 허리를 굽히면서 생각했다. 시치미를 뗄까? 아니면 인정하고 치울까? 천천히 몸을 세우면서 냄비를 싱크대 위에 놓고, 다시 무릎을 꿇어 바닥에 흩어진 쌀을 치우기 시작했다. 동류는 나를 잡아 올리면서 말했다.

"밖의 사람들은 다 알고 있는데 나 혼자만 몰랐더군! 이제 어떻게 외출을 해? 다른 사람들이 등 뒤에서 손가락질 해댈 텐데…. 어쩐지 요 며칠 밖에서 등이랑 뒤통수가 저릿저릿 하더라니!"

내가 말했다.

"왜, 왜 이렇게 화를 내고 야단이야?"

나는 그냥 인정하기로 했다. 그녀는 나를 거실까지 탁탁 떠밀면서 말했다.

"여자가 이런 일로 화를 안 내면, 그럼 어떤 일로 화를 내란 말이야? 나는 차치하고라도, 당신 일파를 무슨 면목으로 보려고 그래? 내가 언제 당신한테 미안해할 일 한 적 있어? 당신 그렇게 형편없을 때에도 내가 당신한테 무슨 듣기 싫은 소리 한 마디 한 적 있어? 세상에 어떤 여자가 그렇게 할 수 있을 것 같아? 변심? 변심하려면 해봐! 내가 당신 물건 베어버려 다른 여자한테 남자구실 못하게 할 테니!"

내가 말했다.

"내가 잘못했으면 당신 나를 떠나가서 새로운 남자 찾으라고…."

그녀가 얼른 말했다.

"무슨 소용 있어? 남자는 남자야! 사람이 바뀌어도 남자라고! 남자라는 족속들 내 다 알아봤어. 하여튼 그놈의 물건 하나 양 다리 사이에 가만히 못 끼워두고 꼭 끄집어내야 마음이 놓이지. 내가 다 알아봤다고!"

내가 말했다.

"조용히, 조용히 좀 해!"

창문을 닫으려고 보니, 이미 창문을 모두 닫아 놓았다.

"조용히! 이렇게 중요한 시기에 당신이 다른 사람에게 그가 나한테 쏠 총알을 제공해서야 쓰겠어?"

나는 동류의 말에도 맞는 점이 있다고 생각했다. 그렇게 긴 세월 만약 맹효민이었으면 동류처럼 할 수 있었겠는가? 나는 얼렁뚱땅 넘어갈 수 없다는 것을 깨달았다. 그래서 먼저 그녀에게 이 사건의 이해利害관계를 상기시킴으로써 집안의 불부터 일단 먼저 끄고, 그 다음에 이야기하기로, 쉬운 일부터 먼저 끝내려는 마음으로 입을 열었다.

"작년에…."

그녀가 마치 칼이라도 되는 듯이 손바닥으로 공중을 가르면서 내 말을 끊었다.

"웃기고 있네! 말하려면 솔직하게 이야기해. 얼렁뚱땅 넘어가지 말고."

나는 고개를 끄덕끄덕하면서 말했다.

"나는 사실대로 말하는 거야. 작년에…."

그 칼이 다시 한 번 공중을 가르면서 말했다.

"작년에? 당신 북경에 다녀온 그해에도 그 불여우 같은 년한테 돈 빌린 거 아냐? 재작년에 그년이 사촌동생인가를 데리고 우리 집에 왔었잖아! 시치미 뚝 떼고 내 앞에서 아주 그년 욕까지 해대더니…. 누구 앞에서 연기야? 그 불여우, 자기 연인한테 여자까지 소개시켜 주고 말이야. 당신 그 여자 좋아하는 건 자기 스스로 자기 무덤 파는 거야. 무덤 파는 것도 하기는 당신 재주라 치고, 도대체 나는 뭣 하러 만났던 거야?"

그 말을 듣는 순간 나는 꿈에서 깨어난 듯했다. 바깥에서 사람들이 쑥덕이는 게 막莫 여사 얘기였단 말인가? 나는 한 번 떠보았다.

"누가 하는 소리를 들은 거야?"

그녀가 말했다.

"다른 사람들이 하는 말이 무슨 상관이야! 내가 다 현장에서 목격했는데…. 오죽하면 다른 사람들이 벌써 당신을 고발했겠어?"

나는 탁자를 내리치면서 기세등등하게 말했다.

"다른 사람이 나를 모함한다고 해서 당신도 그 뒤에서 따라 뛰는 거야? 내가 위생청에 온 지 십년이 되었는데, 나와 뭐? 막서금이? 도대체 누구 말을 들은 거야? 내가 대면하고 따져야겠어. 어떤 놈의 혀가 뭘 봤다는 거야?"

동류가 말했다.

"당신 방금 다 시인해 놓고 나서 이제 또 시인 못하겠다는 거야?"

나는 그녀는 신경도 안 쓰고 전화를 들어 노 서기 집에 전화를 걸었다.

"노 서기님, 저희 집이 지금 전쟁터가 되었습니다. 부서진 물건도 한 두 개가 아니고요. 바깥의 루머가 집까지 전해져서, 동류가 제게 문제가 있음을 조직에서도 인정했다면서, 아무리 이야기를 해도 듣지를 않습니다. 조직 차원에서 가능한 한 빨리 이 사건을 조사해 주십시오. 다른 때도 아니고 하필 이런 시점에서 이런 스캔들이 퍼지다니요. 이것은 분명히 정치적인 음해입니다. 동류가 저와 이혼하겠다면서 벌써 서류도 작성해 놓고 저더러 서명하라고, 오후에 가서 수속 밟겠다고 난리입니다. 식사요? 이 시간이 되도록 밥도 안 했습디다. 아들을 안고 강에 뛰어 들겠다면서 아내가 아주 발광을 하는 중입니다. 만약 빠른 시일 내에 결론이 나지 않으면 정말 사고 칠 기세입니다. 어떻게 하면 좋겠습니까…."

노 서기가 얼른 동류를 바꾸라고 했다. 나는 전화를 동류에게 넘기면서 귀에 대고 말했다.

"울어, 울어!"

동류는 들으면서 힘껏 코를 몇 번 들이마시고 또 들여 마시더니 손을 들어 눈물을 닦고 정말로 울기 시작했다.

나는 사건의 이해관계를 동류에게 설명했다. 그녀는 내 말투가 확신에 차 있는 것을 보고 반신반의하면서 말했다.

"당신 자신이 시인했잖아."

"그거야 당신한테 뭐라고 해명하기 귀찮아서 그랬지. 어쨌든 이미 조직에서 알 정도로 법석을 떨었으니 결론은 그 인간들이 알아서 내리겠지. 당신 말이야, 만약에 한 번만 더 나를 음해하는 인간들의 뒤를 졸졸 따르면 가짜가 진짜 되는 수가 있어. 다른 사람들이 뭐라고 하겠어? 지대위의 처까지도 그 사람한테 문제가 있다고 인정했다더라, 뭐 그럴 것 아냐? 그렇게 되면 내가 무슨 이야기를 할 수 있겠어?"

동류를 간신히 설득했다. 그녀도 어쨌든 아직 그 정도로 머리가 흐릿하진 않았던 것이다. 저녁 식사를 마치고 나는 일층에 가서 배드민턴을 치자고 제의했다. 동류는 별로 내켜하지는 않았지만 어쨌든 아들을 데리고 내려갔다. 배드민턴을 치면서 동류는 매우 흥분해서 "대위, 대위!" 하고 끊임없이 불러댔다. 어둑어둑해질 때쯤 우리 둘은 일파를 데리고 사택단지 입구까지 산보를 하다가 집으로 돌아왔다.

사건은 급속하게 잠잠해졌다. 워낙 충분한 증거도 없는 익명의 편지였던 것이다. 그러나 나는 그 편지의 주인공이 다음의 행동을 취해주기를 은근히 바랐다. 나의 결백과 함께 나는 결코 쓰러지지 않는다는 사실을 증명할 수 있고, 또 그렇게 되면 다음에 누가 또 나서는 일도 없을 것이기 때문이다. 그 인간이 다음 행동을 취하지 않는 것이 내심으로 실망스러워서, 나는 노 서기에게 편지를 쓴 사람과 그 동기에 대해서 조사를 해보자고 건의했다.

노 서기가 말했다.

"이 정도에서 막았으면 됐지 무슨 좋은 일이라고…. 공안국에 신고라도 해서 수사시키게?"

내가 말했다.

"그런 음험한 인간은 오늘 용서하면 내일 또 권토중래捲土重來하게 마련입니다. 그 인간의 칼끝에 사람이 죽을 수도 있습니다."

그가 말했다.

"그만 됐어요, 됐어!"

나도 어쩔 수 없이 그만두기로 했다. 그러나 마 청장님과 손 부청장님을 만났을 때 이 문제를 다시 꺼냈다. 더 이상 조사할 수 없다는 것을 알고 있었지만, 모든 사람들로 하여금 내가 결코 맘대로 주무를 수 있는 밀가루 반죽 덩어리가 아니라는 것을 알리고 싶었던 것이다.

그러나 누가 알았겠는가? 하루는 저녁에 누가 집으로 전화를 걸어서 동류가 받자 아무 말도 않고 그냥 끊었다. 동류가 의심스러운 눈빛으로 나를 보았다. 내가 말했다.

"뭘 보는 거야?"

잠시 후에 또 전화가 왔다. 역시 아무 말 않고 끊었다. 분명히 맹효민이었다. 이런 시기에 전화를 걸어서 사람을 난처하게 하다니! 나는 이튿날 출근 후에 기회를 살펴 그녀를 유풍裕豊 찻집으로 불렀다.

내가 만나자마자 말했다.

"왜 집으로 전화를 걸어?"

그녀가 입을 삐죽이면서 말했다.

"그럼 나더러 어디 가서 당신을 찾으란 말이에요? 호출도 안 해주고…."

나는 그녀에게 위생청에서 일어난 일은 말하지 않았다. 혹시라도 그녀가 내가 무엇을 무서워하는지 알면 훗날 돌변해서 나를 난처하게 하면 어떻게 할 것인가? 나는 그녀에게 무슨 일이냐고 물었다.

그녀가 말했다.

"전에 당신이 전화로 한 말, 며칠을 두고 생각해봤는데, 생각하면 할수록 이해가 안 돼요. 분명하게 이야기해줘요."

나는 내가 무슨 말을 했는지 도무지 생각이 나지 않았다.

그녀가 말했다.

"당신이 한 말 있잖아요!"

한참 이야기한 다음에야 나는 그녀가 "큰 문제 작은 문제도 못 가린다"란 말을 두고 하는 소리라는 것을 알았다.

그녀가 말했다.

"똑바로 말해 봐요. 당신 도대체 나를 뭘로 보는 거예요? 뭐가 큰 문제고 뭐가 작은 문제예요?"

나는 이런 시점에서는 여자가 결코 사리事理를 따지고 있는 게 아니라는 점을 알고 있었다.

"그야, 자기가 큰 문제이고 다른 일들은 모두 작은 문제이지."

그녀가 얼른 말했다.

"틀렸어요. 우리의 관계가 큰 문제이고 다른 일들은 모두 작은 문제에요."

"그럼, 그렇고 말고, 맞는 말이지. 그럼."

"그렇지요, 맞죠? 그럼 앞으로 내가 어떻게 했으면 좋을지 말 좀 해봐요. 이런 식으로 불확실하게 지낸 게 벌써 일년이 넘었어요. 이런 식으로 계속하긴 싫어요. 이혼하세요."

나는 깜짝 놀라서 말했다.

"내가 어떻게 감히…."

그녀가 말했다.

"부인을 무서워하는 거예요? 그럼 저는 안 무서우세요? 제가 사모님 만나서 이야기해 볼게요. 마음 가라앉히고 차분히 이야기하면, 그쪽도 사리분별 못하는 분 아니라고 생각해요. 감정 없이 계속 묶어두는 것은 두 사람에게 고통만 줄 뿐이에요."

그녀를 바라보았다. 생판 모르는 사람 같았다. 스무 살을 갓 넘긴 여자 아이에게 어쩌면 이런 용기가 다 있단 말인가? 그런 그녀가 무서워지기 시작하는 한편, 나를 위해 그런 용기를 내어준 그녀가 고맙기도 했다.

내가 말했다.

"뭐가 그렇게 급해? 아직 나이도 어리면서…."

그녀가 말했다.

"지난 한 해 동안 내가 얼마나 많은 기회를 포기하고 또 얼마나 많은 밤을 불면으로 고생했는지 알아요? 다른 사람들은 저녁이면 쌍쌍이 외출하는데, 위층에서 그런 사람들을 보면서 내가 어떤 나날을 보냈는지 알아요? 제 생각도 좀 해주세요."

나는 절대로 이혼은 불가능하다고 생각했다. 동류한테 미안하고, 아들에게 미안하고, 그리고 앞으로의 나의 전도에도 크게 영향을 미칠 것이 분명했다. 그러나 이렇게 질질 끌다가는 그녀에게도 더 큰 폐만 끼칠 것 같았다. 여자의 청춘이 몇 년이나 지속되겠는가.

"무슨 말이라도 해주세요. 기약이 있어야 기다리는 것도 기다리지요."

내가 말했다.

"이봐, 난 너를 좋아해. 하지만…."

내가 말을 멈췄다. 마음속으로 잔인한 용기를 쌓았다.

"하지만…,"

그녀는 놀라고 두려운 눈빛으로 나를 보았다.

"하지만, 이혼은 할 수 없어!"

순간 그녀가 테이블 위로 엎드리더니 머리를 테이블에 박기 시작했다. 나는 얼른 그녀의 머리를 일으켜 세웠다.

그녀가 말했다.

"지대위 씨, 이제 당신을 알겠어요. 남자란 모두 이기적인 인간들이에요."

나는 그녀를 일으키면서 말했다.

"이러지 마! 말로 하라고…."

그녀는 힘을 주어 나를 뿌리치면서 말했다.

"다 알았어요. 알았다고요!"

그러면서 내 품에 엎드리더니 미친 듯이 입을 맞추기 시작했다. 눈물이 내 입가로 스며들었다.

"이게 최후의 결론인가요? 말해 주세요. 오늘만은 솔직하게 말해 줘요. 당신이 진심을 이야기하면 저도 이대로 살아가겠지만, 진심을 말하지 않으면 저는 이제 죽는 길밖에 없어요."

그녀가 이렇게 미친 듯이 나오는 것을 보고, 그나마 내가 자제해서, 결정적인 순간에는 맑은 정신을 유지해서, 최후의 그 선을 넘지 않은 것이 천만다행이라고 생각했다.

내가 말했다.

"똑바로 앉아 봐. 말로 하자고."

그녀가 바로 앉았다. 나는 천천히 차를 마시면서 말을 풀어갔다.

그녀가 말했다.

"대위 씨, 다른 말 다 필요 없어요. 나는 오늘 진실을 밝혀야 해요."

나는 어쩔 수 없는 상황까지 몰려서 입을 열었다.

"이혼은 할 수 없어."

그러자 그녀가 갑자기 웃음을 터뜨리면서 말했다.

"지 처장님, 당신의 성실함에 감사드립니다."

그러더니 또 헤헤 웃었다. 마음이 서늘해졌다.

그녀가 말했다.

"저 먼저 갈게요."

핸드백을 메더니 그녀는 고개도 한 번 뒤돌아보지 않고 나가버렸다. 나는 자리에서 일어나 그녀를 불러오고 싶었지만, 룸의 문 앞에서 멈춰섰다. 불러온들 뭘 어쩌겠는가? 이마를 치고 이를 악물면서 문을 열지 않았다.

며칠 후에 집에서 전화를 거는데, 수화기의 느낌이 평소와 달랐다. 언뜻 보니 색깔은 이전의 그 남색 전화기인데, 자세히 보니 새로 바꾼, 발신자 번호가 확인되는 전화기였다. 동류는 여전히 마음을 놓을 수가 없었던 모양이다. 스캔들이 그녀의 경각심을 불러일으켰던 것이다.

이번 일이 있고 나서 나는 거리를 걸을 때에도 앞쪽의 자동차나 오토바이가 갑자기 나를 향해 달려오지나 않을까 하는 이상한 상상을 하게 되었다. 앞의 저 자동차나 오토바이 뒤쪽에 혹시 무슨 음모라도 숨겨 있지 않을까? 그래서 자주 신경질적으로 길가 쪽으로 튀어나가곤 했다. 몇 번이나 내가 도망치는 중에 자동차가 내 옆으로 스쳐 지나갔고, 그때마다 내 하반신의 은밀한 곳이 저릿하고 서늘한 것이 마치 감전이라도 당한 듯한 느낌이 들곤 했다. 나는 이놈의 세계를 더욱 더 믿을 수 없게 되었다.

 ## 74. 시장市場이 공자孔子를 죽였다

유약진이 전화를 걸어서 홍콩 지도를 한 장 얻을 수 있는지 물었다. 정소괴가 재작년에 홍콩에 다녀왔던 것이 기억나서 물어보았더니 역시 한 장 갖고 있었다.

그에게 연락해서 와서 가져가라고 했다. 저녁에 그가 우리 집으로 왔다.

동류가 말했다.

"유 교수님, 홍콩 가실 준비하시는 거예요?"

그가 말했다.

"홍콩 갈 일이 저한테까지 돌아오겠습니까?"

나는 지도를 건네주었다. 그는 힐끗 보더니 바지주머니에 집어넣었다. 안 그래도 동류가 눈치 없는 질문으로 그를 자극할까봐 걱정하고 있던 참에 동류가 물었다.

"능약운이 하고는 어떻게 되셨나요?"

"빠이빠이 했어요."

아주 가볍게 손을 털면서 말했다.

동류가 놀라서 물었다.

"정말요?"

"그런 여자한테 뭣 하러 신경을 씁니까?"

몇 달 못 만난 사이 그는 변해 있었다. 사실 언젠가는 헤어질 줄 알았다. 그저 친구가 고통에서 헤어나지 못할까봐 걱정했던 것인데, 보아하니 그도 모든 것을 떨쳐버린 것 같아 나도 마음이 놓였다. 내가 말했다.

"자네가 이렇게 털어버릴 줄은 생각 못했네. 호일병과 나는 사실 자네 걱정을 하고 있었어."

나는 갑자기, 그날 저녁 사실은 능약운을 보았다고 말하고 싶은 충동을 강하게 느꼈다. 말이 혀끝까지 나왔으나 결국 입을 다물었다. 신경 안 쓴다는데, 이 친구가 우리 앞에서 이 허무한 신화라도 유지하도록 해 주어야지. 아무리 친구 사이라도 어떤 말이든 주절주절 다 할 수는 없는 법이다.

유약진이 말했다.

"털어냈지. 이렇게 빨리 끝낼 수 있을 줄은 나도 생각 못했네. 그리고 또 안 털어내면 어떻게 하겠나?"

그는 웃으면서 말했다.

"안 떨쳐버리면 어떻게 하겠나? 하늘 아래 일들이 의지대로 되는 것도 아니고…. 나는 능약운만 떨쳐버린 게 아니라 이 세계를 모두 떨쳐버렸네! 세계를 떨쳐버리는 것이 여자 하나 떨쳐버리는 것보다 아무래도 더 어렵고 고통스러운 일이었지만, 어쨌든 나는 떨쳐버렸네. 안 떨쳐버리면 어떻게 하겠나?"

내가 말했다.

"모두들 하나같이 그 길로 들어서지. 좋게 말하면 꿈에서 깨어나 깨달음을 얻는 것이고, 모든 것을 분명하게 바라보고 스스로를 속이지 않게 된 것이고, 나쁘게 말하면 타락이고, 포기이고, 자기만 남는 것이지."

그가 말했다.

"마음은 사실 여전히 아파. 그렇지만 아파해 봤자 어쩔 수 없는 일이지. 아파해 봤자 어디에 쓰겠어? 나는 여태껏 학자에게 하늘이 부여해준 사명은 천하를 떠맡는 것, 즉 이 세상에서 '천하 사람들이 염려하기에 앞서서 염려하는 것'(先天下之憂而憂)이라고 생각했네. 자네가 학자들에게 책임지려 하지 마라, 염려하지 마라, 고 말하는 것은 그들로 하여금 살아가는 의미조차 느끼지 말고 텅텅 빈 듯이 살라는 것이야. 그런 삶의 가벼움은 사실은 아주 무겁고 아주 무서운 것이지. 그러나 번뇌해온 지난 세월을 돌이켜 보니 역시 헛되기 짝이 없어. 내가 무슨 말을 했는지, 어떤 글을 썼고 무슨 일을 했는지, 지금 생각해 보니 사실 한 말도 없고, 쓴 글도 없고, 한 일도 없더군. 세계는 마땅히 그래야 하는 모습으로 머물러 있는데, 절대로 누구 하나 때문에 다른 길로 갈 리가 없는데 말이야.

시간 속에는 어떤 인간의 의지보다도 강한 어떤 힘이 있어. 그게 바로 천수天數라는 것이지. 볼 수도 없고 만질 수도 없지만 모든 것을 제약하고 있는 힘…. 천수는 인력으로 바꿀 수 있는 게 아니야. 바로 이 점을 깨달은 거지. 호일병의 말이 맞아. 권력과 금전을 중시하는 사회에서 내가 무슨 말을 한들 누가 그 말을 듣겠나? 그게 바로 천수라고! 나는 텔레비전 사회자들이 하늘을 보고 말을 하는 것 같아서 우스울 뿐이야."

이어서 그는 검지 두 개로 위를 콕콕 찌르면서 말했다.

"최근에 나는 나 역시 하늘을 보고 말하고 있다는 사실을 깨달았어. 천하를 논하고 국가를 논하는 내 말을 학생들도 진담으로 받아들이지 않아. 그들이 나보다 더 똑똑해. 시장 환경에서 자라난 세대라서 이젠 내가 교실에서 할 수 없는 이야기들도 많이 하고 그래. 현실과 무관한 속빈강정 같은 이야기들을 하는 내 마음도 불안해. 마치 구름 끝에 서 있는 것 같아. 시장은 일종의 경제구조물이자 또 일종의 의식형태이지. 시장은 궁극을 소멸시키고 지식인을 사멸시켜. 시장은 모든 것을 평면화시키고 현세화시켜. 우리의 생명은 상상의 공간을 잃어버렸어. 모두들 자기 자신만 바라보면서 현재를 움켜잡아야 한다는 걸 알고 있어.

큰 개념들이 변하자 모든 것들이 다 변해버렸어. 천박한 게 곧 심각한 것으로 되었어. 인격이 고상해서 금전을 하찮게 본다고? 나는 갑자기 나 자신의 그간의 노력과 공부가 나도 모르는 사이에 쓰레기가 되어버린 것을 발견했어. 나도 모르는 사이에 내가 잉여인간이 되어버린 거야. 나도 모르게!

역사에 의해 행동의 제약을 받는 인간들은 역사를 초월할 수 없어. 인간은 숙명에 항거하지 못하므로 다른 선택의 여지가 없어. 가장 위대한 논리도 인간의 문제는 해결하지 못하듯이, 어떤 개인도 우리가 상상할 수 있는 것 이상으로 세상을 이해하고 모든 것을 바꿀 수는 없는 법이야. 학자가 현실 밖에서 논리에만 의지해서 온전한 가치체계를 세울 수는 없어. 세운다고 해도 그저 책 위에만 머무는 것일 뿐 현실과 유효한 관련을 맺을 수는 없는 거야.

나는 나 스스로의 무기력한 상황에 대해 더 이상 모르는 척하고 있을 수만은 없어. 내가 보기에 실력에 따라 이익을 분배하는 사회에서 이상을 주창한다는 건 우스운 일이야. 기득권자들이 이상을 외친다는 것은 더욱 희극적인 일이고. 그자들의 이상은 외치는 그 순간에 이미 실현되어 있어. 나는 이렇게 형편없이 사는데 그들은 너무 잘 살고 있어. 그런데 내가 그 인간들이 봉사하고 희생한다는 소리까지 들어줘야 하나? 대학은 여전히 정신문명의 보루라고 하지. 교단에 오르면 정말 무슨 말을 지껄이고 있는지 알 수가 없어. 모든 추상적 화제는 이미 그 화제로서의 가치를 상실했어. 내가 계속해서 눈을 감고 하늘을 향해 그따위 공허한 이야기만 해대다가는 나 자신의 의도와는 상관없이 사기꾼이 되어버리고 말아."

내가 말했다.

"그럼 자네 이제 책은 안 쓸 거야?"

그가 자조적으로 웃으면서 말했다.

"책은 계속 써야지. 그건 일종의 도구야. 세계와는 무관한. 관련이 있을 수도 없지. 오늘 무엇을 쓰건 그것은 모두 거품이 되어버리지. 거품도 거품이고, 주옥같은 작품도 거품이지. 시간의 흐름 속에서 조용히 드러났다가 곧 사라져 버리는 거품. 내가 몇 년간의 시간을 들여 쓴 한 권의 책 역시 그 거품들에 잠겨버렸어."

나도 웃으면서 말했다.

"책 쓰는 사람이라면 다 그렇게 이야기 하겠지 뭐."

그가 말했다.

"그럴지도 모르지. 시대가 변했어. 고대의 학자들이 마주한 것은 전 세계였지만, 오늘날의 학자들이 마주한 것은 각자의 왜소하고 가련한 한 귀퉁이에 불과해. 그들과 세계와의 관계는 이미 일종의 설명하기 힘든 힘에 의해 단절되어버렸어. 그들은 아직 존재하기는 하지만 그 신성함은 이미 사라졌어. 그리고 그 가련한 한 귀퉁이를 위해 스스로를 희생해야 할 필요가 있을지, 진흙으로 만든 소를 바다에 던져 넣듯이(如泥牛入海) 자신을 희생시켜야 할 필요가 있을지 모르고 있다고…. 세계를 내려놓고 나니 이렇게 가뿐한 것을…. 나도 나 자신을 위한 복리를 좀 꾀해야겠어. 현대인들은 하나하나가 다 똑똑하고 유능하고 바빠서 모두들 어떻게 하면 자기의 파이를 불릴 수 있을까 그 궁리만 하고 있잖아. 누가 천하를 자기 마음속에 담고 있어? 시장市場은 그저 눈앞의 이익만을 인정하고 만고萬古며 천추千秋 같은 것은 들여다보지도 않아. 이렇게 모든 신성함이 무너져버린 거야. 내 마음 속에서 공자孔子는 이미 사망했어. 이 시대 사람들의 마음속에서도 이미 사망했고. 그래서 내가 지식분자들도 이미 사망했다고 하는 거야. 자네 생각은 어떤가?"

내가 말했다.

"가만히 생각해 보면, 그리고 만약 너무 감상적이 되지만 않는다면, 천하란 아득히 먼 존재이고, 자신 역시 있어도 그만 없어도 그만인 작은 존재에 불과하다는 사실을 인정할 수 있는 용기를 가져야만 해. 그렇게 함으로써 자신이 곧 세계가 되는 거야. 이 점을 은폐하려는 사람들이야말로 이 점을 가장 깊이 느끼는 사람들이지."

그는 망연한 눈빛으로 나를 바라보았다. 마치 내가 아주 먼 곳에 있기라도 한 듯이…. 나는 그가 말은 가볍게 하지만 마음은 절대로 가볍지 않다는 것을 발견했다.

그의 눈빛이 먼 곳에서 돌아오더니 그가 말했다.

"얼마 전에 북경과 상해를 갔다가 내 동료 문인들의 잘 사는, 아주 고상하게, 뼛속까지 고상하게 사는 모습들을 보게 됐어. 간단한 반찬 하나도 무슨 기교를 부렸는지 예닐곱 가지 모양으로 만들어서 먹고 살더군. 누구는 자가용에 별장까지…. 그자들의 금전에 대한 감각은 보통 사람들과 전혀 다를 것이 없었고, 자기 자신에 대한 관심과 애정은 심지어 보통 사람들보다 더하더군. 그들은 말하기를, 자신들의 행위에 거리낄 것도 하나 없고, 자신들의 행위로 인해 할 말을 못하는 경우 또한 없다더군. 양극 사이에서 자유롭게 미끄러져 다니더군. 내가 무슨 말을 하건 다 쓸데없다는 것을, 내가 응석부리고 있다는 것을 알았네. 더 이상 고상한 노래를 부를 수가 없다는 것도…. 나는 지식인에 대해 실망하고, 나 자신에 대해서도 실망했네. 몇 천 년을 공자의 감화를 받아서 자기 자신을 위해서는 물러나서 매우 작은 공간만을 지키는 것이 지식인들의 선택의 주류를 이루어 왔지만, 그러나 일순간에 상황이 변했어. 모두의 눈 안에 자기 자신만 남았고 세계는 내던져 버렸어."

내가 말했다.

"이렇게 된 것은 누구의 잘못도 아니네. 이것이 바로 역사야. 우리의 행복과 불행은 모두 세기가 엇갈리는 시기에 우리가 상대주의와 마주쳤기 때문에, 모든 신념과 숭고함이 그저 하나의 설說, 모호하고 이도 저도 아닌 설說로 변해버렸기 때문에 일어난 걸세. 그 설說은 희생의 이유가 되지 못하지. 살아가는 것만이 하나의 진실이고 유일한 가치이지. 역사는 우리를 필연적 용인庸人으로 점지했네. 달리 선택의 여지가 없어. 인간들은 그 진상을 분명하게 보고 스스로를 해방시키는 한편 양심을 던져 버렸고 세계도 포기한 거야. 그런 진상을 분명하게 본 사람들은 사실 한층 더 높은 진실 속에서 길을 잃어버린 사람들이야. 그들이야말로 이 시대 최대의 승자이자 동시에 최대의 패자이지. 나를 봐. 내가 승자인지, 패자인지?"

그는 한참 동안 침묵하더니 고개를 끄덕이며 말했다.
"내가 공자가 죽었다고 말한 데는 또 다른 이유가 있어. 공자는 군자君子와 소인小人을 논했지. 그러나 시장과 권력의 영역에서는 강자強者와 약자弱者만을 논할 뿐이야. 공자는 죽었어. 고귀함과 비천함의 구별은 이미 보이지 않는 손에 의해 지워져버렸고, 강자와 약자의 차이는 한편 이렇게 분명하게 되었지. 이를 목격한 사람들은 고귀한 정신을 내려놓아 버렸고 사회는 건달들로 득실거리지. 왕삭王朔은 건달이긴 하지만 그래도 진솔하기라도 했어. 입으로는 도덕경道德經을 읊조리는 위선적인 건달들, 그런 인간들이야말로 세상을 우롱하는 자들이야. 옛 사람들은 인격적 역량에 의지하여 포의布衣의 군자노릇을 할 수 있었지만, 오늘날은 누가 스스로를 포의의 군자라고 부르겠나? 강자들에게 웃음거리만 제공하는 셈이 될 텐데? 일단 관념이 바뀌면 우리는 심지어 소인도 소인이라고 부르지 못하고, 군자도 군자라고 부르지 못하게 되는 거야. 내가 금엽부동산 회사의 여余 사장은 소인배고 나는 군자라고 말할 수 있겠나? 소인과 군자의 구별이 없어졌는데 공자가 안 죽고 배기겠나? 책임과 희생의 정신, 인격과 도덕의 역량, 전통문화의 양대 기둥이 이미 붕괴됐는데, 그리고 다시 세워질 가능성이 없는데?
나는 공자가 죽었다고 말했지만, 그러면서도 마음이 아프고 애석하다네. 그러나 이것이 역사의 필연임을, 농업문명의 토지에서 자라난 관념으로는 오늘날의 현실세계를 직시할 수 없다는 것을 알게 되었다네. 만약 공자에게 그나마 숨이 붙어 있다면, 그것은 바로 "음식남녀는 인간의 본성이다"(食色, 性也)는 말 덕분일 거야. 나마저도 이 무기를 들고 대담하게 타락을 향해 걸어가려 하지만, 나 자신이 타락할 수 없을까봐 염려스러울 따름이라네."

내가 말했다.

"자네와 같은 지식인이 과거의 자기를 죽인다는 게, 그게 어디 말처럼 그렇게 쉬운 일이겠나? 사람이라면 모두 자신을 사랑하는데, 누가 과연 자을 죽일 수 있겠나? 나는 자네를 충분히 이해할 수 있어. 타락하는 데도 역시 잔인한 용기가 필요한 법이야."

유약진이 말했다.

"내가 지식인이라서 부끄럽다고 말한 것은, 이 무리의 인간들은 오늘날 그 고유의 신분을 상실하고 저마다 생존자, 조작자, 혹은 세상을 우롱하는 인간들로 변했다는 점이야. 세계를 대하는 나의 마음은 이미 회색이 되었고 의지 또한 싸늘해졌지만, 그러나 일종의 타락할 용기는 생겼어. 어떤 때 생각해 보면, 절망의 반대는 희망이고 물극필반(物極必反: 사물이 극점에 도달하면 반드시 그 반대쪽으로 향한다는 뜻—역자)이라고 했듯이, 나는 공리주의가 인간을 정복했다고는 하나 이것이 영원할 것이라고는 생각지 않아."

내가 말했다.

"정말 그날이 올 때까지 자네 유약진과 내가 이 세상에 살고 있을까? 자네의 기다림과 희생은 역사학자들에 의해서 고증될 수밖에 없겠지. 미래의 역사학자들이 그것을 고증하려고 할 정도로 그렇게 한가할지는 의문이지만…."

그가 자기 머리를 치면서 말했다.

"글쎄, 그렇군. 개인의 관점에서만 세계를 바라보는 이 시대에 세계는 자기에게 의미가 있을 때에만 진정한 의미를 갖지. 출발점이 변했어. 세상도 뒤집혀졌고. 세계적인 관점에서 개인을 보던 시대는 이미 지나가버렸어. 진흙으로 만든 소 한 마리로 바다를 메울 수 없듯이, 자네가 세계에 대해 부여하는 의미를 세계는 느끼지 못한다네. 대위, 나도 자네를 배워야겠어. 생각해 보니 내가 이 세상에 살 수 있을 날도 일만 날

남짓밖에 되지 않는데, 사는 재미 좀 느끼면서 살려면 생각을 많이 할 필요가 어디 있겠어? 그렇다고 방관자로 살자니 그 짧은 세월에 영 면목이 없고, 그리고 또 그래서야 무슨 사는 재미가 있겠어? 사람이 사는 것도 다 그 재미 때문에 사는 건데…."

그는 말하면서 입술을 몇 번 힘껏 빨았다.

"사는 재미!"

그의 말을 듣고 나는 적잖이 놀랐다. 나도 이런 생각을 해본 적이 있지만, 그러나 지금 다른 사람의 입을 통해, 그것도 유약진의 입을 통해 듣고 나니 충격을 느꼈다. 다른 사람들도 마음으로 세계를 느낀다. 이것이 나로 하여금 더욱, 시간에는 누구도 저항할 수 없는, 저항하는 것이 무의미한, 그런 어떤 힘이 있다고 믿게 만들었다. 역사는 역사다. 총명한 인간이든 고집스러운 인간이든, 누구도 역사를 꺾을 수는 없는 법이다. 나는 내가 한 발자국 앞서가면서 현재의 주도권을 갖게 된 것을 다행으로 생각했다.

밤이 늦어 그를 배웅하러 아래층으로 내려갔다. 계단을 내려가다가 그가 갑자기 온몸을 더듬으면서 말했다.

"지도, 지도! 내가 지도 갖고 왔나? 아, 여기 있군."

이어서 말했다.

"자네 내가 이 지도 갖고 뭘 하려는지 맞춰 봐! 어떤 출판사에서 나더러 얘기가 홍콩에서 전개되는 소설을 한 권 써달라는 거야. 조건은 첫 페이지에 베드 신이, 그것도 상세한 묘사가 있어야 한다는 거야. 생각해 보니 돈도 빨리 받을 수 있고 해서 그냥 승낙했어. 잘하면 텔레비전 드라마까지 찍을 수 있다는데, 그렇게 되면 삼만 위안에서 그치지 않아."

나는 그가 조금 불쌍하게 느껴졌다. 대학 교수가 돈 구경을 못 해서 삼만 위안에 그냥 고개를 숙이고 말다니….

내가 말했다.

"책 나오면 나한테도 한 권 줘."
그가 말했다.
"필명을 쓰려고 해. 진짜 이름을 썼다가는 내 이름에 먹칠을 하는 꼴이 될까봐…. 그냥 임시로 눈먼 돈 좀 벌어보겠다는 거야. 돈이 나쁘다고 할 수는 없지만, 유일한 단점이랄까, 그게 돈에는 코가 안 달려서 냄새를 구별하지 못하잖아. 그저 주인을 위해 서비스할 줄만 알고 주인이 바보 등신인지 어쩐지는 모르거든. 내가 보니까 그 출판사도 바보 등신과 별로 다를 게 없더군. 돈 좀 생기면 이런 저런 사람 앞에서 폼 잡고 으스댈 줄이나 알고 말이야. 당분간은 한 숨 돌리겠지. 우선 돈부터 벌고 보자고. 내가 이렇게 될 줄 자네도 몰랐지? 공자가 죽고 세계를 내려놓으니까 마음을 제약하던 것들도 사라지고, 사람까지 가뿐해지고 자유로워졌어."

생각지도 못했던 이야기가 유약진의 입을 통해 줄줄 쏟아져 나왔다. 몇 달 전만 해도 나와 호일병을 나무라던 그가 아니었던가.

유약진이 가고난 후 나는 가로등 아래 한참 동안 멍하니 서 있었다. 이 시대를 사는 우리는 정신적으로 험난한 도전과 맞닥치고 있다는 점을 시인할 수밖에 없었다. 나는 이런 도전에 맞설 만큼 강한 정신력이 없어서 나도 모르는 사이에 패하고 말았다. 무장해제당하고 투항하고 말았다. 우리는 신분을 상실했다. 그것은 마치 시간이 주선해 놓은 것이어서, 저항할 수 없는 것 같았다. 중국의 지식인은 그 뿌리를 상실했다. 그들은 자신을 해방시켰지만 그러나 영원히 돌아올 수 없는 정신적 심연에 빠져버렸다. 마지막으로 나는 한숨을 쉬었다.

"나도 모르는 새 일어난 삼천 년 만의 일대 국면전환이야!"

제 4편

75. 개구리밥풀 끝에서 큰 바람이 일어난다

개구리밥풀 끝에서 큰바람이 일어난다.

설을 쇠고 며칠 안 되어 나는 의정처에 전화를 걸어 원진해에게 지난 연말에 준비한 새해 업무계획안을 제출해달라고 했다.

원진해가 말했다.

"내가 죽일 놈입니다. 죽일 놈입니다. 요 며칠 제 부친께서 병이 나셔서 그만 그 일을 깜빡 잊고 있었습니다. 이틀 후에 제출하겠습니다."

나는 누구든 다 깜빡할 때가 있다고 생각하고 특별히 마음에 담아두지 않고 이미 들어온 각 처處, 실室의 계획을 살피고 마 청장을 대신하여 새해 업무계획의 초안을 잡았다.

사흘이 지나자 보고서에 윤곽이 잡혔는데, 그때까지도 의정처 란은 여전히 공란으로 남아 있었다. 원진해는 여전히 계획안을 보내오지 않아서 나는 약간 불쾌했다. 그러나 찾아가서 재촉하지는 않았다. 다시 하루가 지났으나 여전히 별다른 움직임이 보이지 않아서 나도 화가 나기 시작했다. 원진해 너 나한테 불만이 있다는 건 나도 이해한다. 나를 난처하게 만들려는 것도 참을 수 있다. 나야 그저 마 청장 보좌역에 불과하니 아직 화를 낼 자격도 없다고 생각한다. 그러나 보고서는 마 청장님께서 쓰실 건데, 이 점은 너도 알고 있을 것 아냐!

나는 화가 나기 시작해서 그 부분만 공란으로 둔 채 그냥 올려버리고 원진해 그 녀석이 직접 마 청장님께 찾아가서 말씀드리도록 할까도 생각해 보았다. 그러나 아무리 생각해봐도 역시 내가 참는 게 좋을 것 같았다. 보고서를 완벽하게 작성하지 못했다는 것은 이유야 어찌 되었건 결국 나의 책임 아닌가. 내가 다시 전화를 걸자, 그가 말했다.

"내가 죽일 놈입니다. 요 이틀 정말로 시간을 낼 수가 없었습니다. 내일 반드시 제출하겠습니다."

나는 화를 가라앉히며 말했다.

"이 보고서 마 청장님께서 내일 당장 필요로 해요. 청장님께서 보셔야 하고, 고쳐야 하고, 또 새로 인쇄해서 다음 주 위생청 전체회의에서 써야 하는 거라고요."

그가 말했다.

"내일, 내일, 내일은 반드시…."

다음날도 오후 퇴근시간이 다 돼 가도록 기다리면서 전화까지 몇 번이나 걸어 재촉을 하고 나서야 원진해는 전田군을 시켜 계획서를 보내왔다. 나는 전 군에게 말했.

"자네들 의정처 란은 그냥 이렇게 공란으로 남겨두고 위로 올려버리려고 했어."

전 군이 가고 나서 생각해 보니 기분이 영 불쾌했다. 어제 내가 마 청장님의 이름까지 팔아가면서 그만큼 말했는데도 이렇게 태만하게 나온단 말인가? 저 인간이 나한테 원한을 갖고 있다고 해도 그거야 상관없지만, 내가 마 청장님께 자기 이야기를 할까봐 걱정도 되지 않나? 분한 마음이 삭여지지 않아서, 아예 박자를 늦추어서 마 청장님이 재촉하실 때까지 기다렸다가, 그때 가서 마 청장님께 사정을 말씀드려서 저 녀석 망신당하게 할까, 하고도 생각했다. 그러나 다시 생각해보니 그 방법도 역시 마땅치 않았다. 내가 마 청장님의 이름을 팔았는데도 말을 안 들어먹었다는 말을 마 청장님께서 들으시면 속이 편하실 리가 있나? 내가 참고 입을 다무는 수밖에 없다. 밤샘 작업이라도 해서 자료를 만들어 내는 수밖에….

그때는 이미 시간이 열두 시가 다 되었는데도 나는 화가 나서 잠을 잘 수가 없어서 동류에게 자초지종을 말했더니, 동류가 말했다.

"바깥일에 무슨 화를 내고 그래요? 인생이란 게 한 편의 연극이잖아요. 화를 내서 몸을 상하게 되면 누가 당신을 대신해 준데요? 당신이 이렇게 잠 못 자는 동안 그 인간은 코까지 골아가면서 잘 텐데."

생각해보니 그 말도 맞는 듯해서 마음을 너그럽게 먹고 자려고 했다. 그러나 마음속에서 무시당했다는 느낌은 아무래도 지울 수 없었다. 누구든 일단 이 바닥에 들어서면 자존심이 민감해질 수밖에 없다. 원진해는 나를 무시할 뿐만 아니라 나를 우롱하고 있는 것이다! 죽일 놈, 죽일 놈, 정말로 죽일 놈이다!

나는 잠이 오지 않아서 이 일을 이리저리 생각해 봤다. 생각해볼수록 이번 일에는 무슨 다른 뜻이 들어 있다는 생각이 들었다. 원진해 그 녀석은 어째서 내가 보고서의 한 칸을 공란으로 둔 채 위로 올릴 수는 없을 거라고 생각했을까? 정말로 내가 위로 올린다면 그 인간은 또 어떻게 수습할까? 그렇다! 그 인간은 나만 무시하고 있는 게 아니라 마 청장까지 무시하고 있는 것이다! 그놈이 감히, 그놈이 어찌 감히!

생각이 여기에 미치자 속에서 한 줄기 섬광이 번쩍 하더니 이어서 천둥소리가 났다. 맞아, 마 청장님 연세가 금년에 쉰여덟이야. "2-5-8"정책에 따르면, 쉰둘이면 처장處長으로 승진하지 못하고, 쉰다섯이면 청장廳長으로 올라가지 못하며, 쉰여덟이 되면 청장 자리에서 물러나야 한다. 지난 십년간 위생청에서 마 청장 말이라면 어느 누구도 이의를 달지 못했다. 그의 말이라면 모두들 성지聖旨 받들 듯 했었다. 그렇다면 혹시 원진해가 무슨 소문이라도 들은 건 아닐까? 설마 그럴 리가…. 나는 어쨌든 원진해의 행위에는 뭔가 이상한 점이 있다고 생각했으나, 그러나 그 안에 숨겨진 뜻을 꿰뚫어볼 수가 없었다.

내가 보고서의 초안을 마 청장님께 드리자, 마 청장님은 언짢아하며 말씀하셨다.
"내가 주말에 출근해서 처리하는 수밖에 없겠군…."
말은 가혹하지 않았지만, 그러나 나는 따귀를 한 대 얻어맞은 것보다 견디기 어려웠다. 내가 보좌역이 돼서 이게 뭔가? 원진해가 잘못한 걸 왜 내가 그 인간 대신 짊어져야 한단 말인가? 나는 어쩔 수 없이 원진해를 몇 번이나 재촉했던 일을 말씀드렸다. 그러나 마 청장님의 이름을 팔아가면서까지 그를 재촉했던 부분은 차마 말씀드릴 수가 없었다. 일개 청장 보좌역에 불과한 나까지도 무시당했다는 사실에 가슴이 이처럼 쓰린데, 마 청장님 자신이 무시당했다는 사실을 아시게 되면 또 얼마나 괴로우시겠는가? 내가 그 일을 보고한다는 것은 곧 그의 절대권력이 더 이상 별로 절대적이지 않다고 말하는 것과 같은데, 그런 말을 듣기 좋아하시겠나? 마 청장님은 내 말을 듣고 말씀하셨다.
"알았네."
나도 더 이상 아무 말도 하지 않았다.
나는 마 청장님의 그 "알았네"라는 한 마디 말엔 상당한 의미가 들어 있다고는 느꼈지만, 그것이 정확히 무엇인지는 알 수 없었다. 마 청장님은 혹시 나를 자신을 보호하기 위해 다른 사람을 들먹이는 소인배라고 생각하고, 그래서 옳다거나 그르다거나 하는 말도 없이 저렇게 말씀하신 건 아닐까? 만약 그렇게 생각하신다면 나는 돌로 내 발등을 찧은 셈이 된다. 그리고 또 다른 가능성은, 나는 모르고 있으나 이면에 다른 무슨 내용이 있는데, 그분은 알고 계시지만 그러나 굳이 들춰내서 나에게 설명해주기 싫은 그 뭔가가 있는 것은 아닐까? 그게 뭘까? 생각을 좀 해봐야겠다. 잘 생각해봐야겠어!

마 청장님의 보고를 들은 후에 나는 매우 고무되었다. 내가 초안에서 언급한 것은 금년도 업무계획이었는데, 마 청장님께서 대폭 수정하시고 기간도 대폭 확대해서 금후 삼년, 오년의 계획까지, 새 오피스 빌딩을 지을 준비며 뒤쪽 가죽가방 공장의 부지를 매입할 계획, 전국 시장을 공략할 중약中藥을 몇 가지 연구개발하려는 계획 등까지 언급하신 것이다. 그 속에 담겨진 정보는 명백했다. 나 마수장이 절대로 금년에는 물러나지 않겠다는 선언인 것이다. 마 청장님만 자리에서 물러나지 않는다면 나로서는 경력을 축적할 충분한 시간을 가질 수 있다. 말하자면 완충 기회를 갖는 셈이다. 당연히 이 사실은 몇몇 사람에겐 환호작약歡呼雀躍할 일이고, 또 몇몇 사람에게는 근심걱정할 일이다. 분명히 누군가는 매우 기분이 나쁘겠지. 나는 손 부청장의 안색을 살펴보러 갔지만, 별다른 점은 발견할 수 없었다.

그러나 며칠 후에 위생청 업무회의에서 또 다시 나의 믿음을 뒤흔들어 놓는 사건이 발생했다. 본래 마 청장님은 중의연구원 의정과의 좌左과장을 위생청 의정처의 부처장으로 발탁할 준비를 하고 계셨다. 이 일에 대해서는 내게도 귀띔해주신 적이 있었다. 그런데 회의가 중간쯤에 이르렀을 때, 인사문제를 토론하려고 할 때 손 부청장이 말했다.

"마 청장님께서 한 가지 의견을 갖고 계시는데, 저는 아주 좋은, 아주 정확한 의견이라고 생각합니다. 위생청에선 간부를 발탁할 때는 주로 내부에서 해결해 왔습니다. 이야말로 위생청의 수많은 간부들에 대한 관심의 표현입니다. 일을 잘하는 사람에겐 누구에게나 기회가 주어지는 것, 비록 이러한 정책이 성문화되어 있는 것은 아니지만, 그러나 위생청에서는 마 청장님의 지도하에 오랫동안 이렇게 해왔습니다. 위생청 사람들의 마음이 안정되고 하는 일도 순조롭게 전개되는 데에는 바로 이러한 용인用人 철학이 중요한 원인이 되고 있습니다."

손지화의 말에 나는 깜짝 놀랐다. 이것이야말로 선제공격으로 상대를 제압함으로써 마 청장님의 입을 틀어막겠다는 것이 아닌가? 회의장의 분위기는 순식간에 긴장되었고, 이어서 발언하는 사람도 아무도 없었다. 침묵이 족히 이분간은 지속되었다. 그 이분이 두 시간보다 더 길게 느껴졌다. 마 청장님이 말씀하셨다.

"나의 원래 생각은 다름 아니라 좌문송左文松 동지를 의정처로 이동시켜서 원진해 동지의 일을 돕게 하려는 것이었습니다. 적절한 생각인지 아닌지, 여러분 모두 한번 의논해 봅시다."

또 다시 일분 가량 침묵이 흘렀다. 나는 내가 나서지 않으면 안 되겠다고 생각했다. 어쨌든 마 청장님이 없으면 나 역시 없는 것이다. 내가 목숨을 걸고 썩 나서서 말했다.

"좌문송 동지는 저와 전공분야가 비교적 가까워서 제가 그를 잘 아는데, 전공분야 실력으로 보나 업무능력으로 보나 충분히 잘 해낼 것 같습니다."

내가 말을 마치자마자 원진해가 곧바로 말을 받았다.

"저희 의정처로서는, 가능하면 양의洋醫 업무를 잘 아는 사람이 올 수 있다면 더 좋을 것 같은데…. 업무 발전이 보다 순조로워질 테니까요. 어쨌든 저희 업무는 그 대상이 대부분 양의와 관련된 것입니다. 그렇지 않으면 중의와 양의 사의의 비례가 잘 안 맞을 것 같습니다."

세상에! 그는 위생청 간부 중에는 중의가 너무 많다는 것을 암시하고 있는 것이다. 보아하니 그 역시 목숨을 걸고 나선 것 같았다. 열 명 안팎의 사람들이 이 일에 대해 각각 한 마디씩 다 했는데, 정말이지 둘로 나뉘어 줄을 서는 듯한 뉘앙스가 풍겼다. 마 청장님이 말씀하셨다.

"이 일에 대해서는 모두의 의견이 서로 다르니 잠시 미뤄둡시다. 모두들 먼저 약품검사 문제에 대해서 논의해 봅시다."

소식은 재빨리 전 위생청에 퍼졌다. 마 청장이 6월에 그만두느냐 유임하느냐 하는 문제는 원래는 문제조차 되지 않을 것 같았는데, 지금은 도리어 중대한 문제로 되어버렸다. 모두들 매일 출근해서는 등 뒤에서 은밀하게, 애매한 말들로, 그러나 그 의미만은 아주 분명한 토론을 벌이는 경우가 많아졌다. 일요일에 일파를 소년궁전의 서예반에 데리고 가는데, 마찬가지로 딸을 무용반에 데리고 온 인사처의 가賈 처장과 마주쳤다. 그는 나를 보더니 묘한 말투로 말을 걸어왔다.

"혹시 알아차리셨습니까? 이번에 윗분들이 회의에서 안건을 결의하지 못하고 보류시켰다지요? 제가 인사처에 이렇게 오래 있었으나 이런 사건은 처음입니다. 이번 사건의 이면에 관해서 정말로 무슨 소문 못 들으셨습니까?"

내가 말했다.

"가 처장 생각엔 어떻습니까? 인사업무를 맡고 계시니 뭔가 조금은 알고 계실 것 아닙니까?"

그가 말했다.

"저도 지 처장께 물어보려던 참인걸요. 성省 쪽에 아는 사람 없습니까? 저는 방향도 모르고 중간에 끼어서, 이것 참 사람노릇 하기도 힘드네요."

내가 말했다.

"원진해가 예상 외로 간이 아주 크네요. 감히 마 청장님한테 정면으로 맞서다니…."

그가 말했다.

"어떤 사람은 지 처장의 간이 크다고 하던데요 뭐…."

그는 몇 마디 더 하고는 총총히 떠나갔다.

가賈 처장의 얘기는 나의 위기감을 증폭시켰다. 정책에 따른다면 마 청장님은 분명히 물러나야 되고, 그분이 물러나면 나는 이제 끝장이다. 원진해는 바로 이 점을 꿰뚫어보고 야바위 노름 하듯이 손지화 쪽에다가 판돈을 건 것이다. 마 청장이 물러나기만 하면, 손지화가 청장이 되건 말건, 그는 이미 승자가 되는 것이다. 정말로 그날이 오면 나는 마치 바짝 달아오른 증권 장세가 연말에 납회納會를 맞는 것처럼, 또는 연속 몇 번이고 증권시장이 문을 닫는 상황을 맞는 것처럼 되어버릴 것이다.

이때 나는 주위 사람들이 나를 대하는 태도에 약간의 변화가 있음을 느꼈다. 아무도 없을 때는 여전히 친하게 대하다가도 공공장소에서는 짜지도 싱겁지도 않은 무표정한 얼굴과 말투를 드러냈다. 그들은 담 위에 걸터앉아서 풍향을 살피고 있는 것이다. 그들을 소인배라고 욕하려니 그들로서도 억울한 점이 있겠다 싶었다. 수십 년을 굴러서 겨우 마련한 자리, 그 조그만 생존의 공간, 누군들 그 가련한 본전을 도박판에 걸려고 하겠는가! 모두들 처자식이 딸린 몸들인데….

 76. 심장 보조장치

  소문이라도 좀 들어볼까 해서 설날에 주朱 비서 댁에 새해인사를 드리러 갈 준비를 했다. 만약 대세가 기울었다면 손지화 부청장 댁에도 찾아가서 새해인사를 드려야 할 것이다. 들어가기 어려운 문이지만 또 들어가지 않을 수도 없다. 최소한 아직까지 그와 안면 몰수할 정도의 일은 없었다. 그 문은 아무리 들어가기 어려워도 반드시 들어가야 한다. 그가 나를 문밖으로 밀어내지만 않는다면 그의 안색이라도 한 번 보고 와야 한다. 안 그랬다간 나는 정말로 더 이상 놀 바닥조차 없어진다. 게임 끝인 것이다! 게임 끝난 후의 세월을 어떻게 보낼 수 있겠는가! 상상도 할 수 없었다. 정월 초이튿날 손지화 부청장 댁에 새해인사를 가려고 막 채비를 하는데, 성의 종천우鍾天佑 처장 한테서 전화가 왔다. 내일 동향 사람들 모임이 있으니 수원호텔 입구에서 기다리라는 것이었다. 내가 급히 물었다.
  "주 비서님도 오십니까?"
  그가 말했다.
  "틈이 나면 올 거야."
  이튿날 오전 열시에 수원호텔 입구에 도착했다. 나는 주머니에 사천 위안을 넣어 왔다. 오늘은 무슨 일이 있어도 내가 계산해야지…. 잠시 후에 종鍾 처장이 차를 몰고 나타나서 내게 타라고 손짓했다. 내 옆에 있던 두 사람도 그의 차를 타고 가려고 기다리던 사람들이었다. 차에 타서 내가 말했다.
"수원호텔에서 만나는 것 아닙니까?"
종 처장이 말했다.
"조용한 장소를 찾아서."
이어서 말했다.
"문 부성장님도 오늘 오실 것 같아."

교외의 산턱에 있는 음식점에 내리자 이미 차가 몇 대 도착해 있었다. 내가 말했다.
"나는 이런 곳에 우리 고향 음식을 하는 식당이 있을 줄은 몰랐습니다."
우리는 이층으로 올라갔다. 과연 주 비서도 이미 와 있었다. 나는 생각했다. 하늘이 나를 돕는구나! 주인이 와서 우리 몇을 향해 두 주먹을 감싸 쥐고 굽실굽실 인사를 하면서 말했다.
"여러분들께서 일개 장사꾼에 불과한 저를 좋게 봐주시고 오늘 이렇게 대접할 기회까지 주시니, 제 체면을 살려주시는 일입니다. 제가 오늘 특별히 국가 연회를 준비하는 요리사를 불러왔습니다."
점심시간에는 우리 테이블 두 개만 빼고 다른 손님들은 일체 받지 않았다. 서로 소개를 했다. 대부분 청장급 인물들로 내가 제일 볼품없었다.
내가 명함을 뽑는 방법에는 두 가지가 있었다. 하나는 위에서부터 뽑는 것이고 다른 하나는 아래서부터 뽑는 것이다. 내가 명함 갑을 꺼내어 아래서부터 뽑으면 '박사 지도교수' 명함인데, 그것을 모두와 교환했다. 모두들 이야기를 나누면서 문 부성장을 기다렸다. 나는 주 비서 옆에 붙어 앉아 말했다.

"위생청에 최근에 작은 풍파가 있었는데, 상부에서는 알고들 계십니까?"

"조금은 알고 있지."

"바람은 도대체 어느 쪽으로 불겠습니까? 저희 같이 사무나 보는 사람들은 얼마나 난처한지 모르실 겁니다. 한 발자국만 잘못 내딛으면 모두 지뢰밭이니, 오늘 안 터지면 내일 터지게 되거든요."

"성 차원에서는 아직 토론된 바가 없어."

"의중을 조금만이라도 알려 주시면 좋겠습니다."

그가 종 처장을 가리키며 말했다.

"그럼 저 사람한테 물어보게."

종 처장이 말했다.

"아직 토론된 바가 없어. 나중에 우리가 제출하는 방안이 설령 승인이 난다고 해도, 그것이 또 인민대표대회에서 통과될지도 모르는 일이고…."

내가 말했다.

"종 처장님, 저희 같이 사무나 보는 사람들에게도 숨쉴 구멍 좀 만들어 주십시오. 저희도 사람노릇 좀 하게요."

종 처장이 말했다.

"정말로, 만들어주고 말고 할 숨구멍도 없다니까."

주 비서가 말했다.

"지 처장, 자네는 그저 조직의 원칙에 따라서 일하면 돼. 오늘 누가 주인이든, 자네는 그 주인의 말만 들으면 돼."

나는 그 말에 상당한 의미가 담겨 있다고 생각했다. 간부 자리에 있는 분들은 해서는 안 될 말은 하지 않는 법이다. 따라서 이 정도 뉘앙스만 풍겨 줘도 중요한 정보가 되는 것이다. 나는 더 이상 캐묻지 않았다. 어쨌든 손지화 부청장 댁에는 가지 않기로 했다.

오후 한 시가 되어도 문 부성장은 안 왔지만, 모두들 매우 참을성 있게, 아무도 식사를 재촉하지 않고 기다렸다. 식당주인 최 사장은 수시로 들어와서 차를 따르고 담배를 건넸지만, 모임의 성격을 잘 아는지라 앉아서 이야기에 끼어들지는 않았다. 자기가 말 붙일 데가 아니라는 것을 잘 알고 있었다. 한시 반이 되어서야 문 부성장이 도착했다. 모두들 문 가로 몰려들자, 문 부성장이 말했다.

"늦었습니다! 와서 여러분들을 보려고 몽택원夢澤園에서 겨우 빠져나왔습니다. 술은 더 이상 못 마시겠습니다."

한 손으로 다른 주먹을 감싸 쥐면서 말했다.

"이렇게 여러 고향분들께 새해인사 올립니다. 또 매梅 서기님을 대신해서 여러분께 새해인사 올립니다."

나는 매 서기의 비서가 여기 올 수 있다니, 문 부성장과 매 서기의 관계가 분명 보통은 아니라는 생각이 들었다.

처음으로 오른 요리는 소꼬리 찜이었다. 이어서 기름에 붉게 튀긴 닭 볏, 기름에 튀겨서 말아놓은 토끼 귀, 소 코 조림, 프랑스식 달팽이 요리, 말갛게 찐 토종 닭 등이 올라왔다. 전부 구경도 못해본 요리들이었다. 술도 엑스오(XO)가 올라왔다. 최 사장은 직접 음식을 테이블에 갖다 놓았지만 절대로 자리에 앉지는 않았고, 또 아무도 그에게 와서 앉으라고 말하는 사람도 없었다. 나는 내가 가져온 사천 원은 계산하려면 술값도 안 되겠다고 생각했다.

술을 마시자 분위기가 부드러워져서, 성 위원회며 성 정부의 일들에 대해 이야기하기 시작했다. 전혀 거리껴하는 것도 없었고, 각자가 앞으로 더 발전하고자 하는 욕망에 대해서도 전혀 감추지 않았다. 여기서는 모두들 하고 싶은 이야기를 마음껏 하면서도 진솔함을 잃지 않았다. 평소에는 이들도 자신의 가장 큰 욕망에 대해서는 입 꾹 다물고 말도 안 꺼내면서, 입만 열면 서비스 정신과 공복公僕 정신을 들먹일 것이다. 백성들도 멍청한 바보가 아니지만, 그래도 그런 식의 표현에 익숙해져서 군이 진실 여부를 따지려 하지 않는다. 나는 이들의 술기운 오른 표정들을 바라보면서, 설을 지나고 나서 강연대 위에 앉아서 격앙된 어조로 엄숙한 이야기를 할 저들의 모습이 어떨지 상상해 보았다. 재정청의 모 부청장은 요 몇 년 동안 제 자리에만 머물러 있는 자기 신세를 한탄하면서 말했다.

"종 처장님! 청장 관리는 처장님 소관 아닙니까? 어찌 저를 한 구석에 쳐버려 둔 옛사랑 취급 하십니까!"

종 처장이 말했다.

"저는 찾아봐야 소용없습니다. 저분을 찾아야지…."

그러면서 다른 테이블에 앉아 있는 문 부성장을 가리켰다. 너나 할 것 없이 문 부성장에게 건너가 술을 한 잔씩 올렸다. 문 부성장이 나를 바라보면서 말했다.

"자네가 지대위지? 종천우가 내게 말 한 적 있네."

나는 거의 감동으로 눈물이 나올 지경이었다. 내 이름이 문 부성장님의 입에서 나오다니! 나는 용기를 내어 명함을 한 장 드리면서, 그 기운에 아예 꾸벅 허리까지 굽혔다.

돌아오는 길에 나는 종 처장에게 차 문 옆에 있는 종이봉지를 가리키면서 조용히 말했다.

"누가 보내준 건데, 저는 담배 안 피우지 않습니까. 두 보루는 주 비서님 좀 갖다 주십시오."

종이봉지 안에는 중화담배가 네 보루 들어 있었다. 내가 일찍이 사 놓은 것이었다. 종 처장은 나를 보고 웃었다.

설이 지나자 위생청의 형세가 뚜렷해졌다. 손 부청장은 마 청장과 아예 한 판 벌려 보자는 것인지 사사건건 부딪쳤다. 마 청장 아래에서 부청장 노릇을 십년 가까이 하던 손지화가 이 정도로까지 드세게 나올 줄은 생각도 못했다. 사람들은 뒤에서 손지화가 마 청장과 한 판 벌리게 된 과정에 대한 소문을 퍼뜨렸다. 손지화가 이렇게 말했다고 했다.

"당신은 이미 쉰여덟 아니오? 앞으로 몇 달, 기껏해야 반년도 안 남았잖소? 나는 이제 갓 쉰이고…."

소문이야 증명할 방법이 없었지만, 그러나 위생청의 업무회의에서 마 청장이 손 부청장을 지목하여, 설 연휴 동안 관용차官用車를 이용해서 고향 가서 친척들 방문한 일과 그 때문에 기름 값이 일백십칠 위안이나 나온 것을 지적했다. 손지화도 곧바로 치받았다.

"제가 고향 한 번 다녀오는 데 쓴 기름값을 물어내라고 한다면, 그거야 좋습니다. 그러나 십년이 넘도록 관용차를 타고 집을 수천 번이나 왔다 갔다 한 사람도 있는데, 그 사람의 경우엔 기름값을 도대체 얼마나 물어내야 합니까? 동지들, 계산 좀 해보세요!"

공기가 일순간 팽팽해져서 불이 붙을 지경이었다. 화장실을 가는 척하고 문 가로 가서는 과장되게 허리띠를 푸는 체하며 도망간 사람도 둘 있었다. 나는 주 비서가, "오늘 누가 주인이든, 그 주인의 말만 들으면 된다."라고 한 말이 떠올라서, 과거에 손지화가 나를 도와줬던 일도 상관하지 않고 이를 악물고 안면몰수하고 말했다.

"그거야 경우가 틀리지요. 평소에는 출퇴근용으로 쓴 것 아닙니까?"

원진해가 곧바로 반박했다.

"똑같은 관용차를, 똑같이 집에 가는 데 썼고, 게다가 똑같은 기름을 태웠는데, 뭐가 틀린다는 거요?"

나는 주먹을 쥐고는 몸도 사리지 않고 싸움에 뛰어드는 듯이 말했다.

"성省의 윗분들 중에 관용차로 출퇴근 안 하는 사람 누가 있습니까? 당신은 지금 성의 윗분들에 대해 의견을 제시하는 겁니까?"

원진해가 곧바로 말했다.

"그러면, 성의 어느 윗분들이 휴가 갈 때 자기 차로, 자기 기름 태워 가면서 가던가요?"

회의는 불쾌한 분위기에서 끝났다. 나는 세상의 도리란 정말 말로써는 설명할 수 없는 것임을 통절하게 느꼈다. 누가 발언권을 쥐고 있느냐에 따라 도리 또한 그의 것이 된다. 일단 권력을 움켜쥐지 않으면 안 된다. 권력이 없으면 인간은 자존심도 가질 수 없고 자신의 운명조차 장악하지 못하게 된다. 역사상 얼마나 많은 사람들이 권력을 위해 목숨을 걸고 투쟁했었던가! 나는 이전에는 그들을 이해할 수 없었고, 그럴만한 가치도 없다고 생각했었지만, 지금은 그들을 너무나 잘 이해할 수 있다. 그럴만한 가치가 있었던 것이다. 사태가 여기에 이르자 나는 더 이상 물러설 수가 없었다. 뒤에는 천길 만길 낭떠러지…. 이 길에 들어선 이상 사람의 마음은 변하게 마련이고, 세계를 느끼는 방식도 변하게 마련이다. 되돌아갈 길이 없는 것이다.

생각해 보니 모든 사람들이 다 이해가 되었다. 마 청장더러 연임할 생각일랑 접어버리고 쉰여덟의 나이에 집에 틀어박혀서 노후나 보내라고?

손지화 역시 벌써 나이가 쉰둘인데, 이미 충분히 오랜 세월을 기다려 왔는데, 여기서 한 번만 임기를 더 보내면 자기도 폭삭 늙어버릴 텐데, 그가 뛰쳐나와서 한 번 겨뤄보려고 하는 것도 당연하지 않은가?

원진해 역시 이해가 되었다. 마 청장이 나한테만 기회를 주는 것을 보면서 어떻게 참고만 있을 수 있겠나? 다들 사람이 아닌가!

그 일이 있고 나서 얼마 안 되어 위생청 기관과 성 직속 위생계통에 편지 한 통이 돌아다니기 시작했다. 부분군중部分群衆이라고 서명이 되어 있었다. 편지에는 마 청장의 다섯 가지 과오를 나열했을 뿐만 아니라 두 가지 사실도 밝히고 있었다. 하나는 마수장이 모년 모월에 성 인민의원에서 심장보조장치를 달았다는 것이고, 두 번째는 십년 전 성에서 출판되었던 『청장방담록放談錄』이란 책에 기재되어 있는 내용으로, 마수장의 출생년도는 1937년이지 오늘날 모두가 생각하는 것처럼 1938년

생이 아니라는 것, 그가 올해 이미 쉰아홉의 나이라는 것이었다. 편지에는 모두들 대담하게 일어나 상부에 자기의 의견을 반영할 것을 호소하고 있었다.

위생청 기관의 중간층 간부들 사이에는 일종의 입장표명 움직임이 지하에서 일어나고 있었다. 이 충돌에서 당신은 어떤 입장을 취할 것인가? 입장을 표명한 사람은 성省에 자신의 의견을 반영할 의무가 생겼다. 정소괴는 일이 터지자마자 부친이 위독하다는 전보를 들이밀고 휴가를 내어 고향으로 돌아가버렸다. 나는 이것이 도피행위임을 알고 있었지만, 그러나 손에 든 전보의 흰 종이와 그 위에 적힌 검은 글자를 본 이상 그를 안 보내줄 수도 없었다.

이때 노동조합에서 위생청 간부를 모두 조직해서 대엽산大葉山 봄놀이를 가게 되었다. 프로그램에는 등산 시합이 포함되어 있었는데, 노老·장壯·청靑 세 개 조組로 나누어 실시하기로 했다. 마 청장도 신청하였다. 나는 마 청장님 때문에 땀을 한 줌이나 흘리면서 며칠 밤 계속 사모님에게 전화를 걸었고, 사모님은 통화 중에 울음을 터뜨리면서 말했다.

"이거야말로 우리 바깥양반을 죽음으로 몰아넣겠다는 소리 아닌가? 그이 주변에 독사가 몇 마리나 똬리를 틀고 있는지 누가 알겠어!"

마 청장은 고집스럽게 그 시합에 참여하겠다고 하셨다. 나는 어쩔 수 없이 사모님을 위로하면서 말했다.

"제가 노조의 육陸 주석과 상의해서 잘 처리하겠습니다."

우리는 등산시합 전에 노년조에 조치를 취해 두었다. 그 결과 쉰 이상의 열세 명이 참여한 노년조에서 마 청장이 이등을 했다. 삼십년 전에 모毛 주석이 장강長江을 몇 차례 횡단했었던 일이 떠올랐다. 그 안에 숨겨진 의미는 결코 우습게 볼 것이 아니었다.

봄놀이에서 돌아온 후 위생청 안의 풍향에는 역시 약간의 변화가 생겼다.

성 위원회 조직부의 종 처장은 사람들을 몇 명 데리고 위생청으로 와서 간부들을 조사하면서 그 편지 이야기를 묻자, 손지화는 그 편지와의 관계를 극구 부인하면서, 그것은 어디까지나 일부 군중의 의견일 뿐 자기는 본 적도 없다고 했다. 종 처장은 많은 사람들을 불러 이야기를 나누고 곧 돌아갔다. 얼마 지나지 않아 장章 부부장이 또 한 차례 사람들을 데리고 와서 소규모 좌담회를 두 시간 가까이 열었다. 그리고 또 전 위생청의 간부를 소집한 좌담회에서 장 부부장은 입만 열면 군중의 의견을 수렴해야 한다고 말하면서 민의民意 검사를 위한 표를 한 장씩 돌렸고, 그것을 거두어 돌아갔다. 검사 결과는 나중에도 공표되지 않았다. 다행히 모두들 익숙해져서 아무도 자기가 무슨 인물이라도 되는 줄 착각하거나 자기의 의견이 반영될 거라고 기대하면서 검사 결과를 묻고 다니거나 하지 않았다.

위생청에서는 풍랑이 잠시 잦아들었고, 위로 올라가려고 용쓰는 인간들은 또 위쪽으로 열심히 용쓰고 있었다. 종 처장은 내게 마 청장이 성 인민대회의 축祝 부주임 등 사람들을 만나면서 작업 중이라고 알려주었다. 마음속으로 일종의 안도감이 느껴졌지만, 또 한편으로는 어딘지 이상야릇한 느낌이 들었다.

지난 몇 년간 나는 마 청장을 무슨 신비스럽기 짝이 없는, 무소불위의 능력의 원천 정도로 생각했었다. 그러나 이제 와서는 이러한 신비감은 사라졌다. 권력이 사라지면 자기 마누라의 남편 밖에 더 되겠는가? 마 청장도 남에게 아쉬운 소리 하고 비빌 언덕 찾을 때가 있었던 것이다.

이 바닥 안에서의 일은, 천 마디 만 마디를 해봐야, 참으로 의미 있는 것은 승리뿐이었다. 여기서는 결과만을 중시하고 과정은 중시하지 않는다. 인생은 과정만을 중시하고 결과는 중시하지 않는 것과 마찬가지이다. 이런 생사가 걸린 중요한 시점에 이르러, 이렇게 말한다고 해서 부끄러울 것은 하나도 없다. 우리는 힘 쓸 것도 없이 그저 귀만 쫑긋 세우고 바람 소리만 살피면 그만이었다.

극도로 초조한 가운데 두 달을 기다리자 결국 좋은 소식이 들려왔다. 마 청장이 연임하기로, 손지화는 성의 계획출산 위원회 부주임으로 발령이 났다는 소식이었다. 나는 그제야 한숨 놓을 수 있었다. 이번의 전쟁은 대 승리다! 나는 본능적으로 마 청장의 승리가 작년 홍수와의 전쟁에서 매 서기와 마주쳤던 그 일과 관련이 있다는 것을 느낄 수 있었다.

원진해와 마주쳤을 때, 그의 얼굴은 완전히 거무튀튀한 색이 되어 마치 지옥에서 돌아온 것 같았다. 내가 "원처장!" 하고 불렀지만, 그는 나를 본 척도 하지 않았다. 보아하니 아주 쪽박까지 깨뜨릴 작정이군! 네가 나를 못 본 척해? 나야 무슨 죄책감 같은 것을 가질 필요가 없어져서 도리어 마음이 놓였다. 누군가는 지옥에 내려가야 하는 법. 네가 안 내려가겠다면 그럼 나더러 지옥에 내려가란 말인가? 오래지 않아 회의 자리에서 주 비서를 만나 이 일에 대해 이야기를 꺼냈더니, 그가 말했다.

"그 편지는 누가 쓴 거지? 뇌막염이라도 걸렸나, 아니면 골수를 꺼내서 개밥으로 줬거나…"

이어서 목소리를 낮추어 말했다.

"매 서기도 심장 보조장치를 달았거든! 말대로라면 심장 보조장치를 단 사람은 다 물러나야 된다는 소린데…"

돌이켜 생각해보니, 나는 정말이지 죽음의 신과 어깨를 살짝 스치고 지나온 셈이었다.

77. 위생청 역사진열관

6월 안에 장章 부부장이 종鍾 처장을 포함한 사람들을 데리고 위생청으로 와서 새 임기의 부처 구성에 대해 선포했다. 마 청장님이 연임하시고 나는 부 청장으로 임명되었다. 이 전에 종천우가 내게 전화를 걸어서는 민의 검사에서 나에 대한 평가가 괜찮더라고, 마 청장님도 적극 추천하셨다고 말해주었다. 나는 내가 요 몇 년 날개를 접고 때를 기다리면서 저자세로 살아온 전략(韜光養晦)이 결국은 성과를 거두는 듯했다.

그런데 며칠 후 종 처장이 자기 사무실로 와서 이야기 좀 하자고 나를 불렀다. 나는 고향 사람들과 함께 술 마시고 카드놀이 하던 일을 떠올리면서 가벼운 마음으로, 편하게 떠들 농담까지 몇 개 준비해서 사무실에 들렀다. 그러나 문을 들어서자마자 분위기가 전혀 딴판임을 느낄 수 있었다. 종 처장의 표정이 너무나 엄숙하여 나도 곧장 엄숙해지기 시작했다. 나는 순간 혼란스러워서 어떤 표정이 그의 진면목인지 가늠할 수가 없었다.

비록 이번 인사이동에 대해서 내가 일찌감치 알고 있었다고 해도, 그러나 전 위생청의 회의석상에서 선포되는 순간 나의 몸은 떨려왔다. 나도 이제는 성當에서 관리하는 간부가 된 것이다! 마치 불덩어리가 심장 부위에서 쿵쿵 하고 울려대는 듯, 뜨거운 기운이 순식간에 온몸 구석구석으로 퍼져나가 사지가 마비된 듯 저릿저릿했다. 나는 연단 아래에 앉아서 장 부부장의 얼굴을 바라보고 있었는데, 그 순간 그가 그렇게 친밀하고 존경스럽게 느껴질 수가 없었다. 그 순간부터 그와 무슨 혈연관계라도 되는 것처럼 느껴졌다.

전 위생청 간부의 박수 소리 속에서 나는 연단 위로 올라가 짧은 연설을 마쳤다. 그 내용은 전날 밤에 수도 없이 외워둔 것이었다. 나는 주로 두 가지에 대해 이야기했다. 첫째는 보조업무를 열심히 하겠다는 내용으로, 마 청장님 들으라고 한 말이었고, 둘째는 이 자리에 오른 것은 모두를 위해 봉사하라는 이야기로 알겠다는, 군중들을 의식한 말이었다. 나는 진심으로 그렇게 생각하고 있었지만, 연단에서 내려오는데 반응들이 별로 좋지 않았다. 나는 진심을 이야기하는데 왜 이렇게 위선의 말처럼 듣는 것이지? 그리고 생각했다. 다들 지금은 나를 안 믿지만, 두고 보시오!

나는 저자세로 산다는 원래의 계획을 견지하기로 했다. 추측컨대, 마 청장님도 손지화 사건을 통해 분명히 큰 충격을 받으신 게 분명했다. 십년이 넘게 주위에서 빙빙 돌던 인간이 일순간에 안면을 확 바꿨으니 누군들 믿을 수 있겠는가? 도전자를 찾아내려는 마 청장님의 눈빛이 만약 내 몸 위에 머물게 되면 그 눈길을 뿌리치기는 참으로 어려울 것이다. 또 주위 사람들을 생각해봐도, 내가 첫걸음을 내딛은 것이 겨우 90년대의 일인데 오늘 벌써 이 자리에까지 올랐으니, 많은 사람들이 속으로는 매우 배 아파 할 것이다. 그러므로 나는 저자세로 나가면서 이런 시샘을 무화시키는 수밖에 없다. 안 그랬다가는 이런 감정들이 한데 뭉쳐, 한 사람이 한 번씩 뱉는 침에 내가 빠져죽을지도 모를 일이다.

마 청장님과 이야기할 때면 나는 언제나 백 번 조심했다. 다른 사람들이 모두 나를 마 청장님 사람으로 보고 있다고 해도 그래도 나는 여전히 조심스러웠다. 어쨌든 친구들과 이야기하는 것과는 다르지 않은가! 한 마디 말이라도 잘못했다가는 한 줄 금이 갈지도, 또 그 금이 시간이 흐름에 따라 자연스레 커지다가 결국에는 모든 것이 무너져 내릴지도 모를 일이었다. 한번은 마 청장님이 말했다.

"위생청 업무에도 뭔가 새로운 것을 보태고 키워야 할 것增長 같은데, 대위 자네가 내 대신 생각 좀 해주게."

내가 말했다.

"생각할 수 있는 것은 마 청장님께서 이미 다 생각해 놓으신 것들뿐입니다. 생각해 봤지만 뭐 별다른 것이 떠오르지 않습니다만…."

마 청장이 웃으면서 말했다.

"그런가, 그래?"

나는 그 후 반복해서 그의 웃음의 의미를 음미했다. 아무래도 그 속에 무슨 특별한 의미가 담겨 있는 듯했다. 그가 사용한 보태고 키운다增長는 말도 그렇고, 무언가를 찍어 말하는 것이 분명했다. 저녁에 나는 마 청장이 의도했을 만한 아이디어들을 반복해서 떠올려보았다. 그때 문득 몇 년 전에 내가 마 청장님께 위생청의 역사진열관 건립을 건의했던 사실이 떠올랐다. 나중에 내가 생각해도 그 건의는 좀 지나치다 싶어서 다시는 거론하지 않았는데, 그 보태고 키운다는 것이 바로 이게 아닐까?

생각이 여기에 미치자 나는 좀 망설여졌다. 양심대로 말하자면, 나는 이러한 생각에 영합해서는 안 된다. 위생청에 역사진열관을 세우자고? 내가 이런 건의를 하면 다들 나를 욕하지 않을까? 그렇지만, 만약 마 청장님이 정말 이런 생각을 갖고 계신다면 내가 바보인 척 가만히 있어도 누군가는 건의할 것이고, 그러면 나는 수동적인 위치에 놓이게 되지 않을까? 양심대로 말하자면, 이런 건의를 한다는 것 자체가 정상인의 사고는 아니고, 지식인이 할 수 있는 것은 더더욱 아니다. 특히 나 지대위가 해서는 안 되는 것이었다. 스스로에게 물어봐도 부끄러운 일이었다. 부끄럽군!

그렇지만 이 바닥에서의 사고방식은 정상인들의 그것과는 달라서, 윗사람에게 책임지는 것이 으뜸가는 조항이다. 유약진이 나더러 정치 동물이라고 했었지? 내가 이렇게 안 할 수가 있겠나? 양심에 손을 대 보라고? 실사구시를 하라고? 내가 머리가 깨졌냐! 산소 결핍이냐! 내가 머리가 깨지지 않은 한, 산소 결핍이 아닌 한, 나는 양심대로 할 수도 없고 실사구시를 고집할 수도 없는 일이다. 그것은 너무나 사치스런 생각이다.

내가 고민을 동류에게 털어놓자, 그녀가 말했다.

"바보 같은 소리 하지 말아요. 오늘 당신이 누구 덕에 여기까지 왔는데…. 인민 군중 덕에? 우리가 그 닭장 같은 집에서 수년 동안 살고 있을 때 그 인민 군중이 불쌍하다, 가엾다고 말 한 마디라도 해줍디까? 인민 군중은 무슨 얼어 죽을! 게다가 진열관이야 당신 돈 한 푼 안 들어가잖아요. 설사 당신 돈 몇 만 위안 깨진다고 해도 마땅히 해야 할 일이지요. 몇 년 전만 같았어 봐. 당신이 어디서 몇 만 위안을 가져다 써요? 나 일 파도 남의 돈 빌려서 낳았어요!"

동류는 언제나 옛날에 한 고생만 떠올리면 감정이 격해지는지 이번에는 손수건까지 꺼내서 눈물을 닦기 시작했다. 나는 결심했다. 어찌되었건 마 청장님은 하고 싶은 일은 하셔야 직성이 풀리시는 분이다. 내가 건의를 하건 안 하건 그것은 대세와 상관없는 일…. 그럴 바에야 내가 나서서 선수를 치는 것이 나을 것이다. 양심은 또 무슨 얼어 죽을 양심이냐. 내가 모든 사람들을 섬기겠노라고 선언했을 때, 그때에도 분명히 진심이었지만, 그렇지만 사정이 닥쳤으면 우선 윗사람부터 챙겨야 하지 않겠어? 내 머리 위의 모자가 다 어디서 온 건데. 이 모자가 없다면 나는 또 뭐가 되는데? 이것은 사실 내가 선택하고 말고의 문제가 전혀 아니었다. 신선神仙도 어쩔 수 없는 일인데 하물며 나같이 범속한 인간이야…. 다들 욕하고 싶으면 욕하라지. 그치들 욕 몇 마디 하는 거야 아무렇지도 않다. 모두가 나를 잘못했다고 욕하더라도 마 청장님만 내가 잘했다고 하면 나는 잘한 것이고, 모두가 나를 잘했다고 칭찬하더라도 마 청장님께서 나를 글렀다고 하면 나는 그른 것이다. 나는 나 자신이 아니고, 나는 일종의 현상에 지나지 않는다. 기왕 이렇게 된 바에야 내가 나를 책망할 필요는 없다. 내가 아니라 누구라도 어쩔 수가 없단 말이다. 천 번 생각하고 만 번 생각해 봐도 역시 마 청장의 뜻으로 돌아갈 수밖에 없었다. 그 기세를 누가 가로막는단 말인가! 황당한 일일수록 당당하고 떳떳하게 해야지 어색해 할 것 없다. 이렇게 생각하니 반우反右로 떠들썩했던 문화혁명도 이상할 것이 하나 없었다.

이튿날 마 청장을 만나서 말씀드렸다.
"마 청장님의 계도 하에 제가 새로 보태고 키워나갈 일을 하나 생각해냈습니다. 위생청의 역사진열관을 건립하는 것이 어떨까요? 모두에게 보여주는 겁니다. 이 오랜 세월, 특히 지난 십년간 저희 위생청이 얼마나 험난한 길을 걸어왔는지, 얼마나 거대한 성과를 이룩했는지를…."
"거대한 성과"라는 다섯 글자가 입에서 미끄러져 나올 때에는 나도 깜짝 놀랐다. 마 청장님이 말씀하셨다.
"자네 생각에는 적합한 것 같은가?"
나는 만약 마 청장님이 생각하시는 게 이 일이 아니라면, 그런데 내가 끄집어 낸 것이라면, 나는 나 자신한테서까지 인간도 아니라는 욕을 얻어먹을 만하다고 생각했다. 똥이 구리지 않다면서 그걸 뒤적거려? 나는 한 번 떠보기 위해 말했다.
"저는 적합하다고 생각합니다. 마 청장님 생각은 어떠십니까?"
그가 말했다.
"자네 생각에 괜찮은 것 같으면 다음 번 위생청 업무회의에서 한번 제안해보게. 다 같이 토론해보지."

다음 번 업무회의에서 기타업무에 관한 토론을 마친 후 내가 역사진열관 건립을 제의하자, 다른 몇 사람은 전혀 의외라는 듯이 서로 눈빛만 교환하더니 하나같이 마 청장을 바라보았다. 오늘날 마 청장의 위엄은 이미 극에 달했으므로 무슨 일이든 모두들 일단 그의 의중을 헤아리는 것이 급선무이고, 그 다음으로 자기의 입장을 밝혔다. 마 청장님이 말씀하셨다.

"대위 동지가 이런 제안을 내놓았습니다. 다 같이 토론해 봅시다."

몇 명이 코에 걸면 코걸이 귀에 걸면 귀걸이식의 발언을 했다. 마 청장이 태도를 분명히 하기 전에 자기 입장을 드러내는 걸 피하는 식이었다. 마 청장이 말했다.

"방금 여러분들 이야기를 듣고 느껴진 바가 많습니다. 그러면 여러분의 뜻에 따라 이렇게 하는 것은 어떻겠습니까? 위생청에는 따로 역사진열관을 건립할 수 있는 그런 넓은 대지가 없으니, 아예 도로에 접하고 있는 제2 오피스 빌딩을 철거하고 대문을 동쪽으로 옮긴 후에, 그럴 듯한 오피스 빌딩을 하나 짓고 그 안에 진열관을 만드는 겁니다. 공간이 많아지면 몇 층은 세를 주고, 좋은 항구에 따라오기 마련인 상업 기회도 충분히 활용하고, 대출금은 임대료 받아서 갚아 나가는 겁니다."

내가 얼른 말했다.

"역시 마 청장님은 멀고도 깊은 식견을 갖고 계십니다. 그러면 저희 사무환경도 개선되고, 진열관도 생기고, 게다가 경제적인 부담까지 없어지니 이야말로 이국利國, 이청利廳, 이민利民의 결정, 일거다득一擧多得, 일석다조一石多鳥의 결정입니다."

이 계획안은 원칙적으로 통과되었다. 마 청장은 나에게 기초건설처와 협력해서 구체적인 방안을 작성하도록 지시했다. 내가 십이 층으로 할 것을 제안하자, 마 청장이 말했다.

"이왕 짓는 것, 기왕이면 폼 좀 나게 하지."

계획을 바꾸어 이십 층으로 하면서, 일층에서 사층까지는 사무실로 동쪽 계단으로 올라가고, 사층 이상은 오피스 빌딩으로 세를 주면서 서쪽에 있는 엘리베이터로 올라가도록 했다. 마 청장의 박력이 이 정도인 줄은 정말 몰랐다. 일층에 진열관을 짓는다는 게 좀 아깝긴 했지만, 그것만 빼고는 정말 매우 좋은 생각이었다. 곰곰이 생각해 보니, 마 청장의 생각은 정말로 다른 사람보다 한 수 위였다. 고층 빌딩 한 채에 진열관 설립 계획이 그냥 묻혀버린 것이다.

설계가 나온 것은 연말이 거의 다 되어서였다. 수많은 기업들이 어떻게 하청이라도 하나 따내려고 마 청장을 공략하려 했지만, 마 청장은 모든 걸 내게 맡겨 주었다. 그때부터 우리 집에는 저녁 열시 이후만 되면 비밀스럽게 문을 두드리는 소리가 들렸다. 손님들은 말을 빙빙 돌리지도 않고 입을 열자마자 듣기만 해도 혈관이 확장될 만한 숫자들을 부르면서 얼마를 내 앞으로 돌려주겠다는 제안을 해댔다. 나는, 입찰과 관련된 일들은 마 청장님이 간여하실 것이라고, 위생청의 간부들이 모두 모인 자리라서 나도 별수 없다고, 거듭 변명을 늘어놓았다. 나는 감탄할 수밖에 없었다. 마 청장이 왜 오뚝이마냥 쓰러지시지 않느냐? 그 어르신은 이런 이익을 탐하지 않으셨거든! 이익을 탐하지 않는 사람이 어떻게 쓰러지겠어! 창 밖에 서 있는 저 수많은 고층 빌딩들은 도대체 얼마나 많은 백만장자, 천만장자를 만들어냈을까? 머리 위 모자 하나에 들어 있는 순금의 함량은 정말 일반 서민들이 상상할 수 있는 정도가 아니다. 호일병이 내게 아이디어를 제시했다.

"일곱 군데 입찰 회사에 일단 다 따로따로 응낙을 하고, 오십만 위안씩 보증금조로 받아두는 거야. 만약 낙찰이 안 되면 돈을 돌려주고, 낙찰되면 삼 퍼센트를 대가로 받기로 하는 거지. 예산이 육천만 위안이니까, 삼 퍼센트면 백팔십만 아닌가! 어쨌든 한 회사는 낙찰될 거고…. 자네만 입 다물면 백팔십만 위안이 그냥 굴러들어오는 거야. 누워서 떡 먹기지!"

생각해 보니 돈 벌기가 정말 쉽다. 그것도 한숨에 그 큰 돈을! 내가 말했다.

"어쩐지 투숙률도 낮은 대형 호텔들이 저렇게 많은데도 계속해서 여기저기서 대형 호텔들을 짓는다 했더니…. 저런 거라도 안 지으면 어떻게 나랏돈이 자기 주머니로 들어오겠어? 인간들이 정말 생각도 못했던 방법으로 돈을 버는군."

그가 말했다.

"지금 기회가 자네 손안에 있어. 자네만 마음 먹으면 되는 거야!"

나는 거듭 고개를 가로저으면서 말했다.

"몇 백만 위안이 내 손에 떨어진다고? 난 아직 그럴 마음의 준비가 안 되어 있어. 그 돈을 받아다가 별장을 살 것도 아니고, 차를 살 것도 아니고, 내가 무슨 위장을 일곱 개 여덟 개 달고 있어서 그걸 소화, 흡수시킬 수 있는 것도 아니고…. 괜히 잠만 못 잘 거야."

그가 웃으면서 말했다.

"아, 아깝다. 이런 기회를…."

이어서 말했다.

"만약 천하의 사람들이 다 자네같이 생각한다면 얼마나 좋겠어? 때려잡을 부패도 없을 거고…."

내가 말했다.

"마 청장님도 정말 대단하신 분이야. 이렇게 큰 재물에도 눈 하나 깜빡 안 하시잖아! 만약 마 청장님이 어느 회사한테 낙찰시켜라, 하더라도 우리야 속으로만 뒤에 무슨 거래가 있겠거니 생각할 뿐이고, 겉으로는 아무 눈치도 못 챈 척 순순히 따르는 수밖에 없을 텐데 말이야."

호일병은 아까운 마음에 목이라도 맬 것 마냥 계속 탄식을 했다.

"아, 아깝다, 아까워. 아깝다고!"

그날 아침 출근길에 오피스 빌딩 앞에 한 무리의 사람들이 무언가를 둘러싸고 있었다. 내가 다가가자 그들은 "지 청장이다" 하면서 흩어졌다. 보아하니 누군가가 마 청장께 공개성명을 발표한 것으로 고층 빌딩 짓는 것에 대해 다음과 같은 의견을 제시하고 있었다.

"고층 빌딩을 올리려면 위생청 한 사람당 부채가 몇 십만 위안은 될 것이다. 어떻게 할 것인가. 고층 건물을 개인의 정치 업적 기념비삼아 세우려는 것 아닌가? 그렇게 넓은 면적의 진열관을 짓겠다니, 말도 안 된다."

나는 얼른 공개성명을 뜯어서 마 청장님께 갖다 바쳤다. 마 청장님이 읽어보시고 말했다.

"오후에 전 위생청 간부회의를 소집하게!"

오후 회의석상에서 마 청장님이 말했다.

"우리의 업무에 아마 미흡한 점이 있었던 모양입니다. 여러 동지들의 의견을 제시해 주시오. 다른 사람으로 하여금 말을 하게 한다고 해서 하늘이 무너지는 건 아닙니다. 제 면전에서 혹은 청장 편지통 같은 데 넣는 것 모두 좋습니다. 하지만…."

마 청장은 눈으로 연단 아래를 바라보면서 말했다.

"왜 이런 방식을 사용합니까? 이건 문화혁명 때나 쓰던 방식입니다! 아주 비정상적인 방식입니다! 나는 이번 성명서를 쓴 사람을 추적할 생각은 없습니다. 사실 마음만 먹으면 매우 쉬운 일입니다. 이런 글을 쓰는 사람들은 몇 가지 특징이 있지요. 첫째, 문화혁명을 겪은 사람으로서 그렇게 젊지 않은 사람. 둘째, 평소에 자기가 무엇이라도 되는 양, 자기가 다른 사람보다 잘났다고 생각하고 불평하기 좋아하는 사람. 셋째, 직급이 아주 높지 않은 사람, 자기 혼자 억울한 일 다 당한 것 마냥 발산

할 기회를 찾는 사람. 우리 위생청에 이 몇 가지 조건에 부합되는 사람이 얼마나 될 것 같습니까? 얼마 되지 않습니다!"

그는 손을 내밀어 손을 쥐었다 폈다 하면서, "얼마 되지 않습니다." 하고 말했다. 나는 마 청장이 저렇게까지 할 줄은 생각 못했다. 연단 아래 있는 사람들은 그래도 모두 지식인들인데, 그 사람들의 기분은 또 어떠했을까? 평소에는 하나같이 자기가 무슨 대단한 인물이라도 되는 것처럼, 존엄을 갖춘 것처럼 굴더니만, 이 참에 자기 처지들을 알았겠군. 이렇게까지 말하는데 안 들을 수 있겠어? 이제부터는 천 가지 만 가지 생각을 갖고 있더라도 그냥 벙어리처럼 입 다무는 수밖에!

나는 마 청장이 정말로 마음에 짚이는 사람이 있어서 저러는 건지는 알 수 없었지만, 나도 모르게 그 성명서를 쓴 사람이 걱정이 되었다. 너 큰 일 났다! 너와 무슨 상관 있다고 거길 왜 끼어들어? 누가 너더러 빚 갚으래? 그냥 구경이나 하고 있을 것이지. 나도 감히 입에 못 담는 말을 네가 어딜 감히! 마 청장도 최근에 감히 자신을 건드리려는 인간이 위생청에 있으리라고는 생각도 못했기 때문에, 그래서 더더욱 격노했던 것이다. 정말로 우리더러 의심스러운 사람들을 하나하나 조사하라고 시킬지도 모를 일이었다. 조사 생각을 하니 문화혁명이 떠오르고, 아버님 생각이 났다. 가능하다면 그런 조치는 저지하고 싶었다. 회의가 끝나고 사무실로 돌아오면서 내가 말했다.

"마 청장님, 정말 생각할수록 기가 막힙니다. 위생청에 아직도 매복하고 있는 그런 인간들이 있을 줄이야…. 손지화의 잔당일지도 모릅니다. 딱히 누구 하나를 물먹이는 것보다는 우리 행정부 전체를 물먹이려는 속셈 아니겠습니까? 만약 그 연관 범위만 넓지 않고 악영향을 미칠 염려만 없다면 반드시 진상조사를 해야 할 것 같습니다."

마 청장이 느긋하게 말했다.

"됐네. 그 인간들 교훈만 새겨들었으면 됐어."

이렇게 또 한 번 나는 마 청장이 한 말은 심사숙고를 거쳐서 나온 것이라는 것을, 역시 매우 필요한 것이었다는 것을 알 수 있었다. 위생청에서 내린 결정에 대해 개나 고양이까지 다 덤벼들어 마구 의견을 낸다면, 그거야말로 큰일 아닌가!

의견을 받아들인다고 해서 반드시 결정이 잘못되었음을 인정하는 것은 아니다. 특히 이렇게 공개적으로 의견이 제시된 경우에는, 설령 그것이 옳은 말이라고 하더라도, 일단은 일축하고 볼 수밖에 없고 그리고 반드시 끝까지 밀고 나갈 수밖에 없다. 사람이 언제나 남의 말에 귀를 기울인다면 그 사람의 말에 누가 귀를 기울일 것이며, 그렇게 되면 집안 살림은 무슨 수로 꾸려나가나? 그 자리엔들 편하게 앉아 있을 수 있겠는가? 궁극적으로는 마 청장 당신이 반대해서가 아니라, 그 자리에 앉아 있는 사람이 누가 되었든, 누구든지 반대할 수밖에 없다. 이것은 정세에 의해 결정되는 것으로 선택의 여지가 없다. 자리에 앉아 있은 지 오래되면 습관적인 조건반사가 형성되기 마련이다. 마 청장 역시 마 청장 자신이 아니라 그는 이제 일종의 현상인 것이다. 기왕 이렇다면 사람들은 차분하고 평온한 마음으로, 누가 됐든 그럴 수밖에 없다고 생각하면서, 담담해 해야 할 것이다. 그런 공개성명을 발표한 사람은 아마도 아직도 원칙대로 살고 싶은 환상을 갖고 있겠지. 정말이지 너무 백면서생 같은, 너무 세상물정 모르는 사람 아닌가! 그들은 아직도 엉덩이가 앉아 있는 자리에 따라서 사고가 결정된다는 도리(屁股決定腦袋的道理)를 깨닫지 못했다니!

이렇게 해서 나는 마 청장을 더 잘 이해하게 되었고, 과거의 어떤 역사적 사건들, 예컨데 1959년의 여산 회의廬山會議 같은 것들도 더욱 잘 이해하게 되었다. 사람은 어느 정도의 위치에 올라서야 비로소 이런 선택의 여지가 없는 형세를 뼈에 사무치게 이해하게 되는 것이다.

*(廬山會議 : 1959년 7월 2일부터 8월 16일까지 강서성 여산에서 열렸던 중국공

산당 전체회의. 원래는 그 전 해의 대약진운동의 잘못된 점을 찾아서 바로잡으려는 것이었으나, 팽덕회가 제시한 의견서가 모택동의 심기를 건드림으로써 도리어 반우(反右) 운동의 출발점이 되었고, 이를 계기로 팽덕회는 실각하게 되었다.—역자.)

78. 안태제약의 주식상장

　위생청에서는 중의연구원을 내게 맡기기로 결정했다. 마 청장님께서 내가 업무를 편하게 볼 수 있도록 특별히 이전 원장이 퇴임한 후 그 자리를 비워두셨던 것이다. 그래서 일주일에 이틀은 중의연구원으로 내가 직접 운전해서 출퇴근하게 되었다. 부 청장이 되자 차가 생겼고, 나도 금방 운전을 배우게 되자 많이 편해졌다. 도중에 종종 마 청장님을 모시고 출근하는 서 기사의 차와 마주치게 되었다.

　사실 연구원에서도 내가 할 일은 별로 없었다. 일상 업무는 모두 부원장인 변상卞翔이 처리했다. 사람이 어느 정도 자리에 오르면 사소한 일에는 흥미를 잃고 번거롭게 여기게 마련이다. 다행히도 변상 역시 내가 연구원 일에 많이 관여하기를 원하지 않았기 때문에, 일의 크고 작음을 마다하지 않고 그가 도맡아 처리했다. 나도 그의 속셈을 모르는 것은 아니었지만, 뭐 어쨌든 좋았다. 각자 자기가 원하는 것을 얻는 셈이었다. 두 달 후에 나는 정철군程鐵軍을 부원장으로 승진시키고, 인사과의 정鄭 과장을 행정과로 보냈다. 당년에 그 인간이 내게 떨쳐 보인 그 기세를 생각하니 나도 정말이지 이번 분풀이만큼은 하지 않을 수가 없었다. 비록 그 인간이 나만 보면 옆으로 물러서고 멈추어서 얼굴에는 웃음을 띠고 마치 내 분부만 기다리고 있는 듯한 표정을 짓고는 있었지만, 나는 절대로 그냥 봐주지 않기로 결심했다.

한번은 그가 뒤꿈치를 들고 내 사무실로 찾아와서 당시 왜 자기가 나를 받아들이지 않았는지 설명을 하려 했지만, 그가 말을 마치기도 전에 내가 말을 자르면서 말했다.

"정말 그 일에 대해선 내가 감사를 드리려고 했소."

순간 얼굴의 웃음이 굳어버리더니 입은 반쯤 벌린 채로 움직일 줄 몰랐다. 잠시 후에 마치 꿈에서 깨어난 것처럼 한 걸음 한 걸음 문 쪽으로 물러나더니 몸을 돌려 내뺐다.

안 선생님이 당부하신 대로, 나는 위생청의 일에는 가능한 한 간여하지 않았다. 몇 번씩이나 나는 내 주장을 내세우고 싶고 발언하고 싶은 충동을 강렬하게 느꼈지만, 그러나 꾹 참았다. 안 선생님의 말에 따르면, 일을 총괄하는 것은 마 청장이고, 다른 사람들은 업무를 보는 것이라고 했다. 이 점이 나는 좀 억울하긴 했지만, 그래도 이를 중요한 원칙으로 삼았다. 지나치게 유능하고 지나치게 자기 주장하는 사람은 금기를 건드리게 마련이므로, 마 청장과 함께 일하는 사람 중에는 여태껏 한 명도 최후까지 버틴 사람이 없었다. 나는 내가 예외가 되길 바랐다. 물론 마 청장이 일단 결정한 일에 대해서는 전심전력을 다했다. 나야 별수 없었다. 마 청장에게만 잘하면 되었다.

이런 이유로 나는 연구원에 들를 시간이 더 많아졌다. 이곳에 오면 나는 일종의 마음대로 할 수 있는 자유를 느꼈다. 이런 느낌은 어쩔 수 없이 나로 하여금 고대 제왕의 심정을 상상하게 만들었다.

내가 정말 마음 쓰고 있던 유일한 문제는 안태安泰제약회사의 상장이었다. 그 일은 이미 진행 중이었다. 안태제약의 주식은 오년 전 연구원에서 성 직속 위생계통 내부 사람들을 대상으로 발행한 것으로, 한 주당 가격이 일 위안이었다. 당시 이를 통해 모인 이천만 위안을 연구원의 중약 공장에 투자했으나 아직까지도 별다른 수익을 거두지 못하고,

돈은 이미 거의 다 써버렸다. 분노와 번뇌 속에서 나는 정말이지 장부를 일일이 다 조사해보고 싶었다. 그러나 조사하게 되면 또 한 번 큰 풍파를 몰고 올 것이 분명했다. 줄줄이 캐내게 되면 안태제약회사의 명성도 땅에 떨어질 텐데, 그때 가서 무슨 상장을 한단 말인가? 마 청장께서도 조사하지 말라고 지시했으므로, 나도 조사를 포기하고 어떤 인간들만 늑대 짓을 계속하게 내버려둘 수밖에 없었다. 원래 주식을 샀던 사람들은 분기탱천해서 많은 이들이 지니고 있지 못하고 다른 사람들한테 팔아버렸다. 배당금도 지급하지 못해서 장외거래 가격은 이미 오 마오毛 남짓으로 떨어졌다.

나는 연구원의 연구진을 소집해서 몇 번의 토론을 걸쳐 안태 보신단保腎丹을 돌파구로 정했다. 반드시 전국을 떠들썩하게 하는 중의약품을 만들고 말리라! 공격조는 일곱 명으로, 내가 조장이 되어 내 이름을 걸고 국가급 프로젝트를 신청했다. 또 이를 위해 북경까지 날아가서 로비를 벌이고 허소만도 만나서 부탁한 결과 승인을 얻을 수 있었다. 만약 성공한다면 현재 놀려 두고 있는 기계들이 다시 가동되기 시작할 테지…. 얼마나 장관이겠는가! 사람이라면 반드시 평생 동안 몇 가지 건수는 올려야만 자기 일생에도 떳떳할 수 있다. 이전에야 기회가 없어서 그랬지만 이제 기회가 닥쳤으니 죽을 힘을 다해서라도 잡지 않을 수 있겠는가?

몇 달 후에 나온 안태보신단은 임상실험의 효과가 제법 좋아서 국가 프로젝트를 완성할 수 있었다. 이런 킹 카드王牌를 잡게 되자 주식상장 추진 업무에도 진전이 생겼다. 내가 관계자들에게 상장업무의 진전에 대해서는 절대로 비밀을 지킬 것을 당부했기 때문에, 위생청에서도 사정을 아는 이는 몇 명 되지 않았다.

하루는 내가 차를 몰고 화하華夏증권 서령西嶺 영업점 앞을 지나다가 정철군의 아내가 입구에서 다른 사람과 이야기를 나누는 것을 목격했다. 나는 마음이 덜컹 해서 차에서 내려 멀리서 관찰했다. 그녀는 안태제약의 주식을 사 모으고 있었던 것이다. 주가를 물어보니 이미 올라서 팔 마오 가까이 한다고 했다. 집에 와서 사정을 동류에게 이야기했다.

동류가 말했다.

"이게 다 당신이 쌓아올린 일인데 다른 사람들만 떼돈 벌게 해주고 당신은 결국 빈손 털고 말 거예요? 억울하지 않겠어요?"

내가 이 자리에 오르면서 소처럼 굳은 결심을 하였으니, 바로 마 청장님을 본받아 이재理財에 대한 관심을 접겠다는 것이었다. 그렇게 해야만 불패不敗의 땅에 설 수 있기 때문이다. 이치로 보더라도 이 자리에 오른 이상 응당 그렇게 해야만 한다. 그것이 도리다.

그러나 도리에는 또 다른 해석이 있을 수 있으니, 이 정도 자리에 오른 사람더러 아무 것도 알려고 하지 말라고, 아무 것도 욕심내지 말라고, 자기 몫으로는 아무 것도 챙기지 말라고 요구하는 것도 너무 무리가 아닌가? 인성人性에 어긋나지 않는가? 인간의 몸은 피와 살로 이루어져 있다. 이것은 이 사람 저 사람의 문제가 아닌 인류 전체의 문제이다. 인간은 편견을 갖게 마련이고, 자기 사랑에 빠지기 마련이며, 특수한 이해관계를 갖기 마련이다. 따라서 인간은 비이성적이어서 순수한 논리의 출발점이 될 수 없는 것이다. 이 사실은 해가 동쪽에서 뜨는 것과 같이 만고불변의 분명한 사실이지만, 모두들 굳이 그것을 감추려 든다. 당위가 어떠하다는 것과 현실이 어떠하다는 것은 별개의 일이다. 도리가 인간의 본성人性을 제약할 수는 없다. 최근 성省 차원에서 이론 학습을 강조하고는 있지만, 과오를 범했던 사람들이 이론을 몰라서 그랬겠는가? 지도자는 봉사하고 간부는 공복公僕이라는 그 도리는 하늘에나 대고 떠들 수밖에 없다. 주위의 사람들은 모두 우월한 지위와 우월한 정보가 주는 기회를 이용하여 합리적이고 합법적으로 돈을 벌고 있는데, 나는 한쪽 구석으로 밀려나 있다니…. 기분이 썩 좋지는 않았다. 법도 위반하지 않고 허리만 굽히면 주울 수 있는 돈인데 그걸 안 줍다니, 바보 아닌가? 기회가 눈앞에 주어졌을 땐 돈 벌기 싫어하기도 또한 쉽지 않군!
 내가 말했다.
 "요놈 정철군! 그 오랜 시간 별 두각도 못 드러내고 거북이 마냥 고개를 바짝 움츠리고 있던 인간이, 오랜 친구라고 해서 봐주고 기회를 주었더니 엉덩이를 들썩들썩 거리며 차분히 있지를 못하고 말이야…. 개새끼! 뭘 해도 그 모양이야!"
 동류가 말했다.
 "당신이 그 사람한테 어떤 요구를 하건 간에 다들 엄마 뱃속에서 기어 나왔지 무슨 옥황상제가 직접 만들어낸 줄 아세요?"
 내가 한숨을 쉬면서 말했다.
 "그래, 그게 이치다. 정말 어쩔 수가 없군."
 "나도 내일 가서 주식 좀 사모아야지! 다른 사람은 건졌다 하면 몇 십만인데, 힘도 하나 안 들이고…."
 "가지 마! 가겠거든 돌아오질 말든가…. 아는 사람이라도 만나서 소문이라도 퍼지면 참 듣기 좋겠다."
 "보니까 로터리 아래에서 시골 사람 하나가 외국 돈을 사 모으는데, 뒤에서 누구 부탁 받아서 하는 거라고 하더라고요. 나도 시골 사람 두 명 잡아서 하지 뭐."
 "이서하게 되면 신분증에 적힌 당신 이름 동류董柳가 언젠가는 알려질 텐데. 다른 사람은 몰라도 증권사 사람들은 알 거 아냐."
 "그 사람들도 업무상 지켜야 할 기율이 있어요. 말 안 할 거예요."
 "아무도 폭탄 터뜨릴 생각 안 할 때야 당연히 아무 일 없겠지만, 언젠가 누가 정말 테러를 할라치면 어떻게 뒤져서라도 이 폭탄을 찾아낼 거라고. 당신 정치가 뭔지 알기나 해?"
 그녀가 웃으면서 말했다.
 "우리 어머니 신분증 쓰면…, 우리 엄마 이름까지 아는 사람이 있겠어요?"

나는 아무 말도 하지 않았다. 그러나 그녀가 이 일을 처리하러 갔다는 사실을 알았다. 며칠 후에 그녀가 다소 걱정되는 얼굴로 물었다.

"안태제약 주가가 벌써 1위안 2마오로 올랐는데 계속 사들여요?"

"남을 장사냐고 묻는 거라면, 3위안 4위안을 주고 사도 남을 거야."

"몇 주일 전에 사들인 사람들은 지금 벌써 두 배나 뛰었어요. 한 달 만에 만 위안이 이만 위안이 되었으니, 무슨 장사가 이렇게 빠르겠어요. 돈을 찍어낸다면 이 속도로 벌 수 있을지 모르지만…."

나는 작년에 호일병이 나더러 경쟁 입찰에 손을 써보라고 권했던 일이 떠올랐다. 그것은 범법행위였고, 마 청장이 위에서 주시하고 있는데다가 또 낙찰된 기업이 나중에 안면몰수 할까봐 걱정되었었다. 그러나 눈앞에 합법적으로 큰 돈을 벌 수 있는 방법이 있으니 내 마음이 물과 같이 평온할 수 있겠는가? 엄마 뱃속에서 기어 나온 인간은 결코 칠정 육욕七情六欲으로부터 벗어날 수가 없다. 내가 동류에게 말했다.

"며칠 더 두고 보자고. 1위안 2마오는 아무래도 좀 너무 비싼 것 같으니."

정철군의 아내는 5마오 6마오에 사들였다는데, 동류더러는 1위안 2마오를 내라고 하니 그녀 속이 편할 리가 없었다. 그녀가 말했다.

"정철군 역시 당신이 끌어올렸잖아요? 그런데 어떻게 돼서 그 사람 아내한테 선수를 빼앗겼지?"

이 일로 나는 정철군에 대한 인상이 나빠졌다. 나중에 대표이사 후보는 아무래도 변상을 우선적으로 고려해야겠군.

며칠 후에 나는 회사 상장과 관련해서 베이징에 다녀왔다. 일부 수치들은 회계사무소의 이중검토가 필요하다고 해서 나는 자료를 도로 들고 돌아왔다. 회의 시간에 나는 우울한 얼굴로 상장이 부딪친 난관에 대해 중점적으로 강조를 하면서, 자료를 사람들에게 돌려보도록 했다. 몇몇의 안색에서는 별다른 점을 찾아볼 수 없었다. 그러나 나는 오늘밤 누군가는 잠을 못잘 것이라고, 며칠 후 시장상황이 뻔하게 돌아갈 것이라고 생각했다.

며칠 지나자 동류가 말했다.

"요 며칠 안태제약의 주가가 곤두박질쳐서 8마오 수준까지 떨어졌어요. 손에 들고 있던 사람들은 손을 단단히 데었겠지. 안 사길 잘했어요."

이어서 말했다.

"상장 못하게 되었다는 소문도 있어요. 신청 자료들이 모두 퇴짜 맞았데요. 도대체 어떻게 된 거예요?"

내가 말했다.

"8마오 아래로 떨어지면 사람 시켜서 좀 사들여. 집에는 반찬 값 정도만 남겨두면 충분하니까."

그녀는 마음을 놓지 못하고 끝까지 캐물으려고 했다. 내가 말했다.

"더 이상 나한테 캐물으면 내가 과오를 범하게 되는 거야."

또 서너 달이 지났다. 안태제약은 우여곡절을 겪으면서 역사가 남긴 문제점들을 안고 어쨌든 상장이 됐다. 내가 이사장을 겸임하고, 그래도 정철군을 사장 자리에 앉혔다. 그가 변상보다는 마음이 놓였다. 상장 가격은 9위안까지 올랐다. 나는 리본을 끊는 의식을 마치고 돌아왔다. 동류는 벌써 동훼를 시켜서 사들였던 4만 위안이 넘는 주식을 모두 팔아치워서 30만 위안 넘게 벌었다. 돈 번 일이 꿈만 같았다. 동류는 흥분하다 못해 나를 원망하면서 말했다.

"이게 다 당신이 나한테 사정 이야기를 안 해줘서 그래요. 나한테 겁나서 건드리지 못했던 몇 만 위안이 더 있었는데, 만약에 전부 샀더라면 지금쯤 백만장자가 되었을 텐데…."

생각해보니 정말 그랬다. 다른 사람이 평생 벌어도 못 벌 큰 돈을 나는 힘 하나 들이지 않고, 법도 범하지 않고 손에 넣은 것이다. 정말 믿을 수가 없었지만 사실이었다. 며칠 후에 안태제약 주식은 12위안도 넘었다. 이해할 수가 없었다. 친구들이 다들 나한테 내부 소식을 물어왔다. 내가 말했다.

"소형주이고 성장주이긴 하지만 웬만하면 사지 마!"

그러나 누가 생각이나 했겠는가? 단숨에 십 칠 위안까지 올라 내 친구들이 나한테 불평까지 했다. 심지어 주 비서까지 전화를 걸어 앞으로 더 오를지 물었다. 그는 처處급 간부여서 증권투자가 금지되어 있었지만, 그의 아내가 증권투자를 한다고 했다. 내가 말했다.

"제 생각을 말하라면, 더 못 오를 것 같습니다."

그러나 결국은 십 구 위안까지 올랐으니 주 비서께는 미안했다. 내 손에 있던 물건도 9위안일 때 팔아치웠는걸…. 나에게도 말로 표현할 수 없는 배 아픔이 있었다. 또 며칠 지나서 이사회에서 나의 은밀한 지시를 받아 위험신호를 발표했다. 그제야 주가가 진정되기 시작했다.

그날은 뢰자운賴子雲이 나의 사무실로 찾아왔다. 문 옆에 서서 마치 감히 못 들어오는 것 같았다. 내가 손가락질을 하며 말했다.

"할 말 있으면 들어와서 하게!"

그는 천천히 내 책상 옆으로 왔다. 내가 말했다.

"앉게나."

손가락으로 의자를 짚었다. 그는 의자 가장자리를 더듬거리면서 앉더니 다시 일어났다. 눈으로는 겁먹은 듯이 나를 바라보았다. 그의 표정에 대해 나는 매우 만족스러웠다. 속으로 일종의 말할 수 없는 편안한 느낌이 느껴졌다. 내가 어떻게 여기까지 왔는데? 나에 대한 보상이라면 뭐 당연한 거지. 최근 몇 년간 나는 사람들의 몸짓과 언어를 자주 관찰하곤 했다. 이 바닥에서의 언어는 어디보다도 풍부하고 또한 위아래의 뉘앙스가 발달해 있다고 생각했다. 다른 사람 앞에서 정신적 우세에 놓여 있는지의 여부, 그러한 우세의 정도, 그런 것들을 모두 이로부터 발견할 수 있었다.

몇 년 전 뢰자운은 매우 강직한 청년이었던 것으로 기억하는데 지금은 어쩌다가 이렇게 위축되었는지…. 현실은 강직한 사람을 두려워한 적이 없다. 사람은 정신의 힘으로만 바로 설 수가 없는 것이다. 내가 그에게 앉아서 이야기하라고 하자, 그가 말했다.

"힘들지 않습니다. 괜찮습니다."

이어서 말했다.

"지 청장님께서 연구원에 오셔서 업무를 주관하신 지도 일년이 넘었습니다. 보아하니 지 청장님은 정말로 다른 분들과 다르십니다."

"자네가 나를 그렇게 높게 평가한단 말인가?"

"저야 어디까지나 실사구시의 태도로…."

"말해보게. 무슨 일인지."

"저, 그러니까 보시기에, 저, 제가 대학원 졸업한 지도 벌써 팔 년이 되어갑니다."

그가 입을 열자마자 나는 그가 인사평가 문제로 찾아왔다는 것을 알 수 있었다. 생각해 보면 그도 정말 불쌍했다. 나 자신 또한 저렇게 견디면서 오지 않았던가. 저 친구는 지난 몇 해를 어떻게 지내 왔을지…, 비참하군! 솔직히 말하자면 그의 문제는 일찌감치 해결되었어야 했다. 어쩌다가 오늘까지 그 문제로 고생을 하는지…. 그러나 나로서도 뭐 나서서 공정하게 처리할 수 있는 상황은 아니었다. 마 청장이 뭐 이론학습이 부족하시겠나, 원칙을 모르시겠나. 다 웃기는 소리지. 원칙과 현실의 조작은 별개의 문제이다. 인간더러 이론과 원칙에서 출발할 것을 요구하는 것은 불가능하다. 과거에도 불가능했고, 오늘도 불가능하고, 영원히 불가능할 것이다. 그것 역시 인간의 문제이다. 인간이 엄마 뱃속을 뚫고 나왔다는 점, 이 사실은 수많은 절망을 확실하게 했다. 자리에 오르고 나니 나도 크고 작은 회의석상에 나가서는 구구절절 옳은 소리만 떠든다. 안 떠들 수가 없잖은가? 일도 마찬가지로 그런 식으로 처리할 수밖에 달리 어쩔 도리가 있나? 마 청장의 앙심이 왜 이리 오래가는지

나도 이해가 안 되지만, 그렇지만 나야 그의 뜻에 따라 행동할 수밖에…. 나더러 나서서 공정을 행하라고? 웃기는 소리다. 나는 그의 문제를 해결해 줄 수 없었다. 그의 문제는 마 청장의 손에 놓여 있었다. 나도 마음속으로는 그를 동정했지만, 얼굴에는 마음 굳게 먹고 공적인 표정을 띠었다. 그는 내 얼굴을 보더니 약간 실망한 듯이 쓸쓸하게 피식 웃으면서 말했다.

"지 청장님!"

이 목소리에 담긴 슬픔은 고생해본 사람만이 그 무게를 느낄 수 있다. 그러나 나는 여전히 안색 하나 바꾸지 않았다. 이럴 때 만약 표정에서 한 걸음 물러섬으로써 그로 하여금 희망을 갖게 한다면, 그것이야말로 그를 해치는 것이 되기 때문이다.

그가 말했다.

"어르신들께서 제게 지난 과오를 만회할 기회를 한 번 주실 수는 없을까요? 그해 제가 다른 사람들 뒤에서 물정 모르고 뛰어다녔던 것은 모두 옳지 못했습니다. 잘못했습니다. 틀린 것이었습니다. 황당한 일이었습니다. 죄가 있다고도 할 수 있습니다. 천번 만번 죽어야 할 죄였습니다. 하지만 형을 사는 데도 기한이 있어야 할 것 아닙니까? 무기징역까지는 아닐 것 아닙니까? 벌써 육칠 년이 지났습니다. 형기를 채우고 나올 만도 하지 않습니까?"

그가 이렇게 말하는데 나도 정말 그를 돕고 싶었다. 만약 마 청장님과 관계되는 일만 아니라면 정말이지 누워서 떡먹기일 텐데…. 그러나 지금의 나는 일반인의 사고방식으로 사고할 수가 없다. 다른 사람의 일 때문에 스스로의 앞길을 망쳐버릴 수는 없는 것 아닌가? 그는 승진을 못해 겪는 각종 고충에 대해서 이야기하면서, 그의 아내마저도 그를 만난 것을 사기당한 것처럼 생각하고 있다고 했다. 그의 고충을 나는 완전히 이해할 수 있었다. 나도 모르게 한숨이 나와 이를 숨기기 위해 얼른 옆에 있던 차를 한 모금 마시면서 한숨을 한 번 더 쉬었다.

내가 말했다.

"자네 일은 내가 어떻게 할 수가 없네. 자네도 알지? 나도 별 수 없다는 걸…."

"지 청장님을 난처하게 해드렸습니다."

"내가 난처해서 해결될 일이면 괜찮아. 이 자리에 앉는다는 것 자체가 봉사 아닌가. 군중들을 만족시킬 수만 있다면, 난처할 만하면 난처해야지. 그렇지만 내가 난처해진다고 해도 문제는 여전히 해결되지 못할 걸세."

나는 그에게 직접 마 청장님을 찾아가 보라고 건의했다. 서른이 넘은 그가 거의 울 것 같은 표정으로 가련한 표정을 짓고 나를 바라보았다. 그가 내게 말했다. 인민의원의 곽진화郭振華가 작년에 쉰여덟의 나이로 퇴직 전에 어떻게 주임의사 직함 하나 달아보기 위해 마 청장님을 찾아가서 몇 년 전에 자기가 저지른 잘못을 시인하면서 양해를 구했단다. 당시 마 청장님은 온화하고 기쁜 표정을 지으면서 배웅까지 했지만, 그러나 막상 인사평가 기간에는 인사처 사람들에게 자료를 선별해서 그 일에 연루되었던 사람들을 인사평가 대상에서 제외시키도록 했다. 이 일은 나도 일찌감치 알고 있었지만 놀란 듯이 말했다.

"그런 일이 있었어?"

그리고는 마음을 굳게 먹고 머리를 숙여 문건을 보는 척했다. 그는 자리에 서서 한참을 멍하게 있더니 아무 말도 없이 나가버렸다. 나는 한숨을 쉬고 고개를 가로저었다. 불쌍한 인간. 불쌍한 인간. 뢰자운이 오늘 이 문을 들어서기가 얼마나 어려웠을 것이며, 곽진화가 마 청장님 댁 문을 넘기는 또 얼마나 더 어려웠을까. 곽진화야 곧 정년퇴직하겠지만, 뢰자운은 남은 날이 많은데…. 내가 청장이 아닌 것이 한스러웠다. 내가 청장이라면 그에게 출로를 뚫어줄 텐데…

그 외에도 눌려 있는 사람이 수십 명에 달했다. 그들은 모두 지식인으로 그냥 그렇게 얌전하게 눌려 있으면서 누구 하나 숨 막혀 하는 사람이 없었다. 가끔 나는 그자들이 인격적 임포텐츠인 것처럼 여겨졌다. 그러나 자세히 생각해보면 그들도 참는 수밖에, 안 참으면 계란으로 바위를 치려고? 자신들조차도 뛰어들지 않는데 다른 사람이 나서서 정의를 위해 싸워줄 것을 바랄 수도 없었다. 나는 일찍이 이 일에 대해 호일병에게 이야기한 적이 있었다.

"유약진은 공자가 죽었다고 말했지만, 내가 볼 때 그 노인네는 아직 안 죽었어. 정말 죽었다면 이럴 리가 없지. 이게 다 그 노인네가 설계해 놓은 대로야. 모든 일에 질서가 중요시되고 있잖아. 공자는 죽어야 할 부분은 안 죽고, 죽지 말아야 할 부분만 죽었어. 오늘날 그 노인네를 성인으로 모시는 인간들이 안심하는 것은 바로 이 점이지."

현대도 그렇고 고대도 그랬다. 건드려서는 안 될 것을 건드렸으면 막대한 대가를 치러야 한다. 이것이 고금에 통하는 이치이다.

79. 정靜으로 동動을 제압한다

　내가 청장이 아닌 것이 한스럽다. 이 사실은 송곳이 내 관자놀이를 뚫고 계속 파고 들어와서는 날카로운 부분이 대뇌 깊은 곳 어떤 세밀한 부위에 멈추어서 그곳에 어떤 채워지기를 기다리는 공간을 만들어 놓은 것 같았다. 초조함과 갈증이 그 공백으로부터 끊임없이 쏟아져 나와 엄청나게 큰 심리적 에너지를 축적시켰다. 정말 그날이 오면 내가 하는 말들이 큰 힘을 갖게 되겠지…. 많은 일들을 할 수 있겠지…. 나는 내가 하는 말이 힘을 갖게 되는 것이야말로 인생의 가장 높은 경지라고, 생명의 정상에 서는 경험이라고 생각했다. 그리고 그 목표는 끝이 없는 것이다.
　이때 나는 권력과 돈의 묘미를 다시 한 번 깨닫게 되었다. 이 둘은, 충족된 후에는 아무런 흥미도 없어지고 목표감도 줄 수 없는 음식남녀飮食男女의 본능과는 달랐다. 목표감이 있어야만 사람은 살아있는 의의, 성취감을 느낄 수 있다. 이 황당하고 오류투성이의, 허무한 게임과 같은 인생에 있어서 목표감이야말로 일종의 진정한 의미를 부여하는 것이다. 권력과 돈에는 한도가 없다. 무한한 목표만이 무한한 매력을 갖는다. 이런 목표가 있는 사람만이 어느 한 점에 머물러서 방향을 찾지 못하는 망연함, 무료함 그리고 염증을 영원히 느끼지 않을 것이다.

"자네 위생청 업무에 대해 무슨 의견 없나?"

마 청장은 최근 몇 번이나 내게 이런 질문을 하셨다. 처음에는 별다른 느낌 없이 대답했다.

"모든 일들이 아주 순조로운 것 같습니다. 건물도 16층까지 올라갔고, 회사도 상장했고, 신경 써야 할 일들은 다 주의하고 있습니다."

그가 똑같은 질문을 다시 내게 물어왔을 때, 특히 무슨 개선할 점이 없냐는 이야기를 꺼냈을 때에야 나는 일말의 경각심이 솟았다. 혹시 나를 시험하고 있는 것인가?

내가 말했다.

"제 생각엔 지금 이대로 아주 좋은 것 같습니다. 개선이라고 하시면, 저로서는 정말로 뭘 개선해야 할지 생각이 안 떠오릅니다. 물론 성省이나 부部에서 돈을 좀 더 많이 끌어올 수 있다면 몇 가지 일을 더 벌일 수 있겠지요."

저녁에 나는 종鍾 처장에게 전화를 걸어 새해 모임 이야기를 묻다가, 그 김에 마 청장이 내게 던진 질문에 대해 이야기했다. 그가 말했다.

"나도 뭐라고 말은 못하겠고, 작년 11월 7일자〈중국 인사보中國人事報〉를 한 번 보게."

그는 여기까지만 힌트를 주었다. 하지만 그것으로 충분했다. 가賈 처장이 매우 민감하기 때문에, 내가 인사처로 가서 자료를 찾는 것보다는, 아예 성 도서관으로 가는 게 낫겠다고 생각했다. 그날 신문에는 중앙 조직부 부장과의 담화가 실려 있었는데, 그 핵심내용은 바로 간부의 청년화 속도를 가속화해야 한다는 것이었다. 내 가슴은 쿵쿵 뛰기 시작했다. 잡아야 한다! 놓치지 말아야 한다! 그렇지 않으면 이렇게 최소한 사오년은 기다려야 할 것이다.

설날에 나는 안 선생님 댁에 새해인사를 갔다가 선생님께 사정을 말씀드렸다. 선생님께 이런 결정적인 순간에 무슨 기막힌 묘수라도 있는지 물어보려는 생각에서였다. 선생님은 종이 위에 네 글자를 적으셨다. 이정제동(以靜制動: 조용히 있음으로써 움직임을 제어한다는 뜻―역자). 또 뒷면에 네 글자를 적으셨다. 양개범시(兩個凡是: 이것도 저것도 모두 옳다는 뜻―역자). 나는 이를 보고 나서 말했다.

"알겠습니다!"

나는 지금 아무 것도 하지 않고 아무 말도 하지 않는 것이 가장 좋은 방법이라는 것이었다. 나올 때 안 선생님 사모님이 말씀하셨다.

"우리 집 아아(阿雅)가 지방병원에서는 배울 것도 없고 장기적으로도 별로 안 좋을 것 같다는데, 어떻게 힘 좀 써서 인민의원으로 옮겨줄 수 없을까?"

아아의 일에 대해서는 나도 알고 있었다. 벌써 몇 년 동안 그곳에 있었던지 그녀도 더 이상 견딜 수 없어 했다. 그녀의 가장 중요한 업무는 상부에서 감사 나온 사람들과 마작을 두는 것이었다. 병원 상사들이 그녀에게 준 몇 천 위안을 게임에서 날리는 것, 그것이 그녀의 임무였다. 이것도 부패에 속하는지 안 속하는지는 구분하기 어렵지만, 적어도 뇌물 수수에는 속하지 않겠지. 적어도 마작판까지 따지고 들 수는 없겠지. 이럴 때는 지위가 높은 사람이 영원한 승자가 되는 것이다. 물론 그도 바보는 아닐 것이다. 자기가 어떻게 이겼는지는 알고 있고, 다 때가 되면 보답할 터였다. 다 이심전심(以心傳心) 게임이라고 할 수 있다. 내가 말했다.

"제가 청장도 아니고…. 제 말 한 마디로 해결될 문제가 아닙니다. 제게 조금만 시간을 더 주십시오. 반 년 안에…."

안 선생님이 말씀하셨다.

"지금부터 이 사람 난처하게 하지 말어!"

내가 말했다.

"지금은 좀 난처하지만, 아마 다음부터는 별로 난처하지도 않을 겁니다."

 마 청장님이 또 같은 질문을 내게 던졌을 때, 내가 말했다.

 "제가 보기엔 위생청의 일들은, 모두 마 청장님께서 결정하신 일들이고, 모두 면밀한 숙고를 거친 것들이잖습니까. 굳이 바꾸는 것이 오히려 더 힘들지요. 저희는 그저 마 청장님께서 분부하신 일이라면 끝까지 관철하렵니다."

 그가 말했다.

 "위생청 업무에도 개선해야 할 부분이 매우 많아. 적지 않지. 자네가 내 대신 생각 좀 해주게. 관례에 구애받지 말고."

 나는 신음하듯 말했다.

 "아무리 생각해봐도 떠오르는 것이 없습니다. 아마도 제 생각이 아직 덜 깨였나 봅니다."

 그가 말했다.

 "저 건물만 해도, 어떤 사람들은 다른 의견을 내놓지 않던가? 생각해 보면 그 사람들 말에도 일리는 있는 것 같지 않나?"

 나는 가볍게 책상을 두드리면서 말했다.

 "이전에 딴소리 했던 인간들이야 안목이 짧아서 그랬다 치고, 아직까지도 그따위 소리를 하는 인간이 있다면 무슨 다른 생각을 품고 있는 것 아닙니까?"

 그가 말했다.

 "또 다른 소문 하나가 들리던데, 자네 들어봤나? 우리 성 위생계통의 자료들이 정확하지 않다고 쑥덕거리던데…. 예를 들어 호수 지역 흡혈충 발병률 수치 같은 것들 말이야."

 나는 눈썹을 찌푸리면서 말했다.

 "그럴 리가요? 표본조사에는 저도 몇 번 참가했습니다. 물론 절대적으로 정확한 수치를 원한다면 그것도 불가능한 일이지요. 저는 그렇게 쑥덕거리는 배후에 무슨 다른 의도가 있는 게 아닌지 의심스럽습니다."

이렇게까지 말하자 그도 더 이상 아무 말 않았다. 드디어 하루는 그가 내게 말했다.

"성에서 벌써 나를 불러서 이야기를 했네.. 중앙의 정신에 따라서 예순 이상 청급 간부는 한 칼에 모두 잘라내기로 했다네. 나도 물러날 때가 되었어."

나는 깜짝 놀란 듯이 허벅지를 치면서 말했다.

"아니, 어떻게 그럴 수가 있습니까? 그럴 리가요! 요즘 중년은 예순부터 아닙니까. 경험도 풍부하고 정력적이신 마 청장님께서 지휘하시다가 사람이 바뀌면 업무에 차질이 생기지 않겠습니까?"

"내가 걱정하는 것도 바로 그 점이야."

"저희도 청장님과 협력하는 것에 익숙해져서 새 지도자가 오면 적응하기 힘들 것입니다."

감정까지 담아가면서 말했다.

"특히 저는 개인적으로 자리에 오른 이래로 계속해서 마 청장님의 부축을 받으면서 일해오지 않았습니까. 제가 걸어온 발걸음을 되돌아보면 모두 마 청장님께서 끌어주신 덕입니다. 마 청장님 절대로 저희를 떨쳐버리시면 안 됩니다! 저희 몇몇이 무슨 수를 써서 성에 위생청의 구체적인 상황이나 특수상황을 보고할까요? 업무를 인수인계할 수가 없다고…."

그가 고개를 가로저으며 말했다.

"됐네. 그저 내 뒤에 오는 사람이 큰 국면만 안정시킬 수 있다면 그걸로 족해."

내가 말했다.

"그리고 풍부한 경험을 가진 사람의 의견을 존중하는 사람이어야 합니다. 안 그러면 저희 업무부서들이 큰 혼란에 빠질 테니까요."

그는 조금 슬픈 듯이 말했다.

"새로 부임하는 사람들은 모두 옛 사람을 부정하고 새로운 사업을 벌이는 방식으로 자기를 표방하지. 한두 번 본 게 아니야."

마 청장과 접촉한 지 십 년이 넘었지만, 그가 이렇게 슬픈 표정을 짓는 것을 보기는 처음이다. 몇 번의 풍랑 속에서도 본 적이 없는 표정이었다. 세상에 마 청장도 비애悲哀와 연분이 있다니…. 생각지도 못한 일이었다.

내가 말했다.

"위생청 내에 몇몇이 마 청장님과 업무에 관한 사상이 일치해서 다행입니다. 누가 오더라도 새로 사업을 벌이거나 하지는 않겠지요? 게다가 자기가 벌이고 싶다고 다 벌일 수 있는 것도 아니고요. 저희가 있는데요."

마 청장은 한참 신음하더니 말했다.

"내가 물러나는 것은 이미 정해진 일이니 더 할 말 없고…. 성에서 나더러 사람을 하나 추천하라는데, 업무의 연속성을 유지하기 위해 자네를 천거하고 싶네."

내가 거듭 말했다.

"그게 어디 가당키나 합니까, 어찌 제가…."

마 청장님은 손가락을 까닥하면서 내 말을 끊었다.

"자네가 어디가 부족하다는 건가? 학력으로 보나, 지식으로 보나, 직위로 보나, 갖춰야 할 하드웨어는 다 갖춘 셈이지. 나이도 딱 좋을 때 아닌가. 마흔 갓 넘었지? 위생청의 전면적인 업무를 파악한 지도 벌써 이 년이나 되었고…. 물론 한 이년 더 지난 후라면 더 성숙해지긴 하겠지만, 어쩌겠나, 시간이 없는 걸…."

나는 거의 눈물을 흘릴 듯이 말했다.

"마 청장님, 정말 무슨 말을 해야 할지 모르겠습니다. 이렇게 저를 믿어주시다니…. 앞으로 무슨 일이 있더라도 마 청장님이 못다 이루신 일들을 계속 이어가겠습니다."

마 청장님이 말씀하셨다.

"물론 난 추천밖에 못하고 최후의 결정은 성에서 하는 거야. 한 걸음 더 앞으로 내딛고 싶어하는 사람이 어디 한둘이어야지. 한 걸음 더 내딛는 게 결코 간단한 일이 아니거든. 사실 십여 년 전에 자네가 처음 왔을 때부터 위생청의 간부 구성 문제를 생각했었지. 자네 싹을 알아보았거든. 그런데 혈기가 좀 왕성하더라고. 젊었잖아. 그래서 중의학회로 보내 성격 좀 죽이도록 했지. 보아하니 제대로 수련받았더군."

마 청장 앞을 물러 나와서도 마음속에 그에 대한 감사가 남아 있었다. 하지만 마 청장 같이 약은 사람조차 자기 아니면 안 되는 줄, 위생청 일이 자기가 없으면 안 되는 줄 알고 진지하게 걱정하다니…. 자기는 제갈량諸葛亮이고 다른 사람들은 바보 멍청이 아두(阿斗: 삼국시대 촉 나라 후주인 유선(劉禪, 즉 유비 아들의 아명—역자)인가? 세상에 그런 일이 어디 있어? 그 바닥에 오래 몸담고 있던 사람, 특히나 정상에 오래 있던 사람에게 정상적인 사고를 요구한다는 것 자체가 어려운 일이긴 하지. 사람은 편견을, 맹점을 갖게 마련이니 이상해 보여도 이상할 게 없다. 황당해 보여도 황당할 게 없는 것처럼.

돌아와서 이 소식을 동류에게 알리자 그녀는 기뻐서 손발을 어디에 둘지 몰라서 두 손으로 내 몸을 마구 때려댔다. 내가 말했다.

"이런 땀구멍 같이 작은 일에 이렇게 기뻐하다니, 하늘에 닿을 큰 나무 이제 겨우 싹이 돋았는데…."

나는 언젠가는 그런 날이 올 것이라고 믿었다. 그날이 오면 위생청 보기를 지금 내가 중의학회를 보듯이 할 것이다. 동류는 나를 한바탕 때리더니 내게 말했다.

"마 청장님 앞에서는 좋아하는 티 절대 내지 말아요. 기분 나빠져서 마음 바꿔 먹으면 당신은 끝이니까."

내가 말했다.

"좋아하는 티를 감히 낸다고? 내가 얼마나 슬픈데…."

그리고는 즉석에서 슬픈 표정을 지어보였다.
"이 정도면 되겠지?"

정말로 그날이 오면 다른 몇 명의 부청장들은 분명히 기분 나빠할 것이다. 비록 겉으로는 축하하겠지만, 속으로 불쾌해 할 것은 불을 보듯 뻔한 일이었다. 이 바닥에 오래 있다보니 사람을 보는 안목, 일을 보는 안목이 생겼다. 즉, 이해관계로부터 개인의 태도를 분석하는 것이 가장 믿을 만하다는 것이었다. 다른 한편으로, 우정이나 인격, 도덕으로 사람을 파악하는 것은 모두 불확실했다. 이 바닥에서의 우정이란 세심한 계산을 기초로 성립된 것이어서, 민간의 자발적인 우정 같은 것이 부족한, 일단 상대가 자리만 뜨게 되면 바로 종결되는 그런 것이었다. 이런 가치관은 수차례의 검증을 거친, 백 번 시험해 봐도 거의 틀림이 없는 것이었다. 이로 인해 나는 세계를 보다 명확하게 보게 되었고, 인성人性을 보다 낮게 평가하게 되었다.

새해가 지나자 마 청장이 이번 임기도 못 채우고 물러난다는 소문이 널리 퍼졌다. 보아하니 위생청에 상부와 정보를 통하고 있는 사람이 있는 것 같았다. 이는 나로 하여금 보이지 않는 적의 존재를 느끼게 했다. 적의를 누그러뜨리기 위해 나는 가능한 한 저자세를 취하고 살았다. 하루는 구됴 부청장이 나와 이야기를 나누다가 아주 자연스럽게 마 청장의 퇴임 이야기를 꺼냈다. 그가 이런 이야기를 감히 입에 담는 것으로 보아 확실한 정보를 들은 것 같았다. 마 청장도 얼마 안 남았던 것이다.
그가 말했다.
"위생청이 지금 일억 위안이 넘는 빚을 지고 있다는 사실을 아십니까? 그야말로 화약통이지요. 그저 아직까지는 도화선이 길어서 이번 임기 안에는 안 터지겠지만 말이에요."
그 말을 듣는 순간 그가 이번 기회를 노리고 있다는 사실을 알 수 있었다. 화약통? 누구를 겁주려는 거야 뭐야? 내가 진 빚도 아닌데 내가 무서워할 줄 아나 보지? 일억이 아니라 십억이라도 안 무섭다. 행여 은행 사람들이 우리 집으로 와서 빚 독촉 할까봐?

내가 말했다.

"생각해 보니 정말 무시무시하네요, 일억이라고요? 그렇게 큰 짐을 새로 올 한 사람이 다 떠맡아야 되는 거잖아요."

나는 구 부청장을 주요한 경쟁상대로 점찍었다. 만사를 조심해야지.

3월에 마 청장은 건강이 악화되어 병원에 입원하셨다. 입원하시기 전에 위생청 업무 회의를 열어서 내가 위생청의 일상 업무를 주관할 것을 제안하셨다. 이렇게 해서 계승자로서의 나의 입지가 두드러지게 되었다. 이는 내게 일종의 시험으로 까딱 잘못했다가는 언제라도 배가 뒤집혀질 수 있다. 비록 마 청장님이 몸은 병원 침대에 누워 있지만 나의 일거수일투족이 다 마 청장님의 손바닥 안에 있었기 때문이다. 나는 이정제동以靜制動, 양개범시兩個凡是의 원칙을 따라 마치 위생청 내에 크게 손댈 일이 없는 것처럼, 긴급 업무를 처리하는 것 외에는 아무 일도 하지 않았다.

하루는 마당 밖에서 벌써 십팔 층까지 올린 고층빌딩의 구조를 보고 있으니, 이렇게 훌륭한 건물 일층에다 위생청 역사진열관을 꾸미다니, 정말이지 너무나 아깝다는 생각이 들었다. 이런 생각이 강해질수록 나는 마 청장이 이 문제에 대해 민감한 정도를 새삼 깨닫게 되었다. 그도 이 점을 모를 리가 없었다. 마 청장에게는 누가 며칠에 한 번씩 병원에 들러 문안을 드리는가는 본질적인 문제가 아니었다. 그가 가장 걱정하는 것은 자기의 계승자가 당신이 정한 방침에 따라 일할 것인가, 당신이 이렇게 오랜 세월 해온 일들을 긍정할 것인가이다. 곧 자리에서 물러날 사람에게 이보다 더 큰 바람이 뭐 있겠는가? 특히 마 청장, 그의 역사의식은 또 얼마나 강한가!

이치대로라면, 이 바닥에 몸담은 사람이라면 모두 다 알 것이다. 그가 자리에 있는 동안엔 모든 것이 갖춰지지만, 그가 자리를 뜨는 순간 모든 것이 사라진다는 사실을…. 뒤에 올 사람이 자신의 공적을 역사의 기억 속에 새겨주기를 기대할 수 있을까? 오늘날에는 지식인조차 그런 꿈을 안 꾸는데 관계에 몸을 담고 있는 사람이 그런 희망을 품어? 그러나 인간이 자신에 대해 갖는 편견은 언제나 그의 지혜를 왜곡시키게 마련이다. 자신을 유일한 예외로 생각하는 것이다.

사무실로 돌아와서 기초건설처의 역易처장을 전화로 불러서 최대한 빨리 일이층의 벽면을 쌓아올리라고 지시했다. 물론 나도 언젠가는 거리를 향한 쪽 벽은 다시 깨부숴야 할 것이라는 점을 알고 있었지만, 그러나 지금은 마 청장을 안심시키기 위해서는 그렇게 쌓아올릴 수밖에 없었다. 몇 십만 위안을 낭비하는 한이 있더라도 별 수 없었다. 나는 정상인의 사고방식으로 문제를 사고할 수 없다. "정치 퍼스트"라고 하지 않더냐!

그가 말했다.

"순서대로라면 지붕을 얹고 그 다음에 벽을 바르는 것이 순서입니다. 게다가 일층에 자재를 쌓아두어서 벽을 바르는 경우 운송이 불편해집니다."

"서두르게!"

이어서 말했다.

"통로만 하나 남겨 두든가…."

계속해서 설명을 하려는 그에게 나는 더 이상 말이 필요 없다는 식의 손짓을 했다. 그 역시 이해할 수 없는 지시를 집행하는 데에 익숙한 모양인지 입을 다물었다.

79. 정으로 동을 제압한다

# 80. 위생청장이 되다

　마 청장님께서 지금 가장 신경을 쓰시는 것은 당신의 거취 문제였다. 이제 예순, 그의 말대로라면 쉰아홉의 나이인데, 지금부터 여생이나 편안히 보내시라고 하는 것은 그에게 죽으라고 하는 거나 마찬가지였다.
　이년 전에 시市 제 3의원의 주임 의사는 퇴직한 후에 곧장 신경이 허물어져 하루 종일 집에서 "왜 나더러 봉사하지 말라는 거야?"하고 중얼거렸지만 식구들도 별로 신경을 쓰지 않았다고 한다. 그런데 지난겨울 어느 날 오후 그가 강물에 뛰어들어 스스로 목숨을 끊을 줄이야…. 여기까지 생각이 미치자 나는 마 청장이 심각하게 걱정되었다. 깊은 산속에서 맘껏 뛰어다니던 호랑이를 갑자기 작은 우리 안에 가두는 격이니 기분이 어떻겠는가? 지난 몇 년 마 청장님은 나를 손수 끌어올려 주셨다. 심지어 그분이 나를 업고 여기까지 오셨다고 해도 과언이 아니다. 그래서 나는 양심상으로도 정말로 걱정이 되었다.
　그렇지만 마 청장이 정말로 어떤 자리에 앉게 되는 경우, 예를 들어 성省 인민대표대회의 상무위원이나 혹은 위생청의 고문 등의 자리에 앉게 돼서 위생청의 행정에 계속 영향을 미칠 수 있게 된다면, 그것이야말로 내가 가장 걱정하는 바였다. 위생청 안에서 그의 뿌리는 매우 깊어서, 그가 형식적인 자리에라도 앉아서 무슨 소리라도 낸다면, 누군가는 그에 영합할 것이 분명했다. 만약 청장 후보가 내가 아니라면 나도 별 수 없지만, 내가 후보인 이상 무슨 수를 써서라도 이런 상황이 발생하는 것을 막아야 했다.

하루는 마 청장이 나를 불러 말했다.
"요 며칠 성에서 아마 자네를 불러 이야기할 걸세. 위생청의 업무에 대해 전반적인 파악을 준비해 두게."
나는 몸을 앞으로 숙이면서 말했다.
"그것이 상부의 뜻이라면, 정말로 그렇게 확고하다면, 저희도 어쩔 수 없지요. 마음속으로는 모두들 마 청장님 아래에서 일하기를 원하고 있습니다만…"
마 청장이 가볍게 웃는 모습이, 그 말을 별로 믿는 것 같지 않았다. 나도 더 이상 아무 말 않았다. 그가 말했다.
"내가 올해 아직 예순도 안 되고 기운도 웬만한데, 앞으로 무슨 일을 하면 좋겠나?"
그는 손짓을 하면서 말했다.
"낚시?"
나는 얼른 말했다.
"만약 기회가 주어진다면 제가 상부에 말씀드려 위생청에 고문 내지는 자문위원과 같은 자리를 하나 만들어달라고 하겠습니다. 위생청은 아무래도 마 청장님께서 안 계시면 곤란합니다."
그는 고개를 가로저으면서 말했다.
"일인자였다가 물러나서 고문으로 앉은 사람은 거의 없지."
내가 말했다.
"위생청에는 위생청의 특수한 상황이 있잖습니까. 기회가 주어지면 말씀드려 보겠습니다."
이어서 말했다.

"그리고 인민대표대회도 있지 않습니까? 상부에 제안하겠습니다. 최소한 정치협상위원 자리라도…."

그가 말했다.

"정협政協은 별 재미없어."

이렇게 되자 나는 그의 목표가 인민대표대회에 자리 하나 차지하는 것임을 알아차릴 수 있었다.

내가 말했다.

"말이 나왔으니 말이지만, 인민대표대회에도 위생계통 출신이 하나는 있어야지요. 전 성 인민의 건강에 관련된 문제인데, 인민대표대회에도 우리의 목소리가 전해져야 하지 않겠습니까?"

그가 말했다.

"자네 그 생각은 내 생각과 비슷하군. 성省 사람들과 얘기하게 되거든 자네 생각을 한 번 보고해 주게."

내가 얼른 말했다.

"보고라니요? 우리 성 위생계통을 대표해서 요구사항으로 제시해야지요. 강력한 요구사항으로…."

그는 가볍게 고개를 끄덕였다.

그 주제는 이렇게 마무리되었다. 이어서 그는 어떻게 성省 사람들을 대해야 하는지, 대략 어떤 내용을 준비해야 하는지를 알려주었다. 나는 펜을 꺼내 받아 적었다.

말을 마치고 방을 나가려고 일어나서 문 옆에 갔을 때, 마 청장이 뒤에서 말했다.

"지 군, 이리 와 보게."

나는 그의 앞으로 가서 멈추어 섰다. 그는 나더러 앉으라는 소리도 않고 고개를 숙인 채 아무 말도 없이 두 손만 천천히 비벼댔다. 한참 후에야 앉으라고 의자를 가리켜서 나도 자리에 앉았다.

그가 말했다.

"새가 죽으려 할 때는 그 울음소리가 슬프고, 사람이 떠나려 할 때는 그 하는 말이 선하다(鳥之將去, 其聲也哀, 人之將去, 其言也善)고 했네. 우리 오늘 이야기 좀 하세. 앞으로 이럴 기회가 또 있을지 없을지도 모르는 일이니…."

내가 얼른 말했다.

"앞으로의 업무도 마 청장님의 지도 없이는 힘듭니다."

그는 약간 슬픈 듯이 웃으면서 가부를 말하지 않았다. 잠시 머뭇거리더니 그가 말했다.

"다른 사람에겐 이런 말을 할 수 없겠지만, 자네한테니까…."

그가 말을 멈추었다. 내가 얼른 이어받아서 말했다.

"어찌 되었든 저를 여기까지 끌어주신 것은 마 청장님이십니다!"

그가 말했다.

"바로 그렇기 때문에 쓸데없는 말인 줄 알지만 내가 좀 해야겠네. 내가 관직에 있은 게 벌써 수십 년일세. 그 동안 뭔가 얻은 교훈이라도 있다면, 그 첫 번째는 바로 환상을 품지 말라는 걸세. 누구에게든, 어떤 일에든, 환상을 품어서는 안 된다는 것이지. 언제든 환상을 품는 것은 곧 착오임이 증명되지."

이 말을 듣는 순간 나의 가슴이 철렁했다. 설마 나를 암시하는 것은 아니겠지? 내 생각을 다 알고 있단 말인가? 나는 아무 변명도 않았다. 괜한 토를 달았다간 도리어 마각을 드러내게 될 것 같았다. 나는 표정이나 목소리 하나 변하지 않고 말했다.

"명심하겠습니다."

마치 그가 말하는 것은 다른 사람이고 나는 예외라는 듯이. 그는 한참을 더 이야기하고 나서 말을 마쳤다. 내가 말했다.

"명심하겠습니다."

그는 가벼운 목소리로 말했다.

"가 보게."

나는 갑자기 그가 약간 불쌍하게 느껴져서 무슨 말이라도 찾아 충정을 토로함으로써 그의 마음이 놓이게 하려고 했다. 그는 마치 이런 나의 마음을 꿰뚫어보기라도 한 듯이 말했다.

"그만 가 보게. 가 봐!"

나는 자리를 떴다.

사실 마 청장도 예순다섯까지 기다려서 물러나도 되는 일이었다. 중의연구원으로 가서 당신의 연구를 하거나 석사, 박사생들을 맡을 수도 있었다. 그러나 당신이 그것을 원치 않았다. 나는 그를 이해할 수 있었다. 너무나 이해가 갔다. 마 청장은 그 자리에 오래 앉아 있으면서 이미 고착되어 바꾸기 힘든 체험방식이 형성되어 있었다. 다른 사람들이 비위를 맞춰줘야 직성이 풀리고, 자기가 한 말은 그대로 이루어져야 직성이 풀렸으나, 그것은 보통 연구원들이 따라줄 수 있는 경지가 아니었다. 그래서 그가 무슨 일이 있어도 이 자리를 떠나고 싶어하지 않았던 것이다. 이 자리를 떠나면 그의 세계는 그대로 무너져 내릴 것이었다. 게다가 연구원으로 돌아가면 다른 사람들과는 어떻게 어울릴 수 있겠는가. 주위 사람들이 그의 비위를 특별히 맞춰주려고 할 리가 있겠는가, 이젠 청장도 아닌데…. 그렇게 한다면 그게 오히려 희극적이고 서로 어색할 것이다. 만약 다른 사람들이 그의 비위를 맞춰주지 않으면 수십 년에 걸쳐 형성된 그의 기세가 하루아침에 누그러질까? 그에게 있어서는 비위를 맞춰주지 않는 것 자체가 그에 대한 모욕일 터였다. 만약 인민대표대회에 들어가지 못하고 권력이 손에서 빠져나가 버리면 그는 세태의 염량炎凉을 맛봐야 한다. 이 세상이 누구는 누구라는 이유로 예외로 생각해 주지는 않을 것이다.

마 청장의 그런 생각에 대해 나는 어느 정도 반감을 갖고 있었다. 자기를 너무 과대평가하고 있고, 청장 자리에 그렇게 오래 앉아 있었으면서 물러나면서까지 뭔가를 잡으려고 하다니….

그러나 인간은 자기에 대해서는 편견을 갖게 마련이고, 자기를 완전히 떨쳐버릴 수는 없는 것이다. 자기 자신은 인간의 본성人性이 초월하기 어려운 극한이다. 아무리 자기는 안 그렇다고 공언하고 또 아무리 도량이 넓은 체하는 사람이라도 마찬가지다. 생각해 보라! 누가 자기를 버릴 수 있겠는지. 이렇게 바꿀 수 없는 사고思考의 정해진 틀을 가진 인간들이 공공권력을 손에 잡고 있다는 것을 한번 생각해 보라! 정말이지 깊이 생각해볼 엄두가 안 난다. 고금을 통틀어 얼마나 많은 위인들이 일신의 욕망을 위해 피를 흘렸던가. 역사를 한 마디 말로 표현한다면, "한 장수가 공을 이루기 위해 수 만 명 병졸들이 비참하게 죽어 갔다"(一將功成萬骨枯)는 것이다. 그에 비하면 마 청장의 작은 소망은 아무 것도 아니다.

과연 며칠 지나지 않아 나는 성 위원회에 불려가서 면담을 했다. 이층으로 올라갈 때까지만 해도 제법 자신에 차서 다리 근육을 뒤로 힘껏 뻗어 앞으로 내뻗는 다리에서는 일종의 탄력까지 느껴질 정도였다. 그러나 3층의 조직부에 도착해서 부장실 간판을 보자 다리가 후들거리기 시작했다. 젊은 여자 아이가 나를 맞으면서 장 부장님이 곧 오실 테니 잠시 기다리라면서 문을 닫고 나갔다. 거기에 앉아서 기다리는 몇 분 동안 혹시 무슨 문제라도 지적당하지 않을까봐 마음이 영 불안했다. 작년에 동류가 주식을 사 모았던 일을 지적당하면? 아니면 삼년 전의 그 스캔들을 지적당하면? 나는 불안한 마음을 감추기 위해서 신문을 들고 읽기 시작했다.

그때 장 부장이 종 처장을 데리고 들어왔다. 나는 얼른 일어나서 두 다리를 모으고 어깨는 뒤로 젖히면서 똑바로 선 자세를 취했다. 손에는 여전히 신문을 든 채였다. 장 부장은 눈을 가늘게 뜨고 웃으면서 말했다.

"대위 동지가 왔군, 앉게!"

원래는 엄숙한 표정을 준비했었는데 장 부장의 스스럼없는 태도에 나도 그만 입을 벌리고 헤 웃어버렸다. 자리에 앉아서 마음속으로 자아비평을 시작했다. 역시 큰물에서 놀아본 적이 없어서 이런 실수를 다 하는군…. 앞으로 위생청은 어떻게 장악하려고…. 적당한 풍도風度를 보여주어야 할 것 아냐! 나는 얼른 지금의 분위기에 맞는 표정으로 조정했다. 어떤 자세를 취하느냐는 완전히 나와 상대방의 관계에 의해 결정된다는 사실을 새삼 깨달았다. 내가 정철군을 대하는 것처럼 장 부장을 대할 수 있겠어?

장 부장이 단도직입적으로 나왔기 때문에 대화는 금방 마무리되었다. 종 처장은 옆에서 아무 말도 없이 앉아 있으면서 조역으로서의 배역을 하고 있었다. 대화가 이렇게 간단하고 순조롭게 진행될 줄은 생각도 못했었다. 아니나 다를까, 마지막으로 그가 물었다.

"마 청장의 향후 거취에 대해서 무슨 할 말 있나?"

내가 말했다.

"그거야 성에서 결정할 일로서 제게는 발언권이 없습니다. 성에서 전체적으로 고려해주실 것으로 믿습니다. 솔직하게 말씀드려서 업무상 간섭을 받는 일은 없었으면 좋겠습니다. 마 청장님께서 워낙 오랫동안 위생청에 계셨기 때문에 여전히 상당한 영향력을 갖고 계십니다. 사람들, 심지어 저조차도 마 청장님 말씀에 따르는 것이 몸에 배었습니다. 제가 개혁을 추진하기 위해서는 성省의 지지가 필요합니다."

장 부장은 고개를 끄덕이면서 아무 말도 않았다. 사실은 무슨 개혁을 추진할 것인지 물으면 첫째, 둘째, 셋째 해가면서 대답할 준비도 해왔는데, 장 부장이 아무 것도 묻지 않아서 좀 아쉽긴 했지만 그냥 가만히 있었다. 그가 내게 무슨 요구사항이 있냐고 물었다. 나는 두 가지를 들었다. 첫째, 만약 결정되면 최대한 빨리 발표해 줄 것. 둘째, 발표하는 자리에 문 부성장께서 참석해 주실 것, 두 가지였다.

장 부장이 말했다.

"자네의 요구사항에 대해서는 조직 차원에서 고려할 걸세. 문 부성장님께서는 한 달 동안의 스케줄이 모두 짜여져 있어서, 가능하면 반 나절이라도 시간을 내어달라고 부탁은 해보겠네. 내가 성 정부 사무청에 연락을 해보지."

나는 발표가 늦어질까봐 매우 걱정이 되었다. 발표가 나지 않은 상태에서는 변수들이 존재하고, 또 누가 갑자기 목숨 걸고 뛰어들지도 모르는 일이었다. 발표가 나야 모두들 마음을 놓을 텐데…. 그리고 문 부성장이 참석 못하실까봐 걱정이 되었다. 그렇게 되면 아무래도 나의 청장 취임에 무게가 덜 실리게 될 것이다.

종 처장이 나를 배웅하러 내려왔다. 그런데 일층까지 내려와서도 작별하려는 태도가 아니었다. 나는 서 기사더러 차를 성 위원회 입구에 대고 기다리라고 했다. 그제야 종 처장은 심각한 표정을 걷고 입을 벌리고 웃으면서 말했다.

"지 형, 축하해! 지 형이 전 성에서 가장 젊은 청장급 간부야!"

"조직의 가르침과 신임에 감사드립니다."

"바로 제일 젊기 때문에 처음 이야기가 나왔을 때는 반대 의견도 있었어. 그러나 우리 처處에서 단호하게 대처했지. 지식화나 청년화를 구호로만 외쳐서야 되겠느냐, 그리고 위생청에서 박사 학위 소지자에 국가 프로젝트를 두 번씩이나 완성한 사람이 또 몇 사람이나 있느냐고 하면서…. 그래서 몇 명의 후보 가운데 지 형을 밀었던 거야."

방금 내가 조직, 운운한 것은 너무 추상적이었다는 생각이 번뜩 들었다. 지금 무슨 연단 위에서 말하는 것도 아닌데….

"마음으로 알고 있습니다. 제가 걸음마를 시작한 게 언제부터입니까. 요 몇 년간 형들의 도움이 없었다면 불가능한 일이었지요. 특히 종 처장님 쪽 부처의 도움을 많이 받았습니다. 이전의 진도가 청 안에서 나

아간 것이라면, 요 몇 년의 진도는 모두 여러분 덕입니다. 여러분이 안 계셨다면 장 부장님이며 문 부성장님이 위생청에 지대위란 인간이 있는지 없는지 아시기나 하셨겠습니까?"

그가 말했다.

"중요한 것은 그래도 자네 자신의 노력 아니겠나. 박사학위도 따고, 자리도 만들고, 업무경력도 탄탄한 것이…. 만약 이런 탄탄한 지표들이 없었다면 판세를 장악할 수가 없었어. 다시 말해서, 자네 인간관계도 좋고, 누구 하나 맞서려는 인간도 없었기 때문이지. 그러나 자네 나이가 너무 젊기 때문에 만약 누가 나서서 온갖 술수를 다 부렸더라면 힘들 뻔했어. 고생 한참 더 해야 했을 거야."

입구에 도착해서 나는 그와 악수를 하면서 말했다.

"말씀 안 해도 다 알고 있습니다."

그의 손을 굳게 잡고 있는 힘을 다해 흔들어댔다. 이럴 때 바디 랭귀지는 입으로 표현하는 감사의 말보다 훨씬 더 무게가 있고 그리고 난감해지는 것도 면할 수 있다.

내가 말했다.

"저희 같이 아래에서 일하는 사람들은 전적으로 윗분들의 후원만 믿습니다. 안 그랬다간 익명 편지 몇 통에 그만이지요. 그런 일은 발생하기 마련입니다. 몇 년 전에 청장 보좌역을 맡을 때에 누구였는지 제 스캔들까지 꾸며냈습니다."

그가 웃으면서 말했다.

"다른 과오야 내 아무 말 않겠네. 인간이란 과오를 범하기 마련 아닌가? 그러나 경제 문제에서 과오를 범하면 누구도 지켜줄 수 없어."

나는 가슴을 치면서 말했다.

"다른 과오는 제가 범할지 몰라도 경제 문제에 대해서는 절대로 마음 놓으십시오. 제가 그쪽으로 마음을 쏟았더라면 옛날에 백만장자가 되었을 겁니다."

그리고 빌딩입찰 건에 대해 말했다. 그가 하하 웃으면서 말했다.

"대단하군, 대단해!"

내가 말했다.

"제가 장 부장님께 건의했던 두 가지, 제 대신 한 번 부탁 좀 해주십시오."

한 손으로 따른 쪽 주먹을 감싸 쥐고 굽실하면서 말했다.

"그리고 언제 시간나면 주 비서님도 불러서, 제가 한 턱 낼 테니, 고향 사람들 한번 모여서 자리를 갖도록 하지요. 휴대폰 꺼놓고 화끈하게 놀아봅시다. 내년 설까지 기다리기엔 너무 길지 않습니까."

돌아오는 길에 나는 마 청장님께 이 일을 어떻게 말씀드려야 할지를 생각했다. 원래는 피 튀는 전투가 한 번 일어날 것으로 예상했었는데, 이렇게 무사평안하게 해결될 줄이야…. 마 청장이 한 편으로 손을 써준 덕에 아무도 뛰쳐나와 내게 맞서지 않은 덕이었다. 마 청장께 고마울수록 마 청장께 더욱 미안했고, 앞으로의 사업에서 마 청장의 견제를 받게 될까봐 점점 더 걱정이 되었다. 마 청장이 내가 대신 해줬으면 하고 바라던 말들을 나는 거꾸로 말해버렸다. 정말 별수 없는 일이다. 내게는 인성의 한계를 초월할 만한 능력이 없다.

나는 마 청장 자신이 단호하게 누구에게도 환상을 품어서는 안 된다고 말한 것이 신기했다. 그런데 왜 나한테는 환상을 품지? 나라고 은혜 갚는답시고 있으나 마나한 꼭두각시 청장으로 남아 있을 수는 없는 노릇 아닌가?

누군들 자기를 버릴 수 있겠는가? 분명히, 마 청장이 안 계셨더라면 오늘의 나도 없을 것이다. 만약 당년에 마 청장이 나를 중의학회에서 구제해 주지 않았다면, 내가 박사과정을 밟도록 뒷바라지 해주지 않았다면, 내 팔자는 뭐 하나 이룬 것 없이 끝장났을 것이다. 이 나이에도 늙은 평사무원으로 있으면서 자기는 무슨 일이 있어도 강직한 인격의 소

유자이고 명리名利에 흔들리지 않으며, 천하제일의 인내심을 가진, 고금을 통틀어서 둘도 없는, 눈을 밟아도 흔적이 남지 않을 성자라고 믿으며 살아가고 있겠지. 방귀 뀌는 소리! 글로 한 번 써보는 것은 몰라도 자기가 그렇게 살려면 그 느낌이 어떠할까?

누가 자기를 버릴 수 있다고? 자기를 버리라고 선동하던 대인大人 선생들마저도 자신을 버리지 못하고 결국에는 가장 중요하고 가장 정확하고 가장 건드리기 힘든 꼬리를 노출시키고 말았던 것이다. 사람들은 이로부터, 그들의 선동은 일종의 자신을 높이기 위한 방식에 지나지 않았다는 것을 분명하게 깨닫는다. 지난 몇 해 동안 나는 많은 사람을 보아왔고, 결과적으로 고결한 척하는 어른들 또한 인성의 한계를 초월할 만한 진정한 능력은 없다는 것을 발견했다.

세상에 좋은 물건들은 스스로 있는 힘을 다해 덤벼들지 않는 한 얻을 수가 없다. 죽을 때까지 얻을 수가 없다. 죽은 다음에는 더더욱 얻을 수가 없고, 아무도 보상해주지 않을 것이다. 무슨 아름다운 이름을 후세에 길이 알리고 싶어 하는 시대가 아니다. 네가 성인이냐? 은자냐? 군자냐? 뭐, 마음을 고요한 물처럼 하여 냉정한 눈으로 세계를 본다고? 편안하게 들어앉아서 웃으면서 고금을 얘기한다고? 호랑이 담배 피우던 시절 얘기 하고 있네!

사람이 자기 자신을 속일 수는 없다. 정말이지 마 청장님께는 너무나 감사를 드린다. 하지만 바로 그 때문에 내가 그의 그늘 아래에서 일할 수는 없는 것이다. 나도 벌리고 싶은 사업이 있는데, 자칫 잘못하면 시체처럼 자리에 앉아서 월급만 받아먹는 일이 생길지도 모른다.

나는 대화 내용을 마 청장님께 보고드렸다. 그저 마지막 부분만 조금 고쳤을 뿐이다. 나는 그 자리에서 마 청장님께 퇴임 직후에 해외 고찰을 다녀오시라고, 그 김에 로스앤젤레스에서 박사과정을 밟고 있는 아들도 보고 오시라고 건의했다.

열흘 후에 문 부성장과 장 부장이 위생청에 와서 중급 간부회의를 소집하고 나를 위생청 청장직에 임시로 임명한다고 발표했다. 정식 임명은 다음 달에 열리는 성 인민대표대회를 통과할 때까지 기다려야 했다. 문 부성장께선 나에 관해서는 간단히 몇 마디만 언급하고, 대부분 마 청장의 업적을 치하하는 내용이었다. 마 청장은 매우 평온한 모습으로 자리에 앉아 있었다. 윗사람이 나의 업적을 치하해 주는 때가 바로 내가 자리에서 물러나야 할 때인 것이다. 이것 역시 게임의 규칙이다. 그래서 아무도 그런 때가 오는 것을 바라지 않았지만, 그러나 어쨌든 물러나야 한다면, 그래도 치하 받는 것이 치하 받지 못하는 것보다는 낫다.

 81. 특수한 일은 특수하게 처리해야

    마 청장은 몇 번씩이나 로스앤젤레스에서 전화를 걸어서 위생청의 상황을 묻고, 또 다른 소식이 없냐고 물었다. 그 "다른 소식"이란 다름 아니라 그의 거취 문제를 말하는 것이었다. 나는 이미 종鍾 처장에게서 정보를 입수하고 있었다. 성 차원에서 그에게 무슨 다른 자리를 마련해 주거나 하는 일은 없을 것이라고 했다. 그래서 나도 마음 놓고 수족을 펴고 일에 착수할 수 있었다. 그러나 이 말을 내가 전할 수는 없었다. 세상에는 나쁜 소식 전하는 것을 좋아할 사람은 아무도 없다. 나도 별 수 없이 대답하며 말했다.
  "아직은 별 소식 없습니다. 위생청에서 한 번 추진해 볼까요?"
  그가 말했다.
  "기회 있으면 자네가 알아서 해주게."
    만약 다른 사람이었으면 이런 말이야 아예 마음에 두지도 않았을 것이다. 누가 당신을 위해 그런 일을 추진할 의무라도 있어? 그러나 상대는 마 청장님이다. 내게는 심리적인 부담이 컸다. 그가 또 전화를 걸어 왔을 때 나는 긴장도 되었고 그에게 빚을 지고 있는 듯했다. 아니, 실제로도 나는 그에게 진 빚이 있다. 그러나 전화 오는 숫자가 늘어나면서 나도 점점 불편해졌다. 도대체 누가 청장이야? 자리를 떠나면 정치에서도 손을 떼야 한다는 게임의 규칙을 그도 분명히 알고 있을 텐데… 이 것은 그가 아직도 나를 자기의 아랫사람으로 여기고 있다는 것을 의미했다. 이전에야 모두들 그렇게 되고 싶어서 안달을 했지만, 지금까지 그가 그런 낡은 사고방식으로 사물을 본다면 그건 좀 꼴불견이지…. 나는 그를 잘 알고 있었다. 무슨 소식만 들리면 얼른 비행기 타고 돌아오고 싶어서 그걸 못 참고 계속 전화를 거는 것이다. 그는 내가 생각했던 것처럼 그렇게 신비하거나 그렇게 강하지도 않다는 생각이 들었다. 신비감과 강건함은 권력이 그에게 부여한 것이었다.

마 청장에게는 위생청의 업무가 기본적으로 예전과 다름없다고 말했지만, 사실 나는 이미 몇 가지 조치를 취해 놓고 있는 상태였다. 우선적으로는 장부정리였다. 마 청장은 퇴직하기 열흘 정도 전에 전체 위생청 회의에서 위생청의 부채가 삼천만 위안 정도라고 보고했다. 그러나 내 계산에 따르면, 위생청의 부채는 일억 위안에 달했다. 마 청장이 가자마자 나는 성 회계청에 보고하여 위생청에 사람을 파견해서 재무조사를 해달라고 신청했다. 이런 멍청한 장부를 물려받을 수는 없는 일이고, 지금 바로잡아 놓지 않으면 나중에 이것이 다 내 이름으로 기록된다면, 내가 무슨 일을 할 수 있겠는가?

조사 결과는 경악할 만했다. 위생청의 부채가 자그마치 일억 삼천만 위안에 달했던 것이다. 나는 기가 막혀서 현기증이 다 났다. 이렇게 엄청난 구멍을 뚫어놓고 나더러 메우라고? 나는 얼른 성 정부 사무청에 보고했다. 그런데 오히려 태연하게 대꾸하는 그들을 보고 나도 조금은 마음이 놓였다. 마 청장 체면도 있고 해서 이 숫자를 내가 전 위생청 대회에서 언급할 수는 없는 노릇이었다. 그렇지만 위생청 업무회의 석상에서는 언급해버렸다. 이렇게 되면 자연히 퍼져나갈 것이고, 그것으로 족했다. 이 일로 나는 원하던 바를 하나 이루었다. 하지만 생각해 보니, 이 일로 마 청장님 얼굴에 먹칠한 셈이 되었다. 나는 마 청장님께 죄송

한 마음이 들었다. 죄송합니다!

그런데 보아하니 그는 나를 완전히 신임해서 다른 사람을 통해 정보를 얻으려 하지도 않는 듯했다. 전화에서도 이 일에 대해 언급하지 않았다. 다음부터 마 청장님을 뵐 면목이 없다고 생각하니 마음이 무거워졌다. 그렇지만 정말로 어쩔 수가 없는 일이다.

이런 면목 없는 국면은 사실 일찌감치 객관적인 정세에 포함되어 있었다. 그저 시간이 흐르면서 전개된 것에 불과했다. 나뿐만 아니라 누구든지 이 자리에 앉은 이상 이런 상황을 맞이하게 된다. 다른 점이라면, 다른 사람들은 양심의 가책조차 안 느낀다는 것 정도이다. 그러나 내가 어떻게 생각하건 간에 피할 수 없는 일이었다. 하루는 인사처의 가買 처장이 청장실로 찾아와서 말했다.

"지 청장님! 말씀 여쭤볼 일이 하나 있습니다."

내가 말했다.

"말해 보세요."

그는 자리에 앉지 않고 여전히 선 채로 말했다.

"그게 이런 일입니다. 그러니까…"

그는 눈으로 뭔가를 살피는 모양으로 나를 바라보았다. 나는 그제야 그가 내가 앉으라고 말하기를 기다리고 있음을 알아차렸다. 내가 손짓을 하자 그제야 그는 조심스럽게 내 앞에 앉았다. 사실 그가 할 말이 있으면 자리에 앉아서 하는 것은 굳이 말로 할 필요도 없는 일이었지만, 그의 기다림 속에서 나는 신분의 무게를 느낄 수 있었다.

몇 년 전에 그가 나를 중의학회에서 불러 대화를 나누던 상황은 이미 잘 기억나지 않지만, 당시 나는 아마 계속 선 채로였을 것이다. 만약 그때 그가 나더러 자리에 앉으라고 했다면 그도 제법 괜찮은 인간이겠지만, 아쉽게도 기억이 나지 않는다. 사람은 그때나 지금이나 우리 두 사람이지만, 정세가 역전되었을 뿐이다. 이런 신비한 힘을 갖고 있는 것은 바로 권력이다. 권력이 자원의 분배를 좌우한다. 누가 감히 자기는 그 분배에서 보살핌을 받을 필요가 없다고 이야기할 수 있겠는가? 보살핌을 받고 안 받고는 하늘과 땅 차이인데!

가 처장이 말했다.

"다름이 아니라, 몇 해 전에 서소화舒少華가 이끌었던 그 무리들 있잖습니까. 올해에는 상황이 변해서인지 모두들 벌떼처럼 일어나서 인사이동을 신청하고 있습니다. 어떻게 하는 것이 좋을까요?"

내가 말했다.

"몇 명이나 됩니까?"

그가 말했다.

"퇴직한 사람들과 전근 간 사람들을 빼고 나면 한 서른 명 정도 됩니다. 그 중에서 다시 외국어 시험 본 지 이년의 유효기간이 지나서 금년에 신청할 자격이 없는 열 명까지 빼고 나면 대략 스무 명 정도 됩니다."

내가 말했다.

"이번에 자리 난 것 다 해봐야 그 정도밖에 안 될 텐데?"

그가 얼른 말했다.

"그렇습니다, 그래요, 그러면 저희도 혹시…. 어떻습니까?"

그의 뜻은 아주 명백했다. 계속해서 그들을 억눌러 두고 싶은 것이었다. 물론 가 처장이야 그들의 억울한 상황과는 아무런 상관도 없지만, 그러나 장시간 마 청장의 뜻에 따라 일을 처리해왔는데 이제 와서 그것이 잘못된 일이었다고 인정하기엔 내키지 않는 것이다. 인간이란 참으로 무서운 존재가 아닌가? 자기의 눈곱만한 이익, 혹은 심지어 체면 때문에 다른 사람이 막대한 희생을 치르는 것도, 몇 십 명이 희생당하는 것도 마다하지 않는다.

양심에 따르라고? 세상이 양심에 따라 움직이기를 희망하겠지만, 사실 그것도 무서운 일이다. 양심 따위를 무시한들 또한 어떠랴! 양심대로? 양심대로 한다는 말 자체가 비양심적인 소리다. 내 경험에 따르면, 양심이란 소수 사람이 관련된 소수 상황에서만 효과를 거둘 수 있다. 왕년에 그 흡혈충병 예방조사를 나갔을 때만 해도 그 많은 인간들이 양심에 따라 행동하던가? 이 수십 명의 사람들이 마수장으로 인해 육칠년 간 눌려 있을 때, 누구 하나 양심에 따라 박차고 일어나서 바른 소리 한 마디 하던가? 양심이란 너무나도 미덥지 못한 미지수未知數다. 양심에 따른다고 말하는 것들은 하나같이 유치할 뿐 아니라 심지어 사기詐欺에 가깝다. 그리고 사람이 양심에 따라 행동하지 않을 때는 양심이 문제가 될 수 있다는 것조차 의식하지 못한다. 개인의 욕망과 감정의 흐름은 양심을 저 깊은 곳에 층층이 덮어 감추어버린다.

나는 한 번 떠보기 위해 물어보았다.

"가 처장은 이 문제에 대해 무슨 다른 생각이라도 있습니까?"

그 역시 나를 떠보려는 듯이 말한다.

"저야 물론 위생청의 결정에 따라야지요. 마 청장님께서 분부하시기를, 기본적으로는 기존의 방침에 따르라고 하셨는데, 지 청장님도 그런 말씀이십니까?"

보아하니 그는 퇴임 전에 마 청장을 찾아가서 나의 내막까지 살펴놓은 듯했다. 내가 말했다.

"정책대로 합시다!"

그가 말했다.

"맞습니다, 옳으신 말씀이십니다."

그는 분명 나의 뜻을 알아듣지 못하고 제 편한대로 정책을 기존 방침이라고 이해한 듯했다. 그래서 나는 말투를 바꾸어 이야기했다.

"무조건 정책대로 합시다!"

그가 그제야 알아차리고 말했다.

"그러니까 지 청장님의 말씀은… 무슨 정책을 두고 하신 말씀이신지…."

내가 말했다.

"가 처장의 생각은요?"

그는 어찌할 줄 모르겠다는 듯이 웃으면서 나를 보았다. 내가 말했다.

"당의 정책과 국가의 정책을 빼고 또 무슨 정책이 있습니까?"

그는 그제야 완전히 이해했다는 듯, 머리로 마늘이라도 빻듯이 고개를 끄덕이면서 말했다.

"맞습니다, 맞습니다. 당, 국가, 당…"

이어서 말했다.

"그런데 사람이 이렇게 많으니, 몇 번에 나누어서 해결해야 하지 않겠습니까?"

내가 말했다.

"양심에 손을 대고 생각해 보십시오! 그 사람들이 몇 년을 눌려 있었는지…. 그 동안 사는 게 사는 것 같았겠습니까? 다들 먹물 든 사람들이라 어디 가서 농사를 지을 수가 있나, 대장장이 일을 할 수가 있나, 백정일을 할 수 있는 것도 아니고, 그렇다고 얼굴에 철판 깔고 도둑질을 할 수도 없는 노릇이니, 그들한테 직급은 목숨과도 같습니다. 직급 문제가 해결되지 않으면 거처도 없고, 월급도 없고, 심지어 찾아오는 환자마저 없을 판인데, 집에서나 사회에서나 무슨 낯으로 사람노릇 하겠습니까?"

말을 하다보니 나도 흥분해서 한 마디 말할 때마다 오른 손이 칼이라도 되는 마냥 책상을 베듯 내리쳤다. 한 번 내리칠 때마다 그도 고개를 끄덕거렸다. 내가 말했다.

"그 사람들의 자료를 모두 인사평가대상에 포함시키세요. 자리 숫자는 제가 방법을 생각해보겠습니다."

그가 말했다.

"안 그래도 옛날부터 이 문제를 매듭짓고 싶었습니다. 그렇지만 어디 제 말이 먹혀야지요. 별수 없더군요. 양심대로라면 누군들 그렇게 하고 싶지 않겠습니까?"

계속 변명하려는 그에게 내가 말했다.
"알겠습니다. 알겠습니다."
그는 어쩔 수 없이 자리를 떴다.

그가 자리를 뜨자마자 퇴휴직자 관리반의 채蔡 군이 들어왔다. 멀찍이 자리에 선 채로 내게 말했다.
"지 청장님께 보고드릴 상황이 있습니다."
나는 그가 어떻게 나오는지 보기 위해 일부러 그에게 앉으라는 말을 하지 않고 가만히 있었다. 그는 그런 것이 문제가 된다는 사실을 전혀 의식하지 못한 채 서서 이야기를 시작했다.
"몇몇이 지하에서 움직이고 있습니다. 올해 인사이동 결과를 봐서, 마 청장님이 돌아오시면 마 청장님을 고소하겠답니다. 무슨 근거로 자기네를 그렇게 오랫동안 눌러 두었는지 근거를 대보라고 하겠다는 말이지요."
그에게 어떤 사람들이 관여하고 있는지 물었다. 그가 말했다.
"서소화가 배후에서 움직이는 조직입니다. 그렇지만 본인은 해당 사항이 없어서 곽진화郭振華를 공격수로 내세우고 있습니다."
그러더니 이어서 이름들을 줄줄이 대기 시작했다.
채 군, 이 녀석이 나는 영 맘에 들지 않았다. 어느 해였든가, 함께 만산홍 농장에 갔을 때 내게 남긴 인상이 별로 좋지 않았다. 그러나 그가 여기까지 와서 상황보고를 해주었다는 점에 대해서 나는 그를 격려해 주어야 할 필요가 있었다. 그렇지 않으면 '다음'이 없을 테니 말이다. 나는 부드럽게 웃으면서 말했다.
"앉아서 말하게."
그가 말했다.
"하루 종일 앉아 있었더니 지겹습니다. 서 있는 것이 더 좋습니다."
내가 말했다.

"자네가 제공해준 정보는 매우 중요한 걸세. 앞으로도 무슨 상황이 있으면 즉시 전화로 보고해 주게."

그는 고개를 끄덕이더니 자리를 떴다.

내가 자리에 오르자마자 파란이 일어난다면 상부에는 무슨 면목으로 대한단 말인가? 나 개인과 관련된 일은 아니지만 그 책임은 내게 있다. 오후에 다른 세 명의 부청장을 소집해서 회합을 갖고 상황을 보고했다.

구립원丘立原이 말했다.

"그 인간들이 무슨 동작을 취할 것이라고는 일찌감치 들어 알고 있었지만, 정말 이렇게 맘먹고 덤빌 줄이야."

일찌감치 들어서 알고 있었다면서 나한테는 귀띔도 안 했다고? 아주 날 잡아먹으려고 작정을 했나 보군. 이렇게 생각하면 채 군과 같은 인간이야말로 없어서는 안 되는 인간이다. 그가 아니었다면 불이 눈썹에 붙고 나서야 불이 난 것을 알았을 것이다. 풍기락馮其樂이 말했다.

"성에다 알려야 할까요?"

내가 말했다.

"이런 일로 북 치고 장구 치고 할 것까지야…. 만약 인사청에서 자리만 몇 개 더 늘려주면 마땅히 앉혀야 할 사람 앉히고, 그리고 개별적으로 작업 좀 하고. 그러고 나서 위생청이 잠잠해질 수 있을지 어디 두고 보십시다. 일만 크게 시끄럽지 않으면 성에서 간여할 리도 없고. 서소화가 여러 해 동안 참고 참았던 것도 기다렸다가 일을 크게 터뜨리고 싶어서였을 것입니다. 그렇지만 우리의 방침은 안정과 단결을 도모하자는 것입니다."

풍기락이 말했다.

"제가 인사청의 고顧 청장과는 관계가 괜찮으니, 제가 가서 한번 알아보겠습니다."

그리고 이어서 말했다.

81. 특수한 일은 특수하게 처리해야

"두 명 정도는 어떻게 해 볼 수 있을 것 같습니다."

풍기락은 나보다 예닐곱 살 위였는데, 내가 청장 자리에 앉은 것에 대해 딱히 원망하는 빛은 전혀 보이지 않았다. 주동적으로 종군하겠다고 나서는 것만 보아도 그러했다. 내가 말했다.

"누가 또 몇 자리를 따오겠습니까?"

나는 구립원을 바라보았다. 그도 어쩔 수 없이 말했다.

"그럼 저도 두 명을 책임지겠습니다."

나는 성 위원회 조직부의 장 부장에게 전화를 걸어서 상황을 이야기했다. 도와주는 셈 치고 인사청에 말 좀 해달라는 부탁에 그도 승낙했다. 이어서 경耿 원장에게 전화를 걸어서 곽진화의 상황에 대해 물어보았다. 그가 말했다.

"벌써 퇴직 수속 끝냈습니다. 얘기도 다 끝냈습니다."

"언제요?"

"지난 달로 만 육십 세였습니다. 정책에 따라 자동퇴직입니다."

"이 일은 특수한 상황이니 특수하게 처리합시다. 곽진화의 퇴직을 일 년 미룹시다. 급여 문제도, 퇴휴직 처리를 취소합시다. 위생청에서 필요로 하는 사람입니다."

그가 무슨 말을 더 하려고 했지만, 내 쪽에서 전화를 끊어버렸다.

일은 마 청장이 보고 뒤는 내가 닦는 격이었다. 말할 수 없는 씁쓸함을 느꼈다. 이틀 후에 내가 차를 운전해서 곽진화네 집으로 갔다. 그의 아내가 철문을 사이에 둔 채로 물었다.

"누굴 찾으세요?"

"곽 선생님 계십니까?"

"누구신데요?"

"저의 성姓은 지池 입니다."

그녀가 안쪽을 향해 외쳤다.

"여보, 지 씨 성을 가진 사람이 당신을 찾아요!"

곽진화는 문으로 뛰어나오면서 믿을 수 없다는 듯이 말했다.

"지 씨라면, 지 청장?"

얼른 문을 열고는 고개를 힘껏 흔들어가면서 말했다.

"아이고, 아이고, 저희 집 사람이 청장님을 몰라보고, 몰라보고…"

나는 가볍게 웃으면서 말했다.

"사모님께서 경각심이 대단하십니다. 경찰국에서 일하신 것 아닙니까?"

그가 웃으면서 말했다.

"어제 텔레비전에서 사람 찾는다면서 쳐들어가서 사람 죽이고 물건 빼앗아 가는 걸 보았거든요. 그걸 보고 간이 콩알 만해져서는…"

나는 소파 위에 앉으면서 말했다.

"경 원장님과 의논할 일이 좀 있어서 찾아왔다가, 가는 길에 한번 뵈러 왔습니다."

그의 부인이 말했다.

"아이고, 아이고, 지 청장님! 지 청장님께서 저희를 보러 오셨다고요?"

나는 이런저런 얘기들을 조금 나누다가 말을 꺼냈다.

"방금 경 원장님한테 들었습니다. 곧 정년퇴임 하신다면서요?"

그가 말했다.

"벌써 이야기 끝냈습니다. 규정대로 하기로 했으니 얘기 끝난 거나 마찬가지지요."

내가 말했다.

"방금 경 원장과도 이야기했습니다만, 피부과 업무 인수인계에 문제가 있어서, 경 위원장님은 곽 선생님이 일년 더 머물러주셨으면 좋겠다고 하시더군요. 그러면서 곽 선생님한테 거절당할까봐 걱정하기에, 제가 곽 선생님과 잘 아는 사이라고 자청해서 이렇게 찾아왔습니다. 그 어느 해인지 우리 집 일파가 데어서 다쳤을 때 선생님이 봐주지 않으셨습니까?"

그는 반신반의하듯이 말했다.

"경 원장님이 그런 말씀을 하셨다고요?"

"그분 말씀이나 제 말이나 그게 그거지요. 곽 선생님, 제 체면 좀 봐주십시오. 일년만 더 머물러 계시면서 아랫사람들 좀 키워주시면 안 되겠습니까?"

그는 계속 못 믿겠다는 듯이 말했다.

"지 청장님, 청장님께서, 청장님께서 그렇게까지 저를 좋게 평가해주시다니…."

"제 집사람도 집에서 하고한 날 곽 선생님, 곽 선생님 노래를 부르는 걸요. 곽 선생님, 사람도 좋고 솜씨도 뛰어나고, 우리 아들 몸에 상처 하나 안 남았다면서요…. 사실 어느 정도 후유증에 대해서는 이미 마음의 준비를 하고 있었는데 말입니다."

그는 감동한 듯이 말했다.

"지 청장님께서 남으라고 하시는데, 저도 그럼 일년 더 힘쓰겠습니다."

"그럼, 그렇게 하도록 합시다. 말 바꾸기 없습니다."

그의 아내가 말했다.

"지 청장님께서 우리 집 양반을 너무 봐주시는 건 아니신지…."

"경 원장님이 방금 말씀하시기를, 특수한 상황이 생겨서 이번 인사평가가 아직 끝나지 않았다고 하더군요. 금년에 신청하셨습니까? 아직 신청 안 하셨으면 얼른 신청 자료들을 준비하시지요. 며칠 후면 늦습니다."

곽 선생 내외는 모두 놀라 할 말을 잊었다. 한참 후에야 말했다.

"아직도 신청할 수 있습니까?"

"그럼요. 제가 신청할 수 있다는데 누가 안 된답니까?"

곽진화가 허벅지를 내리치면서 말했다.

"이렇게 구름 걷히고 해 뜰 날 올 줄 누가 알았겠습니까? 91년부터 95년까지 외국어 시험을 세 번 내리 통과하고 주임 의사 되어보려고 신청한 것이 벌써 육년입니다! 이 일로 내 머리가 다 세고, 그나마 반이나 빠져서 지금 이렇게 가발 쓰고 다닙니다, 지 청장님."

그가 한 손으로 가발을 밀치자 정말로 백발만 둥그렇게 한 줌 남은 머리가 드러났다. 그가 대머리를 치면서 말했다.

"이걸 보세요. 지난 몇 년간, 산다는 게 정말이지 사람으로 사는 게 아니었습니다."

그는 또 힘껏 머리를 쳐댔다.

"아, 하하하, 아, 아아아!"

그가 돌연 웃기 시작했다. 웃다가 웃다가 목소리가 변하더니 입이 한쪽으로 일그러지고 얼굴도 주름이 잡힐 정도로 찌그러지며 눈에서는 눈물이 흘러나왔다. 그의 부인도 울음을 터뜨리며 말했다.

"저희의 고충을 털어놓으려면 삼일 밤낮을 이야기해도 끝이 안 날겁니다. 지 청장님! 막 부임한 젊은이들까지 이 양반을 업신여기더랍니다. 이 나이에 숙직, 당직 다 시키고요. 숙직이야 뭐 어렵겠습니까만, 그 말투 하며…. 우리 이 양반 인사문제로 억울한 일 당하고 몇 번이나 눈물을 흘렸는지 모릅니다. 저도 이이를 따라 얼마나 울었는지…. 마수장 그 인간, 독불장군에 되지 못한 수작이나 부리고. 자기가 뭐라도 되는 양, 그 기가 막힌 고집에 하늘 무서운 줄 모르는 방자함이라니…."

그때 곽진화가 그녀를 힘껏 찔러 입을 다물게 했다. 누가 뭐래도 나는 마 청장이 끌어준 사람인데 그분을 너무 욕되게 하는 것은 나를 욕되게 하는 것과 마찬가지였다.

곽진화가 머리를 들어 말했다.

"지 청장님께서 제게 기회를 주신다지만, 제가 오늘이 올 줄, 구름 걷히고 해 뜰 날 올 줄 생각이나 했겠습니까? 위에서 저를 기억해주실 줄 생각이나 했겠습니까? 그래서 사실은 외국어 시험 보아둔 것이 없습니다. 이년 전에 본 것은 벌써 유효기간이 지나 못쓰게 되었고요."

나는 차 테이블을 내리치면서 말했다.

"특수 상황은 특수하게 처리합니다. 제가 어떻게든 돕도록 해보겠습니다."

그는 두 손으로 내 손을 잡으면서 두 무릎을 굽히면서 말했다.

"그렇게만 된다면 정말 그 은혜를 어떻게 갚아야 할지…."

내가 말했다.

"갚기는요. 저 지대위가 하는 것도 아닌데요. 정 갚으시려면 제 업무를 지지해주시는 것, 그게 바로 보답 아니겠습니까?"

그가 얼른 말했다.

"물론 지지합니다. 무슨 일이 있어도 지지하고 말고요. 워낙은 말입니다. 물러날 때도 되었고, 승진도 물 건너가고 해서 말입니다. 한 번 너 죽고 나 죽기로 덤벼보려고 했었습니다. 그렇지만 지 청장님께서 가만히 있으라고 하시면 전 지 청장님 말만 듣겠습니다."

내가 말했다.

"곽 선생님도 연세가 있으신데 너무 열 내시는 것도 건강에 안 좋습니다. 먼저 평온하게 몸부터 보양하시는 것이 최우선의 도리 아닙니까? 큰 도리부터 따지고 나서 작은 도리를 따지셔야죠."

문을 나서면서 나는 이런 사람들이야말로 정말 대하기 쉽다고 생각했다. 원칙 없는 인간들…. 자기 자신이 원칙인 인간들….

그 외의 몇몇 사람들에게도 전화를 걸어서 사무실로 오게 했다. 나는 까놓고 이야기했다.

"여러분, 여러 해 동안 묶여 계시느라 고생 많으셨습니다. 위생청에서 여러분의 상황은 특수한 상황으로 간주하고 특별 처리하겠습니다. 즉, 위에서 티오(T.O)가 내려오는 대로 조건에 부합하는 사람부터 하나씩 올리도록 하겠습니다. 그러나 무슨 시끄러운 일이 발생하면 성에서도 불쾌하게 생각하고 티오를 안 내려 보낼지도 모릅니다. 그렇게 되면 위생청으로서도 방법이 없습니다."

누군가가 말했다.

"벌써 몇 년을 눌려 있었는데 그건 그냥 덮어두자는 말씀입니까? 무슨 해명이라도 있어야 하는 것 아닙니까?"

내가 말했다.

"올해 여러분이 인사평가 대상으로 포함된 것 자체가 바로 해명입니다. 문화혁명 당시 우파들이 당한 설움은 여러분들보다 더하면 더했지 덜하지는 않았어요. 훗날 그 우파 딱지를 떼어준 것, 그것이 바로 해명입니다. 그 사람들이 누구를 고소라도 했던가요? 그리고 솔직히 말해서 마 청장님처럼 이미 일선에서 물러나신 어른을 조사하고 재판할 수 있는 사람이 얼마나 되겠습니까? 승소하기도 절대 쉽지 않고, 여러분도 피를 좀 봐야 할 겁니다."

나는 한바탕 언쟁을 벌일 준비를 하고 있었는데, 웬걸, 말 몇 마디에 그들은 평정되었다. 나는 또 한번 스스로도 이해할 수 없는 어떤 신비한 역량을 느낄 수 있었다. 옛 어른들은 "머리 좋은 인간들은 반기를 들어 봐야 삼년 가도 성공 못한다"(秀才造反, 三年不成)고 했지만, 정말이지 먹물들을 너무 높이 평가한 말이다. 삼년이라니…, 칠팔년 가도 성공 못한다!

82. 마 청장의 귀국

가賈 처장이 인사처에 몸담은 지가 어언 십여 년. 자기가 이전에 하던 일은 어떻게든 유지하려 했으므로 부리기가 영 쉽지 않았다. 그를 난처하게 만들고 싶진 않았지만, 그러나 이 바닥에 몸을 담은 이상 별 수 있는가? 나는 다른 몇몇 부청장과 상의해서 그를 적십자회로 보낼 준비를 했다. 내가 말했다.

"가역비賈亦飛 그 사람이 한 자리에 너무 오래 있다보니 생각하는 것이 매너리즘에 빠져서 개혁의 대세가 요구하는 게 뭔지를 영 파악하지 못해요."

그들도 즉각 동의했다. 가 처장은 이 소식을 듣자 마치 자기 부모상이라도 당한 듯이 슬퍼하면서 나를 찾아와 말했다.

"지 청장님, 제가 무슨 잘못이라도 했습니까?"

내가 말했다.

"조직에서의 정상적인 수평이동 인사 아닙니까?"

인사처에 오래 몸담았던 그인지라 '조직에서'라는 말이 무슨 뜻인지 즉각 알아차렸다. 그가 말했다.

"사실 지 청장님이 어느 방향을 가리키시면 저도 그냥 그쪽으로 가려고 했던 것이지, 다른 생각은 추호도 없었습니다."

내가 또 한 차례 설명을 했는데도 그는 끝내 물고 늘어졌다. 나도 단호하게 말했다.

"위생청 차원에서 이런 결정을 내린 것은 간부를 보호하기 위해서입니다. 가 처장을 고소하겠다고 벼르는 인간들이 있다는 사실을 알기나 하십니까? 자리를 옮기면 화산 분화구에 앉아 있는 것은 면할 수 있을 겁니다."

그는 고통스러워 목이라도 맬 것처럼 이야기했다.

"저는 여태껏 그저 위생청의 지시만을 따라 집행했을 뿐입니다. 시키는 대로 집행 안 할 수 있습니까? 저는 그저 나사못 하나에 불과합니다. 조직에서 박아 놓은 자리에서 죽어라고 조이고 있는 수밖에 없었습니다."

내가 말했다.

"지금은 적십자회에 박혀 있으면서 죽어라고 조이시면 됩니다. 열심히 해주십시오."

말하면서 편 오른손을 한 번 옆으로 휘저으면서 다섯 손가락을 차례로 구부려 주먹을 쥔 채 공중에서 잠시 멈추었다. 이것은 내가 디자인한 "더 이상 말이 필요 없다"는 뜻을 나타내는 동작이었다. 그는 금방 알아듣고 다른 말을 하지 않았다.

청장이 되고나서 나는 점점 더 바디 랭귀지에 어떤 신비한 힘이 들어 있다는 것을 알게 되었다. 위생청의 크고 작은 회의에서 오직 나 혼자만이 이런 손짓을 하면서 이야기할 수 있지 다른 사람들은 제 자리에 얌전히 손을 내려놓고 있어야 했다. 이것 또한 게임의 규칙으로 절대로 위반해서는 안 되는 것이었다. 내가 자리에 없을 때만 다른 부 청장들도 그렇게 손짓을 해가면서 이야기를 할 수 있었다. 내가 몰래 몰래 관찰한 바로는 구립원이 제스처가 유난히 자연스럽고 세련되었다. 그러나 그런 그도, 아무리 한참 말하던 중이라도 내가 나타나면 손짓을 즉각 멈추었다. 아랫사람들이 이러한 세세한 점까지 알아차렸는지는 알 수 없다.

마 청장이 미국에서 돌아왔다. 내가 예상한 대로였다. 미국에 있으면 와서 보고 올리는 사람이 있나, 누가 신처럼 모셔주기를 하나, 그가 그걸 무슨 수로 견디겠어? 그래도 돌아왔다는 소식을 듣자 나는 좀 아쉬웠다. 한 반년에서 팔 개월만 더 있다 오면 좋을 텐데…. 채 군에게 상해로 마 청장을 마중 나가라고 시키자, 그가 난처해하면서 말했다.

"위생청에서 가라고 하시는데 제가 무슨 말을 하겠습니까. 그런데 마 청장님께는 어떻게 말씀드려야 할지…. 사실 내심으론 여전히 그 어른이 어렵습니다."

내가 말했다.

"자네는 마 청장 내외를 오시는 길 편안하도록 모시기만 하면 그만이야. 다른 일들이야 묻지 않으면 자네도 가만히 있고, 만약 물으면 그땐 사실대로 말씀드려. 특히 법정으로 갈 뻔했던 일을 수습한 것에 대해서는 사실대로 말씀드리라고."

마 청장이 도착하던 그날, 나는 공항으로 차 두 대로 마중 나갔다. 내가 직접 나서서 처리해야지 달리 방법이 없었다. 속으로야 나도 마 청장님께 잘해드리고 싶은 마음 굴뚝같았다. 마 청장 일행이 게이트에서 나오자마자 내가 달려가 마 청장 손에 들려 있던 가방을 받아들었다. 정소괴가 얼른 달려와 그 가방을 내 손에서 채어갔다. 내가 또 사모님의 가방을 받아들자 이번에는 서 기사가 그것을 채어갔다. 마 청장의 얼굴이 어두운 것으로 보아 채 군이 벌써 회계 문제와 인사이동 문제에 대해서 말씀드린 듯했다. 나는 마 청장님께 여행이 어떠하셨느냐고 물었지만, 그는 들은 체 만 체했다. 만약 일년 전이었다면, 나는 날카로운 칼끝이 정수리를 겨누고 있는 것과 같은 공포를 느꼈겠지만, 뭐 지금이야 마음이 가뿐하고 심지어 그가 내 앞에서 저런 표정을 짓는다는 것 자체가 우습다고 생각됐다. "진정한 사나이는 왕년의 용맹을 자랑하지 않는다"(好漢不提當年勇)는 옛 어른들의 말씀이 뼛속 깊이 느껴졌다. 시간이 이렇게 흘렀는데 왕년의 일만 생각하다니. 오늘의 적막함과 오늘의 분함을 참고 삭힐 줄 알아야 그것이 진정한 사나이 아니겠는가! 진정한 사나이 되기가 어디 쉬운 일인가?

이튿날 나는 재정처 사람을 시켜서 마 청장님 댁으로 가서 재무상황을 보고드리도록 했다. 내가 할 수 있는 일이란 고작 이 정도였다. 마 청장과 이런 식으로 대면하고 나니, 그의 어두운 안색을 바라보고 나니, 오히려 마음의 부담이 덜어지는 듯했다. 사람이 자리에 오른 이상 일을 좀 하고 싶은 것은 당연한 일인데, 사사로운 인정에 얽매여서야 무슨 일을 할 수 있겠어? 이 바닥에 몸을 담은 이상 다른 선택의 여지가 없다. 누가 뭐라고 해도 나는 산골 출신이고, 누가 뭐라고 해도 그 수많은 해 동안 온갖 고생 다 해온, 누가 뭐라고 해도 나는 지영창(池永昶)의 아들인 것이다!

나는 좋은 관리가 되고 싶고, 좋은 일을 하고 싶었다. 이 자리에 오르기가 얼마나 어려운 일인가. 일단 올라온 이상 무슨 일이든 해야 했다. 스스로에게 증명이 필요했다. 물론 이런 딱하기 짝이 없는 증명이 세상에 대해 무슨 의미가 있겠는가마는, 그러나 누가 뭐라고 해도 나는 뭔가를 하고 싶고, 이것이 바로 문제의 핵심이다. 나는 나 자신과 다른 관리들의 가장 큰 차이점이라면 조금이나마 평민의식이 있다는 것, 서민들의 입장에서 문제를 생각하기를 원한다는 것이라고 생각한다. 곽진화의 무리들을 풀어주자 오랜 세월 묵었던 체증이 내려가는 듯했고, 위생청 내의 윗사람 아랫사람들의 칭송도 자자했다.

이어서 해야 할 일은 화원현 등 몇 개 현의 흡혈충 발병률의 정확한 조사였다. 우선은 내 손에서 이루어졌던 일도 아닌데 나중에 언젠가 제대로 조사하게 될 경우 내가 그 책임을 덮어쓸 수는 없다는 생각에서였다. 그리고 한편으로는 그 무력한 농민들로 하여금 보다 많은 도움을 받게 하고 싶었다. 이것 또한 오랜 세월 가슴에 맺혀 있던 소망으로, 이 일을 해결하려면 어쩔 수 없이 한 번 더 마 청장의 가슴에 칼을 꽂아야 했다.

곧바로 이 일에 착수하려고 결정했지만, 그러나 이래저래 생각해야 할 일이 많았다. 위생부 차원이나 성省 차원에서 별다른 계획도 없는 상태에서 내가 개별 행동으로 현실 수치를 얻어낼 경우, 성省에서도 좋아하리라는 보장이 없었다. 아마도 내가 지나치게 정치 업적을 추구한다거나, 전임자를 깔아뭉갬으로써 스스로를 높이려 한다는 인상을 남길 수도 있었다. 세심하게 생각해 본 결과, 나는 아래로부터 착수하기로 했다.

나의 계획은 화원현 장항향의 농민들로 하여금 독자투고 형식으로 상황을 이슈화시킨다는 것이었다. 먼저 그걸 위생청의 〈군중위생보群衆衛生報〉에 싣고, 그것을 또 무슨 수를 써서라도 북경의 〈중국건강보中國健康報〉에 싣게 한다는 것이었다. 그런 식으로 분위기를 몰아가서, 그 보도를 근거로 중앙부서에 보고를 올린 다음 허소만에게 부탁해서 무슨 특별 프로젝트라도 하나 따내면, 그렇게 되면 성省에서도 딱히 할 말이 없을 테고, 마 청장도 나를 원망할 수 없을 터였다.

이 일을 위해서 먼저 믿을 만한 사람을 찾아 화원현으로 보내 농민들로 하여금 편지를 쓰게 해야 했다. 잠시 생각을 해보았다. 채 군은 아무래도 마음을 놓을 수가 없고, 위생청의 명단을 들척이다 보니 서무실의 공龔 군이 쓸 만할 것 같았다. 공 군은 채 군보다 이년 늦게 들어왔지만 사람이 아주 착실했다.

며칠 전에 그가 수박을 두 개 안고 밖에서 들어오다가 쩔쩔 매는 것을 보고 내가 건너가 하나를 받아서 땅에 내려놓으며 그에게 잠시 쉬라고 했던 적이 있었다. 그때 내가 어째서 비닐봉지에 넣어서 하나씩 들고 오지 않느냐고 물었더니, 그가 말했다.

"비닐봉지야 덜 쓸 수 있으면 한 장이라도 덜 쓰는 것이 좋지요. 모두들 환경보호, 환경보호, 하지 않습니까."

요즘 세상에 아직도 이렇게 진지한 사람이 있다니, 이상할 정도였다. 환경보호, 환경보호…, 나 역시 하고한 날 입에 달고 살지만 한 번도 이런 소소한 부분까지 생각해 본 적은 없었다.

나는 공 군에게 전화를 걸어 사무실로 오라고 했다. 그는 들어서자마자 지 청장님, 하면서 건너편 의자에 털썩 앉는 것이었다. 나는 속으로 은근히 불쾌함을 느끼면서도 한편으로는 저 인간은 비교적 정상적인 인격을 갖추고 있구나 하는 생각이 들었다. 허지만 그래도 불쾌함을 떨쳐버릴 수는 없었다. 정상적 인격을 가진 사람은 지위의 고하에 별로 신경을 쓰지도, 그에 상응하는 자세를 취하지도 않아서 늘 사람으로 하여금 불편함을 느끼게 만든다. 공 군이 나를 건드렸으니 망정이지, 만약 다른 사람이었으면 아마 자기가 게임에서 쫓겨난 줄도 모르고 게임은 끝났을 것이다. 울려고 해도 울 이유조차 모를 것이다.

이 바닥에서 등급은 사람들의 경계를 분명하게 그어주며, 모든 사소한 곳에서도 그 고하高下가 반영되기 마련이다. 나는 이런 게 다 한심한 일인 줄 알고 있었지만, 그러나 한심한 이런 일에도 다 나름의 이유가 있는 것이다. 천하의 일은 대부분 다 그렇지 않을까? 생활의 변증법은 일찍이 사람들에게 자기가 하고 싶지 않은 일도 어쩔 수 없이 해야 할 이유들을 장치해 놓았다. 한 개인이 이 변증법으로부터 도망갈 수 없는 것은 손오공이 석가여래의 손바닥을 벗어날 수 없는 것과 같다.

나는 공 군에게 칠년 전 화원현에 흡혈충 방역 조사를 나갔던 일부터 시작해서 최근의 나의 계획까지 이야기했다. 그는 내가 왜 이렇게 일을 빙빙 돌려서 처리하려는지 이해하지 못했다. 내가 오른손바닥을 휘저으며 다섯 개 손가락을 차례로 구부려 주먹을 쥐어보였을 때도 그는 이 신호를 이해하지 못했다. 심지어 나더러 직접적인 조치를 취하라고 건의하기까지 했다.

내가 말했다.

"전임 지도자들의 기분을 고려해서일세."

그제야 그도 아무 말 하지 않았다. 그는 나의 짧은 편지를 들고 흡혈충 방역반의 소 주임을 만나러 화원현으로 갔다.

한 달 후에 독자 투고란에 기사가 실렸다. 공 군의 보고에 따르면, 그 투고 편지는 공 군 자신이 초를 잡은 것이지만, 말한 내용은 모두가 사실이고 조금도 과장되지 않았다고 했다. 인구가 백 명 남짓한 상만촌上灣村에만 마흔 명이 넘는 환자가 있고, 그 중 아홉 명은 배가 부풀어 올랐다고 했다. 이는 소 주임이 나를 위해서 찾아준 대표적인 사례였다. 나는 흡혈충 방역반의 강 주임을 불렀다. 그가 들어오다 말고 움츠러든 채 문가에 서 있었다. 내가 말했다.

"강 주임, 이 신문 봤어요?"

"보았습니다."

"이 투고를 보고 내가 얼마나 마음이 안 좋던지, 서민들 생활이 이게 뭡니까!"

그는 어쩔 줄 몰라 하면서 말했다.

"지 청장님도 아시지 않습니까…."

내가 말했다.

"나도 장항향에 가봤지요. 어떻게 모를 수가 있겠소? 실제 상황은 이보다 더 비참하지요. 위생부에 보고해서 특별기금을 받도록 해야겠어요. 그럼 가서 초안을 작성하세요."

그도 계속 고개를 끄덕이더니 나갔다.

사실은 이 독자투고 편지를 받고 편집장이 우선 강 주임에게 보여주었었다. 그도 자기 얼굴에 먹칠하는 결과가 나올까봐 걱정이 되어서 어떻게든 빼돌려보려고 했지만, 그러나 내가 화원현의 소 주임이 전화를 해서 이러이러한 편지를 보냈다고 하던데 어찌된 일이냐고 묻자, 어쩔 수 없이 편집장에게 되돌려주었던 것이다. 윗사람들이 모두 그와 같이 냉담하면 서민들의 고충은 끝도 없어질 것이다. 세계가 양심대로 움직이기를 바라더라도 그게 어디 뜻대로 되겠는가? 또 반달이 지나자 투고는 북경의 신문에까지 전재轉載되었고, 나는 강 주임이 쓴 보고서와 두 종류의 신문을 속달로 위생부에 부쳤다.

두 달 후 샘플조사 결과가 나왔다. 화원현과 풍원현을 비롯한 몇 개 현의 발병률은 삼 퍼센트 대가 아니라 육 퍼센트 대로 나타났다. 나는 조사결과를 성省과 위생부에 보고했고, 위생부에서는 즉시 이백만 위안의 기금을 지원해주었다. 성에서도 이백만 위안을 몇 개 현에 지정용도로 쓰도록 보조해주었다. 그렇지만 그 돈이 백 퍼센트 환자들에게만 쓰인다고는 아무도 보장할 수 없다. 나는 여덟 개의 의료대를 조직해서 그 몇 개 현으로 내려갔다. 내가 직접 의료대를 이끌고 반달 가까이 현장에서 뛰어다녔고, 네 개의 현을 돌아다녔다. 다시 장항향에 갔을 때는 그곳에서 사흘간 머물면서 수십 명을 진료해 주었다. 완전히 문제를 해결할 수는 없었지만 어쨌든 조금이나마 좋아졌겠지. 이렇게 해서 수년간 마음에 묵혀 있던 체증이 좀 내려앉는 것 같았다.

그날 이후로 마 청장은 다시는 위생청에 나타나지 않았다. 그 어른이 나를 어떻게 생각할지 알고 있었다. 사람 잘못 봤다고 생각하겠지. 그러나 내가 아니라 누구라도 다른 선택의 여지가 없었을 것이다. 세상살이란 누구에게나 마찬가지인 법! 그때서야 나는 마 청장이 왜 직원 단지에 살지 않는지 그 이유를 깨달았다. 선견지명이 있었다니까. 사실 그는 일찌감치 세태의 염량炎凉에 대해 이미 마음의 준비를 했던 것이다. 시施청장처럼 본인의 연약하고 무력한 모습을 매일같이 자기 부하들 앞에 보이는 것은 결코 그의 스타일이 아니었다.

 ## 83. 부동산이 굴러야 돈도 구른다

   빌딩이 올라가면서 아무도 위생청의 역사진열관에 관한 얘기를 꺼내지 않았다. 마 청장이 직접 쓴 금수대하錦繡大廈와 위생청 역사진열관이란 휘호도 사무실 서랍에 넣어둔 채로 사람들에게서 잊혀진 것 같았다. 삼백 평이 넘는 일층을 보면 아직 실내장식도 안 했는데 벌써 이렇게 기품이 느껴지나 싶었다. 지금 생각해 보면 길에 접한 명당 자리에 위생청의 역사진열관을 꾸미겠다는 것 자체가 정말이지 정상인이라면 할 수 있는 생각이 아니었다. 개인적인 요인 때문에 이런 황당한 일이 일어날 수 있다니…. 만약 마 청장이 자리에서 물러나지 않았더라면 이 일은 여전히 착착 진행되고 있었겠지? 아무리 양심상으로는 왼쪽이 옳다고 하더라도 사정이 오른 쪽으로 가야 한다고 할 때는 그렇게 가야지 별 수 있어?

   금수대하를 어떻게 처리할 것인가를 두고 위생청 업무회의까지 열었지만 별다른 결정을 내리지 못했다. 나는 호일병이 부동산에 손을 대고 있다는 점을 떠올리고 경험이 있는 그에게 도움을 청하기 위해 차를 몰고 나섰다. 그는 입을 열자마자 말했다.

   "팔아 치워! 자네들 은행에서 빌린 돈이 아마 그 정도쯤 될 걸? 팔아서 빚이나 갚아."

그의 제의가 나를 깜짝 놀라게 했다.

"자리에 오르자마자 집안 재산부터 팔아치우라고? 그렇게 했다간 앞으로 몇 십 년을 그 일로 손가락질 받을 텐데?"

"만약 내가 청장이라면 팔아치울 거야. 사람들도 그 건물 자네가 올리자고 한 것 아니라는 건 다 알고 있잖아. 그 돈이면 조금 떨어진 동네에 비슷한 건물 두 채 올리겠다."

그리고 이어서 말했다.

"솔직히 말해서 부동산이 구르지 않으면 돈도 구르지 않아! 굴러다니는 돈이 있어야 자네 손에도 뭐 좀 들어오고…."

"그런 소리였나? 에이, 난 그게 더 무섭네."

"무섭기는…. 관직에 올라서 한 몫 안 잡겠다고? 여기까지 온 이상 자네가 부자 되기 싫어도 어쩔 수 없어."

내가 웃으면서 말했다.

"부자가 되고 싶은데 그게 불가능한 거야 있을 수 있는 일이지만, 내가 부자 되기 싫다는데 그게 불가능하다니, 말도 안 되는 소리!"

그도 웃으면서 말했다.

"불가능하다면 불가능한 거야! 내가 자네 사주팔자까지 훤히 다 꿰고 있는데 무슨 소리 하는 거야."

"다른 오류는 다 범해도 괜찮지만, 부정부패만큼은 절대로 안 되네."

"이해가 안 가는군. 다른 사람들은 하도 해 처먹어서 기름기가 줄줄 흐르는 거 안 보이나? 매일같이 신문에서 관리들의 부정부패가 당을 망치고 나라를 망친다고 경고하지만, 누가 그 경고를 귀담아 듣기나 하는 줄 아나? 당이든 나라든 망할 테면 망하라지! 나라가 망해서 국가 재산의 주인이 없어지면 그때 가선 내가 주인이 되는데 뭐…. 소련의 전례를 보고 침 흘리는 인간들이 얼마나 많겠어? 멀리 갈 것도 없어. 운양시 雲陽市 시장이 얼마 전에 잘렸잖아. 사백만 위안을 착복했다나…. 그런데 그 인간이 남긴 제일 유명한 명언이 뭔 줄 알아? '저는 운양시 육십만 명 인민이 아직도 빈곤상태에서 벗어나지 못하고 있다는 걸 생각하면 잠을 잘 수가 없습니다' 였어. 정말 코미디의 대가, 개그맨 아니야? 오늘날 그런 개그맨들이 도처에 깔렸는데, 나더러 누구는 진지하다고 믿어 달란 말이야?"

"내 얘기를 하는 건가?"

"자네 얘기로 봐도 좋고…."

"그렇다면 자넨 나를 잘못 봤네. 그리고 방금 그 말 우리 위생계통의 다른 사람들한테는 꺼내지도 말게. 나도 크고 작은 회의에 얼굴 내밀어야 하니까."

"내가 말 안 한다고 다른 사람들은 그런 생각 안 할 것 같냐? 그들도 바보가 아니야! 자네는 청사靑史에 길이 이름을 남기고 싶다 이거야? 거 생각 한 번 진부하다."

"어쨌든 말하지 마!"

그가 웃으면서 말했다.

"그럼 다시 빌딩 얘기로 돌아가지. 잘만 하면 수백만 위안 떨어질 거야. 소리 소문 없이…. 어때, 입맛 안 당겨? 생각해 봐. 자세한 계획 짜는 건 내가 도와줄 게."

"그만 겁 줘! 겁 그만 주라고…."

그가 웃으면서 말했다.

"겁을 준다고? 자네가 겁난다니 그래 그만 하자. 그런데 나도 부동산 경력이 여러 해야. 별의 별 꼴을 다 봤지. 솔직히 손가락으로 꼽을 수도 없을 정도야. 자네야 이젠 돈 들여 권력 살 필요는 없어졌지. 이제부터 돈 벌어보고 싶지 않아?"

나는 호일병의 제안을 무시했다. 나는 이미 오래 전에 절대로 선을 넘는 짓은 하지 않기로 굳게 결심했었다. 그런데 그게 그리 쉽지 않은 일이군! 나는 기초건설처에 지시하여 전문가를 불러 금수대하의 가격을 감정평가 받아보도록 했다. 감정 결과 금수대하는 일억 이천만 위안의 가치가 있는 것으로 나왔다. 이 숫자를 듣는 순간 나도 마음이 동했다. 이 돈이면 뒤쪽 가죽가방 공장을 아예 사들여서 삼천 평이 넘는 대지에 사무실도 짓고 그럴듯한 사원 아파트도 지을 수 있을 텐데.

위생청의 중급 및 고급 간부의 주택사정은 다른 청보다 훨씬 처지는 편이라서 많은 사람들이 불만을 갖고 있었다. 내가 취임하고 나자 이 문제에서부터 불만이 터져 나오기 시작했다. 마 청장이 있을 때는 아무 말도 못하던 인간들이 이제 하나둘 일어나기 시작했다. 이런 명분이라면 내가 빌딩을 판다고 해도, 그리고 중간에 슬쩍 손을 끼워 넣어 몇 백 만을 챙긴다고 해도 정말 귀신도 모를 일이었다. 이년 전에 기회가 왔을 때는 위에 마 청장이 떡 버티고 있어서 감히 어떻게 못했지만, 지금이야 무서울 게 뭐가 있어? 이런 식으로 돈이 수중에 들어온다면, 그러면서 동시에 일도 잘 처리할 수 있다고 하니…. 가슴이 참을 수 없이 뛰기 시작했다. 인간은 결국 인간인 것이다!

나는 이런 생각을 구립원丘立原과 풍기락馮其樂 두 부청장에게 말했다. 그들도 모두 동의했다. 그들도 옛날부터 좀 더 큰 집으로 이사 가고 싶었지만 건물 지을 땅이 없었던 것이다. 하지만 만약 가죽가방 공장을 사들인다면 문제를 해결할 수 있다. 구립원이 말했다.

"아파트를 짓지 않으면 몰라도 이왕 지으려면 제대로 지읍시다. 화공청의 청급 간부 주택이 오십 평 정도이니 우리는 육십 평 정도로 하는 겁니다. 시대를 앞서 나가려는 의식도 필요합니다."

말이 오고 가면서 이제는 금수대하를 안 팔래야 안 팔 수도 없는 분위기가 되었다.

그날 저녁에 나는 전화를 한 통 받았다. 능약운凌若雲의 전화였다. 나더러 일이 있으니 좀 만나자고 했다. 나는 아마도 그녀가 마음이 돌아서서, 생각이 바뀌어서, 나더러 중간에서 유약진과의 재결합을 주선해 달라고 부탁하려는 것으로 생각했다. 내가 여덟시에 오라고 하자, 그녀가 말했다.

"조금만 늦게 하면 안 될까요?"

밤 열시에 그녀가 나타났다. 손에는 무슨 물건을 들고 있었다. 그녀가 앉으면서 말했다.

"듣자 하니 금수대하를 팔려고 하신다면서요?"

내가 말했다.

"저는 또 유약진의 얘기 하려고 만나자는 줄 알았습니다."

그녀가 달콤하게 웃으면서 말했다.

"다 지나간 일인 걸요…. 그 이야기는 그만해요."

내가 말했다.

"그럼 건물 이야기를 할까요. 그런 아이디어가 얼마 전에 떠오르더군요."

"저도 그 건물 때문에 왔습니다. 만약 팔 계획이 있으시다면 저희 금엽金葉 쪽에서 사고 싶습니다."

"안 팔 가능성이 더 큽니다."

"사실, 파는 쪽으로 거의 결정이 났다는 것 다 알고 왔습니다. 솔직히 말해서 몇 백 칸이나 되는 방들을 하나씩 하나씩 임대하는 것도 결코 쉬운 일이 아니지요. 관리 시스템이나 경험도 없으면서 말이에요."

내가 웃으면서 말했다.

"그래서 홍보부 책임자께서 직접 공략하러 오신 겁니까?"

그녀가 말했다.

"아, 명함 드리는 걸 깜빡했네요!"

명함을 받아들고 보니, 웬걸, 금엽부동산매매회사의 부사장이라고 적혀 있었다. 내가 말했다.

"승진하셨네요."

"뭘요…. 다들 앞으로 나아가고 있잖아요. 지 청장님이야말로 빠르세요. 아니었다면 우리가 이렇게 앉아서 건물 관리 이야기를 하고 있겠어요? 유약진에 대한 얘기나 하고 있겠지."

그녀의 말투는, 결국 유약진에 대한 이야기는 건물 관리에 대한 이야기보다 단 수가 한 참 아래의 화제라는 거였다. 내가 말했다.

"저희도 벌써 전문가에게 감정평가를 받았습니다. 감정 가격이 일억 육천만이라더군요."

나는 그녀가 깜짝 놀라지 않을까 생각했지만, 웬걸, 그녀는 눈 하나 깜박 않고 말했다.

"감정평가 결과 일억 이천만이라는 것도 알고 왔습니다. 그렇지만 저희 측에서도 사람을 써서 감정해본 결과로는 일억을 넘지 않는 것으로 밝혀졌고요."

나는 우물쭈물 손바닥을 비비면서 말했다.

"한 칼에 몇 천만 위안씩 깎아 내리려고요? 이런 식으로는 이야기가 안 되지요. 아니면 사람을 보내서 불러올 테니 기초건설처 처장과 이야기해보시겠습니까?"

그녀가 가볍게 웃으면서 말했다.

"물론 지 청장님과 이야기해야죠. 지 청장님과 단독으로 말씀 나누려고 왔지 아니면 왜 제가 여기까지 왔겠습니까?"

나는 노트를 펴면서 말했다.

"그 외에도 다른 회사들이 신청을 해왔습니다. 저희는 경쟁입찰로 갈 생각입니다."

그녀의 눈이 노트를 뚫어져라 쳐다보더니 웃으면서 말했다.

"입찰에 참여할 회사들이 앞으로도 없다고는 저도 장담할 수 없지만, 지금까지는 없었습니다. 저희 정보는 한 번도 틀린 적이 없거든요."

금엽이 이 정도일 줄이야…. 내가 얼른 말했다.

"멀리 갈 것도 없이, 호일병의 회사도 제안해왔습니다."

그녀는 나를 힐끗 보더니 웃음을 띠면서 말했다.
"그 인간 주머니에 얼마가 들었는지 제가 모를까 봐요? 뱀이 코끼리를 삼킨다고 해도 뱀이 클 때까진 기다려야 해요!"
그녀의 말투에 나는 불쾌했다. 내가 말했다.
"요즘 유약진 만나 본 적 있습니까?"
"저희는 지금 비즈니스 이야기하는 겁니다. 비즈니스…."
"이야기를 계속하기가 어렵겠군요."
"저도 오늘은 접수부터 하러 온 겁니다. 지 청장님 잘 생각해보세요. 위생청은 지 청장님 말 한 마디면 다 되는 것 아닌가요?"
그녀는 일어서면서 인사를 했다. 문가로 갔을 때 그녀가 말했다.
"지 청장님, 누가 뭐래도 저희는 친구지요. 다른 사람은 못 믿어도 저는 믿으셔도 됩니다. 저야말로 친구를 무엇보다도 중요시하는 사람이거든요. 절대로 말 함부로 하는 사람 아닙니다."
문을 열고서 나는 별다른 말을 하지 않았다. 그녀도 별 말 없이 손으로 나를 밀듯이 안으로 들어가라는 표시를 했다. 나는 아래에 세워두었을 그녀의 차에 생각이 미쳤다. 혹시 누가 차 번호라도 적어두지 않았을까? 창밖을 내다보니 아래층에는 차가 없었다. 누군가 그녀를 기다리다가 함께 다른 건물로 가서, 거기서 차를 타고 떠났다.

이튿날 아침에 내가 아직 자고 있을 때 동류가 마루에서 말했다.
"이 봉투 안의 물건은 누가 보내온 거예요?"
"당신이 동훼 집에서 갖고 온 거 아니야?"
어제 저녁에 세 명이 왔었는데, 그 중에 누가 선물을 들고 왔었지? 왜 기억이 안 나지? 잠시 후에 자리에서 일어나 소파 아래에 있는 검은색 비닐봉지를 보고, 어제 저녁 누군가가 문을 들어설 때 이렇게 생긴 뭔가를 들고 왔었던 것 같다는 생각이 났다. 나는 세수 후에 이를 닦으면서 발로 봉지를 툭 차 봤다. 제법 묵직했다. 열어 보았더니 안에 소가죽으로 포장한 물건이 몇 개 들어 있었다. 동류더러 가위를 가져오라고 해서 그 중에 하나를 열어보았다. 안에는 백 위안짜리 지폐 다발이 열 묶음 들어 있었다. 세어보니 가죽으로 싼 물건은 모두 여섯 개였다. 동류가 말했다.

"누가 이렇게 많은 돈을 여기에다 두고 깜박한 거예요?"

내가 말했다.

"그럴 만한 사람은 능약운밖에 없지. 금수대하를 사들이고 싶어하거든."

금엽부동산 회사는 그러니까 나한테 육십만 위안을 들여서 이천만 위안을 남겨먹고 싶다는 거로군. 그놈의 주판 한 번 세게 튕기는군. 회사 대 개인의 장사는 늘 이런 식이다. 언젠가는 그 피까지 다 뽑혀 말라 버릴 테고···. 이러니 그렇게 많은 국유기업이 하나하나 쓰러지는 것도 어찌 보면 당연한 일이지. 내가 말했다.

"어쩌지? 이런 물건을 집에 두고는 출근도 못하겠네."

동류가 말했다.

"일 잘 해결할 수 있어요?"

내가 말했다.

"당신 정말로 받으려고? 절대로 안 돼!"

솔직히 말해서, 내 말은 아직 마 청장처럼 그렇게 한 마디로 모든 게 척척 진행되는 수준은 아니다. 그러나 세심하게 일을 꾸미려고 하면 충분히 가능한 일이다. 육십만 위안이라니! 육십만 위안이 내 눈앞에 놓여 있고, 내가 생각을 조금만 바꾸면 그 돈이 내 주머니로 들어온단 말이지? 아 가슴 떨려. 인간은 어쩔 수 없이 엄마 뱃속에서 기어 나온 인간 아닌가! 누가 돈 싫어한다는 사람 있으면 그것은 분명히 거짓말이다. 게다가 어제 돈에 대해서는 한 마디도 꺼내지 않았으니, 행여 능약운이 자기 몸에 무슨 녹음기 같은 걸 숨겨 두었다 하더라도 아무 것도 녹음되지 않았을 것이다. 그 순간 나는 경제적인 문제에서 넘지 말아야 할

선을 넘어버린, 그로 인해 감옥 가게 된 그 인간들을 이해할 수 있을 것 같았다. 아니 심지어 동정이 되기까지 했다. 이런 기회를 주어놓고 또 한편으로는 마음을 고요한 물처럼 유지하라니…. 정말이지 너무 잔혹한 시험이었다. 인간은 어디까지나 인간인데 말이다! 나는 돈을 한 다발 들어 살펴보면서 동류에게 말했다.

"이거 가짜 돈 아냐?"

몇 장 만져보니 위조지폐 같지는 않았다. 오히려 만지는데 손이 긴장되면서 마치 내 돈이라도 만지는 것 같았다. 내가 말했다.

"이렇게 무거운 걸 어떻게 들었을까? 나는 이런 걸 들고 들어오는 줄도 눈치 못 챘네. 정부에 건의해서 오백 위안짜리 지폐를 만들라고 하거나 해야지. 너무 고생했겠다."

지금의 자리에 오르면서 나는 규칙에 어긋나는 일은 절대로 하지 않기로 굳게 다짐했었다. 전에는 범법행위 자체가 매우 어려운 일이라고 생각했었는데, 웬걸, 사실 이렇게 간단한 일이었군! 법을 어기는 것과 지키는 것 사이에 딱히 뚜렷한 경계가 없는 듯했다. 마음먹기에 달려 있는 것 같기도 했다. 나는 다시 그 돈을 만질 용기가 나지 않아서 동류에게 말했다.

"다시 싸 둬!"

동류가 말했다.

"우리 바깥양반은 역시 바른생활의 사나이라니까! 돈을 다 무서워하고. 안 그래도 며칠 전에 우리 병원에서 농담으로 돈 싫어하고 여색 멀리하는 약 발명 프로젝트를 신청하자는 이야기가 나왔어요. 관리가 되려는 사람들한테 주사 한 대씩 놓아서 여자와 돈만 보면 구역질이 나도록 만드는 거예요. 그리고 누구든 원하는 사람에겐 다 놓아주는 거예요. 당신은 반 대만 맞으면 되겠어요."

"그렇게 많은 돈을 어디에 쓰게? 금으로 침대를 만들어서 자라고 해봐라. 감기밖에 더 걸리겠어?"

"이 돈 안 받으려면 그만두더라도, 돈이 쓸 데 없다느니 그런 말은 하지 말아요. 세상에 돈이 쓸 데 없으면 쓸 데 있는 게 뭐 있어요?"

"당신 벌써 삼사십만은 벌었잖아. 그렇게 많은 돈이나 몇 백만 위안이나 무슨 차이가 있어?"

그녀가 말했다.

"다른 사람들은 다 아들들 외국으로 보내서 대학 공부 시키는데, 당신 자식이 그런 사람들 자식보다 못한 게 뭐 있어요? 나는 다른 건 하나도 안 바라요. 그러나 다른 사람들이 가진 건 나도 가져야겠어요. 그런데 자식 외국유학은 몇 만 달러 없이는 불가능해요."

"그깟 몇 십만 위안 때문에 내 모가지 떨어지면 그건 너무 밑지는 장사 아냐? 나중에 수십 평 되는 청장 관저도 지을 텐데, 그게 그 정도 가치는 되지 않겠어?"

"돈은 일단 놓아둡시다. 못 봤다고 하면 되지. 상황은 그냥 순리대로 처리하고 말이에요."

"세상에 그런 게 어디 있어? 그 여자가 자객을 불러서 당신을 해치우지 않으면 그게 이상하겠다. 이것은 거래라고! 한 푼 한 푼이 열 배 이상의 이윤을 가져오는 거래…."

결심을 내리고 내가 말했다.

"육십만 위안을 들여서 몇 천만 위안을 먹겠다니. 정말 나를 너무 우습게 봤어."

생각해 보니, 이것을 이용해서 일을 좀 꾸밀 수 있을 것 같았다. 이야말로 좋은 기회다.

나는 풍기락에게 전화를 걸었다. 잠시 후에 풍기락이 왔다. 내가 말했다.

"당신한테 보여줄 것이 있어요."

그 돈을 보여주고는 어제 저녁의 일을 이야기했다. 그가 말했다.

"청장님! 그 자리에 있다 보면 이런 일은 흔히 일어나게 마련이지요."

그는 오히려 별로 놀란 기색도 없이 말했다.

"내 평생에 이렇게 큰 돈은 본 적도 없어요. 어떻게 하면 좋겠어요?"

그가 말했다.

"청장님 앞으로 드린 것이니 청장님이 처리하셔야죠."

처음에는 우리 반씩 나누자고 농담을 하려 했지만, 다시 생각해 보니 농담할 일이 아니었다. 내가 말했다.

"돈이야 돌려보낼 수밖에요. 윗분들에게 올려 보내도 그분들도 절대로 그냥 넘어가지 않을 거예요. 나야 가정이 있고 애가 있는 몸이지만, 애를 한 다스를 더 낳더라도 이 돈 다 소화 못할 겁니다. 이리 와달라고 한 것은 내게 증인이 되어달라고 부탁하기 위해섭니다. 육십만 위안 모두 여기 있고요, 전부 돌려보낼 겁니다. 나중에 그 인간들이 군소리 하더라도 나를 탓할 수 없게요."

나는 명함에 적힌 번호로 능약운에게 전화를 걸었다.

"여기 봉지가 하나 있는데, 혹시 어젯밤에 깜박 잊고 두고 간 것 아닙니까?"

"그 담배 몇 보루는 저희 이사장님께서 보내신 겁니다."

내가 말했다.

"아, 갖고 오신 게 담배였습니까? 그럼 이 봉투 안에 있는 물건은 아마 정운淵雲부동산회사에서 보낸 물건인가 봅니다. 아직 안 뜯어봤는데…."

그녀가 얼른 말했다.

"제 물건은 담배 여섯 보루구요, 소파 아래 검은 비닐봉지 안에 들어 있는 겁니다."

"우리 천천히 이야기합시다. 하지만 저는 담배 안 피웁니다. 요즘 전국적으로 금연운동 캠페인을 벌이고 있는데, 위생청장이 돼서 담배를 피우다니요. 보기 안 좋지요."

"저희 이사장님께서 가격이라면 더 협상 가능하다고 하셨습니다. 몇 퍼센트 정도 더 드리는 쪽으로요."

"이 물건이 뭐 이리 무겁습니까? 담배 같지는 않은데…. 제수씨가 갖고 온 물건이 아닌가? 정운 부동산의 양 사장한테 다시 한 번 물어봐야겠습니다."

"지 청장님, 정말로 관심 없으세요? 그럼 제가 얼른 가서 가져오지요."

잠시 후에 그녀가 왔다. 내가 말했다.

"물건 아직 소파 아래에 있습니다."

그녀가 봉투를 들면서 말했다.

"지 청장님, 정말이지 이런 식으로 거절당하기는 처음입니다. 친구 손바닥 위에서 넘어질 줄은 생각도 못했네요."

나는 손으로 그림을 그리면서 말했다.

"제 간이 딱 요만합니다."

문을 나서자 어떤 남자가 그녀 손에서 물건을 받아들더니 아무 말 없이 떠났다.

금수대하는 결국 팔지 않고, 매년 구백구십만 위안의 임대료를 받기로 하고 은하銀河증권에 임대 주었다. 일층 길가에 접한 면은 벽을 터서 매매장소로 만들고, 이,삼,사 층은 주요고객 상담실, 사층 이상은 자기들이 알아서 다른 사람들에게 사무실로 임대주기로 했다. 가격을 흥정하는 과정에서 은하증권은 청소부와 경비원으로 서른 명을 고용하기로 했다. 이렇게 해서 가죽공장의 노동자 중 일부는 갈 곳이 생긴 셈이 되었다. 나는 다시 이 건물을 담보로 건설은행에서 구천만 위안을 대출받아서 가죽공장의 부지를 사들여 제 2차 계획에 착수했다. 육십만 위안을 안 받은 것이 솔직히 조금은 아까웠지만, 그러나 그 대신에 정신적 부담도 없었고 또 일도 순조롭게 진행되었다.

84. 행정공개 行政公開

예상했던 대로, 이번 사건은 풍기락을 통해 전 위생청에 알려졌다. 성 방송국에선 또 어디서 들었는지 두 명의 기자를 파견해서 나를 취재하도록 했다. 기자들에게 물어보니 정소괴가 소문을 흘렸다는 것이다. 사람이 어느 정도 자리에 오르면 본인도 생각 못하는 문제를 다른 사람이 대신 헤아려주기도 한다. 나는 기자들에게 말했다.

"육십만 위안이 대단한 숫자도 아니고, 그리고 금엽부동산에서 온 사람도 나와 아주 잘 아는 사람이기 때문에, 그 사람 난처하지 않게 보도하지 말아 주십시오."

그러나 기자들은 나를 가만두지 않으려고 했다. 그래서 나는 '금엽'이라는 이름 대신 '모 회사'라고 익명으로 해줄 것을 요구했다. 효과가 좀 덜하겠지만 내가 고집하자 그들도 어쩔 수 없이 동의했다. 마이크에 대고 나는 부패를 척결하고 청렴을 제창하는 것이 나라와 당의 운명을 결정짓는다는 원리며, 지도자와 간부들이 금전의 시험을 이겨내야 한다는 점, 자기가 무슨 특수한 권력이라도 갖고 있는 양 생각하지 말고 수중의 권력이란 나라를 위해 공헌할 기회에 불과하다는 것을 깨달아야 한다고 역설했다. 그리고 지도자와 간부는 당과 인민의 신임을 저버려서는 안 되며, "지도자는 봉사정신으로, 간부는 공복의식으로"라는 태도로 수중의 권력을 바라봐야 한다고 주장했다. 기자가 부탁하기에 나는 사건의 정황을 한 번 더 묘사해 주었다. 이야기가 "금연" 부분에 이르렀을 때는 기자들도 웃음을 터뜨렸다. 이튿날 기자 두 명이 또 와서 하는 말이, 윗사람들의 반응이 매우 좋다면서, 나더러 사건을 다시 한 번 자세히 묘사해 달라고 부탁했다. 어쩔 수 없이 나는 다시 한 번 생생하게 이야기를 해주었다. 그 장면이 며칠 후에 방송되자 호일병이 내게 전화를 걸어 말했다.

"자네 이제는 반反부패 스타가 되었더군, 축하하네!"

이 말이 그의 입에서 나올 때야 무슨 좋은 뜻일 리가 없었다.

"나야 뭐 간이 작은 거지. 방송국 사람들이 자꾸 귀찮게 해서 찍었던 거야."

"자네한테 배워야겠어. 자네한테 한 수 배워야겠다고…."

전화를 끊고 나니 나와 친구 사이가 소원하게 느껴졌다. 심지어 호일병마저 소원하게 느껴지다니…. 높은 자리에 앉아 있다는 것은 사실 매우 고독한 일이다.

이 일이 있고 나서 나는 도덕적 용기가 솟아났고, 나 자신이 마치 도덕의 화신이라도 된 것 같았으며, 위생청 안에서도 일을 벌여보고 싶었다. 또 이런 생각을 할 때마다 나도 모르게 속에서 한 줄기 따스한 기운이 전신에 흐르는 것 같아서, 이를 꽉 물고 두 눈을 감은 채 고개를 한쪽으로 기울여 금방이라도 흘러나올 것 같은 눈물을 참아야 했다.

나는 일종의 숭고하고 신성한, 한때는 매우 익숙했지만 지금은 이미 매우 낯설어진 감정이 다시 나를 감싸는 것 같았다. 그 순간 나는 내 마음속에 숭고함과 신성함을 다시 일으켜 세우는 작업에 착수하기로 결심했다. 이제야 기회가 왔다. 드디어 기회가 왔어. 지금 진지하게 몇 가지 일을 해놓지 않으면 안 돼! 이왕 부정 축재를 하지 않겠다고 결심한 바에야 늠름하고 정의롭게, 따끔한 소리 몇 마디 하더라도, 그럴 듯한 일을 몇 건은 해야겠다는 생각이 들었다. 스스로에 대한 자신감도 솟았다. 내가 나를 못 믿어서야 되나? 나마저 나를 못 믿는다면 어떻게 조직과 대중더러 나를 믿으라고 하겠어?

위생청의 행정공개行政公開가 바로 내가 하고 싶은 일이었다. 이 구호는 벌써 몇 년 전부터 외쳐대 왔던 것이지만 아무도 진지하게 받아들이지 않았고, 여태 여기저기 끼고 감추고 있는 일들이 적지 않았다. 멀리 갈 것도 없이, 각 부처가 관리하고 있는 소 금고만 보더라도, 도대체 그 안에 있는 돈이 어디에서 왔는지, 얼마나 들어 있는지, 어떻게 분배되는지 나조차도 전혀 감이 안 잡혔다. 수십 개의 부처를 내가 하나하나 돌아다니면서 물어볼 수도 없고, 각 처장들이 자발적으로 스스로 단속하기를 기대할 수도 없는 노릇이다. 만약 그 속내를 들춰낸다면 아마 놀라자빠질 일이 한둘이 아닐 것이다. 내가 한두 개 부처를 정해서 중점적으로 관리한다면, 그 부처의 장들은 나한테 반감을 가지고 분하고 억울하다면서, 다른 부처는 어쩌고저쩌고 하며 도리어 나를 궁지로 몰아넣고는, 모든 부처를 공평하게 대우해 달라고 요구하고 나올 것이다.

내 생각은 전체 직원들이 그것의 관리감독에 참여하게 한다는 것이었다. 이 짐은 결코 나 혼자 질 수는 없는 것이다. 나는 이런 생각을 구립원과 풍기락 부청장을 포함한 몇 명에게 말했다.

풍기락이 말했다.

"아마 조금 어려울 것 같은데요? 일단 시작되면 사람들의 불만이 퍼져나가기 시작할 겁니다."

구립원이 말했다.

"요즘 농촌에서도 다 촌의 행정을 공개한다고 하는데, 우리 같이 지식인들이 모여 있는 곳에서 청의 행정을 공개하지 못할 게 뭐 있겠습니까? 지 청장님, 이번 일은 정말 제대로 짚으신 겁니다."

풍기락은 더 이상 아무 말도 하지 않았다. 그래서 청의 행정공개를 다음 달 위생청 노동자 대표회의의 주요 안건으로 정하고 다 함께 관련 세칙을 제정하기로 했다. 이제부터는 나도 차를 몰고 자유롭게 아무데로나 바람 쐬러 다니진 못하겠군. 군중들의 감시를 받게 될 테니…. 그러나 이 일만 성사된다면 나도 그 정도의 희생은 감수해야지.

나는 이 생각을 노동조합의 육검비陸劍飛 주석에게 말했다. 그가 말했다.

"지 청장님께서 그런 생각을 갖고 계신다면 저희 노조야 당연히 지지하지요. 말이 나온 김에 드리는 말씀이지만, 어떤 인간들은 아주 말도 안 되는 짓을 하고 있거든요. 거지 불 쬐듯이 제 사타구니에만 끼고 있는데, 팔 긴 놈이나 어떻게 좀 끼어들 수 있을까…."

나는 그가 이런 저속한 비유를 한 것에 대해 반감을 느꼈다. 나와 이야기하면서 조금 고상하게 할 수는 없나? 나는 이미 옛날의 지대위가 아닌데 말이다. 그가 말했다.

"지 청장님, 조사 한번 해보십시오. 우리 위생청에서 구입하는 사무용품 도매가격이 어떻게 소매가격보다 더 비쌉니까? 어떻게 이런 일이 있을 수 있습니까? 기초건설처에서 갖다 쓰는 건축자재 가격이 어느 정도인지 아십니까? 의정처에서 돈을 어떻게 나눠먹는지, 정 소괴 처장은 세상에 자기가 자기한테 작업량 초과달성상까지 주고 있습니다. 그런데 그 상이 한 번에 몇 천, 몇 만 위안이니 다른 사람들의 불만이 이만저만 아닙니다. 그런데도 그 인간은 시치미 뚝 떼고 있습니다."

작년에 의약관리국이 생기면서 약정처를 없애고 마 청장이 정소괴를 의정처 처장으로 앉혔다. 내가 말했다.

"그러니까 그게 다 문제라는 것 아닌가! 노동자 대표회의에서 조례를 만들어서 각 소조小組별로 토론하게 하세. 위생청 차원에서 이런저런 법규들을 만드는 것보다 그런 정확한 의견들을 조례로 만들어 노동자 대표회의에서 표결로 통과시키고, 그 다음엔 그냥 그 규정대로만 하면 나도 마음을 놓을 수 있지."

육검비가 말했다.

"이 사안에 대한 위생청의 결심은 어떻습니까? 제가 걱정하는 것은 노동조합이 본격적으로 움직이기 시작해서 반쯤 올라갔는데 위생청이 아래에서 사다리를 치워 버린다거나…. 만약 그런 일이 생기면 저희는 내려오지도 못하고 난처해집니다."

나는 손을 휘저으면서 말했다.

"위생청 지도자들 사이에서 이미 의견일치를 봤는데 누가 감히 사다리를 치워? 어떤 놈인지 사다리 치우는 놈이야말로 햇볕을 감히 쳐다보지도 못하는, 공개될 것이 두려워서 남의 입을 막으려는 사람들 아니겠나? 그런 사람들이 있으면 우리가 눈을 부릅뜨고 지켜봐야지."

그는 여전히 주저주저하면서 말했다.

"저항세력이 있을 겁니다."

나는 통쾌하게 말했다.

"저항세력 하나 없는 일이 어디 있겠나? '사람들과 싸우니, 그 즐거움 무궁하다. 물 가운데 들어가 물을 치니, 물결이 날아가는 듯한 배를 막네'(與人奮斗, 其樂無窮, 到中流擊水, 浪遏飛舟)라고 했어. 이야말로 개혁에서 경험할 수 있는 최고의 경지 아니겠나? 저항세력을 무서워한다면 강에 뛰어들지도 못하지."

그가 물었다.

"노동자 대표회의까지 한달 남짓밖에 남지 않았습니다. 위생청에서는 어떻게 준비하실 겁니까?"

내가 말했다.

"내가 먼저 위생청의 결심을 공표하겠네. 그래서 모두에게 청의 결심을 알려서 마음의 준비를 시키는 거야. 그런 다음 각자가 하고 싶었던 말들을 하게 하는 거지. 그 다음에는 노동조합의 소조 토론을 거쳐 의견을 수렴하고, 그것을 노동조합에서 정리하여 조례로 만드는 걸세."

그가 말했다.

"그게 좋겠습니다. 그게 좋겠어요. 지 청장님, 어떻게 이렇게 빨리 청장님 스타일을 만들어 내셨어요? 틀림없이 모두들 자기 눈으로 직접 보고 마음속으로 기억해둘 겁니다."

그가 자리를 뜬 지 일분 후에 다시 돌아와 말했다.

"노동조합 소조 토론보다는 부처별 토론이 낫지 않겠습니까? 노조에서는 모두들 속에 있는 생각들을 시원하게 말하기를 어려워하거든요."

내가 말했다.

"사무동 건물과 수위실, 그리고 아파트 근처에도 의견함을 몇 개 두어서 모두들 의견을 써서 넣도록 한다면 토론으로 부족한 부분을 메울 수 있을 거야. 이 점도 내가 보고할 때 함께 공표하겠네."

내가 행정공개 계획을 발표하고 나자 연단 아래서는 한 바탕 웅성거림이 일어났다.

"이번 집행부는 개혁과 존망을 같이하겠습니다(與改革共存亡)!"

이 말이 발표문 중에서 가장 중요한 한·마디였고, 모두들 얘기할 때 입에 가장 많이 담게 된 것도 이 부분이었다. 모두들 흥분한 모습을 보며, 나는 이번 일이 대중들의 지지를 받고 있다는 생각에 마음 한 구석에 자리잡고 있던 불안이 해소되었다. 이 자리까지 올라와서 어떻게 전임자가 하던 일만 답습할 수 있겠는가! 수년간 마음에 품고 희망하던 일을 이제야 이룰 때가 왔다. 이번 일만 잘 되면 탐욕스럽고 부패한 무리, 권력을 이용해서 사욕을 채우던 무리들을 뿌리 뽑고, 또 이 경험을 전 성省 차원으로까지 확산시킬 수 있을지도 모르는 일이다.

퇴근 후에 입구에서 공 군을 만났다. 그는 나를 우연히 마주친 척했지만, 나를 기다리고 있었던 것 같았다. 그가 말했다.

"지 청장님 오늘 원자폭탄을 터뜨리셨습니다. 모두들 아주 흥분했습니다. 모두의 가슴에 와 닿는 말씀이셨습니다."

내가 웃으면서 말했다.

"그 정도였나, 원자폭탄?"

"지 청장님처럼 개혁정신이 투철하신 지도자 아래에서 일하게 되어 행운이라고 생각합니다."

"사실 나야 일 좀 덜어볼까 해서 그런 거지 뭐. 그 많은 부처들을 나 혼자 어떻게 관리하겠어. 우리 몇 명으로는 그렇게 많은 부처를 다 관리 못 하니까."

이어서 말했다.

"내가 육 주석에게 한 번 추천해 보지. 자네 같은 젊은 사람들 몇 명에게 모두의 의견을 정리하는 일을 맡기도록 말이야."

그가 말했다.

"그것은… 사실은 조금 겁이 납니다. 원래는 모두의 의견이었지만 누가 나서서 제가 날조한 것이라고 말하면 제 힘으로는 감당할 수 없을 테니까요."

내가 말했다.

"조직에서 자네를 지지하겠다는데 뭐가 무섭다는 건가? 군중의 감독을 무서워하는 사람이야말로 다른 꿍꿍이가 있는 거지. 그런 인간들을 내가 조사하겠다는 걸세."

"조직에서 정말로 그런 결심이 선 겁니까?"

"자네 보기엔 어떤가?"

"그러면 마음을 놓겠습니다."

내가 말했다.

"이것은 첫 발자국에 불과해. 성공하면 두 번째 발자국도 내딛어야지. 민民에 의한 정치를 해야지還政於民. 내가 만들어낸 소리가 아니라 헌법 제 1조가 바로 그런 소리일세. 모두에게 말할 기회를 주고, 그 말이 지켜지게 한다면, 권력을 이용해서 사욕을 채우려는 무리들도 흔들릴 것 아닌가? 지도자들이 사심도 없고 특수한 이해관계도 없다면 민중을 말 못하게 억압할 필요가 뭐 있나? 21세기가 다가오는데 아직도 공자가 말한 윗사람은 지혜롭고 아랫사람은 어리석다上智下愚는 타령이나 하고 있을 건가? 그 타령으로는 아무리 용을 써도 뾰족한 수가 안 생겨. 철저한 부패 척결은 더 말할 것도 없고…."

그는 나를 낯설게 바라보았다. 내가 말했다.

"내가 농담하는 것 같나? 개혁, 개혁, 하지만 여기서부터 시작하지 않으면 그 개혁도 얼마 멀리 가지 못해!"

이튿날 풍기락과 구립원이 사무실로 왔다.

풍기락이 말했다.

"지 청장님의 어제 발표에 대한 반응이 대단합니다."

내가 말했다.

"이미 예측한 대로입니다. 지난 수십년간 날마다 말로만 민중을 믿는다, 민중에 의지한다고 떠들었지만, 도대체 어떻게 믿고 어떻게 의지한다는 말입니까? 공포탄만 쏠 수는 없지 않습니까? 무슨 방법을 찾아야지요. 적어도 대화의 통로라도 하나 있어야지요. 지도자는 봉사하는 사람입니다. 말로만이 아니라 정말로 봉사를 한다면, 봉사하는 사람이 감독을 무서워할 게 뭐 있습니까? 간부들도 공복公僕 노릇 제대로 해야지, 종이 주인을 누르고 있어서야 쓰겠습니까? 간부는 공복입니다. 민중이 간부들에게 준 권력은 민중들에게 봉사하라고 준 겁니다. 이런 도리를 입으로만 말하고 책에만 적어 놓아서야 되겠습니까? 실제생활에 적용해야지요. 실제생활에 적용하려면 저희 같은 사람들의 자각에만 맡겨서는 모자랍니다. 제도적으로 보장되어야 합니다. 정말로 감독권을 민중에게 넘겨줘야 합니다. 그렇지 않다면 공허한 이야기가 되고 맙니다. 겉으로는 좋아하는 척하면서 실제로는 무서워하는 '섭공호룡'葉公好龍 식으로는 안 됩니다!"

풍기락은 아무 말도 않고 구립원을 바라보았다. 구립원이 말했다.

"저도 그런 종류의 개혁을 지지합니다. 저야 개인적으로 감시당할까 두려울 것도 없습니다. 저야 집과 직장 사이만 오르락내리락 하면서 한 달에 차도 몇 번 안 쓰는 걸요. 민중의 감시가 두렵지 않습니다."

내가 말했다.

"일은 우리 모두가 함께 결정하는 겁니다. 우리 집행부는 개혁과 공생공사 해야 합니다. 여러분은 싸움에 임해서 무기를 반대방향으로 향하는 臨戰倒戈 그런 행동은 하지 않겠지요?"

구립원이 말했다.

"저희의 입장은 한결같습니다. 한결같이 지 청장님을 도와 개혁에 힘쓰겠습니다."

풍기락이 말했다.

"사실 저는 걱정이 좀 됩니다. 이 일로 법이 어지러워져 위생청 지도자의 입지가 약화되지나 않을는지…."

내가 말했다.

"우리 민중을 믿고 한번 해봅시다. 민중인들 원칙 없이 함부로 나오겠습니까? 위생청에서 조종키를 잡고 있는 이상, 법이 정도 이상 어지러워질 수는 없을 겁니다."

풍기락이 말했다.

"지 청장님, 정말 자신 있으십니까?"

나는 구립원을 보면서 말했다.

"구 부청장님은 어떻게 생각하십니까?"

그가 말했다.

"저는 자신 있습니다. 저는 자신 있어요."

풍 부청장은 법이 어지러워질까봐 겁난다고 했다. 나는 그가 말하는 법이란 무엇인지 생각해 보았다. 그것은 관官 본위의 법일 뿐이다. 일단 권력을 손에 넣으면 사람은 특수한 권위를 요구하게 되고, 자존심도 극도로 민감해져서, 윗사람을 제외하고는 다른 누구도 그를 건드려서는 안 된다. 서소화舒少華와 곽진화郭辰華가 건드렸던 사람이 바로 그 대표적인 예이다. 또 동시에 특수한 이해관계를 필요로 하게 된다. 손에 자원을 쥐고 있을 때 누군들 자기한테 조금이라도 더 많이 배분해주고 싶지 않겠는가? 다 사람 아닌가!

특수한 권위와 특수한 이해관계가 생기면 이어서 특수한 기준이 생긴다. 이제 자기自我가 모든 것의 기준이자 가치의 척도가 된다. 이 기준을 지키기 위해서 모든 수단과 방법을 다해 다른 사람들의 입을 막아야 한다. 사상 해방이 오늘에 이르렀지만, 그것이 진짜 해방인지 가짜 해방인지는 이 문제를 대하는 그 사람의 태도를 보면 알 수 있다. 이것이 바뀌면 모든 것이 바뀌지만, 이것이 바뀌지 않으면 모든 것이 바뀐다고 해도 그 의미는 제한적이다.

나는 비록 관직에 있지만, 그래도 이 터부를 건드리고 싶었다. 개혁을 하겠다면서 자기 자신을 바꾸지 않는다면 그것은 공염불이 된다. 무엇을 근거로 사람들을 이끌 것인가? 행정의 권위가 아니라 인간적 매력에 의존해야 한다.

그때 나는 순간적으로 머리 속에 하나의 단어가 떠올랐다. 비행정성 권위(非行政性 權威)! 생각이 여기에 미치자 나는 흥분했다. 훗날 경험을 정리할 때 이것이 하나의 핵심 개념이 될 것이다. 직위에 의지해서 남을 복종시키는 것은 능력이라고 할 수 없다. 심지어 지도자라고 할 수조차 없다. 이때 내 머리 속에 일련의 단어들이 솟아나서, 나는 행여나 잊어버릴까봐 펜을 들고 열심히 써 내려갔다. 이것들은 다 나중에 경험을 총정리하는 데 쓰일 것이다.

며칠 후에 노동조합의 소조小組 토론이 있었다. 나는 토론 기록을 가져오라고 해서 훑어보았지만, 뭔가 특별히 격렬한 제안 같은 것은 없었다. 모두들 아직도 마음을 열지 못하고 있구나 싶어서 실망스러웠다. 며칠 후에 육검비가 비닐봉지를 들고 찾아와서 말했다.

"여기 있는 건 모두 서면의견들입니다. 모두 백 여 장입니다."

내가 말했다.

"아직도 입을 다물고 있는 사람이 대다수군…. 기명으로 한 것도 있나?"

그는 비닐봉지를 책상 위에 놓고 의견서를 한 줌 쥐고 살펴보았다. 대부분 프린트한 것으로, 이름을 밝힌 것은 하나도 없었다. 내가 말했다.

"모두들 역시 망설이고 있군. 지난 몇 십 년간 전임 지도자들이 하나같이 쓰던 수법이 있으니, 이런 것에 아직 익숙하지 않은 모양이야. 극 중에 나오는 가계賈桂처럼, 그에게 자리에 앉으라고 하니, '서 있는 것에 익숙하다' 고 대답하는 것처럼 말이야."

그가 말했다.

"이 의견서들을 위생청에 넘길까요?"

내가 말했다.

"노조의 이름을 걸고 수집한 의견들이니 노조에서 처리하게! 위생청에서는 간섭하지 않겠네. 육 주석이 사람들을 모아서 정리하고 분류해서 조례를 제정하는 기초로 삼도록 해주게."

내가 그에게 공 군을 의견정리 작업에 참가시키도록 하라고 하자, 그가 말했다.

"그 친구가 이번 일에 아주 적극성을 띠더군요."

서면 의견을 정리하는 며칠 동안 몇몇 날카로운 의견들이 나에게까지 전해졌다. 육 주석은 적잖이 걱정하고 있었다. 내가 말했다.

"이것이야말로 민중들의 진실한 생각 아니겠나? 평소에는 드러내놓고 대화할 통로도 없이 눌려만 있었지. 우리는 겉으로는 환영하는 척

하면서 마음속으로는 겁을 내는 섭공호룡葉公好龍 식으로 해서는 안 돼. 민중을 믿고, 민중에 의지하고, 민중을 위해서 실질적인 일을 도모하고, 사사로운 특수한 이해관계를 떠나야 한다는, 그런 중요한 원칙이 구호로만 그쳐서는 안 돼. 다른 사람의 입을 막아야 한다는 사람들은 이런 저런 이유를 대지만, 그 이유들은 모두 거짓말이야. 자신의 특수한 이익을 건드리지 말라는 것만이 진정한 이유이지. 고매하고 현명한 지도자는 다른 사람을 억누르지 않아. 다른 사람이 의견을 몇 가지 제안했다고 해서 칠팔년 동안 인사이동도 안 시켜줘? 그게 무슨 능력이야! 그러면 무엇을 바탕으로 사람들을 이끌어 가야 할까? 바로 인격적 매력, 비행정성 권위에 의지해서 사람들을 이끌어 가야 하는 거야. 멀리 내다보는 지도자는 자기 자신을 과신하지 않아. 자신도 인간이고, 인간은 약점도 있고 편견도 있고 자기의 특수한 이해관계를 지키려는 충동도 있기 때문이지. 지도자는 반드시 감독자를 키우는 용기가 있어야 해. 반대파를 기르는 것! 이것이야말로 장기간 안정적으로 통치할 수 있는 방법이지. 영웅이 무엇인가? 오늘날의 영웅은 항우項羽나 관우關羽가 아니야. 모두의 상황을 개선하기 위해서 자신의 모든 것을 내던져버릴 수 있는 사람, 그런 사람이 바로 영웅인 거야!"

육검비가 말했다.

"지 청장님 말씀을 들으니 꽉 막혔던 것이 확 뚫려지는 것 같습니다. 박사님이시니 역시 다르군요. 현대적인 의식도 있고…. 고명高明하신 지도자는 바로 이런 점에서 고명하신 것 같습니다. 지 청장님께서 결심하셨으니, 그럼 저희도 마음을 놓겠습니다."

85. 절망의 나무에 희망을 걸어둘 수는 없다

책상 위의 전화벨이 울렸다. 전화를 드니 여자의 목소리였다. 내가 물었다.
"누구세요?"
그녀가 말했다.
"알아맞혀 봐요."
나는 맹효민인 줄 금방 알았다. 알아맞혀 보라고? 지금이 어느 때라고 나더러 자기와 이런 장난이나 치면서 놀자는 거야. 내가 말했다.
"전화 거신 분, 용건 있으시면 빨리 말씀하세요. 곧 회의가 있어서 가 봐야 합니다."
그녀가 애교 떠는 목소리로 말했다.
"청장이 되시더니 제 목소리도 못 알아들으세요?"
나는 웃음을 참지 못하고 말했다.
"네 목소리를 잘게 부셔서 불에 태워 재로 만들어 봐라, 내가 못 알아듣나."
그녀가 말했다.
"지 청장님, 시간 좀 내주세요."
내가 그녀와 연락을 끊은 지도 삼년, 이미 다 끝났던 일인데 이제 와서 전화를 걸다니, 필시 무슨 일이 있는 게 분명했다. 그러나 지금처럼 내 이미지를 구축해야 하는 시점에서 그녀를 만나다니 그게 될 말인가. 내가 말했다.

"무슨 일 있는 거야?"

"무슨 일이 있어야만 만날 수 있나요?"

"내가 아주 바빠서 그래, 정말 너무 바빠."

"예, 일이 있어서 만나야 해요. 오늘 바쁘시다면 내일 다시 전화 드릴게요."

"무슨 일인지 지금 전화로 이야기하면 안 될까?"

그녀는 기분 상한 듯이 말했다.

"전화로는 할 수 없는 말이에요."

나도 별 수 없었다.

"알았어. 삼십분 후, 아홉시 반에 내가 데리러 가지."

"저녁에 만나면 안 될까요? 저녁이 분위기가 좀 낫잖아요."

요즘 저녁에는 동류가 나를 엄하게 관리하기 때문에 외출이라도 하려면 거처를 분명히 밝혀야 한다. 괜한 오해 받고 싶지 않았다.

"저녁에는 다른 일이 좀 있는데…."

그녀는 유풍차루裕豊茶樓에서 만나자고 제안했지만, 이제는 예전 같지 않아서 절대로 아는 사람과 마주쳐서는 안 되기 때문에, 내가 아주 외진 곳으로 장소를 정한 후 그녀더러 그곳에서 기다리라고 했다. 전화를 끊고 나서 나는 나만의 사무실이 있다는 것, 자신만의 독립된 공간이 있고 말할 자유가 있다는 것이 아주 중요하다는 생각이 들었다. 옆에 비서라도 한 쪽에 앉아 있다면 얼마나 흥이 깨지겠는가.

차를 몰아 중홍로中興路 입구로 가는데 누군가가 뒤에서 나를 미행하는 것 같은 느낌이 계속 들었다. 요즘이야 사립탐정도 쓸 수 있는 세상이니, 만약 누군가가 정치적인 이유에서 그런 수단을 쓴다면? 나는 쓸

데없는 커브를 몇 번씩이나 돌아서 중흥로에 도착했다. 맹효민은 검은색 정장을 하고 기다리고 있었다. 보아하니 예전처럼 날씬하고 생기가 넘쳤다. 이리저리 둘러보고 있는 그녀 곁에 차를 세웠지만, 그녀는 나인 줄 알아차리지 못했다. 창문을 내려 그녀를 부르려는데 검은 치마 아래로 한 쌍의 희고 깨끗한 종아리가 눈에 들어왔다. 가늘고 균형잡힌 다리가 불과 일 미터 거리에 있었다. 그 질감은 아무런 티가 없는 옥을 연상시켰다. 몇 십 초 정도 그녀의 다리를 감상하고 나서야 나는 가볍게 불렀다.

"맹효민!"

그녀는 그제야 나를 발견하고 기뻐서 외쳤다.

"직접 차 몰고 오신 거예요? 난 또 어느 방향에서 불쑥 튀어 나오려나 하고 두리번거리고 있었는데…."

그녀가 차에 타자 나는 교외로 차를 몰았다. 도심을 벗어나자 그녀가 말했다.

"절 데리고 어디로 가시는 거예요?"

내가 말했다.

"아무도 못 가는 곳으로 데려 가려고."

그녀는 손가락 끝으로 내 이마를 찍으면서 말했다.

"정말? 우리 둘만?"

좀 더 가자 그녀가 말했다.

"나 데리고 성남城南공원으로 가려는 거죠?"

아는 사람이라도 만나면 어쩌려고 내가 거길 감히 어떻게 가냐? 성남공원을 지나자 그녀가 외쳤다.

"다 왔어요, 다 왔어요!"

나는 그녀를 무시하고 계속 차를 몰아서 교외까지 나가 가라오케를 하나 찾아 이층의 룸으로 갔다.

서비스하는 아가씨가 차를 가지러 나간 후, 내가 물었다.

"무슨 일이 그렇게 급해?"
"별 일 없어요. 내일이나 모레 봐도 괜찮다고 그랬잖아요."
"그래도 무슨 일이 있으니까 보자고 한 것 아냐?"
"아무 일도 없어요. 무슨 일이 있다는 건 거짓말이에요. 그냥 보고 싶어서…. 그게 용건이죠 뭐. 그게 전화로 되나요?"

이때 서비스하는 아가씨가 차를 들고 왔다. 그녀가 나갈 때 맹효민이 그 뒤를 따라 가더니 문을 걸어 잠갔다. 내 가슴이 덜컹 내려앉았다. 그녀의 다리를 힐끗 보면서 말했다.
"요즘 날씨에, 벌써 늦가을인데, 어째 아직 봄옷을 입고 있어?"
"안 추워요. 추우려면 추워라죠, 뭐!"
나는 그녀가 나를 염두에 두고 이 옷을 입었다는 것을 알고 있었다. 이전에 내가 그녀의 다리가 상아로 만든 것 같다고 종종 했던 칭찬을 그녀는 아직도 기억하고 있는 것이다. 어쩐지 스타킹도 안 신고 있더라니…. 내가 말했다.
"보려면 봐! 지난 몇 년 하도 속을 썩였더니…. 아주 노인네가 됐지?"
그녀가 나를 한참 바라보더니 말했다.
"하나도 안 변했네. 별로 안 변했어요."
한참을 보더니 그녀가 갑자기 말했다.
"지대위 씨, 당신…."
나는 깜짝 놀랐다. 지대위 씨? 내 이름이 이렇게 불린 적이 얼마 만인가? 내 이름 석자가 생소하게 들렸다. 속으로 한참 되풀이해본 후에야 알아차렸다. 지대위면 나잖아? 그녀의 목소리는 변해 있었다. 떨고 있었다.
"당신, 당신이 나를 망가뜨렸어요. 그거 아세요?"
나는 깜짝 놀랐다. 내가 저를 망가뜨려? 나는 그녀와 일년을 사귀었지만 책임질 일은 한 적도 없었고, 그녀의 청춘을 많이 뺏은 것도 아닌데 내가 그녀를 망가뜨렸다고? 내가 말했다.

"나 아무 짓도 안 했잖아! 아무 짓도 안 했지?"

나는 고개를 가로저으면서 말했다.

"난 아무 짓도 안 했어. 그럼…."

그녀가 가볍게 웃으면서 말했다.

"남자들은 모두 이기적이에요. 무슨 책임질 일이라도 생길까봐 겁부터 먹고…. 여자를 어떻게 해야 꼭 여자가 망가지는 줄 알아요? 솔직히 말해서, 그런 건 오히려 별것 아니에요. 요즘 사람들은 그런 거 그렇게 심각하게 생각 안 해요. 별것 아니죠. 그렇지만 여자가 한 남자를 끝끝내 잊지 못해서, 다른 남자들과 함께 있어도 아무런 느낌도 없고, 마음속으로 그 사람과 비교할 때마다 감정이 싸늘해진다면, 그거야말로 그 여자 인생을 망가뜨린 것 아닌가요?"

나는 당황해서 말했다.

"그렇게 심각해? 내가 뭐라고 나를 마음에 담고 있어? 내가 네보다 나이가 몇 살이나 많은데?"

갑자기 그녀의 두 눈이 섬뜩한 빛을 발했다. 나는 그 눈빛의 뜻을 정확히 이해할 수 없었다. 나는 입을 다물고 묵묵히 그녀를 바라보았다. 그녀는 두 눈을 감고 한숨을 쉬었다. 한숨 속에 슬픔이 묻어 있었다. 그녀가 말했다.

"그해 당신과 헤어졌을 때, 그 당시에는 별로 느낌이 없었어요. 천하가 이렇게 넓은데, 게다가 도시인데, 나 맹효민 정도면 분위기 있는 남자 하나 못 찾을까 싶었죠. 연애도 해봤어요. 하지만 나도 모르게 당신과 하나하나 비교하게 되고, 그럴 때마다 감정이 식어버려서 결국에는 헤어졌어요. 문제의 근본적 원인이 무엇인지 찾을 수 없었어요. 사태의 심각성은 더더욱 깨닫지 못했고요. 내가 아마 성숙한 남자를 더 좋아하나보다 하는 정도로만 생각했어요. 그 후로 두 번 더 사람을 만났어요. 두 번째 사람은 인터넷 채팅으로 알게 된 사람이었어요. 그런데 실제로 얼굴을 마주하니까 신비감이 반감하고 결국에는 또 헤어졌죠. 그때서야 나는 내가 중독되었다는 걸 알았어요. 당신에게 중독되었다고요! 나는 스스로를 설득하려고 했어요. 이미 설득했지요. 사람은 절망의 나무에 희망을 걸어둘 수는 없다는 것, 저도 알아요. 하지만 일단 나 자신에게 돌아오면, 도대체 나더러 어떻게 그걸 내려놓으라고 해요? 나 귀신한테 홀렸나 봐요. 전생에 나쁜 짓이라도 했나 봐요. 하느님이 나를 벌주려나 봐요."

내가 황급히 말했다.

"나는 네가 생각하는 것처럼 좋은 사람이 아니야! 봐, 노인네가 다 돼서 앉아 있는 폼하고…. 이게 나라고! 너는 지금 일종의 환각에 빠져 있어, 환각이라고!"

그녀가 분하다는 듯이 말했다.

"환각이라도 좋아요. 그 환각도 진실이에요. 제게 있어서는 그 환각만큼 진실한 것이 없다고요."

그리고는 어떻게 된 일인지, 우리는 다시 과거로 돌아갔다. 처음에는 약간 어색하고 약간 생소했다. 내 한 쪽 손이 그녀의 턱 근처를 가볍게 어루만지다가 다시 움츠러들고, 또 손을 뻗어 그녀 옷의 칼라 근처에서 안타까운 듯 머물다가 갑자기 마치 중력의 작용처럼 힘이 빠지면서 손이 그녀 몸 위에 얹혔다. 그녀가 말했다.

"왜 손을 내 몸에 얹으셨어요?"

내가 말했다.

"왜 나더러 손을 몸 위에 두라고 하는 거야?"

키스할 때에 그녀는 힘껏 내 혀를 물고 놓지 않으려고 했다. 그렇게 온 힘을 다해 내 혀를 안으로 빨아들이던 그녀의 한 손이 내 옷 속으로 들어와 천천히 내 등을 어루만졌다. 나는 정신이 혼미해져서 손으로 그녀 몸을 정신없이 마구 더듬다가, 마지막엔 어느 부위에 가서 멈췄다.

"여기가 내 책임의 땅이지?"

그녀가 말했다.

"여태껏 한 번도 책임져본 적 없잖아요."

"나야 책임지고 싶어도 네가 금지禁地로 정해 놓았잖아!"

"당신만 원한다면, 당신을 위해서 해금解禁할게요."

나는 침묵했다. 그녀의 말에 뭐라고 대꾸할 수가 없었다. 내 육체의 자그마한 암시조차도 그녀는 곧장 정확하게 알아차리고 그에 부응하고 있었다. 이렇게 오고 가는 느낌에 나는 완전히 빠져들었다. 엉켜 있다가 떨어져서 우리 둘은 서로를 바라보았다. 그녀가 몹시 숨가빠하면서 말했다.

"당신을 빨아들일래요. 빨아들일래요. 빨아들여서 도망가지 못하게 할래요. 그럼 내 것이 되겠죠."

그러면서 나의 몸 위로 쓰러졌다. 잠시 후 그녀가 차분해지면서 내게 말했다.

"당신은 아내와 자식이 있는 사람이죠. 나 다른 생각 하지 않을게요. 당신 애인으로만 남게 해줘요. 아무것도 필요 없어요. 그럴 듯한 이름도 필요 없고, 매일 나와 함께 할 필요도 없어요. 옷 한 벌 안 사줘도 괜찮아요. 나 그냥 한 쪽에 조용히 물러나 있을게요. 일주일에 한 번만이라도 만날 수 있다면 난 그걸로 만족해요. 평소의 적막함에 대해 그 정도 보상만 있으면 난 만족한다고요."

여자의 감정이란 일단 한 번 불붙기 시작하면 이렇게 광적인 데가 있다. 자기 생명도 아끼지 않고 달려드는 모습이 마치 나방이가 불을 향해 날아드는 식이다. 내가 말했다.

"그렇게는 안 되지."

그녀는 금세 기분이 상해서 말했다.

"뭐가 안 돼요?"

"너한테 너무 불공평하잖아. 너도 몇 년 전의 맹효민이 아니잖아. 네가 그런 절망을 품고 살아가게 한다면, 그거야말로 내가 너무 이기적이지."

"그게 당신 본마음이에요? 당신이 나를 사랑하지 않는다면 그럼 그만둬요! 하지만 사랑하기 때문에 사랑할 수 없다면 그건 위선이에요. 이기적인 사람…. 당신 동류가 알아차리고 소란이라도 피울까봐, 그래서 당신 앞길에 방해가 될까봐 걱정하는 거죠?"

그녀는 단번에 문제의 핵심을 파악했다. 물론 동류가 알게 되면 그녀는 슬퍼 죽으려 들겠지. 하지만 절대로 시끄럽게 굴지는 않을 것이다. 맹효민은 이러한 사실을 모르고 있었다. 그 외에도 나한테서 조그만 틈이라도 발견하면 그 틈으로 대못이라도 들이밀어 크게 벌리려고 호시탐탐 노리는 인간들이 있다는 점도 맹효민은 모르고 있었다. 내가 말했다.

"차마 네 시간을 뺏을 수는 없어. 여자의 젊음은 무한한 게 아니잖아. 여자와 남자는 달라. 우리는 내가 지금 너보다 나이가 훨씬 많아도 사귀지만, 만약 그 반대라면 그게 가능하겠어? 나중에 어떻게 하려고 그래?"

그녀가 필사적으로 내 허리를 감아 안으면서 말했다.

"나중 일은 내가 알아서 해요. 당신이랑 상관없어요. 그때 가서 다시 생각할래요."

나는 그녀의 얼굴을 어루만지면서 말했다.

"맹효민이 언제부터 이렇게 신세대가 되었지? 나중 일은 나중에 다시 생각하겠다고? 한 여자에게 나중이라는 게 몇 번이나 있을 것 같아?"

그녀는 머리를 내 가슴에 바짝 붙이고 말했다.

"다른 것은 전부 상관없어요. 당신에게 한 마디만 물어볼게요, 날 사랑해요?"

나는 조금도 주저하지 않고 말했다.

"좋아해."

그녀는 고개를 약간 숙이더니, 내 스웨터와 셔츠를 위로 들어올리고 귀를 내 가슴에 갖다 붙이면서 말했다.

"들려줘요!"

잠시 후에 그녀가 말했다.

"사랑하는 마음이 뛰는 소리가 들려요."

그녀는 나를 놓고 외투를 벗더니 가슴을 곧게 세웠다. 가슴의 윤곽이 더더욱 분명하게 드러났다.

"우리, 해요!"

차분한 그녀의 말투에 내가 잘못 들은 게 아닌가 생각했다. 내가 의아한 듯 그녀를 바라보자 그녀가 말했다.

"무얼 그리 보세요, 겁나요? 오늘 해금解禁이에요!"

그제서야 나는 알아들었다.

"괜찮겠어?"

나는 문 쪽을 보았다.

"여기서?"

문에는 작은 유리창이 나 있었다. 그녀는 일어나 핸드백으로 유리창을 가리려고 했지만 걸 데가 없자 문을 약간 열고 핸드백의 끈 부분을 위쪽 문틈에 끼워 핸드백이 정확히 유리창을 가리도록 했다. 내가 말했다.

"여기서?"

소파 위에서 일을 치른다고 생각하니 물론 특별한 자극, 특별한 유혹의 느낌은 있었다. 평소의 변화 없는 방식에 익숙해진 내게는 이러한 규칙을 벗어난다는 것 자체가 일종의 도전이었다. 머리 속에서 윙윙 하는 소리가 들리면서 뜨거운 피가 어느 공간을 지나는 듯, 한 줄기 한 줄기가 나를 앞으로 쏠리게 했다.

그러나 내 의식 깊은 곳에서 경고음이 들려왔다. 백만 분의 일의 가능성이라도 내가 그런 위험을 무릅쓸 수는 없다. 자칫하면 모든 것이 끝난다. 수년 간의 분투가 한 순간에 사라진다.

종종 유흥업소를 기습 단속했다는 신문에 나오는 뉴스처럼, 만약에 내가 걸린다면? 게다가 핸드백으로 유리창을 가렸다는 것 자체가 이 안에서 무슨 일이 벌어지고 있다는 표시 아닌가? 여인네들이 중요하게 생각하는 것들이 내게도 중요하라는 법은 없다. 그러나 나도 그녀를 납득시킬 수 없었다. 내가 입만 열면 그녀는 내가 권력에 미쳤다고 말할 것이다. 내 생각을 읽어내지 못하고 맹효민이 말했다.

"내가 함부로 놀던 여자처럼 생각되세요? 내 말 들어봐요. 내가 함부로 놀던 여자인지 아닌지는 금방 알게 될 거예요. 오늘 당신에게 내가 당신을 위해 무엇을 지켜왔는지 알려드리죠. 난 신세대도, 신신 세대도 아니에요. 그 사람들이라면 이런 것 신경도 안 쓰겠죠."

그녀의 암시를 알아차리고 나는 더욱 어쩔 수가 없었다. 내가 말했다.

"나는 그렇게 고귀한 것을 받을 자격도 또 받을 용기도 없어."

그녀가 가볍게 말했다.

"제가 원해서 하는 거예요."

내가 말했다.

"정말 오래 지켜왔군! 팔로군 항일 전쟁도 그렇게 오래는 못 버텼을 거야. 그걸 이렇게 쉽게 잃어서는 안 되지."

그녀가 말했다.

"제가 누구를 위해서 이렇게 지켜왔는지 당신이 알아주길 바라서예요."

이어서 말했다.

"무엇보다 당신 얼굴 한 번 보기가 너무 어려워요. 전화 한 번 걸려고 몇 주를 망설였는지 몰라요. 믿어져요?"

내가 문틈에 끼웠던 핸드백 끈을 꺼내기 위해 문을 열었다. 문이 열리자 차를 든 웨이트리스가 마침 핸드백으로 잘 가리지 못했던 틈을 통해 안을 들여다보고 있는 것을 발견했다.

내가 말했다.

"뭘 보는 거야! 여긴 규율도 없어? 당장 매니저 데리고 와!"

그녀는 얼굴이 붉어져서 두 손을 늘어뜨리고 고개를 숙인 채 아무 말도 하지 않았다. 방금 충동적으로 사고를 치지 않아서 천만다행이라고 생각했다. 내가 보기에 실수가 하나도 없는 것 같은 때에도 문제가 심심찮게 발생하는데, 하물며 내 눈에도 빈틈이 보인다면 그건 너무 위험한 일이었다.

돌아오는 길에 나는 자꾸 그녀의 종아리를 힐끗힐끗 쳐다봤다. 그녀가 말했다.

"뭘 봐요?"

내가 말했다.

"재미있는 이야기가 생각나서 그래. 중학교 다닐 때 시내 영화관에서 〈10월의 레닌그라드〉라는 영화를 보는데, 극중에 "백조의 호수"를 추는 장면이 나오는 거야. 배우들이 짧은 치마를 입고 춤을 추는데, 그런데 갑자기 맨 앞줄에 앉아 있던 사람들의 머리가 전부 다 안 보이는 거야! 왜인 줄 알아? 인간들이 머리를 아래로 숙여 화면을 아래에서 위로 쳐다보고 있더라고. 너도 짧은 치마 입을 때 조심해! 자기도 모르는 새 봄빛 흘리지 말고…."

그녀가 웃으면서 내 몸 위로 엎드렸다. 그 틈을 타서 나도 그녀의 뺨에 가볍게 키스하려는 바로 그 순간, 핸들이 꺾여져 차가 길가의 나무에 부딪치면서 밭으로 곤두박질했다. 나는 맹효민의 몸 위에 쓰러졌다. 그녀가 큰 소리로 외쳤다.

"대위 씨! 다친 데 없어요?"

내가 썬 루프를 통해 먼저 빠져나오고 그녀를 밖으로 끌어냈다. 그녀가 무사한 것을 보고 말했다.

"천만다행이야, 천만다행이야! 먼저 돌아가, 택시 타고 돌아가!"

그녀는 영웅을 구하는 미인처럼 말했다.

"당신을 두고 갈 수는 없어요."

내가 말했다.

"난 괜찮아. 휴대폰으로 견인차 불러서 끌어내면 된다고."

그녀는 가지 않으려고 버텼지만, 벌써 구경꾼들이 모여들기 시작했다. 내가 말했다.

"잠시 후면 사람들이 몰려들 거야. 제발 부탁이니…."

택시를 잡아서 그녀를 안으로 밀어 넣었다. 잠시 후에 견인차가 와서 내 차를 끌어올렸다. 수리도 할 겸 아예 끌고 갔다.

그때 마흔 살 남짓 되어 보이는 사내가 나를 막아서더니 자기 벼를 망가뜨렸으니 물어내라고 했다. 내가 그에게 오십 위안을 주자 그가 물리쳤다. 내가 말했다.

"내가 망친 게 몇 그루나 된다고 그러십니까? 한 번 세어 보세요! 오십 위안이면 벼를 한 섬은 살 거요."

그가 말했다.

"내 벼는 보통 벼가 아니란 말이요. 최상급이요, 최상급! 벼 한 알이 내년에는 벼 한 그루가 되고, 거기에 또 수백 알이 맺히고, 그 수백 알이 내후년엔…."

내가 그의 주머니에 오십 위안을 더 쑤셔 넣자 그가 말했다.

"그만 둡시다. 그러게 누가 나 같은 놈 건드리랬소?"

나도 웃으면서 말했다.

"만약 형씨 닭이라도 치었더라면 황금 알 낳는 닭이라고 우겼겠소. 황금 알에서 황금 닭이 나오고, 그 황금 닭이 또 황금 알을 낳고…."

그도 입을 헤 벌리면서 웃었다.

"매일 한 대씩만 내 밭에 메다 꽂혀 줬으면 좋겠네."

차 수리비로 육천 위안도 넘게 들었다. 서 기사더러 가서 몰고 오라고 했다. 모두들 놀란 표정으로 내 안전에 대해 물으면서 천만다행이라고 손뼉을 쳐댔지만, 자동차나 수리비에 관해서는 아무도 말을 꺼내지 않았다. 또 아무도 내가 왜 거기까지 갔었는지 묻지 않았다. 허소만이 일찍이 말했었지. 자리에 오르면 자유가 생긴다고…. 자유가 별것인가? 이게 바로 자유지!

나는 나와 맹효민의 관계에 대해 심사숙고했다. 그리고 결국 사사로운 정으로 대사를 그르칠 수는 없다고 생각했다. 이렇게 많은 사람들이 나를 보고 있는 한, 언젠가는 밝혀질 것이다. 일이 밝혀진다고 해서 내가 반드시 자리에서 물러나야 되는 건 아니라 하더라도, 그러나 좋지 않은 무수한 말들이 있을 것이다. 게다가 맹효민 쪽에서 일이 터지지 않는다는 보장도 없다. 일단 깊은 관계를 맺었다가 그녀가 나한테 가정이라도 요구한다면? 자기도 본인이 벌 받을 짓을 한다고 이야기는 했지만, 나도 만의 하나 준비를 하지 않을 수 없다. 또 그녀도 벌써 스물 넷. 그녀더러 몇 년을 더 기다리라고 하는 것도 차마 못할 짓이다.

마음을 정리하고 그녀에게 전화를 걸어서 더 이상 그녀를 잡아둘 수 없는 이유에 대해 설명했다. 그녀는 그 자리에서 울음을 터뜨렸다. 나는 수화기를 들고 몇 분간 그녀가 우는 소리를 들었다.

"나도 너를 돕고 싶어. 의학원에 가서 연수라도 받도록 내가 어떻게 해볼게. 구뿧 사장한테 너를 연수 보내달라고 이야기할게."

나는 당장 구 사장에게 전화를 걸었다. 그는 나와 맹효민의 관계에 대해서는 묻지도 않고 즉각 승낙했다. 내가 말했다.

"출혈이 크겠어요. 삼만 위안 쯤 들던가요?"

그가 말했다.

"별것 아닙니다. 누구나 다 해결해야 할 일이 있지요 뭐…."

이어서 말했다.

"저도 마침 지 청장님께 도움을 청할 일이 있는데…."

85. 절망의 나무에 희망을...

올해 전문대를 졸업한 그의 아들이 안태제약에 취직하고 싶어한다는 것이었다. 안태제약 사람들은 우리 사주로 다들 제법 돈을 벌어서 주위 사람들의 부러움을 사고 있었다. 정철군에게 얘기해서 그 정도 일 처리하는 거야 별로 어렵지 않다. 그래서 곧바로 대답했다.

"그 정도야, 그 정도야 아무 일도 아닙니다. 누구에게나 다 해결해야 할 일이 있는 것 아닙니까?"

나는 이 일을 얼른 해결해버리려 했다. 그리고 또 안 선생님의 딸 아아阿雅의 인사문제도 있는데, 이미 너무 오래 끌어왔다. 다음 달에 노동자 대표회의가 열리고 조례가 정해지고 난 후에는, 만약 누가 그렇게 하는 이유라도 묻는다면, 그때는 나로서도 할 말이 없게 된다.

86. 위에서는 정책政策, 아래서는 대책對策

맹효민의 일은 그렇게 마무리되었다. 마음속으로 조금 억울하다는 생각이, 괜히 누군가가 원망스럽다는 생각이 들었다. 생각해보면, 나는 금전의 유혹도 이겨냈고 색色의 유혹도 이겨냈다. 이것은 결코 쉬운 일이 아니다. 재물과 색을 멀리할 수 있다면 무서울 게 뭐 있어? 나는 그야말로 불패不敗의 땅에 서 있는 셈인데 감히 누가 내 꼬리를 밟을 생각을 하겠어? 만약 그런 생각을 하는 자가 있다면 꿈 깨라지! 나도 이제는 팔 걷고 나서서 뭔가 일을 좀 할 수 있게 됐어. 나는 이런 생각을 하면서 한 대 치기라도 할 듯이 어깨에 힘을 넣어 팔을 한 번 휘둘러보았다.

그 즈음 어느 날 정소괴가 아내와 아이를 데리고 우리 집에 왔다. 문을 들어서면서 말했다.

"우리 강강强强이 일파랑 놀고 싶다고 하도 졸라서…. 송나도 동류랑 할 이야기가 있다고 해서 제가 따라왔습니다."

나는 얼른 자리에 앉으라고 권하면서, 그가 할 말이 있어서 왔다는 것을 금방 알았다. 몇 년 전에 내가 동류와 함께 마 청장 댁에 갔을 때에도 맨날 일파 평계를 댔던 게 기억났다. 몇 년 전 일인데 아직도 똑같구먼….

동류는 송나와 수다를 떨기 시작했다. 먼저 옷 이야기에서 시작하여 좀 지나자 피부 미용의 화제로 넘어갔다. 송나가 미백이며 잡티 제거의 비방에 대해 얘기를 시작하자 동류는 정색을 하면서 받아 적기 시작했다. 나는 텔레비전을 보면서, 정말로 정소괴가 동류한테 미백 이야기 하는 송나를 따라 왔다는 말을 믿는 표정으로, 드문드문 그와 얘기를 나눴다. 그러면서 그가 어떻게 화제를 꺼내는지 한 번 보고 싶기도 했다.

동류와 송나의 대화를 듣고 있자니, 동류가 대화의 주도권을 잡고 있음을 알 수 있었다. 몇 해 전 내가 정소괴네 집에 갔을 때와 전세가 뒤집혔군! 남자가 느끼는 무언가를 여자들도 느끼는 것이 분명했다. 대화에서의 주도권, 이것이 바로 남자들이 권력에 집착하는 중요한 이유이며, 또한 여자들이 남편의 성공을 갈망하는 중요한 이유다. 남자뿐 아니라 여자도 그 느낌을 따라가는 것이다.

그는 이런저런 이야기를 하다가 결국 말을 꺼냈다.
"사람 다루기가 점점 더 힘들어집니다. 사람들마다 자주성이 점점 강해져서요. 도대체 말을 안 들어요."
송나가 얼른 끼어들면서 말을 이어받았다.
"저희 바깥양반도 그것 때문에 난처할 때가 한두 번이 아니에요. 전번 달에 운양시雲陽市에 급한 일이 생겨서 사람을 출장보내야 하는데, 저마다 집에 일이 있어서 갈 수 없다는 거예요. 결국 이 양반이 직접 갔어요. 처장 노릇하는 것도 불쌍해 보인다니까요."
나는 속으로 웃었다. 어쩜 저렇게 똑같을까? 부창부수夫唱婦隨! 왕년에 나와 동류도 내가 한 소절小節, 동류가 한 소절, 저렇게 불렀었지. 마 청장 보기에도 이렇게 티가 났을까?
내가 말했다.
"불쌍하다면 불쌍하지요. 그렇지만 송나, 그 불쌍한 자리에 앉고 싶어 안달하는 사람이 어디 한둘인 줄 아세요?"
나는 말하면서 웃음을 터뜨렸다. 정소괴도 억지웃음을 지어보였다.

내가 얼른 말했다.

"그렇게 생각하면 제 자리도 불쌍한 자리입니다. 동작 하나 말 한 마디 누군가가 다 살피고 있으니 말이에요. 믿어지세요?"

그는 하려던 말이 중간에 끊겼지만, 끝까지 포기하지 않고 이어서 말했다.

"시장경제가 사람들의 마음을 어지럽히고 있습니다. 맨날 경제적 이익만 따지고…. 만약 주어진 것 이상의 일을 조금이라도 맡기려고 하면 빤히 쳐다보면서 다음 말을 기다리지요. 얼마 더 줄 거냐, 이거죠. 인민을 위해 봉사한다는 그런 취지는 잊혀진 지 이미 오랩니다."

너 정소괴가 인민을 위해 봉사한다는 말을 다 해? 내가 너와 알고 지낸 게 어제 오늘의 일이냐?

송나가 또 고개를 돌리고 말했다.

"인민을 위해 봉사한다는 말을 아직도 해요? 일 좀 더하고 백 위안, 이백 위안 더 버는 게 낫다, 이거죠. 저이네 부서 사람들 중에는 교양 있는 사람 몇 안 돼요."

차를 마시는 동류의 입이 웃고 있었다. 그녀도 이런 연기에 아주 익숙했다. 나는 말을 빙빙 돌릴 시간이 없어서 말했다.

"정 처장, 업무상 무슨 어려운 점이라도 있어? 위생청 차원에서 도울 일이라도?"

내가 이야기를 까발리자 그는 조금 어색해 하면서 말했다.

"제가 오늘 온 것은 사실 청에 보고드리고 싶은 일이 있어서입니다."

내가 말했다.

"무슨 할 말이 있는 것 같아 보였어."

그가 또 웃으면서 말했다.

"지 청장님이 어떤 분이신데, 뭔들 모르시겠습니까! 위생청에선 각 부처별 소 금고를 정리할 생각이라면서요? 그 정책은 저희도 지지합니다."

내가 말했다.

"위생청이 그렇게 하려는 것은 행여 간부들이 실족失足하는 일이 없도록 간부들을 보호하기 위해서야. 위생부의 검역국檢疫局도 바로 그 소금고 문제 때문에 국장에서 처장까지 전부 뒤집혀지지 않았나. 돈을 손 안에 쥐고 있는 사람에게 마음을 고요한 물처럼 가지라고 요구하는 건 비현실적이야. 전번에 금엽부동산에서 육십만 위안을 내 눈앞에 들이밀었을 때, 나는 가슴이 안 뛰었을 것 같은가? 비현실적이야!"

그가 천천히 고개를 끄덕이는 모습이 마치 문제의 심각성을 깨달은 것 같았다. 그가 말했다.

"위생청에서 정말로 저희를 배려해서 취한 조치로군요."

내가 말했다.

"나 자신을 위해서이기도 하지. 아래에서 문제가 생기면 위에서 책임을 져야 하잖아. 요즘은 이전과 달라서 문제를 일으킨 사람만 책임을 지는 게 아니라 그 상사까지도 문책을 당해. 이런 생각을 하면 잠이 안 와. 각 부처별 소 금고를 없애지 않으면 정책을 위반하면서 부당한 수입을 얻으려는 행위를 막을 수가 없어. 지금은 사람들도 이전 같지 않아. 그들도 추국(秋菊:귀주(貴州) 이야기의 주인공. 억울한 일을 당하면 참지 않고 끝까지 소송을 제기하여 결국 이긴다는 스토리다―역자)한테서 배워 가지고 무슨 일이든 다 따지고 해명을 들으려고 하지. 그때 그들이 따지고 해명을 듣겠다고 어디로 찾아가겠어? 적십자회로 찾아가는 게 아니야! 기초건설처로, 자네의 의정처로, 위생청으로 찾아와서 따지고 해명을 들으려 할 거고, 나한테까지 찾아와서 따지려 들 거야."

나는 속으로, 내가 이 정도까지 말을 하는데 너 정소괴가 또 무슨 말을 더 할 수 있겠느냐고 생각했다. 그러나 웬걸, 그는 몇 번 헤헤, 거리면서 웃더니 계면쩍은 듯이 말했다.

"그렇지만 저희 의정처의 사정은 정말 특수합니다. 사람을 파견해서 처리하는 일도 많아서, 위생청에서 나오는 보조금만으로는 적극성을 끌어내기 힘듭니다. 저희 처에서 따로 보조금을 줘야 하는 상황입니다. 외부와의 교류가 다른 부처보다 많은 상황이고, 보통 우리가 내려가면 그쪽에서 접대를 하잖습니까? 그런데 그쪽에서 누가 올라왔는데 저희가 시원찮게 대접을 할 수 있습니까? 그런 식으로 해서야 앞으로 일을 어떻게 합니까? 사실 간단하게 끝낼 수 있으면 저희도 좋습니다. 아무도 그깟 먹을 것에 연연하지 않습니다. 하지만 전반적인 분위기가 이런데 저희 의정처 혼자만 버틸 수 있습니까? 저쪽에서 온갖 해산물로 접대할 때는 그게 다 우리 위생청 사람들을 높이 평가한다는 증거인데, 그런데 우리는 배추, 무 반찬으로 접대하라고요? 그쪽에서 우리를 어떻게 보겠습니까? 접대하고 접대 받는 과정은 사실 서로의 체면 때문인데, 중국 사람은 그놈의 체면 때문에 피해가 막심합니다."

그의 말이 완전히 틀렸다고 할 수는 없다. 인정人情의 무게가 얼마나 무거운지는 나도 잘 아는 바다. 그렇지만, 정소괴 너 이 녀석, 일년을 통틀어 집에서 몇 번이나 밥 먹었냐? 네가 일년 동안 쓰는 판공비를 하나하나 따져보면 여러 사람 까무러칠 정도 아니야?

내가 말했다.

"위생청에서 특별 교제비를 배정하도록 하지. 그리고 그걸 어떻게 썼는지 연말에 모두에게 발표하도록 하고…."

그가 말했다.

"손님 올 때 패스트푸드로 때우지 않는 한, 그런 것을 발표할 경우 남들이 욕하지 않을까요? 오히려 위생청의 위신을 떨어뜨리는 게 될 것 같습니다. 이런 왕래가 사실 워낙 많아서요."

그러니까 네 말은 암실에서의 조작이 불가피하다는 거냐?

내가 말했다.

"그러면 정 처장의 생각은?"

그가 말했다.

"저희 의정처의 사정은 특수하니, 특수한 정책을 적용시켜 주실 수 없겠습니까?"

생각해 보니 의정처의 사정이 정말로 좀 특수하기는 했다. 그래서 말했다.

"위생청에서 한번 고려해 보도록 하지."

며칠이 지나자 마치 약속이라도 한 듯 각 부처에서 모두 달려와서 자기네 특수한 사정에 대해 이야기했다. 그들이 대는 이유들은 모두 다 그럴듯했다. 정소괴가 말한 것보다 더 그럴듯했다. 부처장들의 말에 따르면, 하는 일마다 다 재정처에 가서 돈을 타 써야 한다면 아무 일도 할 수 없다는 것이다. 그러나 그것은 다 표면적인 이유이고, 사실은 돈을 자기 손에 쥐고 있어야겠다는 것이었다. 기초건설처의 역易 처장까지도 와서 똑같은 소리를 지껄이기에, 내가 말했다.

"중앙에서 수입과 지출을 일치시키라고 명문明文으로 규정하고 있지 않나? 이것이 중국의 제도야. 소 금고 때문에 발생하는 문제가 어디 한둘인가? 이제 위생청 차원에서 그 문제를 양성화하겠다는 건데 어떻게 하나같이 죽자 사자 막으려 들지? 행여 과오를 범하게 될까봐 겁나지도 않나?"

역 처장이 고개를 약간 숙이면서 말했다.

"만약 우리의 이런 것까지 과오를 범하는 것이라고 하신다면 세상에는 과오를 범하는 인간들이 너무 많습니다. 그 누가 천하의 모든 사람들을 한꺼번에 다 때려잡을 수 있습니까? 또 누구에게 그럴 자격이 있습니까? 누구가요? 정말로 부정부패라고 할 수 있는 케이스는 대머리에 붙어 사는 이와 같아서 잡으려 해도 잡기가 어렵습니다. 누가 이런 터럭처럼 자잘한 일까지 다 관리할 수 있습니까?"

그의 말은 사실이었다. 결국 그들의 이해관계를 건드려서는 안 된다는 것이다. 그러나 그런 사실을 인정하고 그대로 간다면, 그러면 내가 하고 싶은 일은 물 건너가게 된다. 각 부처의 소 금고부터 시작하려고 했던 위생청의 행정공개 계획은 첫걸음도 내딛기 전에 좌초할 위기에 놓이게 되었다. 가슴속 가득 치밀어 오르는 화를 역 처장에게 퍼붓고 싶어서 눈을 들어 그를 보니, 그는 여전히 그곳에 얌전한, 심지어 처량하기까지 한 자세로 서 있었다. 내가 말했다.

"가보게! 청에서 다시 연구해보지."

나는 갑자기 고독을 느꼈다. 그러나 무슨 일이든 모두의 도움을 받아서 추진하지 않을 수 없다. 그러므로 내가 그들을 내칠 수는 없는 것이다. 만약 내쳤다가 사람들이 들고 일어나기라도 해서 문제가 성省 차원으로 커지면 그때엔 내 체면이 뭐가 되겠는가? 혹시 이 인간들이 뒤에서 서로 짰나? 비밀리에 무슨 묵계라도 맺었나? 안 그러고서야 어떻게 하나같이 똑같은 소리를 할 수 있지? 정소괴, 어쩌면 이 녀석이 이 일을 주도하고 있는 것인지도 모르겠다. 내가 모든 사람들을 물먹일 수는 없지만 너 하나 물 먹이는 건 간단하다. 출장 간답시고 전 가족을 데리고 광주廣州까지 여행을 다녀오면서 그 비용을 의정처 금고에서 빼내 갔다는 것, 내 다 알고 있어! 작년에는 자기가 자기한테 초과근무 수당이랍시고 몇 만 위안이나 가져갔다는 것도 내가 다 알고 있어! 게다가 매일같이 네 아들놈을 학교까지 차로 데려가고 데려오는데, 그건 또 어찌된 건가? 네 애가 노동 영웅 뇌봉雷鋒이라도 된다는 말이냐?

내 생각을 구립원과 풍기락을 비롯한 몇몇에게 이야기하자, 구립원이 말했다.

"그런 일이 있었습니까? 정소괴 그 친구 엉터리군요!"

내가 말했다.

"무슨 특별한 대책은 없겠지만, 처장 시킬 사람쯤이야 얼마든지 찾을 수 있어요."

풍기락이 말했다.

86. 위에서는 정책, 아래서는 대책

"서두르지 마세요. 간부 한 명을 처리하는 게 그렇게 쉬운 일은 아닙니다."

이번 일에 풍기락은 줄곧 비협조적이었다. 순간 번갯불이 번쩍했다. 저 인간을 확 처버릴까? 그런데 저녁에 풍기락이 우리 집으로 찾아왔다. 그는 자리에 앉자마자 입을 열었다.

"다른 사람 앞에서 하기 힘든 말이 있어서 찾아왔습니다. 위생청 사람들이 모두 이번 일을 지지하고 있는 것은 아닙니다. 지 청장님, 모르시겠습니까?"

그의 지적에 나는 갑자기 정신이 번쩍 들었다.

"그 사람을 이야기하는 겁니까?"

나는 공중에 '구됴' 자를 써보였다. 그가 말했다.

"제 소식통에 의하면, 그 친구가 각 부처를 돌면서 공작을 하고 있습니다. 사실은 그 인간이 나머지 사람들을 움직이고 있습니다. 그렇지 않으면 그들이 어찌 감히 청장님께 하나하나 찾아갔겠습니까?"

그랬구나! 구립원이 나를 외통수로 몰아넣으려고 했구나! 멈출 수도 없고 돌이킬 수도 없는 외곬으로 몰아넣은 다음, 내가 옴짝달싹 못하게 되면 자기에게 기회가 오게 될 테니…. 사실, 이번 개혁은 각 부처장들의 아픈 곳을 찌르는 것이다. '과오' 過誤라고 하지만, 따져보면 누군들 그 정도의 과오 한 번 안 범해본 적 있는가? 또 앞으로 실수하지 않으리라는 보장은…. 따지자면 끝도 없다. 내가 따지고 들면 자신들의 안전이 위협을 받는다. 자신들의 기득권을 보호하기 위해 연합전선을 편 것이다. 풍기락이 말했다.

"며칠 전에 제가 사람들의 반응이 심각하다고 말씀드렸지요? 바로 그 사람들 이야기입니다. 어떤 사람들은 듣기 안 좋은 말들도 하더군요."

내가 가볍게 웃으면서 말했다.

"듣기 안 좋은 말이 어떤 건지 저한테도 좀 들려주시지요."

그가 말했다.

"말할 필요도 없는 소리죠. 너무 개인의 정치적인 업적만 추구한다, 뭐 그런 소리 아니겠습니까?"

나는 손가락으로 책상을 두드리면서 말했다.

"나는 그저 당의 정책을 실현하고 싶었던 것뿐입니다. 위생청의 행정 공개를 외친 것이 벌써 몇 년째입니까? 그런데 그래서 뭐 하나 공개된 게 있습니까?"

그가 말했다.

"세상일은 그렇게 하나부터 열까지 책에서처럼 딱 맞아 떨어지는 게 아닙니다."

그는 매우 완곡하게 표현했지만 그 뜻은 명료했다. 내가 너무 세상 물정을 모르고, 세상물정을 모르다 못해 백면서생처럼 군다는 것이었다. 이 세상에 원칙에서 출발하는 일이 몇이나 되나? 윗사람들은 정책 하고 떠들 줄만 알지 아래에서 그 정책을 실현하려면 얼마나 큰 어려움이 있는지에 대해서는 신경도 안 쓴다. 위에서 정책政策을 수립하면 아래서는 대책對策을 마련하기 위해 진력하는 게 현실이다. 그리고 사실 엄밀히 따지면, 나같이 어느 정도 깨끗한 이미지를 자신하는 사람들도 결코 이 문제에서 자유로울 수 없다. 난들 그 물에 손 한 번 안 담갔을까? 그래, 내가 너무 순진했다. 중요한 선만 안 넘고 큰 문제만 안 일으키면 되는 것이지 내가 꼭 그렇게 할 것까지야 뭐 있나? 모두들 자기 분수를 지키고 월급과 보너스로만 살라고 강요한다고 해서 그게 먹혀들겠나? 권력이 자기 손안에 있을 때 자기를 위해서 뭐라도 챙기려 드는 것, 그건 사실 어쩔 수 없는 일이다. 하느님도 어쩌지 못하는 일인데 내가 하느님보다 더 위대한가?

나는 내가 이렇게까지 고독해질 줄은 생각도 못했다. 구립원은 말할 것도 없고 풍기락조차 나를 지지하지 않는구나. 나는 울화가 치밀어서 말했다.

"그럼, 그놈의 정소괴는 어떻게 하지, 정소괴는? 평소에 먹고 마시는 건 그렇다 치더라도, 기관의 돈으로 여행까지 가는데? 자기 자신한테 초과근무수당까지 지급하고 있는데? 광주는 또 무슨 일로 출장을 갔었는지 한 번 따져봐야겠어!"

풍기락이 말했다.

"원칙대로라면, 정 처장 그 친구 물론 잘못했지요. 그런데 그런 식으로 사는 사람이 우리 위생청에 어디 한둘입니까? 찾아내면 줄줄이 사탕인데, 그 친구들 빼면 업무가 안 돌아갑니다. 위생청의 안정과 단결을 위해 이번 일은 위생청 회의에서 큰 원칙을 제시하는 선에서 한 말씀 하시고 그냥 넘어가는 게 어떻겠습니까? 다음부터는 그런 일 없도록 하라고 말입니다."

이런 식으로 정소괴를 놓친다는 사실에 나는 정말 화가 났지만, 생각해보니 달리 뾰족한 수도 없었다. 내가 말했다.

"그럼 풍 부청장님이 얘기하세요. 나는 아무래도 못 참고 그 인간 이름을 찍어서 말해버릴 것 같습니다."

그는 조금 난처해하는 척했으나 결국 승낙했다. 그가 말했다.

"옛 어른들 말씀이 구구절절이 다 맞습니다. 이런 말도…"

내가 말을 자르면서 말했다.

"물이 너무 맑으면 고기가 못 산다(水至淸則無魚)는 말 말이지요? 그럼 우리 이제부터 한 쪽 눈만 뜨고 한 쪽 눈은 감고, 보고도 못 본 척하고 삽시다."

그러면서 한 쪽 눈을 찡그려 보이면서 그를 향해 씽긋 웃었다. 그도 웃으면서 말했다.

"사실 모두 다 살기 힘듭니다. 주어진 일 외에도 할 일이 좀 많습니까? 지금 사회는 시장경제 사회라는데, 우리 사정은 하나도 반영 안 되고 있으니 그것도 문제지요. 사람들이 받는 월급이 기껏 해야 얼마나 됩니까? 자기들 손 거쳐 간 크고 작은 사장들은 진료소도 열고 약국도 열고 해서 영세한 사장들도 십만 위안, 몇 십만 위안씩 버는데, 그것 생각하면 다들 마음도 불편하고 배도 아프겠죠. 생활비도 이렇게 많이 드는데…. 거기다가 위생청까지 개혁한다고 나오면 모두들 살기만 더 어려워지게 되지요."

그렇다면 부정부패에도 다 이유가 있다는 소리란 말인가? 이 인간들이 살기 어렵다면, 그러면 일반 직원들은? 그러나 나는 이런 말로 그를 되받아칠 수가 없었다. 어찌 되었건 그는 나를 생각해서 한 말이었고, 뒤에서 음흉한 수작 부리고 있는 구립원 같은 놈보다야 훨씬 나았던 것이다.

내가 말했다.

"먹고 마시고, 비행기 타고 날아다니고, 호텔에서 문건 작성하는 사람들이 사는 게 힘들다고 하면, 그럼 머리에 모자 하나 없는 사람들은요? 그 사람들은 어떻게 삽니까?"

그도 씩 웃더니 아무 말도 안 했다. 생각해 보니, 천 마디 만 마디의 말에도 불구하고 결국 더 높은 자리에 앉아 있는 사람이 더 많은 이익을 챙겨야 한다고 모두들 생각하고 있었다. 그리고 어떤 식으로든 그 생각을 현실에 반영하려고 노력한다. 가는 길은 천 갈래 만 갈래일 수 있어도 목적지는 단 하나 뿐이란 것, 이 또한 게임의 규칙 아닌가! 내가 그들의 길을 막으려고 했으니 이는 게임의 규칙을 위반한 것이다. 그래, 이론은 이론이고 현실은 현실이다. 막상 일이 터지면 아무리 수천수만 가지 이론들을 갖다대면서 떠들어댄들 무슨 소용인가? 최후에 가선 결국 유일한 결과로 돌아오고 말 텐데…. 내가 말했다.

"모두들 너무 자기 생각만 합니다."

그가 말했다.

"그렇다고 할 수 있지요. 원래 다 그런 것 아닙니까?"

이어서 말했다.

"사회에서 우리에게 요구하는 수준도 사실 별로 높지 않습니다. 그저 경제적인 문제에서 일정한 선만 넘지 않으면 그 간부는 그래도 괜찮은 편에 속하는 겁니다. 우리 위생청도 모두에게 그 정도만 요구하고, 대신에 경제적인 문제만큼은 확실하게 단속하도록 하죠. 요구 수준이 너무 높으면 거기에 맞추기가 어렵습니다."

내가 말했다.

"다시 연구해 봅시다."

나는 풍기락을 아래층까지 바래다주고 손바닥을 맞잡고 악수를 나누었다. 정말로 나를 생각해주는 사람에게 이 정도 표시는 해줘야지. 위층으로 올라와서 안 선생님께 전화를 걸었다. 안 선생님이 말했다.

"나는 퇴직했으니 이젠 국외자局外者일세. 나와 얘기해봐야 무슨 소용인가? 위생청 일은 별로 알고 싶지도 않네."

내가 오랫동안 못 찾아뵌 것에 대한 서운함이 있는 듯했다. 나는, 안 선생님 딸 일을 부탁받은 지가 한참 되었는데 아직도 처리 안 했다는 생각이 번뜩 들었다. 내가 잘못 했구나! 내가 말했다.

"그럼 안 선생님 방해는 하지 않겠습니다. 아야阿雅 문제는 빠른 시일 내에 해결하겠습니다. 그런데 어느 부문으로 가고 싶어 하는지요? 다른 사람 일은 몰라도 안 선생님께서 말씀하신 일인데 제가 무슨 일이 있어도 가슴에 담아두겠습니다."

그가 말했다.

"그럼 부탁 좀 하겠네."

나는 또 사정 이야기를 꺼냈다. 그가 말했다.

"세상에 널빤지로 자기 몸을 치는 일이 어디 있나? 그런 경우는 없지. 그런 경우는 없어!"

87. 바람 안 통하는 벽은 없다

　보아하니, 이런 상황에서는 부처별 소 금고를 정리하려던 일을 더 이상 밀고 나갈 수가 없을 것 같다. 부처간 물밑 접촉과 위생청 내에 암투가 있는데, 그렇다고 내가 군중을 직접 선동할 수도 없잖은가. 만약 그렇게 되면 그게 바로 문화대혁명이지! 정소괴 하나 내치고 다른 사람을 앉혀 본들 얼마 지나면 그 일이 그 일이고, 그 문제가 그 문제고, 별로 나아질 것도 없을 텐데…. 가끔 예리한 의견을 내놓는 그 사람들을 자리에 앉히면 좀 달라질까? 그러나 그 사람들의 그런 적극성도 사실은 남이 갖는 걸 자기가 못 가졌기 때문에 속이 쓰려서 그러는 것이 아닐까? 그 인간들을 정소괴의 자리에 대신 앉히면 어떨까? 무슨 특수 소재로 만들어지지 않은 이상, 그들도 어차피 인간이 아닌가!

　나는 육검비를 재촉해서 정리된 의견을 가져오라고 했다. 그 안에서 영감이라도 찾고 싶었다. 기왕 꺼낸 말이니 적어도 몇 가지는 채택해야 할 것 아닌가? 육검비가 프린트해서 열 몇 페이지 되는 종이를 가져왔다. 그가 말했다.

　"기본적으로 모두 원문에서 베낀 겁니다. 저희는 그저 분류만 하고 따로 건드리지는 않았습니다. 공 군과 젊은이들이 작업했습니다. 저는 거의 아무런 관여도 안 했습니다. 모두의 의견이 거기 담겨 있으니 한 번 검토해보십시오."

내가 말했다.

"자넨 어떻게 생각하나?"

내가 그 종이뭉치를 흔들면서 물었다.

그가 말했다.

"저야 뭐 별 생각 없습니다. 굳이 말씀드리자면, 모두의 의견이 꼭 다 옳은 것은 아니지만 그래도 마음속으로 하고 싶었던 말들이었을 겁니다."

육검비가 가고 난 후 나는 그 재료들을 살펴보기 시작했다.

o. 금고의 돈을 부처장들이 배분하는 데 있어서 자의성이 매우 크고, 배후조작 문제가 있어 심히 불공정하다.
o. 국가의 돈을 갖고 음식 접대, 유흥 접대를 하고, 이로부터 개인의 네트워크를 형성하고 있다.
o. 위생청 내의 간부 선발은 직원들의 평가를 거쳐야 한다. 평가를 거쳐 그 결과를 공개해야 한다.
o. 긴급한 공무가 없는데도 비행기를 타다니…. 너무 사치스럽다.
o. 주택 배분, 청약 순위 문제에서 직급이 차지하는 비중이 너무 높아 일반 근로자는 죽을 때까지 줄만 서 있고 기회가 안 주어진다.
o. 무리지어 호텔까지 가서 문건을 작성한다고? 일한답시고 놀러 다니는 게 현실이다.
o. 청장급 간부를 퇴직 후에도 이직, 휴직 대우하는 것은 명백한 국가 정책 위반이다.
o. 직권을 이용해서 친지, 친구 등 아는 사람을 자리에 앉히는 것은 직원들의 사기를 심각하게 저하시킨다.
o. 일반 근로자에게 해외출장 기회는 영원히 안 주어진다.
o. 각종 평가나 시상이 소수에 의해 독식되고 있다.

o. 사적인 용도에 정부기관의 차를 사용하면서 기름값, 도로사용비 등을 다 받아 챙기다니…. 일가족 놀러가는 데 자기 차보다 더 편하게 쓰고 있다.

o. 의료비도 사람 차별하나? 일반 근로자의 경우 좋은 약이나 비싼 약재는 의료비 지급이 안 된다.

o. 보너스 배분이 직급에 따라 너무 불공평하게 주어진다.

....

모두 서른 개 남짓 되는 조항에 대해 각각 상세한 분석과 사례가 열거되어 있었다. 내가 이 자리에 앉아서 이렇게 많은 혜택을 누리고 있는 줄은 생각도 못했다. 눈에 보이는 것이 이 정도일진데, 이런 혜택들이 엄연히 존재하는데, 사람들에게 직급 보기를 돌 같이 하라고 한들 그게 먹혀들겠어? 좋은 것은 모두 직급을 기준으로, 권력 있는 곳으로 모여든다. 이것이 바로 관 본위의 논리다. 이런 상황에서 아무리 의식 있고 수준 높은 이야기인들 설득력이 있겠나? 민중이 바보인가?

그러면서 크고 작은 회의며 신문, 텔레비전에는 모든 것이 원리 원칙대로인 양, 바르고 올곧은 척한다. 지도자나 민중이나 마음속으로는 다 알고 있다. 암묵적으로 동의하고 있는 현실 역시 게임의 규칙 중 하나이다. 지도자가 입을 다물고 있을 수 없는 것처럼, 민중들 또한 입을 열어서는 안 된다. 민중들은 절대로 자신의 목소리를 내서는 안 된다. 입을 여는 것은 반칙이다.

이런 상황은 바뀌어야 한다. 바뀌야 한다. 사람들로 하여금 말로만이 아니라 마음으로도 지도자를 따르게 해야 한다. 회색지대에서 종횡무진 주먹, 발 마구 휘두르고 다니는 그런 인간들이 있는 한 직원들이 어떻게 지도자를 마음으로부터 따르겠는가? 간부와 민중의 관계가 어떻게 조화로워지겠는가? 바뀌어야 한다. 바뀌야 한다.

나는 생각했다. 친구며 친지를 자리에 앉혀서는 안 된다는 조항만 빼고 다른 것들은 모두 진지하게 고려해 보기로 했다. 그것은 내가 당장 자리에 앉혀야 할 사람이 몇 명 있는데, 조례 중에 이런 조항을 하나 박아 놓을 경우 다른 사람들로부터 자기가 정한 규정을 자기가 어긴다는 비판을 면할 수 없을 것이기 때문이다. 그렇게 되면 내가 무슨 말을 하겠나? 바람 안 통하는 벽 없고, 예외 없는 법 없다고 했다. 다시 생각해 보니, 정부 기관의 차를 사적인 용도에 사용한다는 이 조항도 아예 빼버려야겠다. 나에게 드라이브의 자유는 줘야지. 기관의 차로 전 가족이 놀러 다닌다는 이 조항은, 사실 이름만 거론하지 않았지 내 이야기를 하고 있는 거잖아?

나는 자료를 풍기락에게 보였다. 그가 말했다.
"다른 것은 이견 없습니다만, 다만 제가 쉰이 넘었거든요, 지 청장님처럼 젊고 건강하지를 못합니다. 기력이 쇠하기 시작했죠. 좋은 약을 충분히 먹는 게 좋은데, 만약 의료비 지급상 차별이 없어진다면 저희 집 식구더러 밥을 굶으라는 소리가 되는데요…."
말을 멈추었다가 다시 말했다.
"보너스를 직급에 따라 달리 주는 게 뭐 어떻다는 겁니까? 저희가 부정부패를 저지르는 것도 아니고, 그저 그 얼마 안 되는 월급이며 수당으로 먹고 사는데, 이것은 과오를 저지르라고 몰아대는 것과 같아요."
그의 말에도 일리가 있는 것 같았다. 그래서 조항을 두 개 더 지우고 나니 개혁의 강도가 약해져서, 이전의 선명한 색깔이 바래져버렸다.

저녁에 자료를 동류에게 보여주면서 그녀의 생각을 물었다. 그녀가 보고 나서 말했다.
"차 몰고 밖으로 놀러 다니는 사람이 있다고? 그거 우리 얘기하는 거잖아요. 누가 쓴 건지 한번 조사해 봐요. 잘 좀 지켜보고 조심해요. 청장이 되어서 차 좀 몰고 다닌다고 이런 소리를 듣는단 말이에요? 이런 놈은 찾아내서 고생 좀 시켜야 해요. 차가운 의자에 앉아 있는 느낌을 한 번 맛봐야지, 안 그러면 나중에 청장노릇 어떻게 해먹겠어요?"

그녀가 그렇게 말하니 나도 따라서 화가 났다. 이건 어떤 놈이 꺼낸 말인지 내가 반드시 찾아내고야 말 테다. 하긴 말한 사람이 자기 손으로 쓰진 않았겠지? 만약 그 사람을 내가 찾고 있다는 소문이라도 퍼지면 내 스타일만 구겨지고 말 것이다. 찾아내지는 않더라도, 일차 자료들을 가져다가 한 번 보고 관찰을 좀 해봐야지. 뭐 걸리는 게 있을 거야. 이러니까 사람들이 컴퓨터로 써서 프린트 한 걸 제출했었군. 그럴 필요 뭐 있나 했더니만, 왜 지도자들을 믿지 못하나 했더니만, 지금 생각해보니 그 사람들이 옳았다. 입장을 바꾸어 생각해보니 나 역시 그 정도 은신법 하나는 준비했을 것이다.

이런 생각을 하는데 동류가 말했다.

"다른 것은 몰라요. 차 쓰는 문제도 상관없어요. 놀러 안 가면 그만이지 뭐. 택시 타고 가든가…. 그 정도 돈은 우리도 있으니까. 그렇지만 집에 관련된 건 무슨 일이 있어도 동의할 수 없어요. 직급대로 안 하면 그럼 우리더러 다른 사람 뒤에 줄을 서란 말이에요? 위생청에 당신보다 근무 연수 십년 이상 많은 사람들이 얼마나 많은데, 그러면 그 오십 평짜리 새 아파트도 지어서 남 좋은 일만 시키는 거잖아요. 그런 게 어디 있어? 그런 법이 어디 있어!"

생각해 보니 그것도 정말 문제였다. 그렇지만 그 조항마저 지워버리면 개혁의 색채가 너무 바래버릴 것이다. 내가 말했다.

"우리한테까지 안 돌아오면 할 수 없지 뭐. 재직한 지 그렇게 오래되었으면 그 정도 기회는 줘야지. 모두에게 보여주는 거야, 새 집행부의 새로운 사상, 새로운 스타일을!"

그녀가 말했다.

"나는 다른 건 다 필요 없어요. 나는 집만 있으면 돼요. 여기선 하루도 더 못 견디겠다고요."

나도 화가 나서 말했다.

"이젠 당신이 무슨 귀부인이라도 되는 줄 알아? 아래에서 받쳐주는 일반 서민이 없다면 당신이 무슨 수로 혼자 귀해져? 양심에 손을 대고 다른 사람들 생각 좀 해봐! 옛날 고생한 생각 좀 해보란 말이야! 지금은 얼마나 행복한 거야. 그런 통자루筒子樓 집에서도 그렇게 오래 살았는데 방 세 개에 거실 딸린 이 집에는 더 이상 못 살겠다고?"

그녀가 말했다.

"내가 지금 짓고 있는 아파트에 얼마나 눈독을 들이고 있는 줄이나 알아요? 3동 동쪽 그 집은 내가 하도 오래 동안 찍어두고 봐서 벌써 우리 집이라는 감정까지 생겼다고요. 실내장식을 어떻게 할 건지까지 다 설계해 놓았다니까. 아래엔 복합 자재로 바닥을 깔고, 홈 씨어터도 사고, 당신 서재 겸 컴퓨터실로 따로 한 칸 쓰고, 나와 일파는…. 하여튼 나는 갖고 싶어요. 그리로 이사 갈 거라고요!"

나는 쓴웃음을 지으면서 말했다.

"당신은 위생청 일에 관여하지 마!"

그녀가 내 어깨에 기대면서 말했다.

"여보, 생각 좀 해봐요. 지난 몇 년간 우리가 어떻게 살아왔는지…. 그렇게 오래 고생해서 함께 투쟁하면서 오늘에 이르렀잖아요. 그게 다 반은 우리 애를 위해서, 또 반은 좋은 집에 살아보기 위해서 그랬던 게 아니었어요? 사람이 평생 그 몇 가지면 됐지, 정말로 무슨 일을 꼭 해보겠다는 것은 아니었잖아요?"

내가 말했다.

"내가 무슨 고상한 노래를 부르려는 것은 아니지만, 그렇지만 나도 해보고 싶은 일이 있어. 어렵게 기회가 주어졌으니 이제 일을 좀 해보고 싶다는 거야!"

그녀가 말했다.

"당신이 일한다는 데에는 나도 이견 없어요. 하지만 집 문제는 내가 참견해야겠어요. 참견해야 되겠다고요!"

내가 한숨을 쉬면서 말했다.

"당신 그럼 나더러 연단에 올라가서 모두에게 무슨 말을 하라는 거야? 사람들의 마음은 눈처럼 훤히 비춰. 단지 말을 안 할 뿐이야. 일단 자리에 오른 이상 해야만 하는 이야기도 있는 거야. 위에 있는 이상 정책을 안 떠들 수도 없어. 물론 내가 말했다고 해서 반드시 현실로 이어지는 것은 아니지만, 그러나 내가 다른 사람들처럼, 무뢰한들처럼, 연단에 올라가서는 이런저런 큰 소리나 치고 실제로 하는 일은 완전히 딴판이고, 그럴 수는 없잖아? 나도 체면이 있지! 생각해보니 이 자리에 앉아 있는 것도 쉬운 일이 아니야. 심리적인 수용능력이 필요한 것 같아."

그녀가 말했다.

"당신이 무슨 특별한 사람이라도 되는 줄 착각하지 마세요! 다른 사람들 하는 대로만 하면 아무도 당신 트집 잡는 일 없을 거예요. 탐관오리 부정부패한 사람들도 매일같이 부패 척결, 부패 척결, 입으로만 떠들면서 자리보전만 잘 합니다. 당신은 부정을 저지른 것도 아니고 재물을 탐낸 적도 없으면서 자리보전 못할까봐 걱정해요?"

그때 누가 문을 두드렸다. 구립원이었다. 그는 문을 들어서자마자 말을 꺼냈다.

"듣자 하니 무슨 문건이 나왔다면서요?"

"여기 있습니다. 오늘 오후에 가져온 겁니다."

"한 번 볼까요?"

그리고는 내 손에서 그것을 받아들었다. 한참 보더니 말을 꺼냈다.

"청장급 간부를 퇴직 후에도 이휴직離休職 처리한다는 것은 마 청장님 물러나시기 전에 정한 것입니다. 저희 모두 그분 손아래서 컸는데 그분께 이런 말을 어떻게 합니까? 이휴직 대우라고 해야 기껏 의료비 백 퍼센트 지원밖에 없는데, 나이 드신 분이라 이런 문제에 아주 예민하실 텐데…"

또 말했다.

"주택배분 문제도 예전대로 하죠. 안 그러면 지 청장님이나 저나 둘 다 문제 아닙니까? 그렇다면 저 아파트는 뭣 하러 짓는 겁니까? 지 청장님이나 저나 업무와 관련해서 집으로 상의하러 오는 사람도 많으니까 좀 큰 집에 사는 것이 당연한 것 아닙니까? 업무상 필요합니다."

동류가 말했다.

"바로 그거예요, 업무상 필요!"

구립원이 말했다.

"그리고 해외출장이라면, 혹시 누가 얼마 있다가 제가 미국 출장가게 된 것을 알고 고의로 저를 함정에 빠뜨리려는 것 아닙니까? 정말 악랄하군요."

이어서 말했다.

"간부를 뽑을 때 민중의 평가를 거치게 하자고요? 웃기는 소리…. 그럴 거면 조직부는 뭣 하러 있답니까? 지 청장님, 이건 우리 들으라고 하는 소립니다."

역시 나는 자리에 오른 지 얼마 안 된 티가 나는군…. 측근 몇 사람도 내 손으로 끌어올린 사람이 아니니, 마 청장님처럼 말도 잘 안 먹혀들고, 누가 무슨 이견을 제시해도 내가 마땅히 반박할 수도 없다. 보아하니 아무래도 집행부를 내 사람들로 다시 채워야겠다. 능력 볼 것 없이 충복들로 앉혀야지. 안 그럴 수 없잖아?

구립원이 말했다.

"이것 육검비 작품이지요? 자기는 뭐 대단하다고…. 멀리 갈 것도 없이, 작년에 위생청에서 유자를 두 트럭 샀지요. 그때 한 근에 얼마씩 주고 들여온 줄 아십니까? 그때 시장가격이 얼마였는지 아십니까? 위생청에서 한 번 조사해보자고 제안합니다!"

그의 말투는 나를 아주 불편하게 했다. 어찌 되었건 이번 일은 내가 육검비에게 시켜서 한 일인데 이런 식으로 말하다니…. 아주 나는 안중에도 없는 모양이다. 내가 말했다.

"이 의견은 여러 사람들이 내놓은 겁니다. 육검비는 정리에도 참여 안 했고요. 위생청에서 이런 방안을 취한 것은 사람들의 숨통을 좀 터 주자는 것이었어요. 구 부청장님이 제일 먼저 지지하지 않았잖습니까? 사람들의 의견이 좀 치우친 감이 없지 않지만 어쩔 수 없지요. 사람들이 말을 하게 한다고 해서 하늘이 무너지진 않습니다."

그가 말했다.

"말 좀 하게 내버려 두자고요? 그 인간들이 무슨 할 말이 있답디까? 만약 정말로 통쾌하게 말을 하도록 내버려둔다면, 우리는 어떻게 삽니까?"

구립원이 가고 나서 동류가 말했다.

"여보, 당신 이대로도 좋으니까 괜히 사서 고생하지 말아요. 위생청 사람들이 지지하지 않는 일을 각 부처 사람들이 지지할 리가 없고, 그걸 인민의원과 중의연구원으로까지 밀고 나가기는 어려울 거예요. 당신도 언제까지나 그 자리만 지키고 있을 것도 아니잖아요."

내가 말했다.

"민중들이 지지해줄 거야. 백 장도 넘는 이 투서들은 그럼 나 지대위가 쓴 거란 말이야?"

동류가 말했다.

"민중이 누구에요? 그 사람들 말이 먹혀들기나 해요? 자기 이름도 감히 못 밝히는데 당신이 그 사람들한테 의지하겠다고요? 당신이 의지하고 싶을 때에는 이미 텅 비고 아무 것도 없는 걸 보게 될 거예요. 수년간 옆에서 본 나도 그 정도는 알아요. 그런데 당신이 그걸 모른다는 게 말이나 되요?"

그녀의 이 말에 나는 정신이 번쩍 들었다. 민중이 누군가? 이렇게 많은 부처장들이 모두 용감하게 나서서 내게 반항할 때, 부드럽고 어리숭

87. 바람 안 통하는 벽은 없다

해도 반항은 반항이니까, 어쨌든 이럴 때, 그 민중이란 사람들은 누구 하나 나서서 나를 도와주고 있나? 그나마 그 중에서 용감하다는 사람들이 한 게 고작 무기명 투서이다. 우리 사회엔 이미 자리에 앉아 있는 사람들을 건드려선 안 된다는 암묵적 동의가 형성되어 있다. 그들의 엄밀하게 짜여진 구조, 강철 같은 단결력은 너무나도 강력해서 누구 하나 흔든다고 흔들리지도 않는다. 이제는 이 사실을 나도 받아들여야 한다. 위생청의 행정공개, 이 구호는 계속 외쳐댈 것이다. 그러나 이번 일은 이쯤에서 마무리 지을 수밖에 없다. 생각이 이에 미치자 감내하기 힘든 굴욕감이 몰려왔다. 좋은 일 한 번 하기가 하늘에 오르는 것보다 더 어렵구나. 회의석상에서는 아주 거침없이 확신에 차서 말했는데, 이제 와서 어떻게 만회하지?

 모두들 후다닥 수십 가지 의견을 내놓았건만, 나는 지금 소 금고 문제 하나를 해결하지 못하고 있으니. 여기다가 이 수십 가지 의견까지 공포한다면 하늘이 뒤집혀지겠지? 나는 또 그걸 어떻게 수습하지? 그 몇 장의 종이들을 보면서 나는 생각했다. 백색지대와 흑색지대 사이에 회색지대가 있다. 여기가 바로 권력자들의 이익 공간, 또한 그들의 운신 공간이다. 이 공간에 대한 암묵적 동의는 장기적인 준비과정을 거쳐 형성되었다. 모두가 한 뜻으로 쌓아올린 견고한 성과 같은 공간. 구리銅로 만든 담에 쇠鐵로 만든 벽. 누구도 부술 수 없다. 이익은 생존 공간이다. 그 공간을 쟁취하고 싶은 충동이야말로 인생의 가장 큰 근본이며, 몇 개의 도덕률로 억누를 수 있는 것이 아니다. 한낱 이성으로 묶어둘 수 있는 것은 더욱 아니며, 몇몇 타의 모범들이 설득한다고 해서 해결되는 것도 더더욱 아니다. 중대한 이익 앞에서는 원리 원칙을 몇 트럭 실어다 놔도 소용이 없다. 이것은 도덕적이냐 아니냐의 문제가 아니다. 원칙을 배웠느냐 못 배웠느냐, 이해했느냐 못했느냐의 문제는 더더욱 아니다. 흑색지대와는 달리 회색지대는 나름대로 할 말이 있다. 소 금고며 큰 집, 모두 업무상 필요하다는데 어쩌겠어? 물론 보통사람들도 다 나름

대로 할 말은 있겠지. 이해관계가 다르면 하는 말도 달라지게 마련이니…. 결국 원칙도 게임의 규칙에 따라 달라진다. 안 선생님의 말이 맞다. 널빤지로 자기 몸을 치는 자가 하늘 아래 어디 있는가! 이렇게 생각하니 매우 괴롭긴 했지만 그래도 정소괴를 용서할 수 있었다. 그도 인간이니까! 어느 누구도 하느님이 정해 주신 것 이상을 그들에게 요구할 수는 없다.

 ## 88. 배역의 대사와 진실은 무관하다

　나는 육검비에게 전화를 걸어서 당분간 그 자료를 밖으로 돌리지 말라고 했다. 그는 의외라는 기색 하나 없이 이유도 묻지 않고 그러겠다고 대답했다. 그리고는 이렇게 말했다.
　"지 청장님! 그 자료는 모두 원래 투서에서 그대로 베낀 것입니다. 저는 정리에 참여하지도 않았고요. 언제 한 번 적당한 때를 보아서 모두에게 이런 사실을 말씀해 주십시오."
　아직 물러선다고 말도 안 했는데 그가 먼저 물러섰다.
　내가 말했다.
　"내가 자네한테 부탁한 일인데 걱정할 게 뭐 있나?"
　나는 그냥 전화를 끊어버렸다. 나는 처음에는 나를 지지하던 인간들이 왜 후퇴할 땐 나보다도 빨리 물러서는지 이해할 수가 없었다. 그들은 심지어 정소괴 일당을 향해 일어나서 말 한 마디 할 용기조차 없었다. 그런 인간들을 믿고 일을 벌이려 했으니… 크게 낭패 볼 뻔했다. 이런 생각을 하자 더욱 고독해졌다. 육검비는 그래도 사령관쯤 되나 보다. 시작부터 후퇴 노선까지 모두 설계해 놓았으니 말이다.

　나는 며칠 더 망설였다. 정말 여기서 그만두자니 입장이 영 난처했다.

시작부터 너무 자신만만하게 굴었던 것이 후회스러웠다. 이제 비로소 분명히 알 수 있었다. 나의 자신감은 일종의 환상에서 비롯된 것이었다. 뇌물 한 번 거절한 걸로 청렴결백한 이미지가 구축되었다고, 그것으로 모두가 나를 따를 것이라고 생각했으니 말이다. 세상에 그런 일이 어디 있을 수 있겠는가? 내가 범인凡人에 불과해서가 아니다. 상대가 옥황상제라도 자기들의 이해관계를 건드리면 발끈해서 따지러 갈 인간들이다. 보통 사람들에게도 그런 용기가 있다면 얼마나 좋을까마는, 없다.

사람은 자리에 오르면 특수한 권리와 이익을 갈망하게 된다. 나도 이 점은 이해할 수 있다. 그리고 그런 충동을 억제하라는 것은 근본적으로 불가능하다. 나는 이 사실을 인정해야 했다. 사람이 바뀌어도 결과는 그다지 다르지 않을 것이다. 그저 흑색지대로만 가지 않으면, 그 선만 넘지 않으면, 회색지대 안에서 무슨 짓을 하건 나는 그저 묵인할 수밖에 없다. 대세가 그러했다. 나는 여태껏 민중들이 마음에서 우러나서 나를 따르게 하겠다는, 그들을 만족시켜 주겠다는 환상을 품고 있었지만, 그것은 근본적으로 불가능한 일이었다.

눈에 모래알 하나 들어간 것도 참지 못한다면 이 자리에 앉아 있을 수 없지. 하나하나 따지다 보면 끝도 없다. 정소괴뿐만 아니라 줄줄이 다 들고 일어날 텐데 내가 무슨 수로 견디겠는가? 또 위에서도 그렇게 까다롭게 요구하지 않고 다 묵인하는데, 내가 꼭 이렇게까지 할 필요가 있나? 나는 처음에는 기적을 이뤄내고 싶었다. 위생청에서, 그나마 평민 의식이 남아 있는 나 지 청장의 지도 하에, 일반 서민들에게 대화의 통로를 열어 자기의 소망을 표현할 기회를 주고 싶었다. 하지만 다시 생각해 보니, 그것은 불가능한 일이었다. 마치 말로는 표현할 수 없지만 도처에 존재하는 역량이 사람을 짓누르고 있는 듯했다. 여기엔 일종의 흐름, 아무도 막을 수 없는 흐름이 있었다. 이것 자체가 하나의 국면局面, 아무도 초월할 수 없는 국면이었다. 이전에 풀죽어 지낼 때 나는 나의 배역이 누군가의 손에 의해 좌지우지된다고 생각했다. 고통스러웠지만 어쩔 수 없는 일이었다. 그러나 득의만만하여 얼굴 가득 윤기가 흐르는 지금 역시 나는 나의 배역이 누군가의 손에 의해 좌지우지된다고 생각하면서 무기력함을 느꼈다. 나는 천신만고千辛萬苦, 천산만수千山萬水, 천난만험千難萬險을 다 겪고 여기까지 왔다. 무슨 일이든 해보고 싶었기 때문이다. 그렇지만 여전히 일은 내 뜻대로 되지 않는다.

동류는 내가 답답해하는 것을 보고 말했다.
"여보, 다 잊어버려요. 당신 그렇게까지 안 해도 아무도 당신 청장 자격 없단 소리 안 해요. 오히려 그런 식으로 튀는 게 더 위험하다고요."
내가 말했다.
"내가 이 자리에 앉을 때는 무언가 특별한 일을 해보고 싶었는데 그게 아니라면 내가 다른 사람들과 다를 게 뭐 있어? 나는 평범한 서민 가정 출신이야. 평범한 사람들의 마음에 얼마나 많은 아픔이 있는지 나는 다 알고 있다고. 그런 사람들에게 기회를 주고 싶다는 것인데, 막상 그들은 저렇게 소심하기 짝이 없으니 말이야…"
그녀가 말했다.
"그 사람들은 소심하게 구는 것이 잘하는 거예요. 어느 누가 이전의 조반파造反派마냥 앞으로 뛰어나오는 바보짓을 하겠어요? 어떻게 수습하려고요? 사람들은 당신이 자기들을 팔아 넘겼다고, 절반쯤 올라왔더니 아래에서 사다리를 치우더라고 원망할 거예요."
생각해보면 자기 이름을 적지 않은 사람들은 정말 선견지명이 있는 사람들이었다. 이후에 일어날 일에 대해 나보다 더 분명히 알고 있었다. 나는 뒤통수가 뜨거워짐을 느꼈다. 내가 말했다.
"나를 지지해준 사람들에 대해선 나도 다 생각이 있어. 일이 년 후에 간부 대오를 정리하고 나면, 나도 권토중래捲土重來할 거야."
그녀는 못 믿겠다는 듯이 입을 삐죽거리면서 말했다.
"똑 같은 장소에서 두 번 넘어지는 사람이라면 별로 똑똑한 사람은 아닐 것 같은데요? 이것은 몇 사람 정리하고 말고의 문제가 아니라고요."

또 말했다.

"여보, 우리 집 형편도 이제야 막 피기 시작했는데 다른 생각 좀 하지 말아요. 당신은 뭐 별수 있는 줄 알아요? 옛날에 자기가 뭐라도 되는 양 굴었을 때는 결과적으로 한 발자국도 앞으로 나가지 못했잖아요. 그런 생각을 버리고서야 겨우 오늘에 이르렀는데, 이제 또 그 병이 도지려는 거예요?"

내가 말했다.

"누가 뭐래도 나는 고생을 알고 자랐고, 누가 뭐래도 나는 지영창(池永昶)의 아들이야! 누가 뭐래도 나는 지식인이라고…."

그녀가 웃으면서 말했다.

"나도 뭐라고 권하지는 않을게요. 때가 되면 당신 생각도 자연히 달라질 거예요. 많은 사람들이 막 자리에 올랐을 때는 가슴을 두드리면서 이런 저런 약속들을 하죠. 자리에 오르면 여기 저기 불을 지피겠노라고…. 하지만 결국엔 주어진 궤도를 따라 움직이게 마련이죠."

생각해보니 그 말도 맞는 말이었다. 많은 사람들이 평민적인 태도로 자리에 오르지만, 일 이 년을 못 넘기고 생각이 완전히 바뀌고 만다. 아주 허심탄회한 자세로 기정의 궤도를 따라 움직이게 된다. 이 바닥은 마치 블랙홀과 같아서, 마치 일종의 신비한 마력이 모든 것을 정해 놓은 듯, 일단 들어가면 자기 뜻대로 할 수가 없다. 내가 말했다.

"나는 결코 다른 사람들과 같아지지 않을 거야. 관료화의 틀에 나를 처박아 넣지 않을 거라고…."

동류는 웃으면서 아무 말도 하지 않았다.

동류는 침대 위에 앉아 신문을 보다가, 갑자기 신문지를 획 내던지면서 말했다.

"이것 좀 봐요! 당신 밖에서 조심해요! 괜히 남한테 미움 사지 말고…. 안 그랬다간 우리 식구의 안전도 보장 못해요."

나도 이미 본 뉴스였다. 하남河南의 모 지방 정법政法 위원회 서기가 사람을 고용해서 살인을 저지른 사건이었다.

내가 말했다.

"그렇게까지? 쓸데없는 생각으로 괜히 지레 겁먹지 말라고."

그녀가 말했다.

"만약에…, 나는 만약의 경우를 말하는 거예요. 나한테 무슨 일이 생기는 건 상관없어요. 하지만 만약 우리 일파한테 무슨 일이 생기면 난 못 참아요. 그걸로 나는 끝장이라고요."

내가 말했다.

"위생청의 그 인간들은 그럴 위인들도 못 돼. 내가 그 인간들 똥을 몇 번 나누어 싸는지까지 다 아는데…. 당신 상상력이 너무 풍부한 거야."

그녀가 말했다.

"몇 년 전에 당신 사생활에 문제가 있다고 고발한 익명의 편지는 위생청 사람이 쓴 게 아니었던가요? 그런 사람들이 지금 당신 주위에 다 매복중이라고요. 사람도 아직 그 자리에 있고, 그 마음도 여전할 텐데, 그 사람들이 어떤 수단을 동원할지는 당신도 모르잖아요. 작년에 광동의 무슨 부副 현장이 사람을 사서 현장을 죽였다고 하더니, 이제는 하남에서 또 일이 터졌잖아요. 그것도 정법위원회의 서기랍니다. 나가서 살인범 잡아야 할 인간이 말이에요."

그녀의 이런 말을 듣는 순간 나는 세상을 이해하고 컨트롤하는 능력을 상실한 듯 느껴졌다. 평소에 내가 세상을 잘못 이해하고 있었던 걸까? 이전에는 분명 들어보지도 못한 일이었다. 이 세계는 도대체 어디가 잘못된 걸까? 잠시 후에 나는 동류가 조성한 공포 분위기에서 빠져나와 정상상태로 돌아와서 말했다.

"당신 자신을 빼고 아무도 당신을 겁먹게 할 수 없어. 하지만 당신 스스로 그렇게 자기를 들볶으면 마찬가지로 아무도 당신을 구할 수 없어."

그녀가 말했다.

"어쨌든 조심해야지. 나는 앞으로 며칠간은 일파 학교 데려다 주고 조금 늦게 출근할래요."

나는 최후의 결심을 내리고 풍기락에게 말했다.

"개혁의 강도가 너무 세서 다들 한꺼번에 받아들이지 못할 수도 있겠어요. 역시 점진적으로 안정된 절차를 밟는 게 낫겠습니다. 어떻게 생각하십니까?"

그가 말했다.

"천천히 하세요, 천천히 해요! 그렇게 한꺼번에 일을 처리하는 것은 다른 사람들은 말할 것도 없고 저부터도 받아들이기 힘듭니다. 제가 시대의 흐름에 따라잡지 못하는 걸까요?"

그와 암묵적인 동의가 이루어진 후 그 사실을 구립원에게도 전했다. 그가 말했다.

"지 청장님께서 날카로운 각오로 개혁을 결심하신 데에는 저 역시 두 손 들어 찬성합니다. 그저 몇 가지 개별 분야에서 조정이 좀 필요하다는 것이죠. 천천히 하십시오. 그럼 저희도 천천히 따르겠습니다. 언제든지 채찍을 가해 말을 빨리 달리자고 말씀만 주십시오. 저희도 반드시 따라잡겠습니다."

나는 그의 은근히 웃는 얼굴을 바라보면서 속으로 생각했다. 저 얼굴만 보고 그의 생각을 알아차릴 수 있을까? 수십 년간 단련된 저 얼굴만 보고?

육검비에게 어떻게 말을 꺼내야 할지 좀 난감했다. 너무 크고 급격하게 방향전환을 했기 때문에 그도 입장이 난처하게 되었을 것이다. 나는 점진적으로 안정된 절차를 밟겠다는 뜻을 전했다. 그가 말했다.

"저는 모든 것을 위생청의 뜻에 따르겠습니다. 절대로 개별행동은 하지 않겠습니다. 위생청에서 가라면 가고, 멈추라면 멈추겠습니다."

내가 말했다.

"불평들을 하지 않을까?"

그가 말했다.

"불평이야 하든 말든 뭐 그렇고 그런 거죠. 결국은 위생청에서 하자는 대로 따를 겁니다."

내가 위로하듯이 말했다.

"이번 일에 도움이 컸어요. 위생청 차원에서 만족스럽게 생각합니다."

그가 고개를 저으면서 말했다.

"저희야 위생청에서 시키는 대로 하는 거지요. 무슨 업적을 바라는 것도 아니고…. 그저 과실이 없기만을 바랄 뿐입니다."

이어서 또 말했다.

"그 자료는 밖으로 유출시키지 않았습니다. 컴퓨터 안에 있는 것도 곧 삭제할 겁니다. 구체적인 일은 공 군과 그 몇몇 사람들이 맡았기 때문에, 혹시 그것이 밖으로 유출되었다고 해도 제 쪽에서 흘러나간 것은 아닙니다. 적당한 시기에 지 청장님께서 모두에게 말씀 좀 해주십시오."

그 후의 일은 내가 생각했던 것처럼 그렇게 난처하게 진행되지는 않았다. 내가 방향을 바꾸자 각 부처는 여전히 내 업무를 지지했고, 내 말이 오히려 더 잘 먹혀들었다. 내가 그들의 근본적인 이해관계를 건드리지 않으니 그들도 굳이 판을 뒤집어엎고 싶어하지 않았다. 여전히 입만 열면 지 청장님, 지 청장님, 하면서 따끈따끈하게 불러대는 것이 듣는 사람으로 하여금 도취경에 빠지게 했다. 그 사람들도 알고 보면 다 좋은 동지들이다. 이런저런 조그만 결점이나 이런저런 조그만 사심 정도는 이해할 수 있다. 그저 경계선만 넘지 않는다면 내가 굳이 따지고 들 것까지야 없지 않을까? 흑색지대로만 안 빠지면 그것으로 족하다. 회색지대에서까지 그들을 옥죄고 맘대로 뛰지도 못하게 할 필요가 어디 있겠는가!

노동자 대표회의에서 통과시킨 조례에는 그래도 몇 가지 의견을 반영시켰다. 예를 들어, 특수한 상황이 아닌 한 비행기로 출장을 가서는 안 된다거나, 문건 작성을 하러 호텔까지 가지 말고 위생청 내에서 완성하라는 정도가 포함되었다. 그리고 내가 끝까지 주장한 결과, 퇴직 후에 청장급 간부를 이휴직 처리한다는 조항도 취소했다. 덕분에 그나마 체면이 살았다. 일은 그렇게 마무리되었다. 민중들은 그러나 별다른 반응이 없었다. 뒤에서 이러쿵저러쿵 말하겠으면 하라지 뭐! 아플 것도 가려울 것도 없는데….

생각해 보니, 이번에 내가 취한 조처는 처음부터 성공할 가능성이 없었다. 각 부처의 반대는 말할 것도 없고, 위생청 사람들의 우유부단함만 보아도 알 수 있다. 어떤 움직임에 떠밀리고 형세에 묶여서 나 역시 도도하던 머리를 팔년 전에 그랬던 것처럼 숙이는 수밖에 없었다. 이렇게 한다면 위에서는 나를 지지해 줄까?

그 자료를 보고 사건을 전체적으로 돌이켜 본 다음에야 분명하게 알게 되었다. 일단 자리에 앉게 되면 어쩔 수 없이 해야 하는 말들도 있다. 그러나 사람들은 그 말을 곧이곧대로 받아들여서 왜 말한 대로 실천하지 않느냐고 따져서는 안 된다. 그렇다고 그가 이중인격이니, 두 얼굴이니 하고 욕을 해서도 안 된다. 다들 자기 마음대로 어떻게 할 수 있는 것도 아니고, 그 국면을 깨고 싶다고 해서 깰 수 있는 것도 아니기 때문이다. 모두들 자신에게 주어진 역할만을 연기하고 있다. 연단 위의 배역을 맡은 자는 엄숙하고 자신 있게, 그리고 격앙된 모습으로 이야기만

하면 그만이다. 배역의 대사와 진실은 무관하다(角色語言與眞實無關). 생각해 보면 이 역시 일종의 블랙 코미디가 아닌가! 생활 속에는 수많은 코미디의 고수들이 있는데, 나도 이제 그 중의 하나가 되었다!

89. 오르는 산이 다르면 부르는 노래도 달라진다

만약 몇 년 전이었다면 상상도 못했을 일이다. 동류가 지금 같은 집에 살면서 "이런 집에선 하루도 더 못 살겠다"는 말을 할 줄이야…. 옛날에는 정소괴네의 방 두 개에 거실 하나짜리 집을 보고서도 천당 같다고 하더니. 사람은 어느 산에 오르느냐에 따라 부르는 노래도 달라진다(人到什麽山上, 唱什麽歌)고 했다. 그녀는 하루에도 몇 번씩 지금 짓고 있는 청장 관사 이야기를 들먹였다. 위생청 차원에서는 한 번도 그 집을 청장에게 배정할 것이라고 이야기한 적이 없었지만, 모두들 그 집을 '청장 관사'라고 부르고 있었다. 후에는 그 건물을 '참깨 아파트'라고 부르는 사람들도 있었다. 참깨만한 자리라도 차지하고 있는 자들은 다 자기 몫들을 제대로 챙긴다는 뜻이었다.

사람들이 지도자들에 대해 갖고 있는 인식이 이 정도밖에 안 된다고 생각하니 마음이 서늘해졌다. 나만이라도 모범을 보이고 그 집으로 들어가지 말아야겠다고 생각했다. 모두에게 보란 듯이, 나 지대위를 그런 인간으로 봤다면 잘못이라고, 나는 다른 사람과 다르다고, 그런 세속적인 시선으로 나를 보지 말라고 말하고 싶었다. 그러나 동류가 끝까지 동의하지 않았다.

내가 말했다.

"이렇게 사리가 어두워서야…."

그녀가 말했다.

"어두운 게 아니라 사리에 너무 밝아서 이러는 거예요. 진실은 내 손에 쥐어지는 것이 진실이고, 승자는 먼저 손에 넣는 사람이 승자에요. 다른 사람들이 당신이 좋네, 나쁘네, 떠들어댄들 아플 것도, 가려울 것도 없잖아요. 하지만 집은 틀려요. 매일 매일 사는 곳이라고요."

위생청의 다른 사람들도 반대했다. 구립원이 말했다.

"지 청장님, 그런 식으로 저희를 난처하게 하지 마십시오. 그렇게 되면 지 청장님이야 인기가 올라가겠지만 저희는 이러지도 저러지도 못하고 난처해집니다."

내가 말했다.

"재직 연수가 오래된 여러분들께 우선권을 드리는 것이 당연하지요. 하지만 저한테까지 차례가 돌아올지는 의문입니다."

구립원이 말했다.

"지 청장님에게 차례가 안 돌아온다면, 설령 저희한테 차례가 돌아온다고 해도 어떻게 감히 들어가 살겠습니까?"

풍기락과 구립원이 이구동성으로 말했다. 이런 사안에 있어서는 둘이 뜻이 딱 맞는구먼! 상황이 이렇게 되니 이제는 싫어도 어쩔 수가 없었다. 아랫사람들이 반대하는 걸! 아랫사람들의 비위를 건드렸다가는, 내가 아무리 잘해도, 사람들은 내 인격이 훌륭하다고 생각하는 것이 아니라 내가 위선으로 인심을 얻으려 한다고 생각할 것이다. 나는 사사로운 이익을 버림으로써 힘을 좀 얻고 바깥 사람들의 분분한 의론도 깨뜨리고 싶었지만, 아무래도 힘이 안 실렸다.

나는 당초에 구립원의 말을 듣지 말았어야 했는데, 하고 후회했다. 화공청의 선례를 따라 집을 너무 크게 짓다 보니 일반 간부들과의 간극이 너무 크게 벌어진 것이다. 다른 사람들이 배후에서 뭐라고 하겠어? 욕을 안 하면 이상하지! 구립원과 풍기락을 비롯한 몇몇이야 어찌되었건 부청장급인데다가 재직 연수도 나보다 몇 년 씩 많으니 욕먹을 일 별로 없겠지만, 나는 그 욕들을 다 듣게 될 터였다. 자리에 오른 지 얼마 되지도 않으면서 손을 길게도 뻗는다고, 그동안 성실한 척 한 말과 맹세가 다 헛소리였다고, 욕들을 하겠지….

나는 동류에게 말했다.

"나는 청장 자리에 오를 때 남들과는 각오가 달랐어. 어느 정도 경지까지 올라가서 사람들로 하여금 말뿐이 아니라 마음속으로도 나를 따르게 하고 싶었다고. 사람들이 앞에서는 헤헤거리면서 뒤에서는 구역질을 한다면, 그런 청장이 무슨 의미가 있겠어?"

동류가 말했다.

"당신 생각은 시대에 뒤떨어졌어요. 요즘이 어떤 시대예요? 먼저 손에 넣는 사람이 승자이듯이, 못 가진 사람은 패자인 거예요. 사람들이 당신 사람 좋다고 칭찬한다고 칩시다. 그게 무슨 소용이에요? 어쨌든 당신 손에는 남는 게 하나도 없는데…."

내가 말했다.

"시장경제가 당신의 사상을 망쳐버렸군! 어떻게 꼭 손에 들어온 물건만이 진짜인가?"

그녀가 고개를 끄덕이면서 말했다.

"당신이 말하는 그런 공허한 것들은 하늘가의 뜬구름 같은 거라고요. 그렇게 중요하게 생각할 가치도 없어요. 바보 같이…."

먼저 손에 넣는 사람만이 승자이며, 못 가진 사람은 패배자, 영원한 패배자란 말이지? 사람 좋다는 말의 뜻이 애매해진 지는 벌써 오래 되었다. 군자君子는 농담의 소재가 되었으며, 권력을 이용해서 사욕을 채우는 행위는 이제 명분도 서고 그야말로 "말이 된다." 낚을 수 있는데 안 낚는 사람은 거만한 사람이고, 온갖 수단을 다해 명예만 추구하는 사람이다. 사람들은 다 그렇게 생각한다. 신앙은 사라졌으며, 내세도 더

불어 사라졌고, 희생의 이유도 사라졌다.

시장은 현세주의의 강단이 되어 수시로 사람들을 교육시킨다. 공자는 말했다. "의롭지 못하면서 부귀한 것은 내게는 뜬구름과 같다"(不義而富且貴, 於我如浮雲)고. 그러나 요즘 사람들의 생각은 다르다. 공자는 분명히 죽었다. 나마저도 동류의 말에 일리가 있다고 생각한다. 부귀가 뜬구름 같다고? 그것은 귀신을 어를 때나 할 수 있는 말이지 사람한테는 씨도 안 먹힌다. 결국 인생 자체가 뜬구름 같은 것이다. 한 번 떠내려가면 그만인 뜬구름. 뜬구름은 떠내려가는 과정 자체에 의의가 있을 뿐, 아무도 떠내려간 구름을 추념追念하지는 않는다. 자기가 아무리 숭고하고 맑고 고귀하다 한들 그를 추념하는 사람은 하나도 없다. 지금은 바야흐로 형이하학形而下學의 시대이다. 사람 노릇 하기 정말 힘들군! 그러나 남들이 나를 어떻게 보든 나 지대위는 여전히 청장이며, 때가 되면 앞으로 나아가야 한다. 빠르게 치고 나가야 한다. 그렇지 않으면 사람들은 나를 이방인異族 취급할 것이고, 나를 배척하려 들 것이기 때문이다.

그 새집만 해도 사실 나도 아까워서 떨치기가 쉬운 것은 아니었다. 이런 생각이 들자 더 이상 버틸 수가 없었다. 스스로에 대해 크게 실망했다. 나 지대위가 어떻게 이런 생각을 할 수 있지? 하지만 다시 한 번 생각해 보니, 원래가 다 그렇고 그런 것이었다. 이윤 최대화의 원칙은 이 바닥에까지 파고들었다. 수많은 협잡의 대가들이 자리를 차지하고 앉아 있다. 그들은 없는 게 없다. 학위면 학위, 학식이면 학식, 성과, 경력, 인격, 직함, 말재주, 온갖 하드웨어, 소프트웨어, 신념 빼고 모든 것을 다 갖추었다. 그런데 그런 그들에게 자기 중심으로 모든 것을 설계하지 말라고 한들 그게 가능할까? 더 이상 생각하고 싶지도 않다. 감히 생각할 수가 없다.

모두의 마음을 달래기 위해 나는 기초건설처에 분부하여 건설 방안을 수정하도록, 원래 스물다섯 평으로 계획했던 다른 두 동도 서른 평으로 늘리도록 했다. 이미 사층까지 올린 건물을 기초공사부터 다시 새로 해서 각 층마다 한 호씩 더 끼워 넣도록 했다. 청장이 되었으면 모두를 위해 좋은 일을 해야 한다. 그것은 자기 자신을 위한 것이기도 하다. 관직에 오른 이상 사람들의 칭송을 듣고 싶은 마음이야 당연한 것 아닌가!

수술실에서 마취사로 일하던 동류는 이미 주치의로 승급했다. 원칙대로라면 경력이 아직 부족하지만, 그러나 나와의 관계 때문에 경耿 원장이 아내가 간호사로 있을 때의 경력까지 쳐주어 특별히 승급시켜 준 것이다. 나한테 별다른 문제만 생기지 않으면 자기가 부주임 의사, 주임 의사의 직급까지 올라가는 것도 시간문제라는 것을 아내는 이미 잘 알고 있었다. 이런 생각 때문인지 아내는 일에 별로 신경을 쓰지 않고 업무 관련 서적도 거의 읽지 않았다. 내가 몇 번이나 지적을 했지만 듣지도 않았다. 그래서 나도 그만두었다. 그녀의 모든 신경은 어떻게 하면 부족한 것 없이 제일 좋은 것들로만 갖추고 살 수 있을까에 집중되어 있었다. 아들에 관해서는 더욱 그랬다. 그녀는 언제나 아들에게 "사람 위에 사람 있다"(人上人)는 의식을 주입시키려고 했다.

"일파는 크면 아빠보다 훌륭한 사람이 되어야 한다."

그녀는 내가 무슨 대단한 사람이라도 되는 줄, 일파도 대단한 어린이쯤 되는 줄 알고 살다보니, 이런 우월감도 당연한 것이라고 생각했다. 우리 집에 오는 손님들의 굽실굽실하는 태도며 갖출 것 다 갖춰진 생활 환경은 이미 일파에게도 상당히 영향을 미쳤다. 나는 걱정이 되어 그녀에게 말했다.

"당신은 일파를 무슨 정신적 귀족으로 키우는데, 그건 일파한테 좋지 않아. 그것도 일종의 아편이야. 지금부터 귀족적인 마음 자세를 갖게 되면 나중에 바꿀 수도 없다고. 잘 풀리면 문제 없지만, 혹시 능력이 안 따라주면 좌절만 겪을 텐데, 그렇게 되면 평생 고생만 할 거라고…."

아내는 화를 내면서 고개를 저었다.
"우리 일파가 능력이 안 된다고요? 말도 안 되는 소리! 아무리 능력이 안 돼도 제 아비보단 낫다고요. 앞으로 칠팔년 후에는 미국 대학으로 유학 보낼 거니까, 아비 노릇 하려면 돈이나 준비해 둬요."

동류가 신경 쓰는 또 다른 대상은 나였다. 우리 집의 모든 것이 내 머리 위의 이 모자에서 나온 것임을 그녀는 잘 알고 있었다. 만약 누군가가 내 발목을 잡을라치면 그녀가 나보다 더 흥분하고 더 격렬한 반응을 보였으며, 결국에는 치명적인 살상력을 지닌 그런 아이디어들을 생각해내곤 했다. 그녀는 구립원이 딴 마음을 품고 있다고, 언젠가는 화를 자초할 거라면서, 어떻게든 그를 밀어내려고 했다. 그런 이야기를 하도 여러 번 듣다보니 나마저도 그런 생각을 품게 되었다. 그녀의 또 다른 근심거리는 내가 혹시 바람이라도 피우지 않을까 하는 것이었다.

그녀가 말했다.
"당신은 지금 따끈따끈한 고기만두 같아서 내가 이렇게 지키고 있지 않으면 누가 가지고 도망갈 거야. 나 말고 다른 어떤 여자가 당신과 그런 통자루筒子樓 집에서 그렇게 오랫동안 도망 안 가고 살 수 있었겠어? 그런 여자 있으면 내가 양보할 게요. 다들 이미 만들어진 것만 먹고 싶어하는데, 내가 그렇게 너그러운 줄 알아요? 이게 다 누가 구운 만두인데…."

이어서 말했다.
"당신 얼마나 힘들게 여기까지 올라왔어요! 괜히 사생활 문제로 어렵게 손에 넣은 관모 잃어버리지나 말아요."

내가 말했다.
"사생활에 문제 있는 사람이 뭐 한둘인가? 그런 일로 물러난 사람 봤어?"

그러자 그녀가 곧바로 울 것 같은 얼굴로 말했다.

"그래서 지금 당신 바람 피우겠다는 거예요 뭐예요? 관심 있던 차에 이론적 근거라도 찾았나 보네! 정말 그런 일이 생기면 내가 일파 안고 강물로 뛰어들어도 당신 나 양심 없다고 욕하지 말아요!"

내가 웃으면서 말했다.

"어떻게 된 게 중국 여자들은 몇 백 년 동안 변한 게 하나도 없지?"

그녀는 엄숙하게 말했다.

"당신 앞으로는 막서근莫瑞芹이랑 왕래도 줄여요! 혹시 그 여자 승진이라도 시키는 날엔 사람들이 그 소문 진짜였나 보다고 생각할 거요, 나도 그렇게 말하고 다닐 거고…."

내가 말했다.

"당신 나 무시하는 거야? 내가 머리 한 쪽이 터져봐라 그런 여자를 찾나…. 그 여자 아들이 열 살도 넘었다!"

동류가 팔짝 뛰면서 말했다.

"아니, 그럼 아들이 열 살 넘은 여자한테는 흥미가 없단 말이잖아. 그럼 나는? 우리 일파도 열 살 넘었잖아. 좋아요, 당신은 내가 싫다 이거지? 이제야 본심을 털어놓는구먼. 젊고 예쁜 여자 찾고 싶다, 그거지? 하긴 중년 남자를 행복하게 하는 세 가지 일이 승진하고, 돈 벌고, 마누라 죽는 거라던데, 당신은 그 중에 딱 하나만 빠지는 거잖아…. 어쩌지? 나는 당분간 죽을 생각 없는데…."

그날 이후 동류는 유난히 미용에 신경을 쓰기 시작했다. 무더기로 사들이는 화장품들은 모두 최고급품들이었다. 아침부터 저녁까지 거울 보면서 각종 데이 크림, 나이트 크림을 얼굴에 갖다 바르고, 맨날 눈가만 쓰다듬고 있었다. 매일 얼굴에 대고 두 번씩 작업에 들어갔는데, 한 번에 최소한 삼십분은 들였다. 내가 말했다.

"그러다가 거울 뚫어지겠다. 그런다고 열여덟 살 처녀시절로 돌아갈 수 있는 것도 아니면서…."

그녀가 말했다.

"누가 모를 줄 알고…. 남자들은 자나 깨나 열여덟 살 처녀만 찾는다니까, 흥!"

또 말했다.

"내가 화장하는 건 나 보기 좋으라고 하는 거지 다른 사람 보이려고 하는 것 아니니까 김칫국부터 마시지 말아요."

일주일에 세 번씩 그녀는 오이 껍데기를 얼굴 가득 붙이고는 침대에 한 시간이 넘도록 꼼짝도 않고 누워 있었다. 또 무슨 무슨 크림을 사서 하루에 두 번씩 젖가슴 위에 바르더니, 나중에는 아예 무슨 한약을 브래지어 안에 넣고 다니는 것이었다. 내가 말했다.

"도대체 이게 뭣 하는 짓이야? 내가 당신 어디가 어떻다고 말한 적 있어?"

그녀가 말했다.

"난 당신 못 믿어요. 당신네 남자들을 누가 모를 줄 알고? 텔레비전 광고에서 탄력 있는 여자, 젖가슴이 바로 솟은 여자가 예쁘다 어쩌다 하는 것도 사실은 다 당신 같은 남자들 때문이라고."

음력설이 다가왔다. 나는 마 청장께 새해인사 가는 문제로 고민하기 시작했다. 동류와 둘이 가자니 마 청장이 불쾌한 내색이라도 하면 나도 참 난처할 노릇이었다. 내가 아직도 그 인간 안색을 살펴야 하나? 위생청 사람들 몇몇이랑 가자니 또 너무 형식적이고 뻔한 자리가 될 것 같기도 하고 그리고 마 청장께도 미안했다. 어찌 되었든 마 청장이 아니었으면 오늘의 나도 없었을 것이다. 내가 동류에게 말했다.

"당신 올해 사모님 보러 갈 거야?"

그녀가 말했다.

"가야죠. 안 가면 사모님이 늑대 심보라고 욕하지 않겠어요?"

내가 말했다.

"사람이 자리에 있을 때나 인정도 받는 거지, 자리에서 물러난 후에까지 진심으로 자기를 기억해 주기를 바라는 것은 너무 비현실적이지 않아?"

그녀가 말했다.

"당신이 안 가도 나는 갈 거예요. 당신이 그렇게 미안한 짓을 많이 했는데 원망 몇 마디 듣는 것도 뭐 당연하죠. 나는 그 정도 수모는 각오하고 있어요."

그녀가 이런 식으로 이야기하니 나도 용기가 솟았다. 그 정도 수모는 각오해야지…. 어쨌든 그런다고 내 모자가 떨어지는 것도 아닌데 무서울 게 뭐 있어?

음력설 날 나는 동류와 일파를 데리고 집을 나섰다. 아내는 고한양생정古漢養生精과 홍도紅桃 K 같은 보양품補陽品을 샀다.

내가 말했다.

"그 어른은 중의학 공부하시는 분인데, 차라리 과일이라도 사가는 게 실속 있지 않겠어?"

그래서 수입 사과 한 상자도 사고, 다른 사람이 가지고 온 술도 두 병 들고 갔다. 가기 전에 나는 변상卞翔에게 전화를 걸어, 마 청장님의 최근 근황을 물었다. 최근 거의 두문불출한다는 사실을 알고 심적인 부담이 더해졌다. 내가 바로 마 청장을 그렇게 의기소침하게 만든 장본인 아닌가!

사모님은 문을 열더니 놀란 얼굴로 말했다.

"지, 지 청장 오셨어요?"

나는 한 주먹을 다른 손으로 감싸고 허리를 굽혀 인사하며 말했다.

"전처럼 그냥 대위라고 불러 주십시오. 오늘 첫 번째로 새해인사 드리러…, 하긴 마 청장님 댁이 제가 새해인사 다니는 유일한 곳입니다."

마 청장은 자리에 앉은 채로 냉담하게 말했다.

"우리한테까지 무슨 인사를 다 오고 그러나?"

동류가 얼른 말했다.

"오늘은 저희 전 가족이 새해인사 온 거고요, 며칠 후에 위생청 사람들과 다시 한 번 올 거예요."

일파는 새해인사를 마치고 묘묘와 다음 학기 중학교 입학에 관한 이야기를 하러 방으로 들어갔다. 마 청장이 말했다.

"듣자 하니 지 청장이 업무를 제대로 하고 있다던데…, 하하하!"

그 말은 정말로 듣기가 거북했지만 그러나 듣고 있어야만 했다. 동류가 말했다.

"이 사람이 그나마 이 정도 하는 것도 다 마 청장님께서 가르쳐 주신 덕분이지요."

마 청장이 말했다.

"내가 누구를 그렇게 가르쳤어?"

사모님이 마 청장을 쿡 찌르면서 말했다.

"이이가 집에만 틀어박혀 있더니 성격까지 나빠졌어…."

마 청장이 말했다.

"내가 변했어? 난 매일 글을 쓰면서 지낸다네. 지난 반년 남짓 한가하고 쓸데없이 신경 쓸 일 없다 보니 벌써 한 권 거의 다 썼는걸. 만약 지난 몇 년 이 정도만 마음이 한가했으면 아마 열 권도 더 썼을 거야."

내가 말했다.

"마 청장님께서 여러 분야에 두루 재능 있으신 거야 누가 모릅니까? 활도 양 손으로 쏘실 분이시죠. 행정업무면 행정업무, 연구면 연구, 모두 최고시죠!"

마 청장이 말했다.

"그렇게 말하니 부끄럽구먼, 하하하!"

그의 말을 들으니 마치 낯가죽이라도 벗겨진 것처럼 부끄러웠고, 정

제 4 편

말로 미안한 생각이 들었다. 마 청장이 말했다.

"우리 같은 사람들이야 역사에서 도태되었지. 장강長江의 물은 뒤에서 치는 파도가 앞 물결을 밀어내지(長江後浪推前浪). 큰 강은 그렇게 동쪽으로 흘러가지!"

이런 의뭉 떠는 소리나 줄줄 읊어대는 걸 듣자고 오늘 이 자리에 온 건 아닌데…, 낭패스러웠다. 마 청장이 말했다.

"내가 심심해서 떠오르는 대로 시 한 구절 적어 봤지, 하하하!"

말하면서 벽을 가리켰다. 고개를 들어 바라보니 다음과 같은 내용이 적혀 있었다.

"늙었구나 늙었어 이제는 쉬어야겠네
연기구름 맑게 개어 천하가 작게 뵈니
이 즐거움 또한 한이 없네.

유유자적하니 이 아니 통쾌한가
쓴맛 단맛 알고 나니 세월 이미 가버렸네
또다시 허둥지둥 할 일 어디 있단 말인가."

(老矣老矣, 可以休矣, 烟雲淡矣, 天下小矣, 其樂也融融矣.
優哉游哉, 豈不快哉, 冷暖知哉, 歲月逝哉, 又豈有惶惶哉)

나는 머리를 흔들면서 소래 내어 읽고 또다시 소리 내어 읽으면서 속으론 생각했다. 거 참 불만 되게 많네, 허 참!

내가 말했다.

"아주 정교하게 맞습니다, 정교해요. 필체도 딱 잡혀 있고…. 마 청장님께 이런 재능까지 있으신 줄 정말 몰랐습니다."

속으로는 생각했다. 이 양반이 한 번만 더 의뭉 떠는 소리 꺼내기만 해봐라, 나도 의뭉으로 맞받아 쳐야지. 정신 차리시오, 지금이 어느 때라고…."

마 청장이 말했다.

"지 군, 듣자 하니 자네가 최근에 불을 아주 제대로 질렀더군."

내가 말했다.

"제가 감히 어떻게 불을 지릅니까? 제가 먼저 그 불에 데고 말텐데요. 상황이 저절로 그렇게 됐습니다. 게다가 사람들이 이렇게 하자 저렇게 하자면서 별의 별 이론을 다 갖다 부치는 통에, 저야 뭐 사실 소방대원에 불과한걸요, 허허."

그가 웃더니 말했다.

"잘했어, 잘했어. 그럴 만하지. 당연히 불을 한 번 질러봐야지. 하늘에 닿게 불 지르지 않으면 새 사람이 온 걸 어떻게 알겠어, 하하하!"

내가 말했다.

"몇 가지 일을 처리하긴 했습니다. 제일 중요한 것은, 다 끝난 일을 가지고 문제를 일으키려는 인간들을 평정했지요. 어차피 수갑 채워서 잡아들일 수 없는 바에야 콩고물이라도 줘서 달래는 수밖에 없지 않습니까? 이 바닥에 몸을 담은 이상 제 몸이 제 몸이 아니지요. 잘 아시지 않습니까, 헤헤, 헤헤."

사모님께서 기회를 놓치지 않고 끼어들면서 말했다.

"새해 첫날부터 업무 이야기는 그만두시죠. 일파도 금년에 중학교 들어가지요, 대위씨?"

나는 고마운 눈빛으로 그녀를 바라보았다. 마 청장이 뭉근한 불로 나를 바짝 바짝 구워대는 바람에, 물론 무서울 것 까지는 없었지만, 어쨌든 매우 불편하던 터였다. 그때 묘묘가 방에서 뛰어나와 헤헤 웃으면서 말했다.

"일파 오빠가 방금 이상한 노래를 불렀어요. 큰 강은 동쪽으로 흘러가고, 하늘의 별은 곤두박질친다고 했어요."

동류가 말했다.

"저 녀석은 어릴 때부터 입방정을 떨더라고요."

이어서 말했다.

"묘묘 좀 봐! 해가 다르게 자라더니 이젠 아가씨가 다 되었네?"

묘묘는 얼굴이 붉어져서 다시 도망갔다. 내가 말했다.

"사모님, 위생청에서 워낙은 청장급 간부 퇴직시에 이휴직 대우를 하기로 규정하고 있었는데요, 이번에 사람들이 들고 일어나는 바람에 어쩔 수 없이 바꾸었습니다. 하지만 내부적으로 별도 조항을 마련해서 마 청장님에 한해서는 이전 정책대로 하기로 했습니다. 의료비 일백 퍼센트 지급하는 것으로 제가 재정처와 이야기 맞추어 놓았으니까 다른 데 가서는 말씀 마세요, 사모님."

마 청장이 말했다.

"왜 나 한 사람 때문에 그런 예외 조항을 두나? 싫네, 나는 싫어!"

그때 사모님께서 힘껏 그를 한 번 찌르자, 그제야 그도 잠자코 있었다. 내가 말했다.

"오늘은 먼저 이런저런 말씀드리려고 온 것이고요, 며칠 후에 사람들과 같이 다시 한 번 찾아뵙겠습니다. 구립원이 정식으로 연락을 드릴 겁니다."

사모님이 말했다.

"고마워요, 고마워."

역시 그녀는 상황을 제대로 파악하고 있었다. 오늘 고집 부리고 거절하면 나중에 번복할 길이 없다는 것을. 지금 손에 넣는 사람이 승자라는 진실을 그녀는 알고 있었던 것이다.

 90. 인수합병

　임지강이 동훼를 데리고 새해인사를 와서는 내게 안태제약의 상황을 물었다. 나한테 와서 내막을 탐지하고 내부 정보라도 좀 얻어 주식을 사볼까 하는 생각 같았다.
　내가 말했다.
　"상장한 지 벌써 두 해가 넘었는데도 오를 기색이 안 보이네. 구체적인 일은 정철군이 관리하고 있는데 주주들은 나한테 불평을 해. 중약中藥이 경쟁이 워낙 심해서 회인신보匯仁腎寶 같은 약은 억 위안 대의 광고비를 썼다는데, 우리는 그렇게는 못하거든…."
　임지강은 작년에 주식투자로 십만 위안이 넘는 돈을 까먹었다면서 의기소침한 표정을 지었다. 동훼가 말했다.
　"형부, 무슨 소식이라도 있으면 이이한테 귀띔이라도 좀 해주세요. 이이는 주식투자할 때마다 무슨 재수 없는 귀신이라도 따라다니는지, 이이가 팔면 오르고 사면 떨어지고 그런답니다."
　내가 말했다.
　"다른 것은 내가 모르지만, 안태제약 주식은 당분간 사지 마! 살 만한 가치가 없어."
　임지강이 말했다.

"이사장董事長께서 사지 말라고 하시니까 그럼 저도 생각 접지요. 언제 구조조정 같은 소식 있으면 저한테 귀띔 좀 해주세요. 저도 한밑천 잡게요. 절대 밖으로 말 안 새게 하겠습니다."

내가 말했다.

"이놈의 이사장 노릇도 쉬운 게 아니야. 매년 주주총회 때마다 자리에 앉아 있으면 온갖 비난이 다 내게 쏟아지는데, 문화혁명 때 소 귀신 뱀 귀신 해가면서 비판받는 맛이 어떤 건지 나도 알겠더라고."

정오가 다 되어 임지강의 휴대폰이 울렸다. 전화를 받더니 그가 말했다.

"친구가 밥 사겠다는데, 형님께서도 같이 가시죠."

내가 얼른 말했다.

"식사 대접하겠다는 사람들 하나하나 다 만나 주려면 내 몸이 열 개라도 모자라."

예전에는 누가 나한테 밥 사겠다고 하면 과분한 총애라도 받은 양 기쁘고 즐거웠다. 나를 높이 사주다니! 그러나 이제는 나도 먹는 것에도 지쳤고 대접 받을 기력도 없다. 내가 말했다.

"난 호텔에서 온갖 해산물 먹는 것보다 집에서 애 엄마가 절인 배추 볶아주는 게 더 좋아."

그가 말했다.

"그냥 시시한 사람이면 제가 언감생심 형님더러 같이 가자고 하겠어요? 형님이 누굽니까? 방금은 이지李智한테서 온 전화입니다."

이지李智라면 나도 알고 있었다. 우리 시 전체에서 유명한 기업가로 소프트웨어 개발에 종사하고 있었다. 내가 말했다.

"이지는 또 언제부터 알고 지냈나? 그 사람과 같이 다니면서 돈 좀 벌었겠네?"

그가 말했다.

"형님 제발 제 체면 봐서 한 번만 가주십시오. 제가 벌써 약속해 두었단 말입니다."

거지처럼 애걸복걸하는 그의 표정을 보고 있자니 정신적 우월감이 느껴졌다. 인간관계에서는 이런 우월감이 사실 얼마나 소중한 건지 모른다. 아무리 친척지간이라 하더라도 무턱대고 이런 우월감을 느낄 수 있는 것은 아니다. 옛날 같았으면 누구든 밥만 사주면 고마운 사람이라고 생각했지만, 그러나 이제는 나도 상대가 대단한 인물이 아니면 그런 자리엔 나가주지도 않는다. 이런 거리가 또한 인생의 재미 아니겠는가. 만약 내가 한 층 더 올라가게 되면 사람들은 나와 밥 한 끼 먹어 봤다, 얘기 한 번 나눠봤다, 알고 지냈다, 뭐 이런 사실을 가지고 자랑스러워하고, 얘깃거리로 삼고, 만나는 사람마다 이야기하고 그러겠지. 얼마나 기분 좋은 일인가! 출세의 매력은 정말로 거부할 수가 없는 것이다.

임지강은 내가 태도를 밝히지 않자 웃음을 지으며 말했다.

"형님, 제 체면 좀 살려주세요. 벌써 가슴을 쳐가면서 장담했는데 어떻게 취소합니까? 제가 변기에 머리를 박고 죽기를 바라세요?"

나는 이지에 대한 호기심이 발동해서 속으로는 갈 생각을 하고 있었으나, 입으로는 말했다.

"이지가 뭐 대단한 인물이라고 이렇게 갑자기 나를 부르는 거야?"

그가 얼른 말했다.

"그게 아니라 제가 모시고 가겠다고 한 겁니다. 제가 이전에 저희가 친척간이라고 잘난 척을 좀 했거든요. 그랬더니 오늘 또 이야기하기에 제가 단번에 승낙했던 겁니다. 형님께서 안 가시면 그이가 저를 비웃을 겁니다. 형님, 제가 남의 비웃음거리가 되도록 내버려두진 않겠죠?"

내가 말했다.

"나는 밖에 나가서 해산물 먹는 것보다 집에서 고추 장아찌에 밥 먹는 게 더 좋다니까."

그는 내 말을 듣고는 얼른 말했다.

"동훼, 당신은 집에서 장모님이랑 형님이랑 함께 있어. 나는 형님 모시고 사람들 좀 만나고 올게."

임지강이 차를 운전하고 단지를 벗어나면서 말했다.
"아폴로 호텔로 가시죠."
또 말했다.
"오늘은 절대 해산물 드실 일 없을 겁니다! 그건 흔해빠진 거죠. 산에서 나는 음식으로 모시지요."
나는 잠시 생각해보고 말했다.
"차 세우게, 차 세워!"
"몇 분이면 도착합니다."
"자네가 안 세우면 내가 내려서 택시 타고 집에 가겠네."
그가 어쩔 수 없이 자리를 찾아 차를 세우자, 내가 말했다.
"이지 그 인간이 도대체 나를 왜 보자는 건가?"
"별일 아닙니다. 우연히 이야기가 나와서 그래서 제가 응낙한 겁니다."
나는 오른손가락으로 공중에 원을 그리면서 말했다.
"내가 그래도 배울 만큼은 배운 사람인데, 무슨 일인지 몰라도 단도직입적으로 이야기 하게. 말 좀 그만 돌리고…."
오늘 이 인간들이 함정을 파놓고 나를 기다리는 것이 분명했다. 일단 나를 술자리에 앉히는 것이 첫 번째 단계였다. 통화 중에 임지강은 아폴로 호텔이라는 말은 꺼내지도 않았는데, 문을 나서자마자 아폴로 호텔로 가자는 걸 보면 벌써 이야기가 다 되어 있었던 게 아닌가? 나는 그의 헛점이 어디에 있었는지는 말하지 않고 그저 이렇게 말했다.
"사실대로 말하지 않으면 그냥 돌아가겠네."
그가 급하게 말했다.
"정말 아무 일도 아닙니다. 우연히 말이 나온 것이라니까요."

"그럼 내가 몸이 불편하다거나 성_省 관리들에게 새해인사 드리러 갔다고 하게."

말하면서 차 문을 열었다. 그가 나를 덥석 잡으면서 말했다.

"형님, 그게, 이지가 형님한테 일이 좀 있답니다. 저한테 벌써 몇 번이나 부탁을 했는지 모릅니다. 저도 큰소리는 쳤는데 이런 일로 망신당할 수도 없고, 그래서 그냥 승낙했습니다."

"무슨 일인지 말해 보게."

"무슨 일이 있긴 있는 모양인데, 무슨 일인지는 아무 말 없었습니다."

"그래? 나는 아무래도 내려야겠네."

문을 열면서 차에서 내렸다. 그가 반대편에서 뛰어내려 나를 따라와서 잡아끌며 말했다.

"일이 있긴 있지요. 아마도 안태제약에 관한 일 같습니다. 그 이상은 저도 모릅니다. 제 목에 칼이 들어와도, 저는 더 이상 정말 모릅니다."

나는 잠시 주저하다가 말했다.

"그냥 성_省 사람들한테 새해인사 갔다고 하게. 정말로 다녀와야겠어. 며칠 더 지나서 가면 사람들이 다른 생각들 할 거야. 저 사람이 나를 몇 번째로 생각하느냐? 이게 얼마나 민감한 문제인데, 정치적인 문제이기도 하고…."

그가 발을 동동 구르면서 말했다.

"이러시면 제가 뭐가 됩니까? 그쪽에선 요리까지 다 시켜놓았다는데요."

이어서 말했다.

"이지는 그저 이지일 뿐입니다. 그가 형님을 잡아먹을 것도 아닌데 뭘 그리 무서워하십니까?"

이 말을 듣는 순간 정신이 번쩍 들어서 이야기했다.

"그런 식으로 나를 자극하려는 모양인데, 내가 무서울 게 뭐가 있어? 혹시 그 인간 내 손 빌릴 생각을 하거나 나를 이상한 일에 끌어들이려는 건 아니겠지? 만약 내가 딴 마음 먹었으면 진작 그 길로 들어섰지 오늘까지 이러고 있었겠어? 어림도 없는 소리…."

나는 차 옆으로 걸어갔다. 임지강이 내게 문을 열어주면서 두 손으로 내 등을 슬쩍 밀어 받히면서 내가 자리에 앉고 나서야 문을 닫고 운전대를 잡았다.

아폴로 호텔에 거의 다 왔을 때 임지강은 이지에게 전화를 걸어 입구에서 기다리라고 했다. 차에서 내리자 이지가 계단에서 뛰어내려왔다. 여비서도 그 뒤를 따랐다. 이지는 내게 악수를 청했지만, 나는 아무렇지도 않은 듯 손바닥만 살짝 붙였다가 손의 힘을 풀어 놓아버렸다. 이지는 원래 손에 상당히 힘이 들어가 있었지만, 별수 없이 자기도 손을 놓았다. 그는 얼굴 표정 하나 안 바꾸면서 말했다.

"오늘 지 청장님을 모시게 되다니, 정말 제 체면을 살려주시는군요."

그는 말하면서 두 손을 활짝 펴 보였다. 내가 말했다.

"아이고, 무슨 말씀을! 이 회장이야 오죽이나 많은 사람들을 접하시겠습니까? 전에 텔레비전에서 보니까 문 부성장님도 이 사장네 혜리惠利 소프트웨어 시찰 다녀가셨던데…."

아폴로 호텔에 들어가 보니 실내가 매우 웅장했다. 삼사 층 되는 높이의 로비에 사면의 벽에는 부조浮彫가 새겨져 있었다. 마주보는 면에는 공자, 굴원, 이백과 같은 옛 어른들의 모습이 새겨져 있었고, 왼쪽에는 이집트 피라미드며 고대 그리스의 파르테논 신전, 오른쪽에는 물 뿌리기 축제를 즐기는 태족(傣族 : 중국 남방의 소수민족—역자)의 모습이 새겨져 있었다. 거꾸로 매달린 원뿔 모양의 샹들리에는 십 미터도 넘어 보였다. 이지가 소개했다.

"이게 아시아에서 가장 큰 샹들리에랍니다. 이백만 위안짜리입니다."

내가 말했다.

"식사하러 이런 곳으로 올 것까지 있습니까? 엉덩이 한 번 붙였다 떼면 몇 백 위안씩 날아갈 텐데."

임지강이 말했다.

"다른 곳은 지 청장님께서 불편해 하실까봐 그랬지요."

여비서도 끼어들었다.

"저희 이 회장님께서 여러 곳 중에서 특별히 고르신 장소입니다."

내가 말했다.

"품위 따지고 스케일 따지는 것도 옛날에나 재미있었지, 요즘엔 다 그게 그건데…."

정말로 장소가 어디든 상관없었다. 길가의 작은 음식점도 상관없었다. 물론 내가 먼저 말을 꺼낸 경우에 한해서지만, 상대방이 먼저 제안했을 경우에는 반드시 어느 정도는 격이 맞아야 한다.

이지가 말했다.

"지 청장님이야 좋은 곳 많이 다니셨을 텐데, 웬만한 데는 다 가보셨겠지요?"

내가 말했다.

"그러니 그냥 아무데나 좀 서민적인 데로 자리 옮기는 게 어떻겠습니까?"

임지강이 말했다.

"형님, 이런 데서 밥 좀 산다고 이 회장님 가난해질까봐 그러세요? 이 분이 노동자들의 돈을 얼마나 많이 착취했는데요. 이 정도 출혈은 당연한 겁니다."

식당에 도착하자 손님을 맞는 아가씨들이 다리를 굽히면서 인사했다.

"어서 오세요."

목소리가 꾀꼬리처럼 맑게 부서졌다. 룸에 들어가 앉으며 내가 말했다.

"이 회장님께서 가르쳐 주시는 대로 저는 그냥 듣고 따르겠습니다."
이지가 말했다.
"지 청장님을 누가 감히 가르쳐 줄 수 있다는 겁니까? 가르친다는 그런 단어는 감히 입에 담을 수도 없습니다."
임지강이 말했다.
"술부터 한 잔 하시죠, 술부터."
손뼉을 치자 웨이트리스가 메뉴를 가지고 왔다. 이지가 말했다.
"우리는 메뉴에 없는 것들로 하고 싶은데…."
임지강이 말했다.
"산에서 나는 것으로 하죠."
그리고는 원숭이며 천산갑(穿山甲:천산갑과의 포유동물. 몸은 암갈색 비늘로 덮여있는데 긴 혀로 개미 등을 잡아먹음—역자)은 없냐고 물었다. 내가 얼른 끼어들어 말했다.
"그런 음식은 다음번에 저 없을 때 와서 드십시오. 저는 아무 상관 않겠습니다. 그렇지만 오늘 여기서는 좀 피해주시죠."
임지강이 말했다.
"역시 우리 형님께선 마음 쓰시는 것이 다르다니까. 그럼요, 야생동물은 보호해야지 건드리면 안 되죠. 역시 신중하십니다."
이지가 말했다.
"지 청장님은 자애가 깊으시고 살생을 피하려 하시는군요."
이지가 하는 말들은 임지강의 말보다 듣기 좋았다. 나는 시금치 탕, 절인 배추와 볶은 다진 고기, 그리고 세 가지 토속 훈제 고기요리를 시키면서 말했다.
"다른 것은 저는 생각 없습니다. 위가 상해서, 위를 좀 쉬게 해야 하거든요."
그러나 속으로는 생각했다. 내가 정말 안 먹는 한이 있더라도 그럴듯한 요리로 주문해서 테이블 위에 놓고 모양이라도 내야겠지?

역시 사리에 밝은 이지는 불도장佛跳墻을 비롯한 몇 가지 고급 요리들을 주문했다. 마오타이주茅台酒까지 시키려는 그에게 내가 말했다.

"이 회장님, 조금 있다 이야기할 것도 있으니 백주는 그만두시죠."

그리고는 다이내스티 포도주를 한 병 시켰다. 술잔을 들자 비서 아가씨와 임지강이 갖은 노력을 다해 가며 마치 십년 만에 오랜 친구끼리 만난 듯한 분위기를 연출했다. 나는 여전히 뜨뜻미지근하게 굴면서 그런 분위기와는 일정한 거리를 유지했지만, 속으로는 생각했다. 술이란 정말 신기한 물건이야! 이놈만 들어가면 일종의 환상의 경지로 빠져드는 것이…. 이러니까 사람들이 음주문화, 음주문화, 하는 거겠지?

술이 돌자 내가 말했다.
"이 회장님 무슨 하실 말씀 있으신 것 아닙니까?"
임지강이 여비서에게 말했다.
"어르신들 중요한 이야기 시작하시니, 우리는 먼저 일어납시다."

두 사람이 자리를 뜨고 내가 이지를 향해 고개를 끄덕이자, 그가 말했다.

"듣자하니 지 청장님 아드님께서 그렇게 똑똑하다면서요. 이번에 중학교 들어갑니까?"

그가 본격적인 화제를 꺼내기 위해 무슨 말이든 할 줄은 알았으나, 왜 이런 이야기를 앞에 끌어들이는지 알 수가 없었다. 내가 말했다.

"우리 단도직입적으로 이야기하죠. 어떻습니까, 우리 정도 되는 사람들끼리."

내가 직접 말로 하진 않았지만 그렇게 말 돌리는 건 아랫사람들이나 하는 짓이라는 뜻으로 한 이야기였고, 그도 그런 뜻을 알아차리고 부끄러운 듯 웃음을 지었다. 이 정도 심리적인 우세만 확인하는 것으로 충분했다. 나도 웃는 표정을 지어 그를 안심시켰다. 그가 말했다.

"지 청장님은 사람도 시원시원하시고 말도 시원시원하게 하십니다.

좋습니다!"

그가 이어서 말했다.

"지 청장님, 크지도 않고 작지도 않은 목돈이 들어온다면 마다하시겠습니까?"

심장이 쿵, 하고 내려앉았지만, 겉으로는 허허 웃으면서 말했다.

"수입으로 따지자면, 물론 이 회장님과는 비교도 할 수 없지만, 저도 밥 먹고 살 만큼은 됩니다."

그가 말했다.

"요즘은 아이들 미국이나 영국으로 보내 공부 제대로 시키고 싶은 것이 모든 부모들의 바람 아니겠습니까? 가장이라면 그러기 위해 크지도 작지도 않은 어느 정도의 목돈을 마련해 둘 책임이 있지요."

내가 손짓을 하면서 말했다.

"크지도 작지도 않다면 얼마를 말씀하시는 겁니까?"

그가 손가락 세 개를 들어올렸다. 나는 그가 얼마를 말하는 것인지 알 수가 없었다. 삼 만 위안? 아니면 삼십만 위안? 설마 그가 삼 만 위안 가지고 나한테 목돈 운운하는 것은 아닐 테고…. 내가 물었다.

"삼십만 위안? 저도 마음만 먹으면 삼십만 위안의 몇 배까지도 벌 수 있습니다."

그가 말했다.

"지 청장님 앞에서 제가 삼십만 위안을 목돈이라고 이야기하겠습니까? 삼백만 위안입니다."

나는 가볍게 웃으면서 말했다.

"요즘은 몇 십만 위안만 걸려 있어도 사형선고 받습니다. 제 목숨 좀 살려주시죠."

그가 말했다.

"지 청장님처럼 조심스러운 분에게 제가 손톱만한 위험이라도 감히 무릅쓰라고 하겠습니까? 그런 위험이 있는 사안이라면 입도 못 열지요."
　내가 말했다.
　"아무런 리스크 없이 삼백만 위안을 챙긴다고요? 이 회장님이 자선가라도 되십니까?"
　나는 고개를 흔들었다.
　"못 믿겠습니다."
　그가 말했다.
　"푼돈 버는 사람들이나 위험을 무릅쓰는 것이지 목돈 버는 사람들한테는 위험 무릅쓸 일도 없습니다. 목숨 걸고 도박하는 건 바보들이나 하는 짓이지요."

　그는 그의 계획을 설명했다. 그의 생각은 혜리 소프트웨어가 안태제약의 대주주가 되고, 안태제약은 구조조정을 거쳐 첨단기술 상장기업으로 탈바꿈하면서 최후에는 혜리 소프트웨어로 이름을 바꾼다는 것이다. 안태제약의 주식은 현재 시장에서 육 위안 정도에 거래되고 있는데, 이 사실을 터뜨리기 전에 조용히 안태제약의 주식을 사 모은 다음, 충분히 모이면 천천히 소식을 발표해서 주가를 대폭 끌어올린다는 내용이었다. 최종목표는 사십 위안 이상으로, 탁보托普 소프트웨어 등 몇 개 소프트웨어 개발 상장기업들과 비슷한 수준이다. 이윤은 바로 이 거대한 주가 차이에서 생긴다는 것이었다.

　이야기를 듣자 가슴이 쿵덕쿵덕 뛰었다. 수억 위안 대의 도박 아닌가! 나는 태연한 표정으로 말했다.
　"안태제약은 제가 제 손으로 키워온, 제 아들과도 같은 기업입니다. 지금은 어렵지만 언젠가는 일어날 겁니다. 그런데 제가 차마 제 아들과도 같은 기업을 팔 수 있겠습니까?"
　그는 전혀 당황하지 않고 말했다.

"지금 한방 제약회사 중에 어디 하나 적자 안 내는 데 있는 줄 아십니까? 만약 그렇게 쉽게 일어날 수 있는 거라면 다른 회사들도 일찌감치 일어났겠죠. 방금 아들 같다고 하셨나요? 저도 너무 너무 잘 이해합니다. 그렇지만 생각해 보셨는지요? 오늘이야 이사장 자리에 앉아 계시지만 몇 달 후면, 7월 1일부터 증권법이 시행될 텐데, 청장이면 국가공무원이지요? 증권법에 따르면 상장기업의 이사장직을 겸임할 수 없게 됩니다. 그때 가서 소액주주 누구 한 사람이 편지 한 통만 쓰면, 지 청장님 난처해지지 않겠습니까?"

그는 나를 유혹하고 있었다. 위협하고 있었다. 그러나 그가 하는 말은 구구절절이 옳은 말이었다.

내가 말했다.

"그때 가서 이 회장님이 안태제약 주식 몇 주를 산 다음, 주주 명의로 증권감독위원회에 저를 고발이라도 하시겠다는 겁니까?"

그가 얼른 한 주먹을 다른 손으로 감싸 두 손을 흔들면서 말했다.

"저 이지는 그런 일 할 사람이 절대 아닙니다. 그렇지만 제가 아니더라도 누군가는 그렇게 하겠지요. 투서하는 사람이 없더라도 증권법 역시 법 아닙니까?"

사실 이 문제에 대해서는 나도 생각해 본 적이 있었다. 누가 문제 삼지 않더라도 내가 물러나야지….

내가 말했다.

"그렇다고 제가 청장 자리 내팽개치고 안태제약에만 매달릴 수는 없지 않습니까?"

그가 나를 보면서 말했다.

"그건 불가능하지요. 불가능해요. 청장님은 무슨 일이 있어도 청장님이시죠!"

이 인간이 아주 준비를 철저히 하고 왔군! 나를 꿰뚫고 있어! 내가 아들 생각하는 것부터 위법을 꺼린다는 점, 안태제약의 이사장을 계속 겸임할 수 없다는 것까지 그는 모두 계산하고 있었던 것이다. 그는 내가 아무 말도 없는 것을 보고 말했다.

"저희가 지 청장님 대신 증권사에 백만 위안 넣어두겠습니다. 누구 명의로 할지는 지 청장님이 정해 주시죠. 나중에 그 백만 위안이 사백만, 오백만 위안이 되면 주식 팔아치운 다음에 저의 백만 위안이나 돌려주십시오. 여기까지 뭐 법에 저촉되는 일 있습니까? 청장급 간부의 주식투자를 금지하는 규정이 있긴 하지만, 청장의 장모까지 주식 투자하면 안 된다는 규정은 없지 않습니까?"

내가 말했다.

"이 회장님, 주판 한 번 제대로 튕기십니다. 말씀하신 대로 제가 몇 백만 위안 번다고 칩시다. 그러면 그동안 이 회장님은 도대체 얼마를 버시는 겁니까? 나중에 혜리 소프트웨어가 상장기업이 되고 전국에 이름을 떨치게 되면, 그 광고효과는 또 값으로 따지면 얼마나 됩니까? 제가 백만장자 되면 이 회장님은 억만장자가 되겠군요!"

그가 웃으면서 말했다.

"나중에 가격을 그 정도까지 끌어올리는 일을 제가 맡지 않습니까. 그 비용도 만만치 않습니다. 어쨌든 제가 지 청장님께 돈을 벌어드리는 것도 아니고, 지 청장님께서 제게 돈을 벌어주는 것도 아니고, 우리가 협력해서 다른 사람의 돈을 벌어오는 것 아닙니까? 이야말로 윈-윈 게임이지요. 그리고…"

그가 하던 말을 잠시 멈추더니 다시 말했다.

"제가 기다리는 것도 길어야 한두 달입니다. 저희야 나중에 새 사람이 부임해온 다음에 그때 그 사람과 이야기해도 되는 일이니까요."

그는 나를 위협하고 있었다. 그러나 그의 말은 모두 사실이었다. 내가 이사장 자리에 앉아 있는 것도 기껏해야 반 년 정도였다. 그의 제안에 정말이지 나도 딱 잘라 거절할 수가 없었.

내가 말했다.

"며칠 후에 다시 전화 주십시오."

집에 와서 나는 이러한 사실을 동류에게 이야기하지 않았다. 일파를 미국 대학으로 유학 보내는 것이 그녀의 숙원이기 때문에, 목돈을 장만할 기회가 생겼다고 하면 그녀는 절대 놓치려고 하지 않을 것이다. 나는 고민했다. 그러나 또 특별히 고민할 이유도 없는 것 같았다. 나는 돈이 필요하고, 법을 어기는 위험부담도 없고, 내가 이사장 자리에 앉아 있을 날도 얼마 남지 않았다. 회색지대가 이 정도로 넓고 광활할 줄이야! 그야말로 일망무제一望無際로군! 이 자리에 앉아 있으면 정말 너무 잔혹한 시험에 빠지게 마련이다. 마음만 먹으면 백만 위안, 수백만 위안에 이르는 돈을 얻을 수 있는데, 이런 상황에서 마음을 고요한 물과 같이 다스리라고 요구하다니, 그게 어디 가당키나 한가? 사람은 사람이지 신이 아닌 것을! 만약 내가 마음을 정하고 이 일을 한다고 해도 아무도 나를 막을 수 없다. 나는 얼굴 표정 하나 바꾸지 않고 모든 일을 처리할 수 있을 것이다. 이것이 나로 하여금 이 자리는 범인凡人이 앉을 자리가 아닌, 성인聖人을 위해 마련된 자리라는 생각이 들게 했다. 범인더러 성인의 잣대에 맞추어 행동하라고 요구하는 것은 영원히 불가능하다. 절대 불가능하다.

내가 지난 몇 년 간 몇 번에 걸쳐 뇌물을 거절했던 것도 사실 스스로 일종의 '인성人性의 신화'를 창조하고 싶었기 때문이다. 총칼도 나를 뚫을 수 없다는 것을 보여주면서 자랑하고 싶었던 것이다. 그러나 이제 회색지대에서 수확을 거둘 수 있다는데, 그것도 엄청나게 큰 수확을, 내가 그걸 왜 거부하겠는가? 회색지대에서 넘어지는 사람 봤어? 못 봤다. 나는 나 자신을 알고 있다. 돈, 나 역시 돈을 사랑한다. 다만 위법의 리스크까지 무릅쓰고 싶지 않을 따름이다. 나도 사람이다. 신이 아니다. 사람이 갖고 있는 모든 특징을 나 역시 모두 가지고 있다. 내가 그깟 신화 때문에 스스로를 옭아맬 필요는 없지 않은가? 나는 정확하게 짚어낼 수는 없었지만, 내 몸의 어떤 부위에서 에너지가 계속해서 솟아나오고 있는 것을, 그리고 그 힘이 나를 앞으로 떠밀고 있는 것을 느꼈다. 나는 이미 내가 아니었다.

 91. 주가 조작

 이틀 후 나는 이 상황을 동류에게 이야기했다. 그녀는 말을 듣고 매우 흥분했고, 또 자극이 너무 강해서인지 약간은 긴장했다. 그녀가 말했다.
 "이런 기회는 일생에 두 번 다시 오지 않아요."
 내가 말했다.
 "이지 그 자식한테 너무 싸게 해주는 것 같아. 그 인간은 이번 건수로 수천만 위안을 챙길 텐데…."
 동류가 말했다.
 "당신 맘대로 해요. 어쨌든 우리 일파 유학 갈 돈만 준비해 두라고요. 심지어 정소괴까지 강강強强을 미국으로 대학 보내겠다고 그러는데, 우리 일파가 강강이보다 못났어요? 아니면 일파 아버지가 강강이 아버지보다 못해요?"
 내가 말했다.
 "안태제약은 내가 이 손으로 직접 세운 기업이야. 나한테는 정말로 둘째아들 같단 말이야! 그걸 이지 그 자식한테 뺏긴다고 생각하니 화가 나서 못 참겠어."
 동류가 말했다.

"잘나지도 못한 아들놈 끝까지 끌어안고 있으면 뭣해요?"
내가 말했다.
"우리는 역사가 남긴 문제를 끌어안고 상장했던 거야. 상장할 때도 자금을 얼마 조달 못했었지. 뭘 갖고 잘해 나갈 수 있겠어? 우리 주는 그래도 주당 일이 마오毛라도 수익을 남겼어. 상장과 동시에 수억 위안씩 끌어들이고도 일이 년만 지나면 다 물처럼 녹아서 종이쪼가리가 되어 버리는 그런 회사들도 있는데 말이야. 그런 회사 이사장들이 말은 또 얼마나 당당하게 잘하는지, 비아그라라도 먹었나봐."
동류가 말했다.
"안태제약이 새 사람 손에 넘어가는 건 시간문제에요. 설령 당신이 어떻게 유지해 나간다고 해도 새 사람이 오고 나서는 어떻게 될지 모르는 거라고요. 당신 임기가 반 년 남았죠. 그 임기 마치면 이지도 당신 찾아와서 이야기 안 할 거예요. 입가에 가져다주는 음식을 당신이야 안 먹는다고 해도 다른 사람까지 안 먹는다는 보장 있어요?"
동류의 말이 내 가슴에 와서 박혔다. 안태제약은 좋아질 기색도 보이지 않고 이익 배당도 못할 처지여서 구조조정을 피할 수는 없었다. 그리고 그 구조조정 과정에서 은폐해야 할 비밀들이 반드시 드러나게 마련인데, 이런 일을 다른 사람에게 맡기느니 차라리 내 손안에 있을 때 처리하는 것이 나을 것이다.

나는 더 이상 망설일 이유가 없었다. 전화통을 들어 이지의 휴대폰 번호를 눌렀다. 그러나 버튼을 끝까지 누르자마자 나는 또 수화기를 내려놓았다. 내가 어떻게 먼저 그 인간을 찾을 수 있어? 나의 격이 떨어지는 일이고 주도권을 빼앗기는 일이다. 그런데 수화기를 내려놓자마자 이지한테서 전화가 왔다. 나더러 만나서 이야기 하자는 것이었다. 방금 그 전화에 대해서는 언급이 없었다. 언급했더라도 나는 인정하지 않았겠지만…. 그러나 나는 그가 직감적으로 무엇인가를 느꼈을 것이라고 생각했고, 그 점이 못내 꺼림칙했다.

두 번째 만났을 때 이지는 상세한 주가조작 계획을 설명했다. 그야말로 천의무봉天衣無縫이었다. 그는 은행에서 대출받은 팔천만 위안으로 안태제약의 주식을 끌어 모아 주가를 끌어올린 다음에 구조조정 소식을 발표하고, 주가가 오른 후 높은 가격에 주식을 팔아치울 계획이었다. 나는 정말 어떻게 한 사람이 하룻밤 사이에 합리적이고 합법적으로 이렇게 엄청난 부를 이룰 수 있는지 상상할 수 없었다. 물론 배후가 있긴 하지만, 그러나 엄연한 합법행위였다. 그가 당장 동류의 증권계좌로 백만 위안을 넣겠다고 했다. 내가 말했다.

"그것은 급한 일이 아닙니다."

그는 서둘러 이 일을 해결하고 싶어했다. 일단 돈만 넣어두면 나 역시 퇴로가 막히기 때문이었다. 그러나 나 역시 내 쪽의 일들도 그렇게 매끈하게 처리할 수 있을지 자세히 생각해 보아야 했다. 내가 말했다.

"이 일을 제 삼자가 알아서는 절대로 안 됩니다. 임지강이 알아서도 안 됩니다."

그가 말했다.

"그 친구는 이 일을 성사시켜 세 중간에서 자기도 뭐 좀 건지고 싶어 하는 것 같던데요?"

내가 말했다.

"우리 앞으로는 이런 식으로 접촉하지 맙시다. 다른 사람 눈에 띄면 무슨 흠 잡힐지 모르니까요. 앞으로 할 말 있으면 사람 없는 데서 만나도록 하죠. 이 회장님 전화하실 때나 제가 전화할 때도 모두 공중전화를 이용해서 전화국에서도 추적 못하게 합시다. 그래야 마음 놓을 수 있습니다."

이번 만남에서 그는 내내 공손하기 그지없었지만, 내 생각에, 그 인간이 속으로는 웃고 있었을 것이다.

나는 이 일을 꼼꼼히 생각해보았다. 유일한 약점이라면 바로 그 백만 위안이었다. 만약 일이 잘못돼서 그 백만 위안이 어디서 온 돈인지 조사라도 한다면 뭐라고 둘러대지? 그만한 대박 안 터져도 좋으니 이지의 돈을 갖다 쓰지는 말아야겠군. 내 손에 얼마가 있건 간에 그 정도 돈만 끌어들이자. 동류한테 사십만 위안 정도 있으니까 그것만 굴려도 이백만 위안은 남을 것 아냐? 그거면 됐어! 사람이 너무 욕심을 부리면 안 되지. 뭐든지 지나치면 대가를 치러야 하는 법이거든. 사람의 창자가 수십 자 된다고 해도 그것이 수백 자까지 늘어날 수는 없는 것이니까. 나는 동류에게 친정에 가서 장인어른 신분증을 갖고 와서, 설 지내고 거래소 개장하자마자 증권계좌를 만들어 돈을 넣고 주식을 사들이라고 했다.

생각을 마친 후에 나는 중의연구원 정철군의 집으로 갔다. 문을 열고 들어서자마자 말했다.

"늦었지만 새해인사 왔네."

그는 약간 당황하고 어쩔 줄 몰라 하면서 말했다.

"오셨습니까, 오셨어요. 지 청장님이 오셨습니다. 들어오세요! 오세요!"

앉아서 이런저런 얘기들을 한참 하다가 내가 말했다.

"안태제약 작년 성적은 어땠어? 두 달 후에 주주총회가 열리면 우리 둘이 시험대에 오르게 생겼는데…."

그는 당황하면서 말했다.

"아직 감사 중입니다. 올해부터는 감독 관리가 강화되어 회계사무소 쪽에서도 감히 얼렁뚱땅 넘기거나 하지 못합니다. 조금도 손실이 없었다고 장담할 수는 없을 것 같습니다."

내가 말했다.

"회사 일은 모두 정 형만 믿겠어. 나야 그저 이사장 이름만 걸고 있는 거니까…."

내가 계속해서 한숨을 쉬면서 말했다.

"벌써 몇 년 째지, 주주들한테 욕먹는 게? 무슨 방법 없을까?"

그 역시 한숨을 쉬면서 말했다.

"지 청장님도 아시지 않습니까? 저희야 상장할 때 뭐 얼마 들어오지도 않았는데, 빈손 맨주먹으로 뭘 갖고 발전을 한단 말입니까?"

나는 얼굴을 잔뜩 찌푸린 채 입을 꾹 다물고 있으면서 한 손으로는 탁자 위를 똑똑 치면서 깊은 생각에 잠긴 듯한 표정을 지었다. 그렇게 몇 십 번을 치고 있으니 정철군의 얼굴에서는 땀까지 흘러내렸다. 분위기를 충분히 과장시킨 다음, 내가 말했다.

"상황이 정말 어려워. 주주들이 욕을 하는 것도 당연해! 우리 주식을 살 때는 다들 얼마라도 남겨보려고 했었던 건데… 회사가 빌빌거리고 있으니 성질 날만도 하지."

정철군이 말했다.

"올해에는, 올해에는 반드시…"

내가 말했다.

"무슨 그럴듯한 대책이라도 있나?"

그는 아무 말도 하지 않았다. 내가 말했다.

"누구를 탓할 수도 없지, 상황이 워낙 어려우니… 우리 상품이 아무리 좋아도 억 위안씩 들여서 광고를 안 하면 사람들도 안 알아주니 말이야. 이런 식으로 끌어 나가는 것도 좋은 방법은 아닌 것 같은데…"

정철군의 자신감이 확실하게 꺾인 것을 확인하고, 나는 더 이상 아무 말도 하지 않았다.

4월 초에 주주총회에는 전 성 각지에서 모여든 여든 명 가량의 주주와, 다른 성에서 온 예닐곱 명의 주주가 참가했다. 이사와 사장들이 마치 심판을 받는 죄수마냥 연단 위에 앉아 있는 동안, 연단 아래서는 개인 주주들이 큰 소리로 외쳐대서 회의장은 부글부글 끓는 죽 냄비 마냥 되었다. 무대에 올라 발표하는 주주들은 마치 토지개혁 중에 농민들이 지주를 고발할 때처럼 눈물을 흘리면서 소리를 질러댔다. 한 노파는 흔들흔들 거리며 연단 위에 올라서더니 입을 합죽거리며 자기가 가진 안태제약의 주식을 한 번 죽 계산하는데, 내내 눈물을 훔치더니 결국에는 팔을 뻗으면서 외치는 것이었다.

"이사회를 개편하고, 경영진을 갈아 치워라!"

아래에 앉아 있던 사람들도 두 손을 들어 올리며 따라 외쳤다. 정철군은 어두운 표정으로 자리에 앉아 있었다. 모두들 그의 보고에 현실적인 대책이 없다면서 불만족스러워했다. 나는 격분한 무리의 사람들을 보면서 속으로 말했다. "주식들 꼭 움켜쥐고 계십시오! 두 달만 더 기다리면 대박이 터집니다." 이 장면을 보면서 생각했다. 안태제약을 정말로 이대로 더 이상 유지할 수 없겠구나! 내 손으로 구조조정을 하지 않더라도 누군가는 이 일을 맡게 되겠구나! 주주총회를 마치던 날 나는 공중전화로 가서 전화를 한 통 걸었다.

이틀 후에 정철군이 내게 전화를 걸어 중요한 보고가 있다고 말하고 전화를 끊고는 곧장 내게로 달려왔다. 얼굴을 보자마자 그가 말했다.

"이런 일이 있는데, 좋은 일인지 나쁜 일인지 모르겠습니다."

그리고는 이지가 자기를 찾아왔다면서 사정을 이야기했다. 내가 말했다.

"이지라면 개인 사업가 아닌가? 우리를 잡아 삼키겠다는 거야? 절대 안 될 소리! 어디 뱀이 코끼리를 삼키려 들어!"

그도 말했다.

"안 되지요."

그 역시 사장 자리를 보전하고 싶었던 것이다. 나는 자리에서 일어나 뒷짐을 지고 왔다 갔다 하다가, 자리에 앉았다가 또 일어나 왔다 갔다 하기를 몇 번 반복했다. 정철군의 두 눈이 나를 좇아 고개까지 좌우로 흔들더니 아, 아, 하고 한숨을 쉬었다. 마지막으로 내가 멈추어 서서 말했다.

"회사를 회생시킬 방법이 없을까? 다른 방법이 없다면, 주주들의 분노가 하늘을 찌르던데, 나도 이 자리에 더 이상 앉아 있고 싶지 않아. 정 형 자리도 위험하겠지?"

그가 말했다.

"그렇다면…."

내가 말했다.

"일단 아무 결론도 내리지 말고, 정 형이 내일 이지를 좀 불러줘! 그가 무슨 말을 하는지 한 번 들어나 보자고…. 듣는다고 우리 살점 떨어져 나가는 것도 아니니까."

나는 정철군한테 다른 이사들에게 이지가 오늘 그를 찾아온 일을 통지하고, 내일 회사에서 이사회를 소집하도록 했다. 내가 말했다.

"이지가 정 형을 찾은 것이 오늘, 오늘이었다는 점을 모두에게 분명히 해둬. 이사들이 얼마나 신속하게 이 정보를 얻었는지 알도록 말이야."

며칠 후 이지는 자신의 회계사와 법률고문 등을 대동하고 나타났다. 우리 몇은 세 시간 동안 이야기를 나누었다. 그는 안태제약의 주식을 사들이는 것을 전제조건으로 다른 어떤 조건도 협상이 가능하다고 했다. 몇 명의 이사들도 자리를 보전할 수 있다고 했다.

이지가 떠난 후 열 명 남짓한 이사와 감사監事들의 격렬한 논쟁이 이어졌다. 몇 명은 아주 이름까지 대가면서 정철군의 경영능력이 부족해서 회사가 합병당할 처지에까지 이르렀다고 질책했다. 아무도 감히 나를 건드리지는 못했지만, 그러나 나도 자리에 앉아 있기가 불편했다. 내가 이사장인데, 정철군이 그 자리에 앉은 것도 내가 지시한 것 아닌가! 다섯 시부터 여덟 시까지 떠들다가 전화로 도시락을 시켜먹고 또 회의를 계속했다. 회의실 전체에 자욱한 담배연기로 등불 아래 드러난 사람들의 얼굴이 흐릿하게 보였다. 열 시가 되어 벽시계가 동동 하는 소리를 열 번 내자 갑자기 모두들 조용해지고, 약속이라도 한 듯 나를 바라보았다. 내가 천천히 말했다.

"모두가 힘 모아 노력해서 쌓아 올린 회사입니다. 하늘에 오르는 것보다 어려운 상장도 우리는 해냈습니다. 그런데 이제 와서 구조조정이라니…. 제 심정은 무겁기 그지없습니다. 그러나 누구 하나 회사를 기사회생시킬 방법이 없다면, 구조조정 역시 하나의 방법이 될 것입니다."

내가 반대하던 몇몇을 바라보자 그들이 내 눈을 피했다. 내가 말했다. "오늘은 이만 합시다. 모두들 돌아가서 잘 생각해 보시고, 다음 주에 다시 이야기합시다."

나는 주가가 솟을 것을 알고 있었다. 내 쪽에서는 이미 손을 써놓았다. 이지조차도 내가 도대체 무슨 짓을 하고 있는지 알지 못했다. 이지 쪽도, 내 생각엔, 작업이 거의 끝난 것 같았다. 두 달도 넘는 시간이 있었으니…. 나는 동류더러 임지강한테 전화해서 내일 날이 밝는 대로 증권거래소로 가서 안태제약 주식을 사들이도록 하라고 했다. 동류가 수화기를 내게 넘기면서 말했다.

"당신 바꿔 달래요."

임지강이 말했다.

"형님, 이지 쪽에서 무슨 소식이라도 있었습니까?"

내가 말했다.

"이지는 자네 친구 아닌가? 몰랐어?"

그가 말했다.

"시장이 계속 저조한 채로 갈팡질팡하기에 괜히 또 피를 볼까봐 걱정이 돼서…. 제 담膽이 다 허약해졌다니까요. 안태제약 주가가 요즘 전체 시장흐름에 역행해서 이 위안씩이나 올랐던데, 제가 그걸 쫓아 잡아야겠습니까?"

내가 말했다.

"내가 동류한테 전화하라고 한 걸세."

그는 즉시 "알았습니다"고 한 마디만 하고는 전화를 끊었다.

이튿날 오전, 안태제약 주가에는 아무런 동정도 탐지할 수 없었다. 나는 이것이 폭풍 전야의 고요라는 것을, 사실은 엄청난 규모의 돈이 안태제약을 둘러싸고 돌고 있다는 것을 알 수 있었다. 나는 끝없이 많은 수의 백 위안짜리 지폐들이 줄을 서서 앞으로 밀려나가는 모습을 상상했다. 오후에 퇴근해서 집에 도착하자마자 텔레비전을 틀었다. 안태제약의 주가가 상한가를 쳤음을 알게 되었다. 동류는 흥분에 겨워 말했다.

"당신 재산이 오늘 하루 동안 4만, 5만 위안이 불었어요."

내가 말했다.

"이지 같으면 돈이 사백만, 오백만 위안 들어왔다 해도 당신처럼 흥분하진 않을 거야. 원래 돈 못 만져 본 인간들이 당신마냥 호들갑 떠는 거라고."

안태제약의 주가는 며칠 동안 연속 상한가를 치더니 다시 제자리걸음을 시작했다. 나는 그것이 나를 기다리고 있다는 것을, 다음 소식을 기다리고 있다는 것을, 알고 있었다. 일에 진전이 생기면 위로 솟구쳐 오르겠지. 나는 두 번째 이사회를 열었다. 이번에는 아무도 구조조정을 반대하는 사람이 없었다. 그들 역시 같은 배를 탔으며 이젠 물러날 수 없다는 것을 알고 있었다. 이렇게 되자 상황은 돌이킬 수 없었다.

5월 10일, 미국의 폭탄이 유고슬라비아 주재 중국 대사관을 공격한 다음날, 증시는 갑자기 곤두박질을 쳤다. 안태제약의 주가도 대폭 떨어지면서 일종의 '폭탄 쇼크'의 영향을 받았다.

동류가 말했다.

"그냥 팔아버려야 하는 것 아니에요? 벌써 수십만 위안 건졌으니 승리의 과실을 지켜야죠."

내가 말했다.

"이게 다 이지가 개미 투자자들 털어내려고 하는 거야. 합병소식을 공개하지 않는 한 안태제약의 상황도 끝난 게 아니야! 언제 마무리 짓는가는 내가 입 여는 순간 결정되는 것이고…."

몇몇 이사들은 하나 둘 전화를 걸어 구조조정이 어떻게 되어 가는지 물었다. 그들 역시 동류와 같은 생각을 갖고 있다는 것을 알았지만, 나는 모르는 척 말했다.

"일이야 진행되고 있지요. 하지만 저 역시 다들 알고 계시는 내용 정도만 알고 있습니다."

5월 하순이 되어 증시가 고개를 틀어 다시 위로 향하기 시작하자, 안태제약은 아무도 막을 수 없는 기세로 연속해서 상한가를 쳐댔다. 또 한 달이 지나자 주가는 이미 40위안 선까지 올랐고, 이지는 계속해서 나에게 합병소식을 발표하라고 재촉했다. 한참 재미 좋을 때 팔아치우려는 그를 보고 나도 주가가 이미 최고조에 달했다는 것을 알 수 있었다. 그가 번 돈은 실제로 막대했다. 안태제약을 꿀꺽했을 뿐만 아니라, 더군다나 은행돈으로 그렇게 커다란 횡재를 했으니…. 그에 비하면 나는 꼬리 쪽만 살짝한 입 문 것에 불과했다.

일을 마치고 동류가 내게 이번에 벌어들인 돈이 백만 위안을 넘어 거의 이백만 위안에 가깝다고 했다. 그녀가 말했다.

"우리는 생선 머리부터 꼬리까지 싹 다 먹었어요. 시류를 아주 충분히 탔어요."

그리고는 또 자본이 너무 작았다며 탄식했다. 아니었으면 몇 백만 위안에 달하는 돈을 벌 수 있었을 텐데…. 나는 그녀에게 이지가 백만 위안을 빌려주려고 했다는 사실을 말하지 않았지만, 속으로는 약간 후회가 됐다. 빌렸다가 지금 다시 돌려준다고 해도 하늘이 알겠어, 귀신이 알겠어? 뭐 위험한 게 있다고…. 이번에 이백만 위안 번 것도 얼마나 깔끔했어! 암행어사가 와도 흠잡을 수 없을 정도였지. 이야말로 '자리'가 지닌 매력, 그 매력이 시장의 영역에서 자신을 발휘할 무대를 찾고 시장과의 결합점을 찾아낸 것이다. 천의무봉天衣無縫!

유약진이 내게 해준 이야기가 떠올랐다. 자기네 학교의 당 위원회 서기가 기초시설 건설 과정에서 오만 위안을 받아먹었다가 자리에서 쫓겨나고 재판까지 받았다는 이야기였는데, 정말 어리석기 그지없고 상상력 결핍의 극치였다.

그때 호일병이 자못 엄숙한 폼으로 이야기했었지.

"그런 멍청이는 당연히 쫓아내야지! 부정부패 대오의 순결성을 유지하기 위해서 말이야."

지금 생각해 보면, 정말 황당하면서도 절묘한 명언이다.

 ## 92. 힘센 자가 많이 갖는 것은 당연하다

나는 은하증권이 지불한 첫해 임대료를 은행대출금 상환에 썼다. 그런데 모두들 이에 대한 불만이 이만저만 아니었다. 왜 그 돈으로 상여금을 지급하지 않았느냐는 것이다. 나는 속으로 후회했다. 전임자가 남긴 빚을 내가 뭣 하러 그렇게 서둘러 갚았을까? 자리에 올랐으면 돈으로 사람들 인심이나 살 것이지!

다음해에는 돈이 손에 들어오자 풍기락, 구립원 등과 상의해서 오백만 위안을 상여금으로 쓰기로 결정했다. 소식이 퍼지자 전 위생청이 진동할 만큼 모두들 좋아했다. 좋습니다, 좋습니다요!

상여금은 연말에 지급하기로 했지만 우선 방안을 제정해야 했다. 위생청에서는 중간층 간부들이 회의를 소집해서 배분 방안을 토론하기 시작했다. 모두들 평균주의를 따를 수 없다는 데에 의견이 일치했다. 그것은 나의 원래 생각과 차이가 있었다. 나는 차이를 적게 해서 사람들이 상여금을 받고도 우리를 욕하는 일이 없게 해야 된다고 생각했던 것이다. 그러나 회의석상에서 의견은 일변도로 기울어져서 괜히 나의 생각을 발표했다가는 고립될 것 같았다.

구립원이 말했다.

"개혁 개방이 뭡니까? 개혁 개방이란 다름 아닌 관념의 갱신이고 평균주의를 거부하는 것입니다. 일부 사람들을 먼저 부유하게 한다는 중앙의 정책을 우리 위생청에서 어떤 식으로 실천하겠습니까? 물론 우리가 부유해진다고 해봤자 얼마나 부자가 되겠습니까만, 우리도 먹고 살아야지요. 요즘은 위에서 부정부패 척결이다, 청렴이다 해서 얼마나 옥죄는지…, 옛날에야 각 처실 단위로 잔수라도 부렸지만 요즘은 감히 생각도 못합니다. 그랬다가는 자기도 모르는 사이 법을 어기게 된다니까요. 어쩌겠습니까, 모두들 위생청만 바라보고 있는데…. 물론 다른 방법이 있는 사람들은 해당 사항 없겠지만요."

그는 나를 보고 있지는 않았지만, 나는 그가 무엇을 암시하고 있는지 강하게 느낄 수 있었다. 그 순간 나는 결심했다. 조만간 저놈의 이색분자를 쫓아내야지! 끌어내리고 내 사람을 키워야지!

풍기락이 말했다.

"우리는 정책을 통해 공헌의 크고 작음을 반영해야 합니다. 문건을 먼저 발표해서 표준을 정함으로써 암실조작을 방지합시다."

모두들 너 한 마디 나 한 마디 발표하는 가운데 방향이 점점 명료해졌다. 심지어 나로 하여금 내 생각이 잘못되었다고까지 느끼게 했다. 사실 정책이란 직급에 편향되기 마련이다. 이런저런 표현방식이 있겠지만, 그러나 뭐라고 하건 간에 결국 같은 결론 주위를 맴돌게 마련이다. 결론은 이미 정해져 있고 구실은 천천히 찾으면 된다. 몇 가지 이유 정도는 언제든지 찾을 수 있으니까…. 나는 위생부로 며칠간 출장을 가면서 사무실 주임 황송림黃松林에게 그 문건의 초안을 작성하라고 지시했다.

출장에서 돌아오자마자 황송림이 초안을 보고했다. 그는 위생청의 사백 명 정도 되는 사람들을 아홉 등급으로 나누었다. 일등급은 나 혼자, 오만 위안, 이등급은 풍기락, 구립원을 비롯한 몇몇으로 사만일천 위안, 정소괴 등은 삼만 위안, 그리고 보통 간부급은 사천 오백 위안, 일반 노동자는 이천 팔백 위안에 불과했다.

그가 말했다.

"이 방안은 여럿의 의견을 수렴하여 결정한 것입니다."

내가 말했다.

"이천 위안, 사천 위안 받는 사람들의 의견도 수렴한 건가요? 팔구십 퍼센트가 그 사람들인데?"

그가 말했다.

"그 사람들은, 그들은…. 그 사람들 의견은 한 사람당 만 삼천 위안씩 똑같이 나누자는 겁니다. 그렇지만 그거야말로 평균주의 아닙니까?"

또 말했다.

"저는 옆의 화공청의 배분방안을 기초로 풍기락 부청장님께 보고 드린 다음 결정한 겁니다."

황송림이 가고 나서 나는 그 명단을 반복해서 보았다. 머리 많이 굴렸군! 어쨌든 나 역시 무슨 일이건 정소괴 그치들한테 의존할 수밖에 없다. 그들을 달래지 않으면 아무 일도 할 수 없으니 어쩔 수 없는 일이다. 행여 내가 정말 유능해서 일군의 사람들을 끌어올린다고 해도 사정은 별로 달라지지 않을 것이다. 그저 그 이천 위안, 사천 위안 받는 사람들만 헛물을 켠 셈이다. 그 사람들이야 욕을 하겠지. 마음이 싸늘해짐을 느끼겠지. 나를 강도라고, 얼굴 가죽 벗어던지고 남의 돈 훔친다고 욕을 하겠지. 그러나 그게 전부다. 나와 마주할 때 얌전히 웃는 얼굴만 보여준다면 그 사람들이 속으로 욕 몇 마디 하는 것 정도야 아무렇지도 않다. 내가 무슨 수로 정말로 인격적 이미지를 추구하고, 사람들이 진심으로 나를 따르도록 할 수 있겠어?

이 자리에 앉은 이상 나의 첫 번째 임무는 바로 세력에 따라 각종 이해관계를 조정하고, 그 이해관계를 바탕으로 끌고 가는 것이다. 그래야만 나도 자리에 앉아 있을 수 있다. 이제 공정公正은 결코 나의 목표가 아니다. 내가 숭고함을 다시 세우려는 노력을 그만둔 후로는, 자기 신화 창조를 그만 둔 후로는, 더더욱 아니었다. 누가 분하고 격한 마음으로 나를 강도라고 욕하더라도 그 사람 맘대로 해 보라지! 이 자리에 앉아보지 않은 사람은 나의 어려움을 모른다!

저녁에 나는 풍기락의 집으로 찾아가서 윗사람들 상여금을 몇 천 위안씩 깎아서 아랫사람들한테 천 위안씩이라도 더 주자고 제안했다. 내가 말했다.

"새 집행부가 생긴 지 이제 일년 남짓 됐는데, 사람들이 속으로 구시렁거리며 욕하고, 그러면 좋을 게 뭐 있겠습니까?"

그가 말했다.

"화공청에서도 같은 비례대로 관철했지만 잠잠했습니다."

내가 말했다.

"내 생각에도 누가 딱히 나서서 따지거나 할 것 같지는 않지만, 어쨌든 별로 좋지는 않아요."

그가 말했다.

"한 사람한테 천 위안씩 더 주는 걸로는 별 효과 못 봅니다. 그렇지만 한 사람한테 몇 천 위안씩 깎는 건 그 부작용이 엄청나지요. 우리도 일하는 사람들한테 좀더 관대한 환경을 조성해줄 필요가 있습니다. 안 그러면 오류를 범하라고 강요하는 것과 마찬가지입니다. 그러나 또한 중국 문화에는 양렴養廉의 전통이 있습니다. 양렴, 즉 청렴함을 기른다는 뜻이지요. 청렴함은 길러지는 겁니다."

나는 한숨을 쉬었다. 결론은 쇠처럼 단단하다는 것을 모르는 바 아니었다. 이 결론을 둘러싼 수많은 논증이 가능하다. 어찌되었건 이 사람들은 스스로 논증하고 있다. 좋은 것은 손에 넣어야 진짜이고, 다른 모든 것은 거짓이다. 그 일곱 가지 여덟 가지 이유 역시 날조된 것들이다. 이

92. 힘센 자가 많이 갖는 것은 당연하다

제 우리가 할 일은 크고 작은 회의석상에서 분위기를 잡는 것, 모든 이들의 생각이 이미 설계된 궤도로 진입하게 만드는 것이다. 평균주의는 절대 안 된다! 진입하기를 거부해도 상관없다. 분위기만 형성되면 따지고 나설 만큼 용감한 사람은 없을 것이다. 대부분의 사람들은 아무래도 다수를 따르기 마련이고, 그럴 때만 안전감을 느낀다. 그리고 대중의 심리, 분위기라는 것은 여론에 의해 좌우되기 마련이다.

그때 텔레비전에서 "근면한 정치, 청렴한 정치勤政廉政"라는 프로그램이 방영되고 있었다. 산동성山東省 어떤 현의 현장이 나와서 이야기했다. 자기는 군중이 동의하는지 만족하는지를 정책 판단의 기준으로 삼는다고. 내가 텔레비전을 가리키며 말했다.

"풍 부청장님, 저걸 보세요. 요즘이 어떤 시대입니까?"

그가 흥! 소리를 몇 번 내고 말했다.

"저도 한번 가보고 싶습니다. 저기는 중국이 아니랍니까? 한 사람한테 만 삼천 위안씩 주면 동의하고, 만족하고, 기뻐할 것 같습니까? 일부가 불만스러워야 만족하는 사람이 있게 마련입니다. 하늘 아래 모든 사람들이 다 만족하는 일은 없습니다."

그 말도 맞는 말이었다. 자리에 앉아 있는 사람한테 자신을 위해 아무 것도 챙겨서는 안 된다고 하는 것도, 군중더러 그들을 진심으로 따르라고 하는 것도, 모두 불가능한 일이다. 나는 그런 불가능한 가능성들을 추구할 수는 없다. 우선 그 중요 인물들부터 동의하고, 만족하고, 기뻐하게 해야 되는 것이다. 나는 무슨 일이든 그들에 의존해야 한다. 입만 갖고 떠들어서는 안 되고, 몇 입이라도 더 먹여줘야 한다. 나도 어쩔 수 없다. 하늘에 닿는 도리, 원칙이라해도 나는 달리 어쩔 수 없다.

마지막 회의에서 나는 나의 등급을 이등급으로 낮출 것을 끝까지 고집했지만 모두들 동의하지 않았다.

구립원이 말했다.

"지 청장님, 우리 솔직히 이야기합시다. 이는 지 청장님이 당연히 받으셔야 하는 겁니다. 아주 떳떳한 거라고요!"

이 말이 그의 입에서 나오자 나는 별로 좋은 말 같지 않았다. 아주 나를 불에 굽는구먼! 이렇게 되자 다른 사람들은 빠져나가고 나만 유일한 표적이 되었다. 그깟 몇 천 위안 때문에…. 이게 할 짓인가?

정소괴가 일어나 격앙된 어조로 자신의 견해를 밝히기 시작했다.

"지 청장님께서 일등급 상여금을 받으셔야 합니까, 안 받으셔야 합니까? 받으셔야만 합니다! 이는 지위로 결정되는 것이 아니라 공헌도로 결정되는 것이기 때문입니다."

나는 속으로 생각했다. 저기 또 누가 불을 지펴 나를 굽는군!

마지막에 내가 말했다.

"모두들 저를 생각해 주신다면 저 한 사람만 일등급으로 분류하지 말아주십시오. 사람들이 저희더러 사람 봐서 일 처리한다고 말할 겁니다."

이 정도로까지 말을 하자 아무도 반박하지 않았다. 물론 사람 봐서 일 처리하는 것이 이미 하나의 게임의 규칙으로 되어 있었지만, 그러나 내가 그 얼굴마담이 되어서 모두의 비난을 덮어쓸 수는 없었다.

이 문건이 내려가면 많은 사람들이 씁쓸한 마음으로 별의별 이야기를 다 하다 못해, 격분한 사람들은 듣기 끔찍한 이야기까지 해댈 것이라는 점을 나도 알고 있었다. 나는 윤옥아가 중의학회에서 한 손은 허리에 얹고 다른 한 손으로 손가락질 해대면서 사람들을 욕하던 모습이 떠올랐다. 누구라고 딱 집어 말하진 않지만, 당시 그녀가 누구 욕을 하고 있는지는 너무나 분명했다.

"그래, 좋은 음식 많이 처먹고 이질이나 걸려라! 다 못 먹겠으면 관에 넣어 가면 되잖아!"

92. 힘센 자가 많이 갖는 것은 당연하다

어쨌든 내 귀에 들리지 않는 이상 그냥 둬야지 뭐…. 신선이라도 모든 사람들을 입으로도 마음으로도 따르게 할 수는 없는 법이니까.

구월 달에 아파트가 다 지어질 즈음 해서 기초건설처에서 집을 배분하는 방안을 내놓았다. 내가 별로 신경을 쓰지 않고 풍기락에게 맡겼더니, 방안이 완성된 후에 사인해 달라고 가져왔다. 보았더니 그 주요 목표는 높은 자리에 있는 몇몇 지도자들을 줄 앞에 세우려는 안이었다. 두 가지 조항은 특히 나를 위해 마련한 것으로, 정正 청장급 간부는 부副 청장급 간부보다 5점 높고, 박사학위 소지자도 5점 더 가산되었다. 이전에 줄 서서 집을 고를 때는 정급正級과 부급副級을 딱히 구분하지 않았었는데, 이번에 추가되었다. 위생청에 두 명의 처장이 재직자 신분으로 박사과정을 밟고 있었지만. 아직 졸업은 안 했다. 내가 속으로 계산해보니 근무 햇수가 짧은데도 불구하고 이 방안대로라면 내가 제일 앞에 설 수 있었다. 풍기락도 고심한 흔적이 보였지만, 그러나 너무 티가 났다. 틀림없이 사람들이 무슨 소리를 할 것이다.

동류는 이 방안을 보더니 말했다.

"어쨌든 당신이 정한 것도 아닌데 무슨 겸손을 떨고 그래요? 당신은 청장이에요. 떳떳하게 받아들이라고요!"

물론 내가 정한 방안은 아니지만, 그러나 다른 사람들이 나를 위해 세심하게 계산해준 결과였다. 이 정도 자리에 있는 사람은 자기가 굳이 챙기지 않더라도 온갖 대의명분들이 그림자처럼 붙어 다니게 마련이다.

내가 말했다.

"내가 정한 것이 아니라고 해도, 사람들은 그렇게 멍청하지 않아!"

그녀가 말했다.

"어쨌든 나는 3동 동쪽 끝에 있는 그 집을 찍어 놓았어요. 서향이면 서쪽에서 빛 들어오고, 너무 높으면 올라가기 힘들고, 또 너무 낮으면

빛이 안 드니까…."

"당신만 좋은 것 생각할 줄 알고 다른 사람들은 뭐 목 위에 얹고 다니는 게 호박인 줄 알아?"

그녀가 말했다.

"그 집은 하도 많이 봐서 이미 정까지 들었다니까요. 이제는 다른 집에는 정이 안 가요."

말이 안 통해서 나도 그냥 아무 말 않기로 했다. 이렇게 좋은 집에 살게 될 줄 이전엔 감히 상상도 못했는데 서향이 뭐가 어떻다고… 한 층 더 올라가거나 빛 좀 덜 들면 어떻다고…. 사람이 너무 좋은 것만 따지면 안 되는 법인데…. 이튿날 내가 풍기락에게 말해서 그 두 조항을 지워버리도록 했다. 그가 떠보려는 듯이 말했다.

"그럼, 그럼…?"

내가 말했다.

"나는 이 정도로까진 할 수 없소. 너무 지나치면 부작용이 크게 마련이지요."

그가 말했다.

"그럼 제가 다시 생각해보겠습니다. 최소한 몇몇 사람들이 너무 나서지 않을 것만 보장하지요."

명단이 나왔다. 〈군중위생보群衆衛生報〉의 대戴씨가 일 순위로 랭킹되었다. 원래 성인민의원 주임 의사였던 그가 위생청에 편집장으로 온 지도 여러 해 되었다. 나는 다섯 번째였는데, 이런 식으로 처리하길 아주 잘했다 싶었다. 대씨는 무슨 관리官吏도 아니었는데, 그가 일순위라고 하면 다른 사람들도 군소리 못할 것이다.

그날 저녁 대 씨의 아내가 우리 집으로 찾아왔다. 문에 들어서자마자 그녀가 말했다.

"지 청장님, 아직 이런 데 사십니까? 지 청장님 같은 분은 전 성의 청장들 중에 몇 안 될 겁니다."

말도 안 되는 소리였다. 우리도 곧 이사 가는데…. 사람들은 무슨 현미경이라도 들이대고 내 장점을 찾는지, 사소한 것 하나라도 발견하면 호들갑을 떨어댄다.

그녀가 또 말했다.

"우리 양반이 집에서 새 집행부가 얼마나 좋은지, 지 청장님은 또 얼마나 대단하신 분인지 이야기하더라고요. 지 청장님 아니었으면 순서가 우리 양반까지 돌아오기나 했겠습니까? 줄 맨 앞쪽에 서는 것은 말할 것도 없고요."

내가 말했다.

"대 선생님은 주임 의사이시니 원래가 청장급인걸요. 근무 햇수도 오래 되셨고…. 누가 대 선생님 앞쪽에 가서 서겠습니까? 위생청에서 지식을 존중하고 인재를 존중한다면서 말로만 그쳐서는 안 되지요."

그녀가 말했다.

"감사합니다, 감사합니다! 이렇게 체면을 살려주시니 저희 바깥양반은 집 분배 못 받아도 이젠 여한이 없습니다. 원래 이사 계획도 없었거든요."

그녀는 또 동류와 한 쪽에서 재잘재잘 한참을 떠들다가 돌아갔다.

집을 고르는 그날 나는 현장에 가지 않았다. 돌아와서 동류가 나한테 여전히 그 3동 동쪽 끝에 있는 집을 고를 수 있었다고 말했다. 도무지 믿을 수가 없어서 물었다. 그럼 대 선생님은 어느 집으로 골랐어? 그녀는 2동 서쪽 끝 집이라고 했다. 나는 갑자기 정신이 번쩍 들었다. 또 하나의 손이 조작하고 있었군!

내가 말했다.

"그날 당신 대 선생님 부인과 무슨 이야기 했어? 그분이 당신한테 양보하고, 또 다른 위생청 사람들한테 양보하고, 또 다른 위생청 사람들이 당신한테 또 양보하고 그랬지? 그게 무슨 짓이야?"

동류가 말했다.

"자기가 안 고르는데 제가 어떻게 해요? 그쪽에서 먼저 물어보는데, 내가 꼭 그 집 아니면 안 되겠다고 한 것도 아니고…. 어느 집이 제일 좋으냐고 묻더라고요. 나는 말도 못해요?"

내가 말했다.

"이게 무슨 연극이야? 당신이 감독이야?"

그녀는 울음을 터뜨릴 것같이 말했다.

"내가 꾸민 것도 아니고, 내가 연기한 것도 아니에요. 난 그저 내가 어떤 집이 제일 좋은지 사실대로 말한 것뿐이라고요. 난 거짓말 못해요! 거짓말 하는 법 아직 못 배웠다고요. 마음에도 없는 말 못하겠어요! 공산당에서도 실사구시, 실사구시, 하잖아요!"

가을이 깊어가던 어느 날 우리는 새집으로 이사를 했다. 집의 실내 장식과 배치는 동류가 책임지고 나는 일절 간여하지 않았다. 새집에는 바닥을 전부 코끼리표 바닥재로 깔았고, 가구도 모두 바꿨다. 텔레비전도 일본 파나소닉의 홈씨어터로 바꿨다. 동류의 말에 따르면, 모두 합해서 이십만 위안 정도를 썼고, 바닥재에만 삼만 위안 정도를 썼다는데, 다른 사람이었으면 몇 만 위안 더 들었을 것이라고 했다. 누가 중간에서 도와줬는지 귀찮아서 물어보지도 않았지만, 조금 있으면 누군가 하나 불쑥 튀어나와서 이번 일을 빌미로 청탁을 해오겠지. 이것 역시 일종의 게임의 규칙처럼 되어 있다. 그저 내 자신의 돈으로 갚을 필요가 없을 뿐이다.

이사하는 날은 토요일이었다. 많은 사람들이 와서 동류를 도와 물건을 옮겼다. 오후가 되어 사람들이 돌아가자 집 안이 아주 고요하게 느껴졌다. 창 밖의 햇볕이 밝게 부서지면서 들어오는 것이 마치 초봄 같

92. 힘센 자가 많이 갖는 것은 당연하다

왔다. 집 앞의 나무는 잎사귀를 떨구고 가지를 하늘로 향해 뻗고 있었다. 따뜻한 바람이 한 줄기 불어 들어왔다.

　나는 갑자기 이 모든 것이 비현실적인 것처럼 느껴졌다. 이 고요가 비현실적이고, 집이 비현실적이고, 심지어 나 자신조차 비현실적으로 느껴졌다. 일순간 나는 스스로가 허망한 환상 속에 표류하다가 또 다른 공간으로 들어선 것처럼 느껴졌다. 모든 것이 십사 년 전 내가 이곳에 도착했을 때 생각했던 것과 달라져 있었다. 불가능할 것 같았던 일들이 가능해졌지만, 그러나 가능할 것 같았던 일들은 현실화되지 않았다. 어떻게 이렇게 되었을까? 나 자신도 알 수 없었다.

　내가 누구인지 다시 한 번 생각해 봐야 했다. 쉽지 않은 일이었다. 팔년 전 내가 이 바닥에 들어서려고 마음먹었을 때, 나는 스스로에게 가면을 씌웠다. 그때의 나는 스스로에게 위로 올라가 무슨 일이든 하기 위해서는 어쩔 수 없는 일이라고 생각했었다. 그때의 나는 이렇게 많은 혜택들이 눈앞에 주어질 줄은 생각도 하지 못했다. 가면을 쓴 나는 진정한 내가 아니다. 진정한 나는 큰 산 깊은 곳 삼산요三山坳 마을의 일개 평민이고, 몇 위안을 들고 농촌 조사를 나서던 그 학생이다. 그러나 언제부터 시작된 것일까, 허상과 현실이 이렇게 자리를 바꾸었고, 진실과 거짓이 뒤섞이며 모든 것이 불분명해졌다. 청장의 자리에 앉아 있는 나는 가면을 쓰고 있다는 느낌이 없었다. 오히려 호수 지역으로 수재민을 위문하러 가던 때에 가면을 썼었던 것 같다. 결국 인간은 신화가 아니며, 결국 이 모든 것은 자연스럽게 이렇게 된 것이다.

93. 향기로운 풀이라도
　　길을 막으면 뽑아낼 수밖에

그날 퇴근할 때 오피스 빌딩 앞에서 채 군과 마주쳤다. 그는 게시판 앞에 서서 눈꺼풀을 위로 한 번 치켜떴다. 그가 무슨 일이 있어서 나를 찾고 있다는 것을 알 수 있었다. 나는 이제 사람들의 동작과 태도를 관찰하는 데 있어서는 신의 경지에 도달했다. 나는 마침 풍기락 부청장과 이야기 중이었는데, 채 군이 건너오지 않는 것을 보니 나와 단둘이 이야기하고 싶은 모양이었다. 과연 저녁 여덟 시가 넘어서 채 군이 전화를 걸어 나에게 보고할 일이 있다고 했다. 나는 생각했다. 그게 무엇이 되었든 네가 보고하고 싶다고 아무 때나 다 보고할 수 있는 게 아니지. 시간은 내가 정한다.

내가 말했다.

"오늘은 이미 늦었으니 내일 아침 나의 사무실로 오게."

그는 계속해서 알았다고 했다. 말을 마치고 나는 일부러 수화기를 든 채 놓지 않았다. 저쪽에서도 감히 먼저 내려놓지 못했다. 십 몇 초가 지나서 그가 겁먹은 듯이 말했다.

"또 무슨 시키실 일이라도 있으십니까, 청장님?"

나는 대답하지 않고 수화기를 내려놓았다. 전화 거는 일에도 그 위계가 반영되어야 하는 법! 나도 이런 형식을 안 따질 수가 없다.

이튿날 아침 계속 나를 찾아오는 사람이 있어서 퇴근 시간이 다 되어서야 채 군이 들어왔다. 내가 추측컨대 그는 입구에서 몇 번씩이나 관찰하다가 이제야 기회를 잡은 게 분명했다. 내가 앉으라는 말을 하지 않자, 그는 그 자리에 서서 말했다.

"지 청장님께 보고드릴 일이 있습니다."

나는 고개를 끄덕였다. 그는 문 쪽을 힐끗 쳐다보았다. 문이 잠기지 않은 채로 살짝 닫혀 있었다. 내가 말했다.

"괜찮네, 말해보게."

그가 말했다.

"몇몇 사람들이 위생청 지도자들에게 불만을 품고 있습니다."

나도 모르는 바 아니었고, 딱히 새로운 상황이라고 할 수도 없었다. 만약 이 친구가 자기가 보고한 것을 갖고 무슨 공이라도 세우는 것으로 생각한다면 이만저만 착각이 아니다. 머리를 짜고 온갖 수를 다 써서 생각해낸, 근거 없는 소리 하는 거라면 나도 인정할 수 없다. 그는 내가 별 흥미를 보이지 않자 떠보려는 듯이 말했다.

"이런 말씀 드려야 할지 모르겠습니다만…"

내가 말했다.

"여기까지 와 놓고 무슨 소린가? 말해보게."

그가 자리에 서서 약간 망설였다. 나의 차분한 모습이 의외였던 것이다. 만약 다른 사람이 나의 감정을 정확하게 잡아낼 수 있다면 그거야 말로 큰일이다.

그가 말했다.

"어제 오후에 정치 수업이 있었다는 건 알고 계시지요? 저희 퇴휴직 관리반과 사무실이 한 조였습니다. 회의에서 어떤 사람이 해서는 안 될 말을 했습니다."

그는 말을 멈추고 내가 그게 누구냐고, 무슨 말을 했느냐고 묻기를 기다렸다. 나는 그에게 끌려가기 싫은 마음에 일부러 묻지 않았다. 그러자 별수 없이 그가 입을 열었다.

"공정개龔正開가 이런 내용의 말을 했습니다. '중국인들은 청렴한 관리를 벌써 몇 천 년 동안 기다려왔지만, 그 몇 천 년을 다 허송세월하고 말았다. 그런 청관淸官을 기대하는 것 자체가 근본적으로 잘못된 것이다. 중국은 몇 천 년 만에 겨우 포청천包公 하나 나왔을 뿐이다. 기다려도 안 나올 경우 어떻게 할 것인가?' 그가 회의석상에서 그런 말을 하다니, 암시하는 바가 너무 뻔하지 않습니까?"

내가 말했다.

"자네 생각엔 그가 누구를 암시하는 것 같은가?"

그는 머리에서까지 땀이 나는지 손을 들어 소매로 땀을 닦으면서 말했다.

"그야, 그야 너무 뻔한, 특히, 극히 뻔한 것 아닙니까?"

내가 말했다.

"앉게! 앉아서 이야기 하게."

말하면서 소파를 가리켰다. 그가 말했다.

"서 있는 것도 괜찮습니다."

말은 그렇게 했지만 그래도 멀찍이 앉으면서 말했다.

"그가 말하기를, 청관淸官이라는 의식은 실제로는 소수에게 이용당하는 것으로, 서민들을 일종의 착각 속에 빠지게 하는 것이므로, 결과적으로 절대 권력의 도덕적 호신부護身符에 지나지 않는다고 했습니다. 그가 누구를 이야기하고 있겠습니까? 너무나 뻔합니다."

내가 말했다.

"공정개가 내 이야기를 하던가?"

그가 말했다.

"그 인간이 어딜 감히…. 그렇지만 매우 분명했습니다. 당시에 사람들이 상여금 이야기를 하고 있었습니다. 누구였는지, 위생청의 개혁은 천둥소리만 요란했지 비는 내리지 않는다(打了雷, 就不下雨了)고 하자,

그때 그 인간이 그런 말을 했습니다. 너무 뻔하지요."
　내가 말했다.
　"위생청은 위생청대로 어려움이 있는데 모두들 사정을 모르니까 속으로 불평 좀 하는 거야 나도 이해할 수 있네. 불평하고 싶으면 좀 해야지. 사람들이 말 좀 하게 한다고 해서 하늘이 무너지는 것도 아닌데…."
　내가 이렇게 이야기하자 그는 매우 의외라는 듯이 나를 바라보았다. 그의 입술이 바들바들 떨리더니 드디어 입을 열었다.
　"그렇지만, 그래도 그걸 회의석상에서 이야기하면 안 되지요. 제가 화가 나는 것도 바로 그 점입니다."
　말 한 번 제대로 했다. 누군가가 나를 욕할 거라는 것은 일찌감치 알고 있었지만, 그러나 회의석상에서 말하다니! 그것도 아주 이론의 수준으로 끌어올려서 전면적으로 부정한다는 뉘앙스까지 풍기고 말이야! 그것이 문제였다. 내가 격려하듯이 고개를 끄덕이자 채 군은 금세 흥분하기 시작했다.
　"이처럼 공공연히 노골적으로 지도자의 위신을 해치려는 행위를 저는 도저히 참을 수가 없습니다. 오늘 그 인간을 봐줬다간 내일, 모레, 갈수록 더할 겁니다. 그렇게 되면 지도자분들이 나중에 어떻게 일을 하시겠습니까?"
　그 말이 내 마음을 때렸다. 그 인간들이 무슨 꿍꿍이를 하고 있는 거지? 내가 말했다.
　"그 자리에서 황 주임은 별 말 않던가?"
　그가 말했다.
　"황 주임께선 신문으로 얼굴을 가리고 계시다가, 나중에 그냥 나가버리셨습니다."
　내가 말했다.
　"알겠네. 그만 가보게. 자네 위생청 사무에 상당히 관심을 쏟는구먼."
　그는 문가로 가서 잠시 머뭇거리더니, 또 되돌아와서 말했다.

"공정개가 회의 끝에 다른 말을 또 했습니다."

그리고 나를 바라보았다. 내가 말했다.

"말해 보게."

한참 동안 우물쭈물하는 그에게 내가 격려하듯 고개를 끄덕이자, 그가 말했다.

"공정개가 그랬습니다. 새롭다는 사람도 다 그게 그거라고요. 어떤 사람에 대해서도 환상을 품어서는 안 된다고요. 제 생각엔 이 말에 가시가 들어 있는 것 같습니다."

나는 웃으면서 그에게 고개를 끄덕이고 말했다.

"가 보게."

그는 몸을 돌려 고개를 끄덕이면서 문을 천천히 열었다. 고개를 내밀어 살펴보더니 쏜살같이 내뺐다.

그가 자리를 뜬 후 나는 생각했다. 공정개 이놈! 역시 머리도 있고 제 주장도 뚜렷한 놈이군! 바보는 아냐. 십년 전이었으면 나도 그를 친구 삼고 싶었을 텐데…. 그러나 현재 내가 이 자리에 앉아 있는 이상 현재의 입장에서 문제를 고려하지 않을 수 없다. 주장이 뚜렷하다는 게 결코 좋은 일은 아니거든. 아무리 제 주장이 뚜렷한 놈이라도 나한텐 입 닥치고 벙어리인 척하고 있을 일이지 말이야! 게다가 회의석상에서? 큰일 낼 놈이군! 지킬 것은 지켜야지! 자기는 뭐 하늘에서 뚝 떨어졌나? 어쨌든 입 닥치고 있을 일이지. 입을 열었다는 것 자체가 네놈 잘못이다!

사실 나는 그를 용서하고 싶었다. 나쁜 사람이 아니고, 심지어 좋은 사람이라고까지 할 수 있다. 그러나 그를 용서했다간 위험한 선례를 남기게 될 것이다. 안 돼! 이때 나는 내가 감정적 본능에 따라 내린 판단과 내 자리의 입장에서 내린 판단이 완전히 상반된다는 것을 깨달았다. 그리고 전자는 후자에 복종해야 한다. 사람들은 종종 누구누구가 자리에 앉더니 변했다고 말하지만, 자리에 앉아서도 안 변한다면 그게 말이 되나? 위생청은 나의 영토이고 내 영토 안에서는 내 말이 최고여야 하는데, 다른 사람이 딴소리 하는 것을 용서할 수 있겠어? 사람이 이 바닥에 몸을 담은 이상 제 몸이 자기 몸이 아닌데 말이야!

나는 황 주임을 불러 그날 회의석상에서 있었던 일들을 물었다. 그가 놀라고 당황하면서 말했다.

"저는 처음에 신문을 보느라 누가 무슨 말을 하는지 잘 못 들었습니다. 그리고 나중엔 화장실에 갔습니다. 그날 공 군이 해서는 안 될 소리를 좀 했습니다."

내가 말했다.

"누가 회의석상에서 안정과 단결을 해치는 말을 하면 재깍 받아쳐서 건전한 분위기를 조성하고 여론의 방향을 인도해야지! 위생청에서 일하는 사람은 수시로 본인의 책임을 기억하고 정치사상을 점검해야지. 개혁개방의 시기엔 더욱 정치사상이 중요한 법인데… 그리고 바른 기풍을 세워야지. 위생청 내에 사풍邪風을 용납할 수 없어. 그 사람들한테도 내가 상기시켜줘야겠어. 착실하게 업무에 임하지 않다가 어느 날 대기발령이라도 나면, 그땐 어디 가서 무슨 일을 하겠느냐고. 이 문제에 대해선 다음 번 회의에서 내가 아주 중점적으로 이야기해야겠어. 위생청 내의 사풍을 뿌리 뽑아야지. 황 주임도 자신이 상여금 몇 푼 더 받았다고 괜히 미안하게 생각할 것 없어요. 마음과 입은 부드러워도 허리는 꼿꼿이 세워요. 모두들 허리 곧게 세워야 음침한 바람이 불지를 못하지. 상여금은 위생청 것이지 그 사람들 것이 아니요."

황 주임은 연달아 말했다.

"신문 보느라고 사람들 이야기를 주의 깊게 듣지 못한 제 불찰입니다. 그때 하필이면 화장실을 가게 돼서…. 다음부터는, 다음에는…."

이렇게 해서 속으로 공정개를 다른 곳으로 발령내야겠다고 결심했다. 그런 사람이 사무실에 있어선 안 되지. 나는 결코 아랫사람들이 자기한테 어느 정도의 주도권, 어느 정도의 권리가 있다고 생각하게 내버려둘 수는 없다. 토론의 자유도 안 된다! 안 그러면 나도 청장노릇 못 해 먹지. 대화의 통로를 요구한다고? 웃기고들 있네! 대화만 시작했다 하면 수십 개의 문제를 끄집어내서 토론하자고 들 텐데, 그게 가당키나 해? 네 것이 있게 되면 내 것이 사라지는데, 그 말이 어떻게 맞아? 정치를 백성에게 돌려 주자고(還政於民)? 웃기는 소리 하고 있네! 이전엔 나도 이런 현실을 불만스럽게 생각했지만, 지금 보면 충분히 그럴 수 있는 일이다. 생각하면 할수록 당연한 일이다. 속 시원하게 떠들고 싶다고? 화禍는 입에서 나온다는 말이 무슨 뜻인지 알게 해줄까?

이런 생각을 하다가 나는 잠시 망설여졌다. 공정개를 다른 곳으로 발령내는 것은 나의 본성에 위배되는 일이었다. 나 지대위는 본래 그런 사람이 아닌데…. 그러나 곧바로 나는 이런 망설임에 대해 또 망설였다. 마음이 이렇게 약해서야 나중에 누가 나를 무서워하겠어? 일단 위신이 땅에 떨어지면 그땐 아무 일도 할 수 없게 된다. 공정개는 반드시 경고를 받아야 하고, 대가를 치러야만 한다. 그것이야말로 나의 진정한 본성에 부합되는 것이다.

여기에 생각이 미치자 나는 역사는 절대로 황당하지 않다는 점을 절실히 깨달았다. 어떤 인물들이 평생을 비참하게 살았던 것도 역시 필연적으로 그럴 수밖에 없었다. 아무리 그가 호걸이고 성인이었다고 해도 그런 운명을 피할 수는 없다. 역사는 결코 황당하지 않다. 역사가 황당하다고 여기는 사람은 천박하다. 그럴 수밖에 없었던 것이다.

그날 저녁 마침 호일병이 왔기에 나는 그에게 공정개의 일을 이야기했다. 내가 말했다.

"나라는 인간은 관리가 될 재목은 아닌가봐. 지금 손 써야 한다는 걸 뻔히 알면서도 어떻게 손을 못 쓰겠어."

그가 말했다.

"자네 밑에 정신 제대로 박힌 인간이 있을 줄은 생각도 못했네. 만약 나 같으면 그 사람을 끌어주겠네, 인재잖아! 사태를 아주 정확하게 파악하고 있군."

내가 말했다.

"그럼 나더러 그 인간을 끌어올리란 말인가? 그랬다가 다른 사람들이 배우기라도 하면 내가 얼마나 난처해지겠어?"

그가 웃으면서 말했다.

"그 정도 정신 박힌 놈들이 많아지면 그게 다 청장인 자네의 복 아닌가? 그 녀석 괜찮은 놈이군! 하지만 모든 일은 다 어느 각도에서 보느냐에 달려 있지."

내가 고개를 끄덕이며 말했다.

"그래, 맞아. 어느 각도에서 보느냐에 달려 있어."

결국 나는 인사처에 지시해서 공정개를 중의학회로 보내서 윤옥아와 함께 일하도록 했다. 제가 뭘 안다고 아무 환상도 품지 말라는 둥 그런 말을 함부로 지껄이고 다녀? 제 말대로 되었구먼! 솔직히 말해서 나는 결코 그를 과소평가하지 않았다. 그러나 바로 그렇기 때문에 나는 그에게, 그리고 다른 사람들에게 경고를 해야 하는 것이다. 지초나 난초와 같은 향기로운 풀이라도 길을 막으면 뽑아낼 수밖에!(芝蘭當路, 不得不鋤). 지대위로서의 나는 그를 친구로 삼고 싶지만, 청장으로서의 나는 그를 넘어뜨릴 수밖에 없다. 내가 그를 물먹이고 싶어서가 아니다. 나는 그를 물먹일 수밖에 없다. 어쩔 수가 없다.

나는 심지어 그가 내 어려움을 이해해주길 바랐다. 지 청장은 지대위가 아니고, 나는 그저 하나의 배역에 불과하다. 어쩔 수 없는 일이다. 이것은 매우 자연스러운, 문제랄 것도 없는 것이다. 이를 문제 삼아 망설이고, 그 주위를 빙빙 돌고, 자기만 곤란해질 필요가 전혀 없다. 아마 언젠가 내가 그를 중용할지도 모른다. 그렇지만 우선 그 성질을 좀 꺾어

둘 필요가 있다. 젊은 나이에 기운이 왕성해서 세상이 얼마나 냉혹하고 잔인한지 모르는 그 친구를 내가 너그럽게 받아주고 싶다고 받아줄 수 있는 것은 아니다. 몇 년 썩으면 사람 사는 게 어떤 것인지 알게 되겠지. 내키는 대로 지껄이는 게 능사가 아니라는 것도!

또 한 달이 지났다. 나는 채 군을 위생청 사무실로 발령했다. 나는 그 인간을 결코 좋게 평가하지 않았다. 그 인간이 사천이백 위안 상여금을 받고 진심으로 나를 따른다거나, 다른 사람이 불평하는 것을 나한테 와서 보고할 것이라고 생각해서는 더욱 아니었다. 그것은 군자가 할 일이 아니다. 군자와 소인배의 차이는 군자는 도의道義와 원칙原則을 따지지만, 소인배는 공명功名과 이득利得만 중시한다는 데 있다. 만약 어느 날 내가 자리에서 물러난다면 채 군은 누구보다도 빨리 안면을 바꿀 것이다. 비록 지금은 누구보다 공손하고 세심하게 나를 떠받들지만 말이다.

사실 안면 바꾸는 것과 아부하는 것은 모두 한 가지 원인에서 비롯한다. 그런 사람을 조심해야 한다. 그렇지만 역시 그에게 약간의 격려를 해주기로 결정했다. 그는 분별 있는 사람이고, 내 주위에는 그런 분별 있는 사람 몇 명은 있어야 했다. 이는 당연하고, 아무런 문제도 아니다. 이런 일은 떼어내서 단순화시켜서 보면 비합리적인 것 같지만, 사실 그 구조 내에서 보면 아주 합리적이다. 비합리적이라는 것 자체가 그 안에 담긴 이치였다.

# 94. 아버지의 무덤 앞에서
(승리한 실패자인가, 실패한 승리자인가)

　1999년 12월 30일. 나와 호일병, 그리고 유약진은 차를 몰고 고향을 방문했다. 나는 호일병의 차에 타고 서 기사가 내 차를 몰고 뒤에서 쫓아왔다. 구산현丘山縣에 거의 다 왔을 때 호일병이 말했다.
　"방龐 현장한테 연락해서 마중 나오라고 할까?"
　내가 말했다.
　"됐어! 뭣 하러 허세를 부리나? 그 사람들 상대할 기운도 없네."
　현으로 들어서면서 유약진이 말했다.
　"저 앞이 하원촌下元村이지? 옛날 우리 저리로 농촌조사 갔었잖아! 한번 내려서 보는 게 어때?"
　그리고 차를 돌려서 시골도로로 들어섰다. 한참 달리다가 유약진이 말했다.
　"차 세워봐!"
　호일병이 차를 세웠다. 유약진이 먼 곳에 있는 나무를 가리키면서 말했다.
　"그해에 우리가 저 소태나무 아래에서 산토끼를 구워 먹었지."
　우리는 그곳으로 갔다. 유약진이 잡초를 발로 걷어차면서 말했다.
　"바로 여기야!"

우리는 풀들을 뒤집어 보았다. 아무런 흔적도 없었다. 호일병은 소태나무를 둘러싸고 한 바퀴 돌면서 말했다.

"그때 내가 나무껍질을 벗겨서 이름을 새겨 놓았는데, 못 찾겠어. 유약진, 너 장소 제대로 찾은 것 맞아?"

내가 도와서 찾기 시작했다. 손이 닿을락 말락 하는 곳에 나무껍질이 벗겨져 빤질빤질 했다. 내가 자세히 살펴보니 흐릿하나마 '호일병'이라는 세 글자를 알아 볼 수 있었다. 내가 말했다.

"이거 아냐? 이십 년도 더 되었는데 너는 고개 숙이고 찾고 있냐?"

호일병은 발돋움을 하고 그 나무껍질 주위를 만지면서 말했다.

"나무가 이러하니 인간이 어찌 당해내겠어! 언젠가 내가 죽어도 내 이름은 이 나무 위에서 살아 있겠군. 길이길이 썩지 않고."

하원촌으로 들어가자 사람들이 사는 집은 옛날보다 조금 좋아졌지만 다른 것은 별로 변한 것이 없었다. 아이들이 둘러싸고 구경했지만 우리는 차에서 내리지 않고 한 바퀴 돌고 그냥 떠났다.

저녁에 우리는 담임 선생님이셨던 악岳선생님을 찾아갔다. 벌써 오래 전에 퇴직하셔서 집에 계셨다. 늙고 병든 악 선생님은 침상에서 일어나 앉으시면서 우리의 손을 잡고 놓지 않으셨다.

호일병이 말했다.

"학교에서 어떻게 선생님을 이런 낡은 집에 살게 할 수 있습니까? 제가 내일. 방 현장에게 한 마디 하겠습니다. 방 현장더러 후侯 교장한테 말 좀 하라고요."

악 선생님이 말했다.

"곧 옥황상제 보러 갈 사람인데 그게 다 무슨 상관인가. 죽을 때가 다 가오면 모든 것이 덧없음을 알게 되지. 내 나이가 되어 보지 않으면 알 수가 없지. 내 한평생 딱히 이야기할 만한 일 하나 없지만, 그나마 자랑할 만한 거리가 있다면 그건 바로 자네들처럼 훌륭한 제자들이야. 천하를 떠받치고 있는 기둥들이고 국가의 대들보들! 교수가 되고, 청장이 되고, 유명한 기업가가 되었다니…. 자네들 같은 제자들만으로 내 청빈清貧했던 인생이 가치 있게 느껴지네. 천하를 떠받치고 있는 기둥들, 국가의 대들보들!"

악 선생님이 흥분하시는 모습을 보고 우리는 부끄러워졌다. 선생님은 우리가 진실한 삶을 살고 있다고 생각하신다!

선생님, 진실하고 싶어도 그럴 수가 없습니다! 진실하게 살았다간 막다른 골목으로 내몰려 한 발자국도 못 움직이고 평생을 초라한, 처참한 패배자로 살아야 하는데…. 저희도 진실하게 살려고 노력 안 해 본 것은 아닙니다….

우리를 배웅하시는 악 선생님의 눈에서 눈물이 흘러내렸다. 우리도 울고 싶었다.

호텔로 돌아오자, 성省 위성방송 채널에서 '혜리惠利의 밤'이라는 문화의 밤 행사가 방영되고 있었다. 마침 이지李智 사장이 혜리 그룹의 밝은 미래를 설명하고 있었다. 사회는 위성 방송국의 간판스타인 등두운藤杜芸이 보고 있었다. 전국 각지에서 온 스타들이 하나하나 무대에 올랐고, 제법 그럴듯했다. 이지도 그럴듯했고, 등두운도 그럴듯했는데, 악 선생님만 이렇게 초라하게 되셨구나! 내 가슴에 뭔가가 걸려 있는 듯 괴로웠다. 문 부성장도 참석한 것을 보자 마음이 더 불편했다. 호일병이 말했다.

"내년, 늦어도 내후년에는 나도 저런 프로그램 하나 마련할 테니 두고 봐! 까짓 거 돈 얼마나 든다고…."

저녁에 우리는 한 방에 모여 불을 끄고 드러누웠다. 마치 이십 여 년 전으로 돌아온 것 같았다. 같은 반 친구들의 이야기가 나왔다. 그 중에 몇몇은 아직도 깊은 산 속에서 고달픈 농민으로 살아가고 있다. 그 시절 한밤중에 목은 말라 죽겠는데 물이 떨어져 몇몇이 우물가로 가서 두레박으로 물을 길어 마셨던 이야기, 그해 농촌조사를 갔던 이야기, 젊은 시절의 신념 이야기 등을 하였다. 그 당시 신념은 해가 동쪽에서 뜨는 것처럼 굳건했었건만…. 갑자기 우리 셋 다 입을 다물었다.

오늘 우리는 당시에 상상했던 것 이상으로 성공했지만, 그러나 우리의 성실함과 신념은 이제 기억 속에만 존재한다. 시선을 현실로 돌리는 순간, 사고는 곧바로 본능적으로 다른 궤도를 따라 움직인다. 그곳에만 성공이 있고, 성공이 전부다. 그 외의 것들은 무슨 말인지 그 뜻이 애매하기 짝이 없는 군더더기가 되고 만다. 세기 말의 인생의 여정에서 우리는 자신도 모르게 이런 경지에 이르렀다. 이는 그야말로 역사의 안배按排에 따른 것이며, 개인은 그저 생존의 본능에 의해 떠밀려갈 뿐이다. 우리는 자신도 모르는 사이에 정신의 뿌리를 잃고 부유浮游하는 족속이 되어버렸다.

물결을 따라 정처 없이 흘러가던 우리는 새로운 유형의 지식인이 되었다. 우리에겐 더 이상 회피할 수 없는 사명의식도 없고, 천하와 역사에 대한 책임감도 없으며, 아름다운 이름을 후세에 길이 전하겠다는 허망한 환상도 없다. 이 시대는 우리에게 현실 세계의 진상을 꿰뚫어보기에 충분한 지혜를 주었고, 그 덕에 우리는 더 이상 스스로에게 신성神聖함을 꾸며대거나 궁극窮極을 설계하지도 않고, 그런 불가능한 가능성을 추구하지도 않는다. 우리는 승리한 실패자이자 실패한 승리자, 고결한 속물이자 세속적인 군자가 되었다.

우리는 선배들의 방식으로 말하지만, 본질적으로 생존자의 경계를 뛰어넘을 능력이 없다. '우리'는 이 세계에 대해서는 아무 것도 아니지만 '자기'에 대해서는 전부이다. 우리는 이런 잔혹한 진실에 격파당했고, 내부에서부터 격파당했다. 우리는 품위에 관한, 혹은 영혼에 관한 것과 같은 무거운 화제를 마주할 힘이 없다. 그 대신 우리는 비겁하게도 그런 문제가 아예 존재하지 않으며 생존이야말로 유일한 진실이라고 생각한다.

우리는 일찍이 궁극을 가지고 있었건만, 그 궁극은 오늘날 자기 자신으로 바뀌어버렸다. 생명의 의의가 솟아나오던 샘은 돌연 말라버리고, 꿈은 그야말로 몽상夢想이 되어버렸고, 우리는 근원 없는 물(無源之水), 뿌리 없는 나무(無本之木)가 되어 영원한 정신적 방랑자가 되어버렸다. 천하天下와 천추千秋는 이미 까마득히 멀어지고, 오직 자신의 한 평생만을 이렇게 생생하게 느끼고 있다. 내 한 몸의 순간이 천하의 영원을 대체함으로써 우리는 낙관주의와의 최후의 결별을 고했다. 결국 인간은 자신 밖에서 자신을 목표로 삼아 숭고하거나 형이상학적인 의미의 세계를 구축할 수는 없는 것이다. 비극은 시간이란 거대한 손바닥 안에 이미 예정되어 있었고, 우리는 자세히 생각할 겨를도 없이 이미 준비된 궤도로 들어서버렸다. 우리는 이 사실을 받아들일 수밖에 없고, 이러쿵저러쿵 얘기할 필요도 없으며, 거스를 수도 없다.

이튿날 정오에 우리는 선생님을 모시고 식사를 한 후 호일병과 유약진은 각각 자기들 집으로 돌아가고 나는 차를 몰고 산으로 들어갔다. 현 위생국의 상常 국장이 동행하겠다고 나섰다. 나는 그에게 집에 가서 가족들과 새천년을 맞으라고 권했지만, 아무리 해도 말을 듣지 않았다. 차를 향鄕 정부 청사 마당에 세워 놓고, 상 국장은 나를 따라 산을 올랐다. 웅熊 향장도 그 뒤를 따랐다.

내가 삼산요로 돌아온다는 소식을 듣고 온 마을 사람들이 모두 나와 진사모秦四毛네 집 입구에 몰려 있었다. 나는 이 마을이 배출한 유일한 인물, 그들의 자랑이었던 것이다. 나는 마을을 한 바퀴 돌아보았다. 별다른 변화가 없었다. 산은 여전히 산이고, 나무는 여전히 나무고, 집도 여전히 그 모양 그 꼴이었다. 사람들의 성쇠盛衰만 아니면 시간이 마치 이곳을 비껴 지나간 것 같았다. 진삼다秦三爹 영감과 마칠다馬七爹 영감은 이미 세상을 떠나셨다. 88년에 동류와 함께 왔을 때까지는 살아계셨는데…. 내가 살던 그 작은 토담집은 없어진 지 오래고, 그 자리엔 배추가 가득 자라고 있었다. 진사모네 집 앞으로 돌아와서 나는 준비해 둔 편지봉투를 꺼냈다. 마흔 일곱 개. 한 집에 하나씩. 안에는 이백 위안씩 들어 있었다. 내가 그들을 위해 할 수 있는 일이란 고작 이 정도였다. 마이호馬二虎에게는 사천 위안을 전했다. 아버지가 돌아가셨을 때 그의 부친께서는 생전에 마련해 놓은 관을 우리가 쓰도록 해주셨다. 이 정도로는 마음이 여전히 편치 않았다. 다들 너무나 못 살고 있었던 것이다. 그래서 나는 그 자리에서 마을에서 중학교에 다니는 아홉 명의 아이들에게 매년 일인당 칠백 위안씩 보조해주기로 약속했다.

아버지의 산소에 가려고 길을 나섰다. 모두들 따라오겠다는 것을 물리치고 혼자 나섰다. 칠 리 길. 큰 산의 품을 거닐면서 여러 해 느껴보지 못한 정적을 즐길 수 있었다. 큰 산은 사람들에게 산의 품 안에서 사는 것이 얼마나 행복한 것인지 느끼게 해준다. 그것이 얼마나 큰 환각인지 뻔히 알면서도, 나는 그 환각에 깊이 취하기 시작했다.

멀리서 아버지의 산소가 눈에 들어왔다. 송곳처럼 볼록했던 무덤이 납작해져서 마른 풀로 덮여 있었다. 그런데 갑자기 겁이 났다. 감히 다가가지 못할 것 같았다. 마치 아버지께서 살아서 저곳에서 여러 해 동안 나를 기다리고 계신 것 같았다. 산소를 찾는 데에도 용기가 필요할 줄이야…. 생각도 못한 일이었다. 나는 마른 풀을 밟으면서 천천히 나아가 무덤 앞에 멈춰 섰다. 이곳에 지영창池永昶이란 사람, 나의 아버지께서 이미 이십여 년 간 깊은 잠에 빠져 계신다. 그는 일찍이 불가사의한 태도로 세계를 거쳐 가셨으며, 생각도 못할 방식으로 사라지셨다.

오늘 나는 이곳에 서서 바람 속에, 석양 아래, 아버지의 영혼과 대화하고 있다. 이 순간 나는 그 냉엄한 유물론을 믿을 수 없다. 아니, 나는 영혼이 존재한다는 것, 생生과 사死가 서로 통한다는 것을 강렬하게 느끼고 있다. 내 어깨에 머무는 바람에 마른 풀 냄새, 마르고 떨떠름하지만 엷은 향내가 포함된 익숙한 냄새가 섞여 있다. 그 시절에도 이런 냄새 속에서 아버지는 당신을 관찰하는 나를 여러 차례 피하곤 하셨다. 나는 마음으로 그의 눈빛을 느끼는 수밖에 없었지만, 아무 것도 알아차리지 못한 척 했었다. 그러다가 일단 네 개의 눈이 마주치면 당신께선 얼른 고개를 다른 쪽으로 돌리셨지.

이십 년도 더 지났으나 기억은 여전히 맑고 또렷했다. 그것은 남에게 한 번도 털어놔본 적이 없었고, 이야기할 수도 없는 기억이었다.

석양의 진홍색 빛이 마치 그 뒤편에서 흘러나오는 듯 투명하고 입체적인 의미가 느껴졌다. 태양은 무리지은 산들의 정상에서 움직이지 않고 인간의 세계를 고요히 주목하고 있었다. 저쪽에는 태양, 이쪽에는 나, 우리는 얼굴을 마주하여 바라보며 마치 소리 없는 대화를 나누는 듯했다. 그곳에 서서 나는 세상에는 어떤 묘사할 수 없는 소리가, 불가사의한 힘이 존재한다고 믿었다. 그것은 경험을 초월하는 가치의 원천이다.

석양 아래에는 한 줄기 붉은 구름이 아주 편편하게 펼쳐져 있어서, 마치 거대한 쟁반이 금으로 된 공을 받치고 있는 듯했다. 갑자기 거대한 손바닥이 아래에서 힘껏 잡아당기기라도 하는 것처럼, 석양은 한 차례 진동하더니 구름 속으로 절반 가라앉았다. 남아 있던 반원은 그 빛이 더욱 강렬해지면서 한 줄기 한 줄기 뿜어내는 빛으로 산봉우리를 음陰과 양陽 두 부분으로 갈라놓았다. 무리지은 산의 봉우리들이 온통 금색으로 물들었다. 마침내 아무런 저항도 못하고 금 공은 전체가 붉은 구름 속으로 사라졌다. 그 순간 구름이 금색으로 변하고 중간의 한 부분은 밝다 못해 투명해졌다. 금방이라도 타오를 것 같았다. 투명하게 빛

나던 점이 격렬하게 끓어오르며 양쪽으로 뻗어나갔다.

그 찰나 한 줄기 구름이 끓어오르기 시작하더니 마치 저 산들과 나까지 빨아들일 것 같았다. 구름 속에서 버둥거리던 석양은 금색의 구름을 찢어 몇 개의 작은 구멍을 내어 지난 천년 최후의 빛을 뿜어내고 있었다. 구름 아래로 한 줄기 호弧를 그리던 윤곽이 점점 반원으로 변하며 무리지은 산들 사이로 떨어지더니, 최후에는 산봉우리들 사이에 작은 금색 조각만 남겼다. 한 다발의 광선이 나에게 정면으로 쏟아질 때, 나는 이 빛줄기가 나를 끌어주고 있을 때 발을 구르면 하늘로 날아올라 석양으로 녹아들 수 있을 것 같았다. 그때, 숲 속에서 지지배배 거리며 솟구쳐 오른 무수히 많은 작은 새들이 앞을 다투어 그 광선 다발을 향해 날아가 삽시간에 그 빛 속으로 녹아들었다.

이어서 그 한 줄기 빛마저 사라지고 산봉우리 위에 펼쳐진 저녁노을을 보면서 나는 낭만적이고 신비로운 느낌에 빠져들었다. 그리고 내가 미처 알아차리지도 못한 사이에 이미 저녁의 어둠이 사방을 둘러쌌고, 아득하게 큰 산은 검푸른 빛을 감추며 적막한 그 윤곽만을 남겼다. 한없이 넓은 적막 속에 어떤 소리가 싹을 틔우며 모여들고 있었다. 그 소리는 몽롱하면서도 또렷하게, 느리면서도 단단하게 떠올랐다.

아버지, 지금의 저, 당신의 아들이 여기 서 있습니다. 아마도 제가 이 세상에서 유일하게 당신을 이해한 사람일 겁니다. 결코 당신과 같은 방식으로 세상과 마주하진 않았지만 말입니다. 당신은 인간의 본성이 선善함을 믿으셨고, 시간의 공정公正함을 믿으셨으며, 신념과 원칙을 생명보다 귀중하게 여기셨습니다. 당신은 세계를 이해함에 있어서 낭만적인 숭고함을 가지셨으므로, 당신에겐 현실 세계의 범인凡人들의 냄새가 전혀 없었습니다.

저는 아버지께서, "그것이 불가능한 줄 알면서도 그것의 실현을 위해 노력했던"(知其不可而爲之) 공자의 자세로 태연히 희생의 길을 걸으셨고,

심지어 그 희생의 의미조차 따지려 들지 않으셨음을 알고 있습니다. 당신께서 보시기엔 원칙이란 이것저것 계산할 수 있는 성질의 것이 아니었던 것이지요. 당신은 너무나 지혜로우셔서 마치 어리석은 사람 같으셨습니다(大智若愚). 하늘이 준 잣대가 없는 세계에서 신념이야말로 당신에게는 최후의 잣대였으므로, 당신은 원망도 후회도 않으셨습니다.

그러나 저, 당신의 아들은, 대세의 흐름 속에서 선택의 여지가 없다는 평계를 대면서, 그 흐름에 영합하여 다른 길을 걸어왔습니다. 그곳에는 꽃도 있었고, 박수 소리도 있었고, 거짓 존엄과 진실한 이익이 있었습니다. 그래서 저는 신념을 잃어버리고 절개 지키기를 포기함으로써 결국 강요된 허무주의자가 되었습니다. 제 마음도 쓰리고 아픕니다. 모든 것에서 초탈한 척 하면서 숨기려고 했던 아픔, 다른 사람과 결코 나누어 가질 수 없는 아픔, 그것이 바로 이 시대의 고민입니다.

제게 저항할 능력이 없는 것을 용서해 주십시오. 평범하기 짝이 없는 당신의 아들은 시간에 의해 불가능하다고 규정된 그런 가치들을 지옥으로 떨어질 각오로써 추구할 수는 없었습니다. 아버지, 저는 아버지를 이해합니다. 아버지께선 진실하셨습니다. 그 진실함이 제겐 이미 낯설지만, 지금 다시 한 번 그 진실함의 존재를 강렬하게 느끼고 있습니다. 아버지, 아버지께서도 또 다른 종류의 진실이 있다는 것을 이해해 주실 수는 없으신지요? 아버지, 지금 제가, 당신의 아들이, 여기에 서 있습니다.

나는 눈가가 얼얼해지는 것을 느꼈다. 눈을 깜박거리고 나서야 내가 방금 눈물을 흘렸다는 것을 알아차렸다. 이미 바람에 마른 후였다. 가슴이 아프고 콧날이 시큰거리면서 눈물이 쏟아져 나오려고 했다. 나는 두 눈을 힘껏 감고 입술을 깨물었다. 참을 수 있었다.

나는 무덤 앞에 무릎을 꿇고 가죽 가방에서 딱딱한 가죽 표지로 된 〈중국 역대 문화명인 소묘〉를 꺼내어 천천히 열어서 가볍게 흙 위에 내려놓았다. 지난 십년 동안 나는 이 책을 딱 두 번밖에 읽지 않았다. 이 책을 열고 그에 비친 내 영혼을 들여다볼 만한 심리적 수용능력이 없었던 것이다. 나는 라이터를 꺼내 불을 켰다. 망설이면서 그 불빛으로 책의 표지를 비추어보았다. 흔들거리는 불꽃이 손가락을 스쳐서 뜨거웠다. 엄지손가락에 힘을 빼자 불이 꺼졌다. 아래에서 사람들이 내 이름을 외쳤다.

"지 청장님… 지 청장님……"

목소리가 암흑 속에서 날리어 왔다. 갈수록 점점 더 가까워졌다. 나는 대답하지 않고 다시 라이터에 불을 붙였다. 아버지의 초상을 책에서 꺼내 불을 가까이 갖다 대고 용기를 내어 들여다보니, 마치 살아계신 아버지께서 나를 똑바로 쳐다보고 계신 것 같았다. 나는 그 눈빛에 찔린 듯 몸이 옆으로 휘청 하면서, 전신이 학질에라도 걸린 듯 떨리기 시작했다. 윗니와 아랫니가 부딪치고 있었다.

나는 왼손으로 책을 들어올렸다. 종이가 이미 낡아서 손에 닿자마자 부스러졌다. 불을 가까이 대자 책이 타기 시작했다. 불꽃이 튀면서 뜨거운 기운이 내 얼굴로 솟아올랐다. 책은 어둠에 포위된 채 최후의 빛을 발하고 있었다. 나는 대뇌 가장 깊은 곳의 주름 사이에 새기기라도 할 것처럼 그 빛을 뚫어져라 쳐다보았다. 그곳은 끝도 없는 어둠이었는데, 빛은 그 어둠 속에서 튀어 올라오고 있었다.

"지 청장님… 지 청장님……"

목소리가 점점 더 가까워졌다. 나는 두 손으로 흙을 짚고 일어섰다. 몸을 펴는 순간 검푸른 하늘 장막에 가득 퍼져 있는 별들이 눈에 들어왔다. 빨강, 노랑, 보라색의 작은 별들은 그 자리에 얼어붙었는지 미동도 하지 않았다. 우두커니 그 자리에 서서 하늘의 별을 바라보는데 일종의 익숙하면서도 낯선, 뭐라고 정확하게 묘사할 수 없는 따스함이 가슴속을 흐르며 지나가는 것 같은 느낌이 들었다.

나는 천천히 두 팔을 뻗어 올렸다. 최대한 위로 팔을 뻗은 채 가만히 있었다. 바람이 윙 소리를 내며 내 어깨 위로 불었다. 나를 스쳐서 과거에서 미래로 불었다. 바람 위에선 수많은 별들이 반짝이고 있었는데, 그 깊이를 헤아릴 수가 없었다.

(THE END)

| 창랑지수 처세훈 |

창랑지수 1 처세훈

1. 천 가지 만 가지 원칙들이 있어도 그 제1조는 항상 이해관계이다(原則千條萬條,利害關係是第一條) / 47
2. 세상에는 정말로 공짜 점심이란 없다(天下眞沒免費的午餐) / 72
3. 벌레 똥도 계속 쌓여 가면 한 통의 거름이 된다 / 72
4. 수박을 끌어안고 있는 사람에겐 깨 한 톨의 무게가 느껴지지 않는 법이다(抱着西瓜, 感覺不到那粒芝麻的分量) / 136
5. 변소 안에 있는 쥐들은 똥을 먹고서도 사람만 보면 달아나지만, 창고 안의 쥐들은 곡식을 먹으면서도 사람을 봐도 꼬리만 흔들흔들 한다. 그건 다 자기 배를 어느 부두에 갖다 댔느냐에 따라 다른 것이다(厠所里的老鼠吃屎, 見了人到處竄, 倉庫里的老鼠吃穀, 見了人大搖大擺, 碼頭不同) / 149
6. 현실은 사람들에게 책임 전가轉嫁의 구실을 미리 마련해 두었다. 한 발짝 한 발짝 물러서기만 하면 곧 그 구실의 비호 아래 숨을 수 있게끔 된다 / 151
7. 세상의 원칙이라는 것은 진흙을 빚는 것처럼 빚는 사람들이 원하는 형상으로 빚어낼 수 있으므로(世上道理, 可以像捏軟泥一樣, 捏成人們願意的形狀), 그것을 빚는 사람이 누구인지를 봐야 한다 / 156
8. 세상에 공정한 견해를 대변할 수 있는 사람이 어디 있겠는가. 그것은 허상에 불과하다 / 171
9. 게임의 규칙이란 바로 모든 문제를 권력을 잡고 있는 사람의 관점에서 생각한다는 것이다 / 173
10. 인생에는 무슨 최선의 선택 같은 것은 애시당초 있지도 않고(人生幷

沒有什麼最好的選擇), 어떤 선택이든 그에 따른 대가를 치러야만 한다(任何選擇都要付出代價) / 175

11. 원칙은 밀가루 반죽과 같다(道理是像麵團) / 176

12. 사람은 모두 평등하다고 말하지만, 그것은 평범한 사람들을 위로하는 신화이자 부드러운 사기극에 지나지 않는다 / 179

13. 밀가루 반죽은 빚는 사람의 손에 따라 모양이 달라지듯이(像一部人手中的麵團), 원칙이라는 것도 말로 표현하는 방법에 따라 얼마든지 달라질 수 있는 것이다(道理有無數種講法) / 181

14. 그 자리에 있지 않으면 그 자리의 일을 말해서는 안 된다(不在其位, 不謀其政) / 182

15. 세상은 변하고 있지만 그러나 지금까지 누군가의 말 때문에 변한 적은 없다 / 196

16. 나무는 한 장의 껍질로 살고, 새는 한 입의 먹이로 살고, 사람이 사는 것은 그 기백 하나로 산다(樹活活一張皮, 鳥活活一口食, 人活就活那一口氣). 선비는 죽어도 불알이 하늘을 향하도록 해야지 불알조차 안 보이게 엎어져 죽을 수는 없다 / 196

17. 자기 가슴의 뜨거운 피로써 다른 사람을 감동시킬 수 있다고 생각한다면 그건 엄청난 실수다 / 197

18. 이해관계야말로 참된 것이고(利害才是眞的) 원칙이란 건 일종의 장식, 일종의 구실에 불과하다(原則只是一種裝飾, 一種說法) / 217

19. 세상에는 돈보다 더 천박한 것도 없다. 그러나 돈보다 더 심각한 것도 없다 / 262

20. 죽은 돼지는 끓는 물을 두려워하지 않는다(死猪不怕開水燙) / 286

21. 세상 사람들은 모두 자기 자신은 예외라고 생각하고, 원칙이란 손전등은 다른 사람을 비추는 데에만 사용한다(原則的手電筒都是用來照別人的) / 304

22. 사람들이 어떤 사실에 대해 가지는 태도는 언제나 자기의 감정과

이해관계에 따라 결정되는 것이고, 무슨 객관성이라고 할 만한 것은 아예 없는 것이다 / 304

23. 편견은 논리에 근거하여 바로잡혀지는 것이 아니라 그 자체가 바로 논리의 출발점이다 / 305

24. 사람에겐 머리가 있지만 그 머리는 항상 엉덩이에 의해 결정되고(人有腦袋, 可他的腦袋是由屁股決定的), 엉덩이가 앉아 있는 곳에 따라 그 하는 말도 달라진다(屁股坐在哪里 就說哪里的話) / 305

25. 사람에 대해, 세상에 대해 희망을 버릴 때 오히려 희망이 생긴다 / 310

26. 일체의 것들을 궁극까지 묻는 것은 필연적으로 일체의 것들을 파괴하는 것이다(把一切追問底到, 必然是摧毁一切) / 313

27. 평범한 사람들은 지구가 도는 데로 따라 돌아야지(小人物只能圍着地球轉), 지구더러 자기들을 따라 돌라고 할 수는 없다(不能要地球圍着自己轉) / 331

28. 사람은 자신의 입장에서 세상을 보며 그것이 이치에 맞는지 안 맞는지는 따지지 않는다 / 337

29. 세상엔 맨입으로 되는 일은 없다(沒有空口爲凭的事) / 343

30. 돈발은 반드시 먹히게 돼 있다(油鹽肯定是講得進的) / 346

창랑지수2 처세훈

1. 원칙은 죽었지만 사람은 살아 있다(原則是死的, 人是活的). 산 사람이 못하는 게 뭐 있겠나 / 22
2. 권력과 돈(權和錢), 이것은 세상의 주재자로서(這是世界的主宰) 어떻게도 피해갈 수 없는 진리가 되어버렸다 / 22
3. 사람의 존엄은 권력과 금전 위에 쌓아가는 것이다 / 33
4. 사람이 자존심을 버리고 머리를 숙이면 기회는 얼마든지 많다 / 33
5. 모든 도리나 이치, 원칙 등은 다 뒤집어 말할 수 있는 것이다. 모두가 상대적이다 / 69
6. 열 번 찍어 안 넘어가는 처녀 없고(沒有追不到的姑娘), 열 번 공격해서 함락 안 되는 성 없다(沒有攻不下的關) / 76
7. 믿으면 있고, 안 믿으면 없다(信則有, 不信則無) / 90
8. 양털이 양에 붙어 있어야지 개에 붙어 살 수는 없다 / 101
9. 숫자가 관리를 만들고(數字出官), 관리가 숫자를 만들어낸다(官出數字). 숫자는 곧 관리들의 생명이다(數字就是他們的命) / 113
10. 인생에는 두 가지 논리가 있다. 하나는 양심良心의 논리이고 다른 하나는 생존生存의 논리이다 / 120
11. 별볼일 없는 사람은 아무리 발버둥쳐도 세상의 터럭 하나 변화시킬 수 없다 / 123
12. 세상에 양심만큼 못 미더운 것도 없다 / 133
13. 인간은 세계의 입장에서 자신을 볼 수 없고 어디까지나 자신의 입장에서 세계를 볼 수 있을 뿐이다 / 161
14. 사나이는 자기를 굽힘으로써 자신을 펴는 것이다. 펴고 있는 사람들 중에 자기를 굽히지 않았던 사람은 없었다(大丈夫以屈求伸, 伸着的人,

誰不是屈過來的) / 166
15. 중국 사람이라면 이 굽힐 굴屈과 펼 신伸 두 글자를 마음속에 새기고 반복해서 그 뜻을 헤아려야 한다 / 166
16. 기회는 가끔 당신 앞에 그 꼬리만 슬쩍 드러내 보인다(機會往往只露個尾巴給你). 그때 그걸 얼른 잡지 못하면 그 기회는 다시 돌아오지 않는다 / 168
17. 권력과 돈, 이 두 가지 속물이 길을 떡 하니 막고 서 있어서 그걸 피해 갈 길이 없다 / 171
18. 신의 문제란 실상 인간의 문제이고, 영원의 문제란 바로 현실의 문제인 것이다 / 181
19. 자기를 너무 사랑하는 것은 도리어 자기를 망치는 길이다 / 197
20. 사람이란 과정만이 진실이고 결과는 허상에 불과하다 / 200
21. 입바른 소리 많이 한다는 것은 얻고 싶은 것을 얻지 못해서 그러는 것이다 / 201
22. 세상에는 모든 게 다 완벽한 그런 좋은 일은 없다(世界上 沒有兩全其美的好事) / 203
23. 사람의 한평생은 발 한 번 내딛는 걸로 모든 게임 다 이기거나 아니면 다 지거나 한다 / 204
24. 인간은 바다 속의 연체동물과 같다. 소라껍질에 기생하다가 세월이 지나면 자기도 소라의 모습으로 크게 된다 / 210
25. 탕아의 개심은 금과도 바꿀 수 없다(浪子回頭金不換) / 220
26. 모든 길은 로마로 통한다(條條大道通羅馬)고들 말하는데, 로마가 모든 길로 통하는 줄(羅馬通往條條大道) 아는 사람은 몇이나 될까 / 232
27. 직접 강을 건너보지 않고서는 그 물의 깊이를 가늠할 수 없다(不曾涉河, 不知水之深淺) / 239
28. 같은 바닥에 몸담고 있는 사람들은 자연스레 동일 전선에 놓여 있어서 그들 사이엔 고도의 묵계가 형성되어 있다 / 261

29. 너무 질척한 흙으로는 벽을 바를 수 없다(爛泥巴敷不上壁) / 289
30. 특별한 일은 특별한 방법으로 처리해야 한다(特事特辦) / 292
31. 산을 움직이기는 쉬워도 사람의 마음을 움직이기는 어렵다(撼山易, 撼人心難) / 293
32. 이 세계는, 강자는 항상 강해서 크고 작은 것을 전부 다 먹고(大小通吃), 계속해서 먹으며 가고(一路吃過去), 고기를 먹고 나선 또 새우까지 먹으려 한다(吃魚還要吃蝦) / 296
33. 흰 고양이든 검은 고양이든 쥐를 잡는 것이 좋은 고양이다(百猫黑猫, 抓住老鼠就是好猫) /296
34. 중국 백성들은 정말 순하다. 모든 걸 똑똑히 보고 있으면서도 아무도 뛰쳐나와 방귀 소리조차 내지를 못한다 / 305
35. 요새 사람들은 매우 뻔뻔스럽다. 생선을 대가리에서 꼬리까지 다 먹어치우면서도 남들이 뭐라고 할까봐 눈치보는 게 전혀 없다 / 306
36. 규칙이란 단지 방법이 없는 인간들만 묶어놓을 수 있을 따름이다. 방법이 있는 사람들에겐 규칙이란 단지 한 장의 백지에 불과하다./ 311
37. 처세의 도리는 백 가지, 천 가지가 필요 없다. 그저 상대방의 입장에 서서 그의 태도를 이해하는 것이다. 천에 하나 만에 하나라도 무슨 입장의 공정성 같은 것은 생각하지 마라. 그것은 관리가 백성들을 속여 먹을 때나 쓰는 원칙이다 / 320
38. 바지가랑이에 진흙이라도 묻어 있으면 똥이 아니어도 똥처럼 보인다 / 327
39. 이치에 맞는 소리인지 아닌지는 누구의 '이치' 인지를 봐야한다 / 344
40. 물을 마시면서는 그 근원을 생각해야 한다(飮水思源) / 345
41. 손가락 열 개를 상하게 하는 것보다는 그 중에 하나를 부러뜨리는 편이 낫다 / 352

처세지수3 처세훈

1. 인생은 연극이다(人生如戱) / 44
2. 청산에 살면 땔감은 언제든지 구할 수 있다(留得靑山在, 隨時有薪燒) / 53
3. 그물의 벼리를 들어올리면 그물눈은 자연히 펼쳐지게 마련이다(綱擧目張) / 54
4. 남자들은 각자 이름이 있지만, 여자는 한 가지 이름, '여자' 라는 이름 밖에 없다 / 60
5. 여자가 필요로 하는 건 '이 남자'(這個男子)이고, 남자가 필요로 하는 건 '한 여자'(一個女子)이다 / 61
6. 듣기 좋은 말은 영원히 유효하다(好聽的話永遠有效) / 61
7. 세상은 권력과 금전이라는 움직일 수 없는 두 가지 원칙만 따지고 다른 것은 아무 것도 안 따진다 / 92
8. 시대의 조류를 관찰하는 가장 간단한 방법은, 미인이 누구의 품안에 가서 안기는지 보면 된다(看那美人們倒進誰的懷里去) / 93
9. 미인은 행복을 추구하려는 자기의 본능에 따라 예민하게 방향을 선택하는 뛰어난 재주를 지녔다 / 93
10. 산다는 것은 곧 생존을 의미하고, 생존을 위해서는 각종 문제가 해결되어야 한다. 그러면 문제는 무엇으로 해결하는가? 권력과 돈이라는 두 개자식이다 / 94
11. 지식인들은…중생을 구제할 방법은 고민하면서도 추위에 떠는 사람을 보고 자기 저고리 벗어줄 생각은 안 한다 / 95
12. 큰 바다를 구경해본 사람에겐 웬만한 물은 물로 여겨지지도 않는다 (曾經滄海難爲水) / 100

13. 권력이 유일하게 도달하지 못하는 곳은 바로 더 높은 권력뿐이다 / 103
14. 그들은 아직도 엉덩이가 앉아 있는 자리에 따라서 사고가 결정된다는 도리(屁股決定腦袋的道理)를 깨닫지 못했다 / 154
15. 인간의 몸은 피와 살로 이루어졌다. 이것은 이 사람 저 사람의 문제가 아닌 인류 전체의 문제이다 / 159
16. 당위가 어떠하다는 것과 현실이 어떠하다는 것은 별개의 일이다. 도리가 인간의 본성(人性)을 제약할 수는 없다 / 159
17. 현대도 그렇고 고대도 그랬다. 건드려서는 안 될 것을 건드렸으면 막대한 대가를 치러야 한다. 이것이 고금에 통하는 이치이다 / 167
18. 권력과 돈에는 한도가 없다. 무한한 목표만이 무한한 매력을 갖는다 / 168
19. 모든 일에서, 이해관계로부터 개인의 태도를 분석하는 것이 가장 믿을 만하다 / 176
20. 새가 죽으려 할 때는 그 울음소리가 슬프고(鳥之將去, 其聲也哀), 사람이 떠나려 할 때는 그 하는 말이 선하다(人之將去, 其言也善) / 181
21. 역사를 한 마디 말로 표현한다면, '한 장수가 공을 이루기 위해 수만 명 병졸들이 비참하게 죽어 갔다'(一將功成萬骨枯)는 것이다 / 182
22. 머리 좋은 인간들은 반기를 들어 봐야 삼년 가도 성공 못한다(秀才造反, 三年不成) / 203
23. 진정한 사나이는 왕년의 용맹을 자랑하지 않는다(好漢不提當年勇) / 207
24. 정상적 인격을 가진 사람은 지위의 고하에 별로 신경을 쓰지도, 그에 상응하는 자세를 취하지도 않아서 늘 사람으로 하여금 불편함을 느끼게 만든다 / 209
25. 생활의 변증법은 일찍이 사람들에게 자기가 하고 싶지 않은 일도 어쩔 수 없이 해야 할 이유들을 장치해 놓았다 / 209

26. 사람은 절망의 나무에 희망을 걸어둘 수는 없다(人不能把希望挂在絶望之樹上) / 242
27. 위에서 정책政策을 수립하면 아래서는 대책對策을 마련하기 위해 진력하는 게 현실이다 / 259
28. 바람 안 통하는 벽 없고(沒有不透風的墻), 예외 없는 법 없다 / 266
29. 중대한 이익 앞에서는 원리원칙을 몇 트럭 실어다 놔도 소용이 없다. 이것은 도덕적이냐 아니냐의 문제가 아니다 / 272
30. 이해관계가 다르면 하는 말도 달라지기 마련이다(利益關係不同, 說法就是不同) / 273
31. 연단 위의 배역을 맡은 자는 엄숙하고 자신 있게, 그리고 격앙된 모습으로 이야기만 하면 그만이다. 배역의 대사와 진실은 무관하다(角色語言與眞實無關) / 281
32. 사람은 어느 산에 오르느냐에 따라 부르는 노래도 달라진다(人到什麽山上, 唱什麽歌) / 283
33. 일부가 불만스러워야 만족하는 사람이 있게 마련이다. 하늘 아래 모든 사람들이 다 만족하는 일은 없다(天下就沒有人人都滿意的事) / 326
34. 사람들은 종종 누구누구가 자리에 앉더니 변했다고 말하지만, 자리에 앉아서도 안 변한다면 말이 안 된다 / 337
35. 모든 일은 다 어느 각도에서 보느냐에 따라 달라진다 / 340
36. 지초나 난초와 같은 향기로운 풀이라도 길을 막으면 뽑아낼 수밖에(芝蘭當路, 不得不鋤) / 340